深夜古董店

寻瓷之旅

吉羽 著

上海社会科学院出版社

人物表

许枚：古董店“拙斋”的老板，同时也是“抚陶师”，拥有召唤“瓷灵”、将古瓷幻化成人的能力。

心思缜密，擅长推理，一肚子关于文物的冷门知识。性格平和，处世从容淡定，行事不拘章法，冷诙谐，好调侃。对江蓼红有好感，却不敢吐露。

江蓼红：京剧刀马旦，同时也是“听泉师”，可与古钱币通过“泉音”交流。喜欢许枚，表达喜欢的方式是赤裸裸地调戏，但一切举动发乎情止乎礼，从无越矩。

宣成：警察局探长，出身捕门缉凶堂。性格沉稳，格斗技巧极高。胆大心细，虽不擅言辞，却颇为体贴他人。名字被许枚戏称与瓷器有缘。对姬扬清有好感，只是羞于表达。

姬扬清：警察局法医，出身捕门验骨堂，却擅于用毒，尤其是以毒入药，这背后似乎有着不为人知的秘密。性格泼辣，爱慕宣成。

目录

自 序

2014年一个夏天的中午，我正在山西博物院的“瓷苑艺葩”展厅“游荡”，展厅里人不多，安安静静，气氛很好。走过一只清代乾隆年间的豆青釉葫芦瓶时，我半蹲着身子，从侧面注视着它圆鼓的腹部。豆青是一种淡雅柔和、凝厚肥润的颜色釉，虽然常见，但也实在素净怡人，每次来山西博物院，我总会在此豆青釉葫芦瓶身边停留片刻。正当我直起身子准备离开时，葫芦瓶上一张模糊的人脸一闪而过，我吓了一跳，以为这家伙成精显灵了，听到一阵嗒嗒的脚步声才反应过来，原来是一个小朋友从后面的展柜前跑过，回头一望，小脸映在玻璃展柜上，从我的视角看来，就像葫芦瓶上划过一道人影。

瓷器成精显灵的想法虽然荒唐，却也有趣。

瓷抟土而成，施以釉水，以金属氧化物着色，入窑炉，以木柴生火烧成，乃是“五行具备”的器物。精巧的瓷器素来受人喜爱，古人在形容其形其色时，有时会不自禁地代入人的气质和感官，如观音瓶、将军罐、甜白、娇黄。在这只葫芦瓶斜后方的展柜里陈列着一组四件康熙豇豆红瓷器——菊瓣瓶、锡锣洗、太白尊、印泥盒。清人在形容其釉色时，更是把感官代入的拟人化色彩发挥到极致，红艳洁净，通体无瑕者，被称作“大红袍”；浅红娇艳，如酡红醉颜者，被称作“美人醉”；粉润浅淡，如婴儿肌肤者，则被称作“娃娃脸”，在叫出其釉色雅称时，便自有一番气质脱口而出。

回身看到这几件豇豆红瓷器时，一个古怪的念头陡然而生，我是文博专业出身，也在空闲时间创作推理小说，之前早想写几个和文物有关的悬疑故事，却一直缺乏灵感，如果真的让这些瓷器“成精显灵”，成为主角破案的助手或证人，岂不新鲜有趣？想到此处，瞧瞧展柜中的几件豇豆红瓷器，“瓷灵”的想法便由此产生，用书中主角许枚的话说：“瓷灵，就是与瓷器本身传达给人的感官、印象相同的人形。”豇豆红釉的拟人化釉色名是灵感的源头，故而《深夜古董店》的开篇，便是豇豆红。

瓷灵是瓷器化作和它本体的神采、气质几近相同的人形，中国的颜色釉瓷以青红黄蓝白黑为主体色调，于此之外千变万化，妙品迭出，如青釉有粉青、天青、梅子青，红釉有祭红、郎红、珊瑚红，黄釉有浇黄、淡黄、鸡油黄，蓝釉有天蓝、霁蓝、孔雀蓝，白釉有甜白、牙白、猪油白，黑釉有乌金及兔毫、油滴等基于黑色的窑变。于此之外，尚有茄皮紫、胭脂水、秋葵绿、茶叶末，五彩缤纷，千变万化，视感多变，故而“瓷灵”的气质也可高贵，可妩媚，可清纯，可神秘。如许枚所言：“甜白釉的瓷灵多是甜美可人的江南少女，洪州窑青瓷的瓷灵则多是破衣烂衫的黄发老人，巩县三彩可化作华贵丰腴的贵妇，龙泉青瓷的瓷灵最是多变，可老可少可男可女，但总是一袭碧衣、风流俊美……”

我不擅长写现代科技破案手段，又对风流蕴藉的古典气质和杂糅古今的近代中国很有兴趣，所以把故事的时代背景设定在民国初年。这是一个没有监控、没有网络、缺乏录音设备的时代，而陈设于案发现场或现场附近的古瓷器可以看到、听到一些有关案件的信息，于是能与主角“抚陶师”交流的“瓷灵”便成为监控者、录音笔甚至窃听器，为主角断案提供一定线索。

但中国古代瓷器可不止以上这些颜色釉，尚有釉下彩和釉上彩。传统观点一般认为釉下彩绘自六朝青釉羽人盘口壶始，经唐长沙青釉褐彩真正成熟，近年有科学检测证明唐长沙窑彩绘瓷为高温釉上彩；典型的高温釉下彩有宋白地黑彩、白地褐彩瓷，至于巅峰大成之作，则属元、明、清青花及釉里红；需二次烧造的低温釉上彩瓷则自金代北方红绿彩始，经元代而至明，遂有斗彩、五彩，釉上彩绘与釉下青花相映成趣，至清代又有珐琅彩、粉彩，渲染渐变，娇艳可人。釉上彩和釉下彩都是在瓷器上描画图案，如此便很难用一种气质来归纳它们的灵蕴。用许枚的话说："历代瓷器，有的以青白黑黄釉色取胜，有的以剔刻划印纹饰称冠，除此之外，自六朝至唐代皆有彩绘，但多为零散纹饰，少成图景。宋元明清以来，釉下白地黑彩、青花、釉里红与釉上五彩、斗彩、粉彩、珐琅之绘画构图皆渐入化境，山水、庭院、草木、人物、神灵、鸟兽，构成一目所望之完整图景，其灵蕴便非一二瓷灵之体可具现。"我思来想去，便有了"瓷境"，即"抚陶师"身入瓷上画中。

"抚陶师"这一称谓也许会造成误解，毕竟在今天看来，"陶"与"瓷"是截然不同的，陶用普通黏土制成，而瓷需用瓷土成胎，陶吸水率高，瓷吸水率低，陶烧成温度较低，即便是釉陶烧成温度也不过 800℃左右，而瓷多在 1200℃以上。但在古人的著述中，陶与瓷的区分不那么明显，如成书于清代的《陶雅》《景德镇陶录》都是关于瓷器的著作，再如许谨斋"宣成陶器夸前朝，收藏价比璆琳高"、唐英"鬼僵丰神箫鼓外，报酬事业榷陶中"、龚鉽"钧陶自古宗良匠，怪得呈材要楷模"，皆是以"陶"称"瓷"，而"抚瓷师"说来拗口难听，所以书中便依古称，名其曰"抚陶师"。

之所以把主角设定为一个古董店主，而没有设定为象牙塔中的学问家和红店里的瓷绘家，是因为这样的身份和环境更适合与悬疑推理题材对接，也更容易引出矛盾冲突。

此外，《深夜古董店》的背景设定在民国时代，所以一些现代的文物学词汇和最新认知是不适合出现在小说中的，如大名鼎鼎长沙铜官窑发现于 1956 年，在民国时期没有"长沙窑"这个说法。当写到一件长沙窑瓷罐时，便只好借许枚之口解释道："长沙石渚湖畔，那里是一片规模惊人的窑场。"小说中的"七贤第二祖（组）""七贤第三祖（组）"瓷罐也是基于 1983 年出土的长沙窑竹林七贤瓷罐上的"七贤第一祖（组）"而创作的——那件瓷罐上绘有阮籍、王戎，应该是一组瓷器中的一件——所以在写作小说时，让另外两件画着山涛、阮咸和刘伶、向秀、嵇康的瓷罐落到了许枚和谷之篁手里，而许、谷二人也都在苦苦寻求"七贤第一祖（组）"。此外，元青花、仰韶彩陶等在那个年代还都没有被明确认识，也不适合出现在这本小说中。

中国有丰富的文物资源，既然瓷可化灵显境，且有了“抚陶师”，其他文物也可以设计不同状态、不同气质的“灵体”，所以便有了作为配角的听泉师、炼金师、弄玉先生、竹木郎君等。文物踏破了历史的烟尘来到今天，为我们串联起了一条清晰的文化脉络，小说中所能提到的文物不过沧海一粟，能详细介绍的更是寥寥无几，但凡若写到的，我一定力求介绍精准，如果读过这篇小说的朋友觉得某件文物有趣，或是喜欢上了某类文物，我当倍感荣幸。

第一章
豇豆红

天黑得纯纯粹粹，莫说月亮，连星星都不曾透了一粒出来，乌云密密层层的，黑压压几乎能把山梁压断。眼看又是一场夏夜山雨，满山的蛩虫鸟兽都乖乖地躲在安乐窝里，不敢动弹。密林深处传来似有似无的几声枭啼，像是也被这幽抑的天气吓着了，显得那么怯。

山间一条宽不足一丈的黄土小路迤逦隐现，不知通向何处，小路两边是茂密的森林：比肩接踵的槐杨桧柏争着抢着向上疯长，几乎要把那蓄满了雨的乌云捅出千百个大窟窿来；低矮的小树、灌木们乖顺地藏在参天巨木间的夹缝里，倒也过得安闲舒坦。

两个少年跌跌撞撞地拨开几丛灌木，气喘吁吁地伏在一棵大树上，不知是因为累还是恐惧，两人的小腿肚子都无法控制地颤抖起来。两个少年不过十五六岁年纪，穿着再普通不过的对襟短衣和黑棉布单裤，都挽着袖子、敞着怀，大颗大颗的汗珠从颈子里滚落到胸脯上，泛着腾腾的热气。被山间冷气一飕，那单薄些的孩子打了个哆嗦，带着哭腔道："小悟，我跑不动了，实在跑不动了！咱把东西给他们，也许还能活命。"

"你想得美！"那精壮些的孩子横了他一眼，又扶着大树狠狠喘了几口气，定定心神，压低声音道，"猫儿，你是没看见，那铁拐张摸着小翎子的脑瓜顶，脸上笑着，手里一拐下去，叭的一声，小翎子的脑袋就像西瓜一样开了瓢！血溅得到处都是，差点把我的魂儿给吓掉！"他回想起同伴惨死的场景，不禁脸色惨白，摸摸自己的头，手指不停地打着哆嗦，“宁可冻死在山里，也不能落在他们手里。大不了和他们拼了，跟那说书先生说的，玉石什么坟！”他拍拍随身的包袱，包袱里硬硬的，是个方方正正的花梨木盒子。

猫儿瘦瘦的肩膀忽地一缩，呜呜地哭出来：“怎么办啊，小悟……怎么办啊，我不想死，呜……”

“别哭！笨蛋。”小悟低声斥道，“想把那四个家伙招来吗？”说着扑上去堵猫儿的嘴。

猫儿拼命噤住哭声，抱紧了怀里的包袱，用包袱皮擦擦眼泪。包袱里同样是个花梨木盒子，却较小悟怀中的那个细长些。

远处的密林里隐隐约约传来沙沙的响声，像是有人在草木丛中快步奔走。小悟心头一跳，伸手把猫儿按进灌木丛，再凝神细听，却什么也听不到了。小悟轻轻舒了口气，松开猫儿的肩头，跌坐在一棵三人合抱的古木下。还不等他回过神儿来，脚下草丛里倏地窜出一条花斑蛇，咝咝吐着信子，直勾勾盯着猫儿。猫儿刚被小悟莫名其妙地按倒，早吓得心惊肉跳，刚一抬眼却瞧见这么个家伙，顿时魂飞魄散，噌地蹦起多高，“妈呀”一声惨叫。

叫声未息，猛听得远处“砰”的一声枪响，猫儿的额头上爆出一个杯口大小的血洞。死尸栽倒，那条蛇早吓得钻进了石缝里，林间鸟雀受了惊吓，呼啦呼啦飞向天空去了。这一枪开在二百余步之外，那子弹却精准地从猫儿的后脑射入，眉心穿出，扑地钉在小悟头顶的树干上。小悟只觉得两腿之间一阵潮湿，尿水滚滚而下，心窝里的血像被冻住一样，浑身骨头几乎酥透了。

“毙了一个！”一声狂笑刺入小悟的耳膜。小悟一个激灵，一骨碌身子闪到树后，连滚带爬地往草丛里钻。不等他逃出二三十步，便听得几声或轻或重的脚步声，小悟忙停住身形，一丁点儿声音也不敢发出。他偷偷回头向后望去，只见四道人影围在大树下猫儿的尸身旁。

为首穿浅褐色长衫的中年人——正是那铁拐张，抬起手中的拐杖，点了点猫儿破碎的头颅，冷冷道：“还剩一个。”

旁边穿着白色长衫，背着药箱的少年阴阳怪气赞道：“赵兄，好厉害的枪法。”

一个身穿短衣的汉子攥攥手里的步枪，得意扬扬地说：“跟着张帅爷打了这么久的仗，就练出这点本事，我这辈子就指着这一只眼睛吃饭了。”这开枪的男子是个独眼。

站在外圈的壮汉身材最魁梧，胆子却是最小，瑟瑟缩缩地四下张望，口中喃喃道：“这地方阴森森的，会不会有什么不干净的东西……”

“要说不干净的东西么……”拄拐男子轻轻一笑，“恐怕就是些尿臊气吧。”

小悟听了，脑袋嗡的一声，暗骂自己不争气，被一摊尿出卖了行踪。眨眼的工夫，三道黑影已经扑到小悟面前。

那个独眼汉子正从猫儿身上解下包袱，心想这小鬼近在咫尺，老大一拐就能敲碎他的脑瓜，省得老子多费子弹。

拄拐男子冲小悟微微一笑：“小朋友，把东西给……”

话音未落，忽见小悟把手一挥，一道白雾呈弧状甩将出来，拄拐男子和那壮汉小觑了这个小泼皮，登时着了道，被火辣辣的石灰扑了一脸，跳着脚惨叫起来。那白衣少年眼疾身快，迅速退开。等那使枪的独眼汉子赶到近前，早就不见了小悟的影子，只听见一阵阵簌簌的草木摇摆和发足飞跑的声音渐渐远去。

独眼汉子啐了一声，抬脚便追，却听身后那拄拐男子恶狠狠道：“开枪，开枪毙了那小子！”

“看不清人，先追近了再说。”独眼汉子说罢循声赶去。余下三人狠狠地抹了几把脸，随后追上。

小悟从未跑过这么快，连树枝抽在脸上都不觉得疼了。眼见前面就是穿山小河，一座丈许宽的木板桥飞架河上。小悟慌不择路，几步跑上桥去，却不想一旦出了树林，就失去了茂密枝叶的掩护，立刻成了活靶子。

“别开枪，下面是河！”白衣少年急道。

那独眼汉子却已扣下扳机，“砰”的一声，血花四溅。小悟身子晃了晃，从桥侧栏杆上翻了下去。

四人赶到桥上，那白衣少年跌足道：“包袱连那小鬼一起掉到河里，这可……”

话音未落，忽见一件破旧的短褂在河里翻滚，直向下游而去。那白衣少年一挥手：“他在那儿！快！快追！”四人飞跑下桥，赶着水流向下游跑去。

不知跑了多久，那破衣被水中一块尖石挂住，那拄拐男子定睛一看，狂怒道：“上了那小子恶当了！这就是一件破衣服，人早跑了！”

那白衣少年急道：“东西呢？东西在水里不？”

巨汉缩手缩脚道：“也许沉下去了……”

独眼道：“下去找找！”

拄拐男子道：“下去个屁，水这么急，下水就是找死！”

船客许枚

小悟赤着膊，右臂揽着横杆吊在桥下，嘴里衔着包袱，豆大的汗珠从脸上滚落下来，软软垂下的左臂上赫然一个弹孔，所幸那子弹从肌肉中穿出，不曾伤到骨头。

小悟听得四人下了桥，又沿河流追了下去，才稍稍松了口气，可接下来又一个大问题摆在眼前：他早已筋疲力尽，又只剩一条囫囵胳膊，哪有力气翻上桥去？总不能一松手扑到河里去吧？这水流太急，一旦掉进去，只怕小命难保。

正犯难时，却见一艘乌篷小船静静地从上游驶来。这小船又低又窄，轻巧灵便，在湍急的水流中顺势疾行，也无须撑篙，只有一个艄公在船尾掌着舵。眼见山雨欲来闷雷滚滚，那艄公早戴好斗笠，披了蓑衣，船篷里隐隐透出灯光来，应该是有搭夜船的客人。

小悟暗叫一声天无绝人之路，趁那船驶到桥洞中时，把手一松，纵身跃下，“咚”的一声正落在船篷前，小船猛烈地晃动起来。小悟忙稳住身形，重重吐了口气。

这条水路那艄公已走了不下数百遍，可头一回见到从桥洞里往下掉人的，早被惊出一身冷汗，又见那从天而降的少年浑身是血，光溜溜的脊梁上还挂着一个锦缎包袱，正愣头愣脑地大口喘气，模样十分狼狈。

艄公壮了壮胆，大声喝问道："什么人？"

"肉人。"小悟不假思索地回答。

"你哪条道上的？"

"管不着。"

艄公大怒，正要放狠话，却见那船客掀开舱帘，饶有兴趣地打量着小悟。

"靠岸！"小悟喝道。

"笑话！我凭什么听你的？"艄公横眉立目。

"我……我这包袱里是炸药！你不靠岸，我就把船炸上天！"小悟强忍疼痛，龇着牙气势汹汹地威胁，身子却已经不由自主地颤抖起来，浑身的筋骨好像都在打转似的，眼前金星乱冒。

艄公心头打了个突，看这少年胳膊上突突冒血的大窟窿，认得是枪伤，说不定这包袱里真是炸药，心里有些怕了，低头去看那优哉游哉坐在船舱里的客人。

那船客却笑了笑："别慌，他唬你玩呢。"

这声音听起来软软的、闲闲的，极是悦耳，小悟此时才借着昏暗的灯光细细打量从船舱走出的船客。这男子看年纪不到三十，身材颀长，穿一身淡青色长衫，显得温文尔雅，尤其是那一双细长的丹凤眼，懒懒地眯着，俊美闲适，但多少有几分像是评书里经常出现的狐狸精，眼波一轮，小悟只觉得浑身的秘密都叫他看去了似的，突然间怯了起来。

本要张口骂人的小悟被这船客的气场狠狠地震了一把，心中打鼓：这人看起来就是文文弱弱一介书生，怎么浑身竟透出这么一股说不出的气劲，有些贵气，有些邪气，还有些煞气，那对眸子亮得吓人，不会是鬼吧？

那人见小悟咬着牙发狠，突然间笑了起来："船家，就听他的吧，把船靠在那边的小路上，我记得沿着小路向东走有一家小客栈，我先住一晚，明早再走，船钱我先照全程付给你。"

艄公心说：那敢情好，我还免得淋这场雨了。忙把船靠了岸，又指点了去客栈的方向，喜滋滋地接了钱，调转船头离开。

那船客和小悟眼对眼站在岸上，都不说话。小悟看着船客眼中若有若无的笑意，警惕地退了几步，转身便要逃走，却一个踉跄，向前摔去。

船客手一伸，把小悟稳稳托住。

小悟惊愕地回头，暗道：这书生好大力气。

船客微微一笑，慢条斯理道："在下许枚，嘉许之许，枚举之枚，不知小兄弟贵上下？"见小悟不答，又说道，"你伤势不轻，若不及早治疗，发起炎症，这条胳膊恐怕要截掉。我倒是学过消毒、包扎，不如你随我一道去客栈，休息一晚，处理一下伤口，我还可以请你吃些东西。"

小悟拼命从许枚手中挣开，正要甩几句豪气的话，肚子却很不争气地"咕噜"一声。许枚忍不住笑了起来，小悟脸腾地红了，尴尬得不知说什么好。

豇豆红

深山里的客栈不算小，但冷清得吓人，除了睡眼惺忪起来迎客的掌柜，就只有几匹站在马厩里打着盹儿的瘦马。客栈正南的大门对着小路，一进门便是一座颇宽敞的大院，院子里堆着柴草农具，正北的房里摆着些桌椅，还有一座不大不小的柜台，柜台后面的木架上摆着些酒坛子，看来这里便是客人打尖的正厅了。

院子东面是厨房、柴房，东南是马厩；西面便是客房，客房大门在整幢屋的南边，走进房中，右手边是一条走廊，面前总共不过三间房。客房里一应事物倒还算整洁干净，许枚选了正中一间宽敞些的，让小悟先在靠椅上坐了，又请掌柜的拿些棉纱烈酒来。

这山间小店过客稀少，掌柜的见来了生意，自然是万分殷勤，见小悟臂上有伤，也不多问，不多时便端了酒来，还烧了一桶开水。许枚连声道谢，先付了房钱，又请掌柜煮两碗面来，加些肉，还吩咐熬一碗红糖水。那掌柜的见许枚出手大方，乐得眉开眼笑。

许枚细细清洗了小悟的伤口，敷上随身带着的伤药，又用纱布包扎妥当，小悟疼得龇牙咧嘴，却强忍着一声不吭。许枚在水盆里洗了洗手，把剩下的纱布递给小悟："擦擦身上的血。"

正此时，天边又是一个炸雷，小悟猛吃一惊，脚下一软，下意识地伸手去扶桌子，却正推在那锦缎包袱上，包袱迅速向桌下滑去。小悟大惊，“哎哟”一声还未出口，包袱已被许枚稳稳托在手里。

小悟差点咬了舌头：高手啊！这身法比铁拐张快得多啦！

许枚笑着把包袱放好，坐在小悟对面，说道：“说说吧，怎么回事？”

小悟看着许枚的眼睛，不知怎么的就有点心虚。

许枚见小悟不说话，便用手轻轻捻了捻包袱皮，自顾自说道：“三天前，兴云镇杜士辽杜老爷家惨遭洗劫，那伙歹人手段高强，行事毒辣，劫掠之后，一把大火将杜家宅院化为灰烬。而杜士辽一家四口，连带六名下人仆役，昨天在逃往兴州的途中被人杀死在渡船上，死状极惨。我本以为再见不到这张包袱皮，想不到你背着它跳到了我面前。”

小悟心一阵狂跳，想要站起身来，却一丁点儿力气也使不出来，只好向后缩了缩身子，紧紧靠着椅背，脊背上汗津津的，黏糊糊贴在椅背上。

许枚不急不缓继续说着：“这个杜士辽嘛，前清时曾在西南军中当过个小小的管带，后来辛亥裁军，不得已离开军营，举家东迁，来到兴云镇。说白了，此人不过一兵痞，但颇懂瓷器。他早年做管带时刮了不少民财，尤其是宣统二年，他在四川截杀了赵尔丰麾下一位旗人贝子，掠了不少奇珍异玩，还把一件康熙年的釉里红夔凤纹摇铃尊献与统带。后来那统带落了魄，来到冉城一家古玩店变卖了这只摇铃尊，巧的是，这古玩店的店主，正是在下。”

小悟心里努力盘算着几人之间的关系，最后得出的结论是：眼前之人与杜士辽，没有半毛钱关系。

许枚收拾着桌上的纱布药品，悠悠道：“我迷古成痴，尤其是个瓷痴，听了那统带的回述，便备下一份礼品，赶往兴云镇，只想着或许能借那统带的名义和杜士辽攀些交情，最好能从他手里淘几件珍玩。”

小悟心中一凉：这人竟然和那姓杜的有交情，看来老天要叫我去和猫儿做伴了。

不巧正在此时，窗外电光一闪，接着便传来淅淅沥沥的雨声，还夹杂着风摇树木的飒飒声，好像老天真要把他的魂儿收走似的。

许枚看着小悟的表情，轻轻地笑。

小悟有些奇怪：这人看起来不像是有敌意的样子，不过铁拐张也喜欢笑着杀人……

“我带去的礼物就用这张包袱皮包着，你瞧，淡紫色的绸缎，这里还绣着一朵兰花，关键是兰花的第三个花瓣上沾着一点油渍，这是我包礼物时不小心弄上的。杜士辽天性凉薄，对我这个小小的古玩商自然也是敷衍了事，礼物倒是收得痛快，生意却一笔也没谈成，让我好生沮丧。两天后我才知道，在我离开兴云镇的当晚，杜家便遭人灭门，杜士辽珍藏的古玩也被洗劫一空。不出所料的话，你们劫掠杜府时，顺手抄起这张包袱皮，包了一件宝物出来，却因为分赃不均，发生火并，你躲在桥下，应该是被同伙追杀，假装落水暂避杀劫。”

“不……我我我就是望风，没没没杀人，他们……没想分东西给我们，还……灭灭灭灭口。”小悟见许枚那双丹凤眼中精光一闪，似是有一股寒气迸射而出，顿时觉得浑身一阵冰冷，话都说不利索了。

许枚笑了笑：“我相信你。”

“啊？”

“你的眼睛还算干净，虽然有点痞气。”

“哦……”

许枚从自己随身的行囊里取出一件衣服：“你这么光着也不像话，穿上。”

小悟默默接了，呆了半晌，才说道：“罢了，看你是个人物。嗯……你若帮我杀了那四个家伙，这件东西就算给你的报酬。”说着拍了拍包袱。

“我可不是杀手。”许枚失笑，“不过，我想看看这包袱里到底是什么东西。”

“行。”小悟答应得很干脆。

花梨木盒子被轻轻打开，里面用层层锦缎裹着一件瓷器，小口径不盈寸，短项微微收束，长不及半寸，肩腹及足，愈趋下愈大，体如半球，足之围近四寸，釉色红艳娇柔，透出淡淡的不均匀的粉色，匀净细腻，似幼儿面颊般粉润可喜，釉下隐隐有暗刻团螭纹饰，在客栈昏暗的灯光中显得典雅而神秘。

许枚轻轻惊呼：“豇豆红太白尊！”

“什么？”小悟没听懂，“豇豆？”

“豇豆红。”许枚道，“创于康熙年间的独特釉色，正色似红而粉，在若鲜若黯之间，时有青色苔点，如豇豆之色，故名豇豆红。”

“哦……”小悟似懂非懂，却觉得眼前这件瓷器的釉色比平日里见的豇豆粉润许多，分明像是幼儿涂脂的面颊，又问道，“那你刚才说的……什么白尊又是什么意思？”

“太白尊，”许枚道，“也叫‘鸡罩尊’，因为它形似鸡罩，不过我不大喜欢这个称呼。你瞧，此物形如太白醉酒斜倚之状，故称‘太白尊’。”

小悟前前后后看了几遭，没看出半点“太白”的影子，鸡罩的样子倒是看出个十成十。

许枚小心地把太白尊翻转过来，见那底釉细腻紧致，白中泛出隐隐的青色，上书三行六字青花楷书款——“大清康熙年制”。

小悟愣愣地瞧着许枚，见他眼中闪现出兴奋的神采，便问道：“这东西很难得吧？”

许枚点点头：“豇豆红釉色以‘大红袍’为最上乘，‘美人醉’‘娃娃脸’略次之，‘乳鼠皮’再次之，至若‘驴肝’‘马肺’，则不足道也。此物釉色便是‘娃娃脸’之红。自前清咸同之际，美国人便对豇豆红瓷器如痴如醉，为之一掷千金，继而欧罗巴人也陶醉其中，故此绝好的豇豆红瓷器，多在欧美，留在中国的反却不多，我今幸得一番把玩，也值回这一路风尘仆仆。”

小悟听得似懂非懂，对眼前的东西只得一个印象——一定很贵。正懵懵懂懂时，忽听许枚道：“别说话，听……”

冤家路窄

小悟侧耳听去，只听见淅淅沥沥的雨声中，店掌柜正在院子里和人说话：“客官，还有两间客房，您这边走。”

“我说，这店里阴森森的，不会有什么不干净的东西吧？”

“真他娘晦气，让老子抓着那小鬼，非把他开膛摘心，碎尸万段！阿嚏！”

“赵兄休恼，想那小子三魂吓去了两魂半，又挨了赵兄一枪，再被这山雨一淋，想活命也难。再说那‘美人醉’的柳叶瓶已经在咱们手里，再加上杜家那些金银玉器，也不白忙这一遭。”

“这附近荒凉无人，那小子挨了一枪，要想活命，多半会来这客栈避雨，瞧，那边就是客房，运气好的话，我们可以抓到一只战战兢兢的小老鼠……”

那边许枚、小悟皆是一惊，许枚惊的是听见一个年轻人在说“美人醉”，兴奋不已，小悟则是吓得一佛出世二佛升天，小翎子和猫儿惨死的场景骤然涌入脑海，尤其是最后那句“战战兢兢的小老鼠”说得阴沉狠戾，正是铁拐张无疑。

许枚定定神，伸手抄起方才丢在地上的擦了鲜血臭汗的纱布，一把扔进床下，又从包裹里抽出一件藕色曲襟长袖旗袍和一双绣着杜鹃花的小绣鞋，顺手把旗袍搭在椅背上，再把鞋摆在床下，又一把抓住小悟，丢在床上，连那只太白尊和花梨木盒子也卷进包袱皮，和小悟一起裹在被子里，放下床帐。

许枚身手利索得紧，刚刚收拾干净，便听走廊木地板上咚咚咚拐杖拄地声响，紧接着便是“吱呀”一声，一个身穿褐色长衫、拄一根拐杖的中年男子推门闯进来，身后还跟了提着食盒的掌柜。

“您瞧，我说过中间的客房有人啦！”掌柜的一摊手道，“您四位住南北两边的房间正好。”

拄拐男子和许枚四目相对，又看看床边的旗袍绣鞋，也是一怔。

许枚随和地笑笑，上下打量这男子，见他四十来岁年纪，前额微秃，后脑长发触肩，鹰钩鼻上架一副眼镜，显得丑陋而文质彬彬，还有几分学究式的古板，但那一双眼睛白多黑少，明显露出一种阴沉诡异的味道。

许枚颔首致意，又对掌柜道：“红糖水可熬好了？拙荆等不得，都睡下了，毕竟她这些天……身体不好，赶这一程的山路早疲乏得紧了。”

“熬好了熬好了，方才生火慢了些，故此耽搁了，您别见怪。”掌柜的不知一个男孩子怎么成了这书生口中的“拙荆”，更不知道绣花鞋和旗袍是从哪儿变出来的，但他在此开店已有十数年，知道这些穿林野客多少都有些不愿为外人所知的秘密，因此也聪明地一句不问，把红糖水和两碗加了肉的面条从食盒里取出，放在桌上，便告辞离开。

那拄拐男子做作地笑了笑，道声“打扰”，便退了出去，对身后几人道：“先把行李放在房里，去正厅吃些酒饭。”

许枚隐约看见门外走廊里还有三道人影，便想到小悟所说“帮我杀了那四个家伙”和方才那年轻声音说的“挨了赵兄一枪”，心里便有了底，忙闩上门，从被子里提起小悟问道：“就是他们吧，要杀你的人？”

“嗯。”小悟紧张地点头，“你问掌柜要红糖水就是为了把我扮成个害月事的妇人，骗过他们？”

“不错，若是开枪打你的人还在山里，很有可能来此投宿。我这回去兴云镇，特意给一位红颜知己买了件漂亮旗袍和一对小花鞋，故此灵机一动，事先点了红糖水，想着待他们来了，用这几件东西或可哄骗一时。”

小悟心中愈发惊奇：这人真有些门道。

许枚盯着小悟的眼睛道：“说说吧，这些人是谁？美人醉是怎么回事？”

小悟身子一颤，窝在被子里低声说道：“我和猫儿还有小翎子，都是兴云镇的……嗯，用你们的话说是小混混，但我们没干过什么伤天害理的事，最多就是……就是偷些吃的。几天前，一个拄拐的男人突然找到我们，问我们愿不愿意发财。发财谁不愿意呀，谁知他竟然拉我们去杜家望风，事后还要杀人灭口！小翎子跑得慢，当时就被杀掉了，我和猫儿偷了他们两个包袱，东躲西藏逃了三天，刚才猫儿也被打死了，就剩下我一个……那个拄拐的，就是江湖上有名的大盗铁拐张……”

“哦，‘穿心铁拐’张九善，人称铁拐张，横行江淮的巨盗……此人我倒是有所耳闻，传说他武功极高，杀人如麻，共犯下大案三十六宗，小案不可胜数，还有不少警察和租界巡捕都死在他的铁拐击穴之下。”

“对对对，这老贼狠极了！”小悟打个寒噤，“还有猫儿，刚才在林子里被独眼赵一枪打爆了脑袋，他在杜家偷了一个和我这个差不多的盒子，被独眼赵搜去了。”

“差不多的盒子？唔，‘神枪恶盗’赵顺，人称独眼赵。我听说此人曾是张勋麾下的辫子军，四年前张勋被段祺瑞所败，此人便流落江湖。据传说这独眼赵专使一支汉阳造步枪，枪法奇准，两年来被他劫杀的富商大贾达十二人之多。”

小悟眼圈一红道：“猫儿就是被他打死的，当着我的面，我胳膊上这个窟窿也是拜他所赐。”

“可怜的……”许枚拍拍小悟的头，“还有两个是谁？”

“还有一个比我大不几岁，叫‘鸩公子’乔七，长得倒是好看，就是脖子后面有一大片烧伤的疤，特别吓人。听铁拐张说，他最会使毒。”小悟说着打了个哆嗦，“杜家的宅子就是他烧的，人也是他杀的，行动当天他来晚了，让我们带着财宝先走，他自己包下了杀人放火的脏活儿，不过看他那副神色，倒是很享受的样子。不过……这个人做事粗心得很，如果不是他打瞌睡，我和猫儿可逃不出来。”

许枚摇头道：“这个鸩公子可是名头响亮，传说他十二岁时便让新任直隶督军曹锟麾下的整整一个炮兵营糊里糊涂见了阎王，之后几年，犯下的命案不计其数。小小年纪便如此歹毒，若容他长大了，谁能制得住他？”

“还有一个熊包，名字我不知道，听乔七叫他海饕餮，好像是个水手。这人块头最大，力气也大得吓人。”小悟说着笑了笑，“不过他有点神经兮兮，最怕的就是鬼。”

“这人我倒晓得，他就是冉城人，当年在法国人的货船上做事，后来被法国船长当众羞辱，当夜便喝得酩酊大醉提了两大桶火油上船，把偌大一艘贩运军火的货轮烧得支离破碎，沉没在冉城东南的沄沄河里。警察把冉城里里外外搜了三遍，可还是被他逃之夭夭。呵，想不到这四个人竟凑在一处，有趣，有趣。”

小悟见许枚神色古怪，只道他心生惧意，便犹犹豫豫地说道：“我也不用你杀了他们，只要你能保我活着离开这座山，这东西就给你，怎么样？”

许枚笑了笑：“走一步算一步吧。先吃面，一会儿我去会会他们。对了，把太白尊拿出来，捂在被子里太作践它了。”说着掀开被子，双手把那豇豆红太白尊捧了出来。

就在他许枚双手捧出那瓷器的一瞬间，蓦地红光一闪，掌间现出一阵柔和的淡红色氤氲，袅袅蒙蒙，消散开来，小悟从没见过这等情状，吓得一屁股跌进被窝里。

瓷灵

等小悟回过神来，那柔和的红雾已渐渐淡去，太白尊也不知去向，许枚手中赫然抱着一个五六岁的小男孩。这小男孩头梳双髻，生得杏脸桃腮，一对水汪汪的大眼，小小上翘的鼻子，红馥馥的小嘴唇，上身穿一件红中透粉、绛线绣团龙的小肚兜，下身穿一条白缎子绲绣青边的裤子，光着白嫩的小脚，乖顺地偎在许枚怀里，可爱之极。小悟一时间忘了害怕，只想着把这小男孩水嫩嫩的脸捧过来亲上一口，但随即回过味来，只想大喊几声，又怕被远在正厅的四盗听见，只得压低了声音嘶吼道："小孩哪来的？瓷器哪去了？有妖怪！鬼呀！"

许枚有些尴尬，掏出怀表看了看："十一点零二分，已入子时。"

"什么意思？"小悟对"子时"二字有些发怵，从小便听说子时一到就是鬼的世界，这小孩不会真是……

许枚把小男孩放在椅子上，伸出左手，但见那油灯下的手掌洁白如玉，暗绿色的经脉展伏在手背上，指甲透着淡淡的碧玺般的粉，分外漂亮。

许枚有些不好意思："不巧被你看见了，一到子时，我的左手就会变成这样。"

"你……你是什么变的？"小悟哆哆嗦嗦地问。

许枚无奈道："我是人，或者说，我是个抚陶师，每到子时，我的左手若是碰触到一件浸透了能工巧匠心血的瓷器，便会唤醒瓷灵。"

"瓷灵？"小悟用被子把自己裹得严严实实，只露出一张煞白的小脸。

"对，瓷灵。就是瓷器化作和它本体的神采、气质几近相同的人形。比如甜白釉瓷的瓷灵多是甜美可人的江南少女；洪州窑青瓷的瓷灵则多是破衣烂衫的黄发老人；巩县三彩可化作华贵丰腴的贵妇；龙泉青瓷的瓷灵最是多变，可老可少可男可女，但总是一袭碧衣、风流俊美……"

"打……打住！我只想问这小孩是怎么回事？瓷灵？"小悟望望坐在椅子上歪着头瞧着自己的小男孩，还是有点害怕。

“没错。瓷灵，就是与瓷器本身传达给人的感官、印象相同的人形。这件‘娃娃脸’釉色的豇豆红太白尊，让人捧在手里就感觉像在抚摸孩儿的脸蛋似的，身子又圆又润，胖乎乎矮墩墩的，瓷灵自然是一个可爱的小娃娃了。”

小悟心有余悸：“那不就是瓷器精吗？我听说书先生讲《西游记》，说什么采天地灵气，受日精月华，不知多少春秋，方能修成人身……”

“差不多，古物皆有灵。”许枚笑道。

小悟好像有些理解了，却见那小男孩忽然抬起胖乎乎的小手，揉着自己的小脸蛋问道：“你为什么害怕呀？我样子很吓人吗？原来姐姐说我长得可爱都是骗人的……”说着小鼻子一抽，好像要哭。

“哟，别哭。”小悟最怕小孩哭了，忙一掀被子跳下床来，大着胆子把小男孩抱在怀里，一戳他软软的小肚皮，低声吩咐道，“千万别哭哦，把坏人招来就不好了，再哭哥哥挠你痒痒。”一面戳一面寻思：这小肚兜的面料真好，滑溜溜的……看来这瓷灵也没什么攻击力嘛，只要不是吃人的恶鬼就好，再说连独眼赵都没能真的把我如何，他一个小妖怪有什么好怕？

小男孩有点生气地推开小悟的手指：“不准戳我的釉，很难烧的。”

“啊，好，好，你叫什么名字？”

“豇豆红。”小男孩歪着头想了半天，认真地说。

“哥哥问你名字，不是品种哦。”

一旁的许枚“扑哧”一笑：“他都二百多岁了，你能当他哥哥？叫他祖爷爷还差不多。”一面说一面从小悟怀里抱过小瓷灵：“来，叔叔给你起个名字，就叫红豆怎么样？”

“嗯，好。”不知是不是所有瓷灵都对许枚极有好感，红豆笑眯眯答应一声，嘟起小嘴“啵”地在许枚脸上亲了一口。

许枚幸福地笑了好久，把红豆放下说：“乖，先变回去好吗？”

“嗯……”

“怎么了？”

“叔叔能把我姐姐找回来吗？我们本来在一起的，有一天着了火，我就找不到姐姐了。”

“好，叔叔一会儿就去帮你找姐姐，你先变回去好不好？”

“好。”红豆松开许枚，轻巧地跳到桌上，红光一闪，又是一只红润可人的豇豆红太白尊。

小悟在自己大腿上捏了一把，疼得直咧嘴：“这真的呀？太邪门儿了！”

许枚把已经凉了的面条递到小悟面前：“快吃。”

小悟早饿狠了，端起碗来就是一通狼吞虎咽，眨眼间便吃了个精光。许枚愣了愣，把自己那碗也递了过去，小悟也不客气，端将起来又是一阵风卷残云。

警察与大盗

夏夜的山雨愈发猛厉，许枚从行囊里取出油纸伞，提着盛了空碗的食盒向客栈正厅走去，刚到院子里，却听见客栈院门吱呀一声被推开，两道人影不急不缓走了进来，其中一人打着一把大黑伞，他身边那人的手上却戴着一副手铐。

那打伞的男子二十六七岁年纪，从上到下穿了一身黑，宽肩细腰，手脚修长，脸孔棱角分明，肤色白皙，高鼻薄唇，那眼神好似万年寒冰，冷得骇人。

他身边戴着手铐的粗莽大汉哆哆嗦嗦地缩在黑伞下，半边身子露在雨中，面色呆滞，满脸胡茬，脸上满是瘀青，旧伤套着新伤，就连身上的衣服也被划开不少口子，像是被人不间断地狠狠揍了一个月。

那打伞的黑衣男子看了许枚一眼，也没做什么反应，不急不缓走到正厅门口，收了伞，轻轻一推那大汉，二人径直走了进去，许枚随后跟上。

正厅中的铁拐张四人正推杯换盏，一面吃一面低声商量着什么，忽见走进两个人来，都是一怔。

那黑衣青年环视一周，问道：“掌柜可在？”

“在在在。”掌柜的从正厅东北角的小卧房跑出来，心里纳闷：今儿个走夜路的客人真不少。紧走几步，来到门口，一眼瞧见那大汉身上诡异的伤势和冰冷的手铐，顿时一怔，不禁后退了几步。

那青年道："掌柜莫怕，在下宣成，是冉城警察局侦缉队长。"

许枚暗道：咦，我的老乡？

"哦，哦，那警爷您是要住店还是……"掌柜定了定神，问道。

"住店。"

"可是，小店只有三间客房，而且都住满了。"

"无妨，我们在正厅休息一晚便好。"宣成又对那犯人说道，"坐吧，迟鹦。"

掌柜心说：这警官倒好说话。又问道："那您吃些什么？"

"两碗米饭，一盆热汤，随便上些菜，荤素皆可。"

"好嘞，您稍等。"掌柜干脆地答道。又一眼看见等在门口的许枚，忙问道："客官您有什么吩咐？"

"烦请掌柜的烧一桶热水来。"许枚想了想道，"再来一碟花生米，炸得透些，少放些盐粒。"

"好，您稍等，一会儿就得。"掌柜答应着直奔后厨。

许枚在门边的空桌上坐下，细细打量在座的六人。

宣成对周遭事物置若罔闻，从怀里摸出一把钥匙，对那犯人迟鹦道："老样子，我先解开手铐，你不准跑。"

迟鹦一个激灵，把头摇得像拨浪鼓一样："不敢，不敢，我不敢跑！"不知是不是头摇得狠了，牵动得脸上的伤一阵剧痛，忍不住"唉哟"一声。

宣成脸上似是显出一丝不忍的神色："你若不持枪拒捕，我也不会下这么重的手。"

迟鹦连连点头："是是是……"

"你还打伤了二十多个警察，其中六个是重伤，不能怪我火大。"

迟鹦缩着脖子："是是是……"

"你勾结华东黑道高手劫囚，又伤了不少人……"

迟鹦战战兢兢抬起眼皮，有些委屈："可是……华东道上那些来劫囚的兄弟，都被你弄死了……"

"他们持枪挟持警务人员做人质，我是不得已将他们击毙。"宣成很不喜欢"弄死"这个说法，语气微微一冷，吓得迟鹦寒毛直竖，像受惊的小狗一样缩在椅子上。

铁拐张四人谁都没有说话，倒不是因为这个警察，而是因为那个犯人——号称华东第一恶寇的迟鹗！

铁拐张心里嗵嗵打鼓：迟鹗乃是华东黑道数一数二的狠角色，当年的警界第一高手——曾追得铁拐张上天无路入地无门的李璜，还不是被迟鹗一掌斩断了颈骨。还有叱咤风云的黑道巨寇南山大王肖铁塔，只因辱及迟鹗师门，竟被这煞神在七日内将南山各寨诛杀净尽，肖铁塔被人发现时，早已胸骨尽碎而亡。关于迟鹗的传说数不胜数，堪有小儿止啼之效。铁拐张当年只见过迟鹗一面，便被那股凛凛煞气慑得魂飞魄散，万没想到第二次见面竟是在这样一个场合下。更令人匪夷所思的是，堂堂华东第一恶寇竟落得这般狼狈模样，还对这个小警察怕到了骨头里。这个侦缉队长究竟是何方神圣，竟能将铜皮铁骨的迟鹗生生锻作一摊稀泥！

其他三人当然也听过迟鹗的名字，与铁拐张递个眼色，铁拐张仓皇垂首，三人面面相觑，都有些不安。

许枚自也听过迟鹗的大名，不禁对这警察生出几分好奇来，又偷眼去瞧那边桌上万般局促的四人，觉得好笑。

铁拐张对面那脑后拖一条长辫子的独眼汉子，应是独眼赵无疑，此人三十来岁年纪，面色姜黄，一部络腮胡须，狮鼻阔口，生得煞是威风。一把老旧的汉阳造斜靠在桌上，枪柄磨得发亮。

他身边一个黑红脸色的彪形大汉，头如麦斗，腰大十围，那胳膊几乎有许枚的大腿粗，正一边吃着烧鸡，一边不住地四下打量，好像生怕哪里窜出来一头恶鬼，把他的魂拘了去。此人应是小悟所说的怕鬼的海饕餮了。

一身白衣的少年便是鸩公子乔七，穿一件白色长衫，生得柳眉凤眼，唇红齿白，若不是颈侧有一片早年的烧伤，还真像哪个戏园子里当红的小生。这俊俏少年的做派却不甚潇洒：一边小口小口地喝着汤，一边紧张地抖着腿，不时地抬头偷瞄宣成一眼，便惶惶然低下头去。

许枚饶有兴趣地看着四人：这四个家伙行事风格各成一家，活动区域也是天南海北，按说不会有交往啊，他们怎么凑到一起的？尤其乔七这小恶魔，传说此人歹毒张狂，“童心未泯”，视杀人为玩耍，而且非常“贪玩”，和那三个为图财而害命的大盗完全不是一个路数。

四个恶人被警察宣成——或者说是被迟鹗的惨相狠狠地震慑了一番，也无心继续吃喝，没再坐多久，便扔下一片杯盘狼藉，回房去了。许枚也接过掌柜递来的开水，把花生米包好了塞进口袋，撑起伞回到房间，见铁拐张和海饕餮进了北边客房，乔七和独眼赵进了南边客房，自己和小悟的房间正夹在中间，处境实在不妙。

夜半枪声

许枚回到房间，对忐忑不安的小悟说了方才见闻，小悟拍拍胸脯，双掌合十向天祷告：“观音菩萨土地爷，是不是您老两口子显灵派下一位神捕来救弟子性命啊……”

许枚笑道：“你再乱牵红线，当心菩萨把神捕收了去。”

小悟又对天祷告：“二位别激动啊……”

许枚道：“行了，你赶紧休息，刚才把床滚得乱糟糟，我也懒得睡了。”

“那你怎么办？”小悟有点不好意思，毕竟房钱是许枚付的，伤口是许枚包扎的，连两大碗牛肉面也是许枚请的。

“我中午睡得久，现在正好看书。”许枚说着从行囊里取出几本书来，“最近各种‘改良’、各种‘运动’，风头正盛，趁着这番疾风劲雨，挑灯夜观辜鸿铭和胡适的骂战，也别有一番滋味。”

“你的手不会再把书鼓捣活了吧？”小悟看着灯下那只晶莹剔透、光润如玉的手掌，还是有点心有余悸，“如果跳出俩老头在屋里对骂，那可不得了。”

“胡闹。”许枚挥起杂志在小悟头顶一击，“二位先生的玩笑也是你能开的？再说胡适先生风华正茂、儒雅潇洒，可不是什么老头子。”

小悟吃了一记，难为情地钻进被子里，心里有点不是滋味：我活了这么大，还从没欠过谁的情，今天却欠下这个古董商好大一个人情，以后可怎么还啊？

但他已被人追杀了三天，又挂了彩，早乏得快昏过去，拼命撑到此时，已属不易，脑袋一挨枕头，立时沉沉睡去。

可恶的是他还没睡半小时，便听得门外走廊下传来清晰的“咚、咚、咚”的拐杖杵地声，自北向南而来，震得屋中地板悠悠直颤，在中间房门口停止。

许枚心中一凛，却听那拐杖声继续向南，走到南边客房门口，敲了敲房门，接着便听“吱呀”一声，房门打开，那拄拐人走进房间，关上了房门。

许枚皱皱眉头，继续就着花生米一面看书，一面逗弄刚刚偷偷唤出的红豆。睡得迷迷糊糊的小悟咕哝一句“天杀的铁拐张”，翻个身继续轻轻打鼾。

红豆抽抽鼻子，趴在许枚耳边说道：“把我和姐姐塞进房子搬走的坏人，就是个拐子，他走路的时候就咚咚的响。”许枚弹了弹他的小鬏髻，心道：这小家伙，告状的样子都这么招人疼，保不准当年还是康熙爷的掌中珍玩。他微微一笑，一面看书，一面盘算怎么引宣成收拾掉四个悍匪，顺便把红豆的姐姐也收入囊中。

正在此时，忽听南面客房里传来“砰”的一声枪响，小悟猛地睁开眼，一个鲤鱼打挺从床上跃将起来，正待要喊，却被许枚双指在后颈一戳，登时发不出声来，继而一阵晕眩，栽在床上。

许枚道：“好好睡吧。”说着，他拉起被子把小悟蒙住，又吩咐红豆变回原状，“我去瞧瞧出了什么事。”

宣成方才便注意到独眼赵靠在桌边的汉阳造——时当乱世，旅人以火器傍身已属常情，倒也见怪不怪。五人离开后，他安静而迅速地吃罢了饭，把同样吃饱喝足的迟鹗铐在自己手腕上，靠着房柱闭目养神。掌柜的睡意早就被接二连三投宿的客人驱走了，一头钻进柜台清点最近的账目：真惨淡，这个月才做了六笔生意，其中三笔还是在今天。

半个小时后，铁拐张拄了拐冒雨来到正厅，见迟鹗乖顺地趴在桌子上睡着，宣成也正闭目养神，便低声对掌柜道：“给我们也烧些开水吧，赶了一天山路，想烫脚。”说着，他似是不经意地看向宣成。

铁拐张声音不大，却也清清楚楚地送到宣成耳朵里，宣成轻轻抬起眼皮，望了铁拐张一眼，四目相对，铁拐张一个激灵，忙把头扭开。

宣成被噼里啪啦的暴雨声搅得有些烦躁，忽的一声枪响冲破雨幕，他心猛地一紧，迅速开了自己腕上的手铐，绕过椅背上的横脊，把被枪声惊醒的迟鹗反剪双手连人带椅铐在柱子上；也顾不得茫然不知所措的掌柜，抄起伞来直奔客房。那掌柜抖了抖手，随后跟上，铁拐张丢下刚刚烧开的水，赶忙跟了出去。

柳叶瓶

客房大门正对着南客房的门，宣成推门进来，正看见许枚已站在南客房门口，海饕餮刚刚从北边客房跑过来，赤着一双大脚，散发出一股怪异的药味。

南客房的大门关着，从屋里上了锁，这山村野店时有猛兽出没，房屋门窗都做得十分坚固，宣成一推不开，抬脚便踢，那足有杯口粗细的大门闩应声而断。宣成提步进屋，却和纵身闯入的许枚一道被挤在门框里，二人不满地对视一眼，又转头看屋中景象。

这客房两丈见方，也是一水的木墙木构木地板，后窗大开，雨点不时地打进屋来。独眼赵被绑着倒在窗下，他那把汉阳造却被几周绳索牢牢绑在方桌上。而那一身白衣的鸩公子乔七坐在正对桌的椅子上，牙关紧咬，双目圆睁，俊美的脸孔痛苦扭曲，胸前一个杯口大的血窟窿，透膛而过，连核桃木的椅背都被打个透穿，木屑溅了一地。

奇怪的是，乔七的左肘放在椅子扶手上，手掌上还绕了几圈细绳，细绳的另一端则从桌下反折过去，系到那把被牢牢捆束在桌面上的步枪扳机上，而枪口正对着乔七的心口。看这布置，只要乔七那边一拉绳子，便能扣下汉阳造的扳机，将子弹射入自己体内。

掌柜瑟瑟缩缩地偎着门框道：“这……这是自杀吧？”

宣成不语，又看看被蒙住双眼、堵住嘴、五花大绑晕倒在窗下的独眼赵，伸手将他扶起，解开绑绳，抄起已被从桌上挪到床头的茶壶，将一壶凉茶泼到他的脸上。独眼赵呻吟一声，缓缓睁开独眼，喃喃道："阿七，你想干什么……"

他环视一周，忽然看见坐在椅子上的乔七的尸体，惊得翻身坐起，失声道："阿七！"

宣成伸出食指和拇指，捻开独眼赵身上的绳索，问道："怎么回事？"

独眼赵被这一手奇招惊得直瞪眼，好容易挤出的几滴眼泪也被生生憋了回去。铁拐张见他失神，忙用力咳了几声。独眼赵一个激灵，定下神来，伸手揉着后脑道："我记得当时……当时……我在这边椅子上坐着，阿七就站在我身后，我这人心粗，也没觉得他有什么不对，正想倒些水喝，忽然后脑勺一疼，就什么都不知道了。谁知道这孩子竟然要拿我的枪自杀。"

掌柜跌足道："唉哟，他怎么在这儿自杀呀，我生意本来就不好，这下成了凶宅，客人哪还敢住……"

许枚暗道：矫情，荒山野岭的，我们一走谁还知道你这儿死过人。

海饕餮和铁拐张挤在门外，探头探脑。掌柜被海饕餮脚上的药味呛得直皱眉头，转身退开。

宣成在屋中四下打量一番，见这野店客房的陈设也不算简陋，看来掌柜的是用心布置过的。房间南北各一张架子床，木料不甚名贵，打造却还算得精巧，床架上挂着干净的青布床帐，床头各有一座小柜抵住墙壁。正对房门的是一桌四椅，木料极是厚实沉重，少有雕琢，一派粗犷自然的野趣，桌上本有一只漆木茶盘，一壶四杯，现被端到床头小柜上。墙角摆着两大盆花，枝叶肥厚，绿意可人。床边墙壁上还故作风雅地挂了两幅画，一幅杏林春燕，一幅雪压芭蕉，笔端还算有些功力，格局章法却显凌乱，显见是街头画家急就的便宜货。

宣成四下看过，回头道："都退出去。"

独眼赵轻手轻脚站起身来，猫着腰小步钻出房门，与铁拐张、海饕餮三人聚作一处，窃窃私语。

宣成横了在屋里晃来晃去的许枚一眼，冷冷道："我刚才说，都退出去。"

许枚一改翩翩风度，老农似的揣着双手赔笑道："是、是，我这就出去。”

宣成走到窗前，探头四望，见窗外便是树林，愈远愈密，黑暗幽深，与夜幕融为一体。窗外土地夯实过，但近来雨量丰沛，地上也长了不少不知名的杂草。宣成眉峰一蹙，伸手关了窗，又在屋里来回踱了几遭，便把门关好，离开南客房，见众人都挤在窄小的走廊里，便吩咐道："各回各房，等我问话。”他又一指独眼赵："你先到北客房。”

掌柜一脸苦相："警爷，我怎么办？让我和那犯人一起待在正厅，我害怕……”

宣成道："你回去告诉他，椅子挪动一寸，便要挨我一拳，他自然老实了。”这话说得不温不火，旁边的铁拐张三人却听得头顶寒气直冒。宣成回头扫了三人一眼："你们到北客房，我有话问。”

不知怎么的，三人听了宣成的话，一时间竟然不敢有半点异议，只觉得若是不从，便要有塌天祸事降临到自己头上，只好诺诺连声，灰溜溜钻进北客房。

许枚回到中间客房，插好房门，见小悟吐着舌头四仰八叉瘫铺在床上，模样甚是滑稽，不禁“噗”的一笑，伸手在小悟胸前轻击一掌。

小悟闷哼一声，恍恍惚惚坐起身来，咧嘴道："要不，你弄死我算了，这一晚上折腾的……”

“别说话，瞧。”许枚袖中露出一只花梨木盒子，木质油润，纹路如画，和红豆的“房子”一样，只不过稍显细长了些。

小悟还没缓醒过来，揉了揉眼睛道："怎么了，这不是那小妖精的盒子吗？好像……变长了些……噢，难道……”

“没错，这是刚才从南客房那儿顺过来的。”许枚坏笑着说。

“原来你是小偷！那咱们算半个同行。”小悟有点兴奋。

“非常之时行非常之事。”许枚道，“我只是会用些灵活的手段，才不是你的同行。”

“我可不可以说你是在狡辩？”小悟眼中露出一丝顽皮的神色。

“不可以。”许枚一面说着，一面打开木盒，里面赫然是一个造型俊美的豇豆红柳叶瓶，撇口细颈，丰肩下削瘦至足，器身细长，形如一片红色的柳叶，釉色柔和淡雅，艳若桃花，仿如醉酒美人两颊那一片妩媚的娇红，周身或聚或散遍布一些细小的苹果青色的苔点，其款识仍是三行六字青花楷书款——“大清康熙年制”。

“康熙官窑豇豆红柳叶瓶，绝好的美人醉釉色。”许枚啧啧赞叹。

“柳叶瓶？”小悟眉头一挑，“倒还真像片柳叶。”

“对。柳叶瓶、蟠龙瓶、菊瓣瓶、太白尊、莱菔尊、苹果尊、印泥盒、锄锣洗，是为康熙官窑豇豆红八器，我们一夜之内见到两件，还都是上乘的釉色，实属不易。”

“真好看。”小悟道。

“哪里好看？”许枚饶有兴致地问。

“就是觉得……这模样、颜色，什么地方都好看，总之就是那么顺眼。”

“有感觉就好。”许枚点点头，一面说着，一面伸手把那柳叶瓶取了出来，霎时间红雾蒸腾。

许枚轻轻地一跺脚：“不好，子时未过。”

小悟道：“没关系，反正我这一晚上怪事见得多了，说不定明天一早起来，发现我还好好地睡在兴云镇外的土地庙里。”

“我保证你不是做梦。”许枚望着眼前的美人，对小悟说道，“真美！”

这女子看上去二十余岁年纪，头发梳成喜鹊尾，斜插一支点翠凤尾簪，耳下悬一对冰种浓翠的水滴坠，身穿桃花红精绣团螭纹云缎裙，上身一件浅红闪粉的对襟小褂，足蹬一双素白缎子青丝绲边小绣鞋。生就新月眉、含露目、悬胆鼻、樱桃口，腰肢袅娜，脚步蹒跚，两腮绯红，云鬓微松，眼神娇中带媚，摇摇摆摆走到桌边，一把拉过椅子，晃悠悠半躺半坐，伸出纤手，轻抚额头，真如嫦娥微醺、玉女斜卧，千般醉态，万种风情。

许枚一拱手：“无意打扰姑娘，万望恕罪。”

“没……没事。”那女子媚眼微睁，摆了摆手道，“正好起来醒醒酒……嗝……”

小悟觉得这女子迷迷糊糊的，十分可爱，但一想到她至少有二百岁了，不禁一个哆嗦：怎么想都是个老妖。

采药人

北客房里，铁拐张、海饕餮、独眼赵三人缩手缩脚坐在床沿和椅子上，这三人虽被宣成身上的杀气震了一震，但毕竟都是老江湖，油滑得紧，甫一定下神来，便能巧舌如簧。

“你们是什么人，深夜到此何干？”问案时的宣成嗓音低沉，还带着一丝与年纪不相称的沙哑，稳重得像一只饱食的黑虎，慵懒无求，又随时可以择人而噬。

铁拐张定定心神，说道：“我是药材商，白天进山采药，遇到大雨，便暂居于此，只待明早出山。”

宣成又问：“为何带枪？”

“只怕这山里遇到野兽，故此带枪防身。”独眼赵故作苦相道，“只是想不到，阿七他……”

“这个阿七是什么人，和你们是什么关系？”

“他是掌柜家的远房侄儿，这位是我们掌柜。”独眼赵指指铁拐张，“阿七这孩子皮相虽好，但生性好赌，在老家欠了八百大洋的赌债，走投无路才来投奔我们掌柜的。他读过书，掌柜的便收留他在药铺管账，想不到那债主竟然一路追了过来……”独眼赵抬起眼皮偷瞧宣成，见他不动声色，便继续道，“前天阿七又找掌柜的讨钱，掌柜的狠狠训了他一顿，但一时也不知怎么应付那些债主，便索性带他进山采些药材，只想着一来能避开那些债主，二来这山里有亮货，或许能多赚几个钱，所以越走越深，一头钻到这深山老林里来。想不到……阿七竟然在这儿自杀……”他说着叹了口气，铁拐张也眼圈一红，顿拐长叹。

“这位是药铺掌柜，那你们二位是……”宣成继续问。

“我……我是个逃兵，逃的是前清的役，他原来是个车夫，我们两个现在都在药铺里当伙计，做些进货出货的粗使活儿。”独眼赵滴溜溜转动着独眼说。依然赤着脚的海饕餮也赶紧点了点头。

“你认为他自杀是为债所逼？”

“想来应该是如此吧。”独眼赵犹犹豫豫道。

铁拐张长长地叹了口气：“早知如此，我便帮他还上这些钱……这叫我怎么去见我九泉之下的哥哥……”

宣成道：“这么说，以你的财力是可以清还这八百块大洋的。这不是一笔小数目，想来你的药铺规模不小。”说着，他又打量了铁拐张几眼，“可是你这身衣裳朴素得紧，真不像一个腰缠万贯的旺铺掌柜。”

铁拐张连连摆手：“啊……啊……我简朴惯了，再说，那八百大洋几乎是我的全部身家，我要替他还债，少不得要把药铺抵押出去。”

宣成微微颔首：“你们是为了替这个阿七还债进山采药的，还冒着危险来到深林里。”

铁拐张道：“正是，正是。”

宣成疑道：“什么药能值八百大洋？就算有千年老参、万年紫芝，也价不过百吧。”

“这个……也不瞒警爷……”铁拐张推了推眼镜，压低了声音道，“人们都传说这座山有灵气，在大山最深处有不死草和长春树……”宣成自报家门来自冉城，对这里的地理草木人情风物应该不甚了解，铁拐张大着胆子编起瞎话。

“不死草？长春树？”宣成心中不屑，脸上却依旧波澜不惊。

铁拐张道：“都是古籍记载中的灵药，汉代东方朔《海内十洲记》中说这不死草‘形如菰苗，长三四尺，人已死三日者，以草覆之，皆当时活也，服之令人长生’。还有长春树，‘叶如莲花，身似桂树，花随四时之色：春生碧花，春尽则落；夏生红花，夏末则凋；秋生白花，秋残则萎；冬生紫花，遇雪则谢，故号长春’。这些在《述异记》都有记载，据说燕昭王种过这种树。”

宣成道：“尽是些子虚乌有的混账话。”

“话是这么说……可不试一试，谁肯死心呐？”铁拐张讪讪苦笑，“我们辛苦数日，却无功而返，如果能采到一株不死草，摘到一朵长春花，阿七也不会万念俱灰，开枪自杀。”

宣成望着铁拐张，突然道：“这里尚有渡船客栈，可算不上是大山最深处。”

铁拐张忙道："我们是返程，走至半途遇到大雨，才来这里投宿。"

独眼赵也道："是是是，我们在深山里转了五六个时辰，天擦黑才折返回来。"

宣成道："那你们的药筐、药锄在何处？就算你们是为不死草和长春树来的，在深山里见到其他草药，总该采一些吧，可我看这南北两间客房里，连一个药筐、一棵草药都没见到。"话音未落，他眼中寒光已露，刺得三人几乎窒息。

铁拐张毕竟老到，吞了口唾沫道："药筐……自是有的，药锄也有，就在……哦，就放在药筐里，原本是阿七背着的，年轻人嘛，总要出些力气……"

宣成"哦"了一声道："是吗……那这些东西在哪儿？"

"唉……"铁拐张叹道，"我们一路走来，也采了些天南星、黄精、金线莲，还有可以入药的蛇蝎、蟾蜍。药筐原本是阿七背着的，可这孩子从未进过山，不晓得路径沟坎，走到一处山涧时，失足跌了下去，若不是老赵拉了他一把，莫说药筐，连人都保不住。"

独眼赵道："可不是，那条路险得很。"

"也就是说……药筐掉进了山涧？"宣成眼睛一眯，像是在说：空口无凭，你们如何证明自己是进山采药的？

铁拐张福至心灵，忙道："阿七还背着一个药箱，那里面有我们今天捉的毒虫。"他冲畏畏缩缩坐在墙角的海饕餮一努嘴："还不快去拿来！"

"哎！"海饕餮答应一声，撒脚跑了出去，不一会儿便抱了一个药箱回来，脸色却难看之极，青筋凸起，肥肉乱颤。

宣成眉毛一挑，似是觉得十分有趣，铁拐张、独眼赵面面相觑，独眼赵开口要问，却被铁拐张狠狠瞪了一眼，话到嘴边，又生生吞回肚里。

铁拐张道："警爷别在意，这夯货最怕蛇蝎。"

海饕餮见两人眉毛眼睛满屋乱飞，一时不知作何反应，只得老老实实把药箱放在桌上，轻轻打开，局促道："我……我看不得这些东西……警爷，您请，您请。"

宣成浑不在意，伸手掀开药箱，只见大大小小足有二三十个小瓶子，五颜六色，炫人眼目，有的竹筒篾笼里还传出沙沙的声响，想来铁拐张所说的蛇蝎蟾蜍之类便在其中。

铁拐张凑上前道："警爷可千万当心，这些东西虽是入药的，但毒性不小。"

宣成自也乖觉，不去碰那些透气的竹篾盒子，只随手拿起一个药瓶，轻轻晃了晃道："这些瓶子里是什么，药丸吗？"

铁拐张道："啊，是……有药丸、药粉……"

宣成道："这却奇了，进山采药，却背了这么多成药，岂不累赘？"

铁拐张一时讷然，半晌方道："一路走来，穿村过寨，总能卖掉些成药。"

宣成道："唔，原来放在这里的药是被卖掉了。"

药箱里的药瓶小盒摆得整整齐齐，摞了两层，却空出一块一尺长、三寸宽的空间，铁拐张一看之下，顿时失色——那里原本塞着一个花梨木盒子，盒子里是那只康熙豇豆红柳叶瓶！他又回头看向海饕餮：原来老海脸色大变是因为这个！东西哪去了？莫非是中间客房那个古怪书生……

"案发时你在做什么？"宣成突然转向海饕餮，"他们二人的行踪我都晓得：一人被缚屋中，一人尚在正厅。你呢？我赶到时，见你紧随中间客房那客人之后赶到南边客房门外，还光着脚。"

"啊，我……我当时准备睡了，正想给脚抹些药。我脚腕子扭着了，也不敢用热水洗，掌柜的说去要些热水烫脚，我便先抹些药止疼。"他一面说着，一面晃了晃毛茸茸的大脚，脚上药味还未散去。

宣成稍稍屏息道："走路方便吗？"

海饕餮忙道："自然是不大方便。"

宣成道："可是你来得好急，鞋都来不及穿就跑来了。"

海饕餮一慌，讷讷道："啊……是……我……我心里着急，以为阿七玩枪走火了。"

"可据我所见，枪一直在这位伙计手里。"宣成指指独眼赵，"你为什么会认为是那个孩子玩枪走火？"

"我……"海饕餮自知失言，一时语塞。

"哦，我想大概是因为阿七平日里好动些，也喜欢摆弄这枪，老赵素来持重，不会随意开枪。"铁拐张忙道，"警爷，我一直觉得奇怪，我们从正厅走到客房大门口时，那中间客房的住客已经到了阿七和老赵的房门口了，还一副跃跃欲试的样子……”

“你不是认为阿七是自杀吗？这又干那中间客房的住客什么事？”宣成问道。

铁拐张暗暗发狠：当时房中除了我三人和这警察，便只有那个书生，定是他趁乱顺走了盒子，我岂能放过他？

“若是常人听见这样一声巨响，应该缩在房里不敢出来吧？这么一个文弱书生，竟然兴冲冲地朝着响枪的地方跑，警爷不觉得这其中有古怪？”铁拐张慢条斯理地说。

“这也不一定，有人胆大些，有人胆小些。不过……”宣成又看向独眼赵，“若是常人在昏迷中听到这样一声巨响，应该会立刻惊醒吧？我看你脑后的伤势并不重，头皮上只有小小一块鼓包。”

独眼赵一惊，忙辩解道：“我当时也迷迷糊糊有些意识了，所以警爷拿水泼我的脸时，我便立刻醒了。”

“你怎么知道是我在泼你的脸？”

“我……醒来第一眼看见的便是您，当然会这么想。”

“警爷。”铁拐张沉沉说道，“这旅店中还有一个人您不曾见过。”

“什么人？”宣成微微惊诧。

“那书生的夫人。”铁拐张道，“之前我无意中闯进中间客房，见那床帐已放了下来，床下还有一双绣鞋，我当时没觉得如何，现在细细想来，便觉得大有蹊跷：谁家妇人赶山路时还穿着绣鞋呢？再说，外面雨势很急，这鞋上却一尘不染……呵，警官若是到中间客房询问一番，定能找到些线索。”

“也好。”宣成起身道，“你们最好先别动，且不说这雨夜山林危机四伏，若是擅自离店，被我抓回来，只怕会落得和那迟鹗一般下场。”说着眼神一冷，“看三位也像是，此、道、中、人，不会不晓得迟鹗是谁吧？”

三人都是一窒。

宣成又略带威胁地一挑嘴角：“不过三位放心，若你们真与此事无关，我也不会为难你们。”

铁拐张一拄拐杖，站起身来：“警官吩咐，我等自当从命。”

何方妖孽

当宣成毫无预兆地一把推开中间客房的门时，正听见那书生问一个醉醺醺的的美貌女子："你刚才在南客房里听到了什么……警官你怎么不敲门？！"

"这么说，夫人刚才在凶案现场？"宣成不理会许枚的问题，径直走进房中，顺手闩上房门，又瞧了小悟一眼，继续问道，"这个孩子是什么人？他手臂上的伤因何而来？夫人为何这般打扮，又为何醉酒如此？"一面说，一面冷冷一扫在场三人。

小悟暗自嘀咕：这位凶巴巴的就是神捕吗，怎么冷口冷面的比铁拐张还吓人？

美人醉被宣成吓了一跳，娇憨地"哼"了一声，不悦道："你这人好生无礼，我回去了。"

许枚吓得手忙脚乱，一声"不要"还没出口，便见红光一闪，一只柳叶瓶俏生生摆在靠椅上，釉光红润，醉态撩人。

许枚一把捂在自己脸上："我怎么唤出来这么个不靠谱的妞，我的秘密呀，一夜之间被两个人撞着了……"

"何方妖孽？"宣成的万年冰山脸上终于露出一个惊骇的表情，伸手便要拔枪。

"别激动，这不是妖怪！"许枚急道。

"那你告诉我这是什么？这是什么？啊？"宣成自幼不信鬼神，突然看到这样一番诡异景象，一时有些恍惚。但他毕竟心硬如铁，几个喘息便冷静下来，一指小悟问道："你是谁？他夫人呢？那瓶子怎么回事？"

"其实我就是他夫人……啊呸……不是，我跟你说，他让我装他夫人躲那四个人，那四个是有名的悍匪铁拐张独眼赵海饕餮鸩公子，所以说我不是夫人刚才那个也不是夫人其实就没有夫人他说有夫人是为了骗人而且骗的都是坏人我们才是好人……"小悟有些语无伦次。

"你说话不会喘口气吗？现在兴白话文你知道不？文学改良你不懂

吗？标点，加标点！”许枚有点郁闷，“我可怜的秘密……”

“你们谁能把话给我说清楚？”宣成静静地问。但小悟听起来总觉得像暴风雨来临之前的平静，生怕一句话说错便会被当场碾死。

说服宣成相信瓷灵的存在比说服小悟要难得多，许枚足足花了半个多小时的工夫，耗费了多半壶茶水，还当场叫出了美人醉。宣成的世界观在这一刻遭到了彻底的颠覆。

“我是个抚陶师。”许枚小心道，“这是个……怎么说呢……不为世人所知的职业。”

“抚陶师？”宣成乜了一眼美人醉，幽幽道，“可这是瓷，陶与瓷窑火有异、坚脆有别。”

“呃……警官真是斤斤计较。”许枚道，“古人行文，常陶瓷不辨，乾隆皇帝题汝窑诗中便说‘秘器仍传古陆浑，只今陶穴杳无存’；九年前上海朝记书庄刊印的寂园叟《陶雅》一书，尽载古今名瓷，可见今人亦以陶瓷互训；还有……”

“好了……”宣成沉声道，“啰唆。”

许枚一笑：“总要给警官说个明白才好。”又道，“案发时瓷灵就在南客房，警官不妨向她问个明白。”

美人醉娇哼一声道：“我可什么也没看见，我在‘屋’里睡着呢，头有些晕乎乎的。”她揉揉红扑扑的脸，敲了敲花梨木盒子，“这是我的小屋，睡觉可舒服呢。”

小悟暗道：你这“脸色”就叫美人醉吧？你打从一出生就晕着吧？晕了二百多年，亏你挺得下来。

许枚皱皱鼻子道：“你且先醒醒酒吧。”说着他打开了后窗。

美人醉一脸幸福地靠在窗前，痴痴地看着许枚。

许枚清清嗓子：“那……警官，您有什么要问的？”

宣成戒备地盯着许枚，一指小悟道：“先说说这小孩是谁，‘夫人’是什么意思？”

许枚望天长叹，长吸一口气说道：“我在山里遇到这小孩被人追杀就把他救了又想到追杀他的人很可能也来这里投宿就把他卷在被子里把红糖水和女装放在显眼的地方假装床上躺着的是我女人骗过那四个人那四个人都是有名的黑道人物铁拐张独眼赵鸩公子海饕餮你快去抓吧哦不对鸩公子已经死了你去抓剩下的那三个人吧。”

宣成斜他一眼：“你不会喘口气吗？”又指指放在桌上的《新青年》，“文学改良不知道吗？标点。”

许枚道：“你刚才问的是和眼下的案子无关的问题。”

“那就说说和案件有关的问题。”宣成回击道。

“和案子有关的问题吗……对了，大概十二点五分吧，我听见铁拐张拄着拐在走廊里从北向南走去，脚步声在我房间门口停了几秒，又继续向南，最后进了南客房。不过……十二点十五分枪响时，我却看见铁拐张跟着你从正厅那边跑来。”许枚有点奇怪地说。

宣成眯起眼睛，把玩着法国怀表说道：“十一点整，我来到客栈；十一点二十分，那四个所谓黑道人物和你相继离开正厅；十一点三十分，我吃完饭开始打坐；十二点整，铁拐张返回正厅，请掌柜烧水；十二点十分，枪响，我来到客房大门口，看见你站在南客房外。”

“你是说……”

“你听到铁拐张从走廊走过的时间是十二点五分，此时我亲眼见他在正厅等掌柜烧水，所以对于你的证言，我不予采信。你想想，怎么说服我？”宣成冷淡而玩味地打量许枚。

“你让我说服你，而不是直接否定我，这就说明你对我多少还是有些相信的，对吧？”许枚巧妙地抓住宣成话中的小尾巴，试探地问道。

“相信谈不上，只是觉得一个能招魂引鬼的巫师还不至于说这种一眼便能看穿的胡话。而且，我们所述的矛盾主要在于铁拐张十二点十分前后的动向，他若在正厅，就不可能杀人，他若如你所说在客房走廊，就有可能……不对，这不可能，我说他在正厅，我是看见的，你说他在客房走廊，你是听见的，耳听为虚，眼见为实。”宣成不急不缓地说。

“首先，我不是招魂引鬼的巫师，只是一个抚陶师。其次，你说‘杀人’，也就意味着，你也认为乔七是被杀而非自杀。”许枚再次抓住宣成话中的破绽，微笑着说。

“你说‘也’，看来你的看法和我一样，说说吧，为什么？”宣成也学会从对方的虚词里找茬。

许枚一笑，说道："选这么个自杀的法子，也太费功夫了吧？又要把人打晕，又要把枪固定在桌上，还得穿绳引线，他也不嫌麻烦。乔七的药箱你检查过吗？不出所料的话，那里边有不少东西能悄无声息地置人于死地，断绝生念之人用那些小玩意来自杀简直是奢侈的享受。乔七年纪虽小，但这个用毒高手少说有一百种办法能让一个人毫无痛苦地离开世界，当然他也有不下一万种办法让一个人在死前遭受地狱般的煎熬。"

宣成不为所动："服毒自尽，哪及得上一枪穿心来得痛快？两眼一闭，伸手一拉，万事皆休。"

许枚又道："好，就算乔七打定主意用枪自杀，为什么要煞费苦心地做这么一套机关？"

宣成道："汉阳造步枪的枪管很长，把枪口抵在心窝，手便够不到扳机了。"

许枚甩开手脚比比画画："他完全可以用枪托抵在地面，枪管朝天，用眉心抵住枪口，这样便能伸手扣下扳机，再不济还可以用脚嘛。"

宣成道："看那少年的容貌装束，应该是个很重仪表的人，像你那般半蹲半躬，伸长胳膊捞着扳机，一枪把头轰个稀碎，死状实在难看。"

许枚嘀咕道："现在这死状也没好到哪去。"

"至少比你那般从容些。"宣成道，"你就只看出这些？"

"不止这些。"许枚摇摇头，"从现场情况看，是乔七先把独眼赵打晕捆好，再把步枪绑在桌上，之后用一根细绳，一端系在扳机上，另一端握在手里。最后坐上早已摆在桌子对面的椅子，拉动绳子，让子弹穿透自己的胸膛。"

"没错，从现场来看的确如此。"宣成道，"你还有何高见？"

许枚思索片刻道："警官当时有没有注意过那张桌子？那枪托下的桌面上有很短的左右方向的新磨痕，这说明什么？"

宣成眼中闪过一丝欣赏："说明这把枪被固定在桌面上之后，有人轻微地平行挪动过枪的位置，以此来调整枪口的左右朝向。但这枪被捆绑得太紧，所以在挪动时，枪托和桌面之间相互摩擦，留下了这几道短短的磨痕。"

许枚道："对啊，这又说明什么？"

宣成玩味道："说明什么？说明死者希望这一枪正中心口，可以一击毙命，不必承受痛苦，所以微微调整了枪口朝向。"

许枚摇头道："不对，不对，枪口不是乔七调整的。如果乔七坐在枪管前时，发现枪口正对的位置与自己的心脏稍有偏差，他稍稍抬抬屁股，挪挪椅子，略微调整自己身体的位置就好了，何必再站起身来费力地挪枪？"

宣成嘉许地微微点头："不错，所以这个挪枪的人不是死者。"

许枚道："对嘛，乔七之死是有人设局将他杀伪造成自杀，这个凶手挪动步枪比挪动坐在椅子上的乔七方便得多。我猜那时乔七已经死了，或者已经失去了意识，至少也失去了反抗能力，他多半是被人抱着放到椅子上的。不知警官有没有注意到，乔七那件白色长衫臀后皱褶堆叠，压在椅背上，这么坐着虽不至于多难受，但总归有些别扭，将死之人，难道竟懒得整顿衣衫，换个舒服些的姿势？"

宣成点点头："有些道理，但你有没有想过，无论调整枪口方向的是乔七还是所谓凶手，他为什么要这么做？"

"要保证这颗子弹精准地射进乔七的心脏。"许枚道。

"有这个必要吗？汉阳造威力不小，就算射偏少许，也能瞬间致死，何必费力去调整被捆得紧紧的枪杆？"宣成觉得多少有些蹊跷。

"除非有什么特殊的理由，让那颗子弹必须射进乔七的心窝。"许枚意味深长地笑了笑。

"什么理由？"宣成忙问。

许枚向前凑了凑，道："不知警官有没有注意到……"

"你有话就说,不用每次都神秘兮兮地来一句'不知有没有注意到'。"宣成嫌弃地挪开了身子。

"啊……嗯……咳咳……那个,这里每间客房的墙上都挂着两幅画，南客房挂着的是两幅竖轴，一幅杏林春燕，一幅雪压芭蕉，两幅画的纸张已经有些泛黄，裱布也有些脱色，少说也挂了十来年了，连画轴后的墙皮都被晒出了印子。只要留心去看便不难发现，那幅杏林春燕图被挪动过半尺，露出了原本被挡在画轴后面的雪白的墙皮。"

宣成淡淡道："我发现画被挪过，倒不是因为墙皮颜色有异，而是因为挂画的钉子旁边半尺处还有一个钉痕，现在这位置的钉子，是被外家高手用指力按进去的。”

“哇，看来凶手不好对付啊……”许枚讶然点头，“总之，这幅被移动过位置的画大有文章，不知警官……嗯……警官一定注意到了，这幅杏林春燕中的杏花用的是鲜浓的红彩而非浅淡的粉色，所以当一点红色的东西溅在花瓣上时，凶手没能及时注意到。刚才我在凶案现场，发现两三片花瓣上有或大或小的几点黑斑，画师水平再糙，也不至于用墨时黑红不分吧，所以我凑近一看，嚯——”

“别一惊一乍的，你说书呢？”

“呃……那个，是干掉的血点，我们不妨去隔壁看看，那幅画后面的墙上，应该还有几滴血。”

“你认为有人移动画的位置，是为了遮住墙上的血迹？”

“没错，而且我们刚才破门进入南客房时，这画上的血已经发暗，说明这滴血溅到画上的时间至少在枪响的半小时之前。出血量并不大，而且大多数溅在杏林春燕图旁的墙皮上，凶手慌了神，急急忙忙移动画轴，遮住血迹，却忽视了溅在花瓣上的几滴血。”

宣成微微摇头：“现场的血量不算小。除此之外，画轴前三步左右的看似干净的地面上，零零散散地爬着一些蚂蚁，似乎在往木地板的缝隙里钻，你觉得这片地缝里有什么？”

“血？警官是说，有血流到地板上，被凶手擦掉了，但是这木地板缝隙又深又窄，凶手无法清理干净。”许枚道。

宣成微一颔首：“南客房里不见了一条枕巾。这小客栈的枕巾质量不高，脱毛严重，所以地板缝里还挂着蓝色的纤维。”

缩在床上的小悟抹了抹自己的脸：可别粘我一脸毛毛。

宣成继续道：“客栈的房间打扫得非常干净，蚊虫蜘蛛一概不见，这些蚂蚁多半是从墙角的两大盆花里爬出来的，房间两丈见方，面积不小，小小的蚂蚁从墙角花盆爬到画轴前，确实要费些工夫，所以，你推断的时间应该不差。”

许枚道：“也就是说，乔七可能在半小时之前就遇害了，至少是重伤，而且出血量不小。”

宣成道："那我们回到之前的问题，凶手为什么一定要调整枪管的方向，使子弹精确射入乔七的心脏？"

"为了盖住真正的致命伤。"许枚道，"凶手用某件凶器击中了乔七的心脏，将其杀死或重创，又煞费苦心地将乔七布置成自杀的样子。可这一番布置花去了将近半个小时的时间，画轴上的血点渐渐变黑，花盆里的蚂蚁也成群结队爬到了画轴前。"

宣成道："那么，你觉得这个苦心布置现场的人是谁？"

许枚抱起胳膊靠在椅背上，一面想着，一面说道："且不说半小时前，单说枪响时……铁拐张在正厅，海饕餮在北客房，留在南客房的只有独眼赵。我们进入南客房时，房间窗户大开，窗外风雨交加，如果独眼赵早在乔七做'自杀'准备前就被打晕了绑在窗下，他身上应该被雨水打得透湿。但事实并非如此，也就是说，在我们发现他时，他刚刚躺在窗下不到一分钟。"

"倒有几分道理。"宣成道，"但还有一种可能，窗是在枪响前后被风吹开的，所以独眼赵身上没有被雨打湿，也说得过去。他后脑确实不轻不重地挨了一记，绳索也绑得极紧，所以他不可能是凶手，至少不可能是拉动绳索扣响扳机的人。另外，我们刚才的分歧在于铁拐张。"

"铁拐张啊……"许枚微笑道，"应该确如警官所见，铁拐张十二点十分时就在正厅。当时我听到走廊里有铁拐拄地的声音，第一反应自然是铁拐张在走廊，也许实际在走廊的是其他人，而那根'铁拐'……多半是那把汉阳造步枪吧，这个人用枪当拐，很有节奏地从铺着木地板的走廊走过——他在冒充铁拐张。"

"冒充铁拐张？有何用意？"

"为了造成警官您对我的不信任，枪响时铁拐张明明就在您的眼皮底下，我却一口咬定听到他从走廊走向南客房，这岂不是睁眼说瞎话？"

"那你怎么解除我对你的不信任？"宣成微微一挑眉。

"我有证据，有人用汉阳造冒充铁拐的证据。"许枚笑着说，"门外走廊的地板年头已经不短，用的也不是什么良材硬木，再加上这季节阴湿多雨，地板自也有些绵软了。如果有人用汉阳造冒充铁拐从走廊走过，地板上应该会留下崭新的连续而有规律的圈状柱痕——枪管是空心的嘛。”

“这个冒充铁拐张的人是谁，那个壮汉还是使枪的独眼？”

“这个么……”许枚坐直了身子，“就听她说说吧。”说着他抬手一指正眼巴巴瞧着二人的美人醉。

捕门弟子

宣成眉头一紧，打量这美人一眼，露出一个略带狐疑的表情：“女鬼的话能信吗？”

“喂，小朋友，我不是女鬼。对吧，大哥？”美人醉不满地看了宣成一眼，又笑眯眯地看向许枚。

许枚还给她一个温和的笑容，又对宣成道：“她骗你做什么？整场事件置身事外又经历全程的只有她。”

小悟坐在一边，歪着头暗自盘算：神捕叫我“小孩”，二百多岁的妖女叫神捕“小朋友”，瓷灵又叫这个许枚“大哥”，她的弟弟小瓷灵管许枚叫“叔叔”……那我和许枚怎么称呼？大哥？祖爷爷？祖爷爷他爸？

许枚哪知道小悟胡思乱想，忙问美人醉：“你当时都听到了什么？”

“嗯……我当时睡得正香……”美人醉用脚勾过椅子，坐在桌前，两臂一叠趴在桌上，仰着脸道，“后来听见几个人吵起来了，还把声音压得低低的，像是生怕别人听到。”

许枚道：“这是自然，连迟鹗都能被揍成那副德行，这几个小毛贼作奸犯科，哪敢被这位警官知道。”

宣成嘴角轻轻抽动两下：这厮拍马屁的时候还一副世外高人的做派，样子欠打得很。

美人醉继续道：“我听见有个很凶的声音恶狠狠地说：‘小畜生，你要卖了我们！’然后又有个很嫩的声音说：‘红口白牙，你可别冤枉好人。’接着‘吱呀’一声，像是有人从窗户进来，还有‘咚、咚’的几声响，震得地板一颤。然后么……那个年纪小的好像突然怯了，吞吞吐吐地叫了声大哥。”

许枚道：“这四人当中，以铁拐张年纪最长，江湖地位最高，这个‘大哥’一定是他，那‘咚、咚’两声，想来是铁拐张从窗外进屋时的声响。”

宣成点点头：“之前在南客房的两人，应该是死者乔七和那姓赵的独眼汉子。”

美人醉继续道：“那小孩子像是吓得不轻，结结巴巴地问：‘大哥……您为什么用枕巾包着鞋子？’然后又冒出来一个猫头鹰似的声音，应该就是从窗户进来的那个家伙。”

小悟“噗”的笑出声来：铁拐张说话确实很像猫头鹰啊。

“那猫头鹰说：‘心慈手软，不守时，不畏火，你不是真公子，你到底是谁？’我听着也觉得有趣，不是真公子，还能是假公子吗？又听到那小后生委委屈屈地问：‘大哥说我不是真公子，可有证据？’那猫头鹰说：‘我们刚到客栈时，你竟说，有了杜家那些金银玉器，也不白忙这一遭。你似乎不知道我们为什么要抄了杜家，我们要的可不是钱。’那小后生当时便慌了，一句话也说不出，我正听得紧张，便听那小后生像是被人捂住了嘴，呜呜地挣了起来，那个凶巴巴的人说：‘老实点，留你条全尸！大哥，快动手吧，他给那警察传信儿，再留不得了。’那猫头鹰说：‘外面可有个要命的阎王。’那很凶的人说：‘那可怎么好，杀杀不得，留留不得！小畜生，你老实点，你敢咬我……’接着就听‘噗’的一声，像是……像是什么东西……捣进肉里，接着便听到那小孩子闷闷地叫了一声，扑通倒在地上，便再没音儿了。哎……怪可怜的，声音那么好听。那很凶的人还骂骂咧咧：‘妈的，吐了老子一脸血。’猫头鹰说：‘不好，他把血吐在墙上了。’唉，我听着怪心疼的，我这心里一难受，就容易犯困，然后就又睡着了。”

那美人醉说起话来张牙舞爪，倒有几分女说书先生的派头。宣成瞧她一眼，对许枚道：“若她所说不假，那独眼赵和铁拐张便是凶手。”

小悟战战兢兢：“那‘扑’的一声，一定是被铁拐张用拐杖打的，我的一个朋友就是这么死的。”

“不是真公子……他说的应该是‘鸩公子’。”许枚道，“乔七果然是假的。”

“‘果然’是什么意思，你早知道他不是乔七？”宣成警觉道。

许枚一摊手：“这个么……只是怀疑罢了。”他指了指小悟，“这孩子说，他和他的同伴是从乔七手里逃出来的，我的天，鸩公子何等人物，怎么会被两个小毛孩钻了空子？还有，乔七颈后有一大片旧日烧伤，幼时遭过火灾的人，成年之后大多怕火，这孩子说，最后自告奋勇到杜家杀人放火的正是乔七，如此举动……倒也不是决然不可能，只是有些不大寻常。”

许枚又对小悟道：“对了，乔七让其他人带着劫掠的珠宝古玩先走，他自己去杜家杀人……但杜士辽全家是劫案次日傍晚才死在兴云镇外渡船上的，看来是乔七放走了杜家的人，只把房子付之一炬。”

小悟道：“会不会是乔七给杜家下了慢性药？”

许枚道：“有必要吗？而且杜士辽全家连同奴仆都是在渡船上被刀砍死的，或身首分离，或腰断两截，或破腹开膛，这可不是用惯了毒物的乔七能干出来的事。看来假乔七自请去杜家烧杀便已经引起了铁拐张的怀疑，他说假乔七‘不畏火’，应该就是指这件事。铁拐张在黑道朋友极多，杜士辽全家吃了‘板刀面’，这像极了‘拦河鬼’刘四苗和‘断流魔王’索桥的手笔，这两人都是铁拐张的死党。”

宣成默默听了半晌，才道：“有一个姓杜的人家财物被劫，满门遇害？什么时候的案子？”

许枚指指小悟：“这个就要问他了……不过，我倒想先问问警官，假乔七怎么给您传消息的。”

宣成倒是毫不避讳：“抖腿。”

许枚奇道：“抖腿？摩斯密码？”

宣成摇头：“不是，是捕门符码，这个少年是捕门中人，但他发的信息不全，我读不出他遇到了什么事，不敢贸然相认。”

“捕门！”许枚眼睛闪闪发亮，“这么说警官您也出身捕门？康熙漕督施世纶创立，后效力于乾隆神断张问陶的捕门？传说捕门弟子遍及天下，或平冤断狱，或缉贼擒盗，或查尸验骨，个个神通广大……”

“没那么玄。”宣成淡淡道。

“那这个假乔七怎么知道你也是捕门中人的？”

“我的伞。铁骨铜纸，伞柄雕成狴犴。”宣成道。

许枚恍然："原来如此！我便说那伞不是凡品。"

宣成黯然道："可惜，我没能救他一命，也不知道他为何要假冒乔七，我甚至连他的名字都不知道。"

许枚道："铁拐张、独眼赵、海饕餮、乔七，这四人本没有任何交集，从铁拐张的话来看，他们劫杀杜士辽不是为了钱，那他们图什么？还有，这个捕门少年为了假扮乔七着实下了不少功夫，连后颈的烧伤疤痕都造了出来，花这么大功夫潜身于三大悍匪身边，还要不时地找机会救人、放水，实在是个苦差事。他到底摊上一个什么案子？"说着他摇摇头，又问美人醉道："你睡着之后，再没听到他们说话吗？"

美人醉一歪头，思索着道："嗯……我迷糊了不一会儿，听见门外又有'咚、咚、咚'的声音，好像一个人从门口进来，瓮声瓮气地说：'喏，你的枪，咱怎么弄？'接下来又是那个凶巴巴的声音：'来，绳子……'然后……我又觉得有些晕，也没有留意去听他们说话，最后好像听到那个粗声粗气的人说：'对不住了赵哥。'然后很凶的人说：'来吧。'紧接着是一声闷响，再之后又是'砰'一声，哇，声音好大，吓得我酒都醒了。再之后么……像是有好多人走进屋里，等我再反应过来，就到你这里了。"美人醉扬着脸看许枚。

"就这些了？"许枚眼巴巴望着美人醉，"再好好想想。"

"嗯……"美人醉用手指托着下巴想了好久，摇头道，"实在没什么可说的了。"

"好吧，要不你先变回去？"许枚道。

"唔……"美人醉欲言又止。

"明日子时，我让你姐弟重逢，如何？"许枚知道她心中所想。

"真的？一言为定！"美人醉兴冲冲地说罢，勾住许枚的手指，"拉钩，骗人的是小狗。"

"好，骗人的是小狗。"许枚大笑道。

美人醉轻轻一咬下唇，闭目垂首，只见一阵红雾骤起骤散，等宣成回过神来，眼前人已经不见，桌上仍是一只精致隽秀的柳叶瓶。

宣成揉揉眼睛，轻轻吸了口冷气。

"嗯……那个瓮声瓮气的家伙，应该是海饕餮那傻大个子。警官，眼下这案子，差不多算是清楚了吧……”许枚道。

“说说。”宣成一扬眉毛。

“嗯，咳咳……”许枚坐正了身子，清了清喉咙。

许枚的推理

“十一点三十五分，那四人用过餐离开正厅，回到客房，我亲眼看着铁拐张、海饕餮走进北客房，假乔七、独眼赵走进南客房。铁拐张、独眼赵都是老江湖，且不说铁拐张，独眼赵能发现假乔七用捕门符码传递消息，应该早就对他有所注意了，之后海饕餮布置现场时毫不惊讶，显然张、赵二人早和他通过气。据瓷灵所说，当时独眼赵扼住假乔七，却被他咬住手指挣脱出去，铁拐张情急之下，突施杀手，一拐正中假乔七心窝。警官您也该知道，铁拐张在江湖上以‘铁拐击穴’闻名，这一击足以捣得假乔七心肺爆裂，口鼻喷血。杏林春燕图上和画轴旁墙皮上的血应该就是此时喷溅上去的，至于画轴附近地板上的血迹，应该是假乔七尸体倒地后从口鼻中流出的。凶手调整枪管角度以求准确击中假乔七心窝，正是为了掩饰他心口的瘀青拐痕……”

宣成点头道：“铁拐张从窗户跳进南客房时，脚上包着枕巾，应该是为了防止沾上窗外的湿泥，他来时便存了杀人的心思。”

许枚点头道：“铁拐张杀死假乔七后，和独眼赵移动画轴，布置现场，他拿着汉阳造从窗后回到北客房，之后他到正厅去请掌柜烧水，让警官和掌柜成为他的时间证人。与此同时，住在北客房的海饕餮拿着枪一步一拄地从我门前经过，故意在我门前停顿了几秒，让我留意到‘铁拐’拄地的声音。海饕餮走到南客房，留在那里的独眼赵对他交代了杀人方法。等二人把‘自杀装置’布置妥当，海饕餮打晕了独眼赵，并把他捆绑起来。不知警官有没有注意到，那绳子打的是水手结。”

“没错，是水手结，而这几人中符合水手体貌的只有那壮汉。”宣成点头道。

“他之前确实是法国人货船上的水手。”许枚道，“海饕餮一拉绳索，带动扳机杀死了假乔七，随即迅速从窗户跳出，逃回北客房，但慌乱中没有把窗户关好。海饕餮回到北客房，迅速脱掉泥鞋，但是他没有新鞋换，只好胡乱地把随身带的药水倒在脚上，假装是案发时正在抹药，听到枪声才赤着脚从房门跑了出来。”

“可是，他为什么不穿着鞋出来呢？反正这么大雨，院子里除了那条石板路到处都是泥水，就算鞋子上有泥也正常吧。”缩在被窝里的小悟小声道。

“他们吃过饭回到房间时是十一点三十五分左右，枪响时是十二点十五分，如果他一直待在房间里没有出去的话，鞋上的泥水应该快干了。但是他曾到窗外跑了一遭，所以鞋上必然满是泥水，这时候跑到走廊里定会被瞧出不妥。”宣成道。

许枚道：“就是这么个理，我猜警官刚才在北客房问话时，海饕餮仍然赤着脚吧？”

宣成点头道：“没错。”

“北客房里的枕巾都不见了吧？”

“这倒没注意。”

“大家听到枪响赶到南客房时，看到那样一幅古怪景象，多半都会认为乔七是自杀的。一旦警官您看出有什么不妥，也会立刻想到：铁拐张在正厅，他不可能杀人；独眼赵被打晕捆着，也不可能杀人；海饕餮的不在场证明似乎并不完美。但如果警官看不出这是他杀或索性不想管这案子的话，他们自然庆幸，若是您看出异样，并且开始询问调查，我关于铁拐张的证词就会与警官所见形成矛盾。警官当然更相信自己的眼睛，就算我躲在屋里不出来，也会成为您的怀疑对象，更何况我是第一个出现在现场门口的人。”许枚一摊手，“我呀，这份好奇心总是按捺不住。”

“没错。”宣成微微颔首，有意无意地看向房门，“我若不相信你的证词，自然会将你视为凶嫌；我若相信了你，不在场证明不完美的海饕餮就会走入我的视线，接下来是身处现场的独眼赵，而处于最安全境地的，就是案发时和我同处一室的铁拐张，但他恰恰是用铁拐击杀假乔七的真凶……”

“嘭！”

宣成话音未落，房门被人猛地一脚踢开，紧接着一个黑洞洞的枪口伸了进来，左边是一支黑亮的铁拐，右边是两只海碗大的拳头。

宣成眼皮一抬：“你们什么时候开始偷听的？”

“你说到铁拐击穴的时候。”铁拐张用一种颇堪玩味的眼神看着许枚，“你一介书生，怎么会对江湖之事了如指掌？我不记得江湖上有你这么一号人物。”

“这么个兵荒马乱的年月，出门在外即是行走江湖，我不是江湖人，却也得懂江湖事，否则还不被江湖人欺负惨了？”许枚道。

铁拐张阴森森地干笑两声：“你们两个好像一点都不紧张，正常人应该像他一样吧？”他抬手一指瑟瑟发抖的小悟。

宣成很不屑地挑挑嘴角：“我为什么要怕你们？”

“我的枪正顶着你的头。”独眼赵低声吼道。

“是吗？告诉你，我不喜欢这种感觉，你再不撤枪，我就抠出你另一只眼睛，把它塞到你嘴里。”宣成的语气一如既往的悠然而冷漠。

独眼赵不禁打了个寒噤，再与宣成眼神一触，更觉得打心里向外迸出冰血似的，不由自主地抬起枪来。

铁拐张觉得很没有面子，一扬拐压下独眼赵的枪管，问许枚道：“你刚才的一番论断倒还说得通，不过，你有证据吗？”

“很简单，当这位水手小哥从屋里跑出来时，脚上的药实在不地道。”许枚一指海饕餮，道，“你脚上抹的不是滋养筋骨的扭伤药，而是一种治疗外伤的止血药，这种药江湖人一般会随身带着，但是对治疗跌打损伤毫无帮助。我说你们两人也真可怜，为了脱罪，一个挨了当头一棒，另一个索性把脚扭伤，还都待在案发现场或者现场不远处，你们的老大舒舒服服地在正厅一坐，就干净利索地脱去了嫌疑，你们呀，被人当枪使还蒙在鼓里。”

“一派胡言。”铁拐张一拐点向许枚眉心，小悟吓得一捂脸，却听“咚”的一声，却是许枚倏然偏头，那拐杖贴着他的耳轮直直插入椅背上，木屑纷飞。

小悟稍稍松了口气：好快的身手。

许枚看着那根插在自己耳边的铁拐，又看看宣成：“喂，你可是警察，你就坐视不理吗？”

宣成望着被铁拐捣碎的椅背，抬头对海饕餮道：“你拉动绳索，扣响扳机，子弹透过乔七的身体，打穿了椅背，木屑溅得满地都是，其中有两块米粒大小的木渣落在你的头发上，直到现在还在。”

海饕餮一惊，伸手一撸头发。

铁拐张怒道：“他诈你的，别听他胡说！”

宣成转向铁拐张，继续道：“还有你，你说你们是从深山返回的途中遇到大雨，在此投宿，而乔七的药筐是在路过山涧时掉落的。”

“有何不妥？”铁拐张戒备道。

宣成道：“这座山叫枯松岭，岭中只有一处山涧，那里的泥土色泽鲜红，黏稠如胶，你们若从山涧旁经过，鞋底怎么会没有红土？我押解迟鹗穿山而过，直到现在脚上还留着山涧旁的红土渣。”

许枚笑道：“这就叫撞枪口上了，对吧？”

宣成继续道：“另外，你这个药铺掌柜实在外行，在这座山里采些黄精、天南星倒还说得过去，但此处幽暗潮湿，怎么可能采到金线莲呢？”

他看向许枚，商量道：“咱们三个一人对付一个怎么样？你对付使拐的，我对付使枪的，小孩对付大个子……”

“妈呀！不行！他一拳就能把我砸成糊糊！”小悟看看比他足足高出三个头的海饕餮，惨叫一声。

许枚倒是表示同意，轻轻一侧身避开铁拐张接连击来的第二拐、第三拐，身形一晃，从客房门口闪了出去，还顺手推了海饕餮一个屁墩。海饕餮虽然怕鬼，可从没怕过人，暴喝一声，一拳轰向小悟头顶。

小悟哪敢怠慢，刺溜一下从床上滚下来，眼睁睁瞧着偌大一张床在海饕餮拳下变成一堆碎木板，吓得脸都白了，尖叫一声，一纵身从窗户钻了出去，踏着满地泥水埋头飞奔。海饕餮怒吼一声，越窗而出，恶狠狠随后紧追。

宣成这边结束战斗倒是出乎意料得快。

被轻视了的独眼赵见几人动了手，一声不吭当即扣下扳机。可当他的食指勾回的那一刻，宣成竟然鬼魅般地一抬脚，不偏不倚正踢在枪杆上，枪口向上一扬，“砰”的一声，子弹直中房梁。

独眼赵一愣神的工夫，恍惚间听到耳边悠悠响起一声“你太慢了”，脊梁骨一阵剧痛，紧接着浑身过电也似一阵酥麻，好像三百六十根骨节都要爆开，运足全身最后的力气惨叫一声，便被抽去骨头一般软倒在地上。

宣成收回钩状的五指，缴了独眼赵的枪，掂了掂道：“倒是趁手。”

擒凶

铁拐张气势汹汹地杵碎了走廊四块地板后，把许枚追到了院子里。掌柜的听到响声，也跑出来看，只见院里杀气凛冽，铁拐张那支拐在暴雨闷雷中舞得如一团黑旋风，阴惨惨不见人影。许枚一面躲闪一面点头：“嗯，不错，这一拐打天门穴，下面应该是华盖穴了吧？唔，又绕到百会穴，下面是不是血海穴？嗯……怎么还抽冷子照我脑袋抡啊，甩我一脸水……”

铁拐张出道这许多年，除了当年在李璜手下吃过亏，哪曾被人这等奚落过？脸上登时泛出一层青色，眼中似要喷出火来。

掌柜的揉揉眼睛，颤声道：“怎么啦？这是怎么啦？”

许枚道：“没关系您先回屋去吧，给我煮一毛豆，多放些香料。”

“哦……好吧，客官稍等。”掌柜的听话地回屋去了，不一会儿又探出头来，“要单毛还是花毛一体？”

铁拐张更恼了：这掌柜怎么回事？见怪不怪了吗？他心中不忿，大喝一声：“书呆子，你以为你还吃得上毛豆吗？”

“分水穴……太阳穴，下一拐还是百会穴……当然啦，等他煮好了，我就过去吃。掌柜的，要花毛。”许枚轻巧地迈着脚步，铁拐张每一拐都几乎是贴着他的衣服划过去的，每一次都只差那么点，每一次都无一例外地落了空。只觉得许枚的步法看似简单，实则暗藏奥妙，高明得出奇，更可怕的是，他双手一直拢在背后，不曾还手半招。

铁拐张拐势不停，戳、点、劈、砸、扫、刺、豁，尽是要命的杀招，心里却有些打退堂鼓，此时忽又听到独眼赵的惨叫，心更是凉了半截。

许枚也听见小悟的叫声不停地从客房后面的森林里传来："别过来啊！""不要杀我！""救命啊，我错啦！"许枚不由得暗自摇头：这小子滑得紧，那巨汉身子又笨拙，故此才让他独当一面，看来他身上有伤，还是逃脱不得，我速战速决吧。想到此，窄袖一翻，一只白玉也似的手掌如仙鹤乘云般顺着拐势向铁拐张肩头滑去。铁拐张在一霎时的工夫里脑中一片空白，只想着"这手好美"，继而一个激灵，下意识地一矮肩，便觉肩头一凉，待他回过神来，一条袍袖已不知去向，枯瘦的膀子软软垂下。

铁拐张又惊又痛，只见眼前青影飘忽，许枚的招式瞬间转变了风格，狠辣刁钻尤甚于己。铁拐张不敢怠慢，急举拐招架时，却出乎意料地慢了半拍，被许枚一指正戳肚下。

许枚收指退步，抹了一把脸上的雨水。

铁拐张只觉五脏六腑一阵翻涌，浑身再提不起半分力气，哀号一声，瘫倒在地，三十斤重的铁拐当啷啷滚在一边。

许枚赶到客房后的森林时，不由吃了一惊，只见海饕餮扼着小悟的脖子，把他提在半空。小悟脸涨得通红，浑身被雨浇得透湿，手臂上的伤口早已裂开，鲜血迸流，双脚悬空，一个劲地乱蹬。宣成正手持独眼赵的长枪，在雨帘中纹丝不动地瞄着海饕餮。

许枚皱皱眉头，对小悟道："我还道你挺机灵的，怎么会被这只笨熊抓住？"

小悟费劲地说："我……咳咳，也没想到……咳咳，草丛里有一块大石头，绊了一跤……咳咳，救命……"

宣成轻声道："小孩快被扼死了，怎么办？他生得比一般孩子高大些，再加上几根树枝横在那儿，把大个子挡得很严，我不好开枪。"

许枚点头道："这家伙躲在树丛后面，他能看见你，你看不清他……"

宣成道："为难。"

"他能看见我们就好办。"许枚看看怀表，"十二点五十七分，子时未过。"说着他纵身赶回客房外，从窗户蹿了进去，不一会儿右手提着一只柳叶瓶赶了过来。

宣成心中了然。

许枚狡诈地一笑，尖声叫道："鬼呀！"紧接着他左手一抚柳叶瓶，那醉醺醺的美人随着一阵红雾站在草丛里，四下打量一番："咦，这是哪儿啊？雨这么大，怎么不带伞……"

话音未落，便听得那边树丛里"咕咚"一声，接着便听小悟道："咳咳，哎呀我的妈……"

两人忙跑去看时，见那海饕餮脸色刷白，口吐白沫倒在地上，颤声道："鬼，女鬼……"

小悟捂着脖子咳咳地说："这个怕鬼怕到骨头里的熊包，勒得老子脖子都快断了……鬼奶奶你真厉害。"

"这人是谁呀，哪有鬼奶奶？"美人醉四下环视一遭，娇憨地扯着许枚的袖子问。

许枚笑着弹了弹她的下巴："你立功咯，快回去吧，时间不多了。明晚你们姐弟重逢，就在我家住下吧。"

"真的？"美人醉幸福地一笑，纵身扑到许枚怀里，红光闪现，现出柳叶瓶原形。

宣成收了枪，呆了半晌，问道："这瓶子若是摔破了怎么办？女鬼是不是就出不来了？"

许枚惊恐地望着他："你要干什么？"

"随便问问。"宣成扣住海饕餮的脚腕，轻松地拖着三百来斤腱子肉向客栈院门绕去。

小悟凑在许枚耳边，小声道："其实我也想问刚才那个问题……哎，你怎么打人？"

此时掌柜的声音从客栈里传来："客官！客官您在哪儿啊？您的花毛一体！"

隐堂鹿童

许枚、宣成、小悟三人坐在正厅里，烤着衣服，吃着咸咸的花生和毛豆。许枚又让掌柜的烫了壶酒，热了几碟点心小菜。

掌柜的心有余悸，一面忙活，一面喃喃道："阿弥陀佛，今儿这是造了哪门子孽啊，又是死人又是抓贼，还打碎了我一张床，打穿了我一根梁，连走廊的地板都戳得满是窟窿……"

许枚笑笑："钱我来付，你再给加几个下酒的小菜。"

"好嘞。"掌柜暗喜：幸亏有这么个财神爷。

宣成看看迟鹗："椅子挪了三寸。"

迟鹗魂都要吓飞了，牙齿咯嘣嘣直响，结结巴巴地说："饶……饶命……我不是要跑，我无意的……"

宣成倒也好说话："好吧，这回饶了你。"

小悟嚼着花生米，悄悄问道："这人真的是什么第一巨盗？好饭桶啊……"

许枚笑笑："不是他饭桶，是这位警官太厉害。"

宣成瞟了他一眼道："不需夸奖，你的秘密我也懒得说出去。"

"那就好。"许枚舒了口气，"对了警官，您这名讳是哪两个字？"

宣成道："宣室之宣，成就之成。"

"好名字！"许枚赞道，"这名字我喜欢。"

宣成稍稍挪了挪身子，躲开许枚："你什么意思？"

许枚笑道："明代宣德、成化两朝瓷器，冠绝今古，承继宋元神韵，开创一代风流，后人谈及美瓷绝品，常'宣成'并称，清人便有'宣成陶器夸前朝，收藏价比璆琳高'之句。警官这名字和瓷器大有缘分，我是个古玩商人，最爱的便是瓷器，一听警官这名字，便觉亲切，来来来，我敬警官一杯。"他举起酒盅，和听得迷迷糊糊的宣成碰了一杯，又道，"警官这回拿了迟鹗，顺手破了杀人案，还抓了三个大盗，定然一路高升，官运亨通，我看用不了五六年，冉城警察局长的宝座就是你的了。"

宣成无所谓地一挑眉："也许吧，没兴趣。"

"没兴趣？"

"每天坐着有什么意思？"

许枚讶然地看看宣成："你真有性格，捕门弟子都像你一样吗？"

宣成似是无意地轻轻摇头："捕门六堂，我算缉凶堂的异类。"

许枚微笑。

"捕门六堂？"小悟好奇道。

"缉凶、断狱、侦资、勘痕、验骨，还有……隐。"宣成微微皱眉，"你记得吗？方才收殓尸体时，我看到那孩子胸口有一片红色文身，被鲜血浸泡时才会显露出来，这是隐堂弟子的标志。"

许枚一愣："那个……被鹿角托起的云气文身？"

宣成点头："我至今不知道'隐堂'所司何职，只听缉凶堂堂主提起过，隐堂堂主南寿臣，人称'南极仙翁'，平生只授两徒，一个'鹤童'，一个'鹿童'。"

许枚道："鹿角云气的文身……这被杀的孩子便是鹿童了？"

宣成叹道："隐堂素不与其他各堂弟子来往，我对他们知之甚少。既是同门师兄弟遇害，我便该把他的尸体带回去，当然还有他的遗物，所以……交出来，那只玉鹿。"

小悟一呆，嫌弃地瞧了许枚一眼："你怎么做这种事啊，那个小哥哥是救过我命的，两次。"

"两次？"许枚奇道。

"我藏在桥下的时候，要不是他引着那几个家伙沿河追下去，我怕是等不到你的船了……当时我还庆幸一件破衣服引走了四个坏人……"

"哦……"许枚了然，"你也蛮聪明的，情急之下还能想到这种金蝉脱壳的办法。"

"别闲聊，交出来。"宣成屈指一敲桌子。

许枚尴尬地笑笑："这是西周古玉，质地不算上乘，雕工虽简，意蕴却足，应是秦晋两地所出。"他从袖口摸出一只小巧轻薄的玉佩，是一只大角雄鹿的侧影，长宽不过寸许，玉质青黄，黑斑隐现。

"我不是贪心，只是有些好奇，所以想问问这只小鹿它的主人到底卷进了什么案子。”

“你……不是抚陶师吗？这可是玉。”宣成狐疑地望着许枚。

“我认得一个弄玉先生，最善和玉精打交道。这只玉鹿是西周古物，灵气丰沛，所蕴玉精一定漂亮极了。”

宣成呆坐半晌，摇头道：“给我吧，捕门秘事，不足为外人道。”

许枚眼中失望之色一闪而过，轻不可闻地叹了口气，将玉鹿递与宣成：“警官收好。”

宣成接过玉鹿，轻轻抚弄：“它……也能现出人形？”

许枚点头道：“玉者，山川之精英，坚刚而有润者也，精气所至，自有灵韵。”

宣成轻轻点头，收了玉鹿，忽地乜了铁拐张一眼：“别装死，睁开眼睛，我有话问你。”

眯眼偷瞧二人的铁拐张两肩一颤，极不情愿地睁开眼睛。

宣成轻轻放下酒杯：“杜士辽全家，是你找人杀的？”

“是。”铁拐张此时倒也坦诚，“那小子不老实，偷偷把人放走了，我一时想不通他揣着什么主意，但也不能任杜士辽逃走，他走过江湖，知道我们的身份。我飞鸽传书刘四苗，让他在渡船上结果杜家满门。”

宣成点点头，又问：“你们为什么盯上了杜士辽？”

铁拐张眼珠一摆，涩然道：“求财。”

小悟急道：“他撒谎！”

许枚道：“杜家的金银珠宝足够你们几代吃穿不愁，又何必为了区区两件瓷器一路追杀两个小孩子。”

铁拐张切齿不语。

许枚道：“方才打斗时，我看到你的右小臂上有一道黑线，你中了毒？或者是咒术、降头？”

铁拐张悚然一惊。

许枚又指指昏迷的独眼赵和海饕餮：“他们的右小臂上也有同样的黑线。被你杀死的鹿童也有，不过细细搓揉一番，那黑色便淡了不少。”

“变淡？”铁拐张冷哼一声，“我便知道他不会受制于那人，否则也不会说‘不白忙这一遭’，这小畜生……”

宣成脸色一寒，小悟泼皮出身，最善察言观色顺势而为，壮着胆子几步跑到铁拐张身边，在他肚子上狠狠踢了一脚：“你再骂那捕门哥哥，我便割了你的舌头！”

铁拐张一头倒在海饕餮身上，闷哼一声，恨恨不语。

许枚微笑道：“鹿童手臂上的黑线是他用特殊的墨汁画的，应该是为了假扮乔七做的伪装。看来真正的乔七和你们三人一样，都中了一种特别的毒。”

铁拐张依旧是一脸的阴沉持重，刚刚被铁拐张压醒的海饕餮却筛糠似的颤抖起来。

“说说吧，也许我能救你。”许枚温和地笑笑。

蓝色世界

海饕餮一听许枚这话，抓到救命稻草似的忙不迭说道：“他给我们吞了一种红色的药丸……如果到时拿不到他要的瓷器，药丸里的虫子会把我的五脏六腑吃掉啊！大仙，求您救救我，救救我……”

“我可不是什么大仙。”许枚道，“你先说说，谁给你吃的药丸？”

“他个子不高，穿一身黑，戴着面具，我看不到他的脸。他把我们捉到一个奇怪的地方，那里山是蓝的，水是蓝的，桥是蓝的，树是蓝的，连人也是蓝的，所有东西都是深深浅浅的蓝色……”

许枚倒吸一口凉气。

宣成对这些超出自己认知的东西多少有些排斥，抬眼望着许枚：“他说的是什么东西？”

许枚搔搔下巴，眼珠左右乱转：“应该……应该是一种江湖上的幻术吧。”

宣成道：“你见过？”

许枚不置可否，含含糊糊道：“嗯，倒是有所见闻。”

铁拐张听了，哪还顾得铁骨铮铮，只颤声道：“你……你能救我？”

海饕餮被反绑着双手坐在地上，努起身子砰砰磕着头道：“大仙救命，大仙救命……”磕头声震得独眼赵也悠悠醒转。

许枚无奈道：“我只见过这种‘幻术’，可不会解毒。”

铁拐张一呆，恨声道：“你赚我？”

许枚摇摇头，也不再理睬铁拐张，只搔着下巴低声自语道：“看来杜士辽家的案子果然不寻常，难道那个人真是抚陶师，那个青衣文士真是瓷灵？嗯……倒是我想当然了……”

宣成没听清许枚在嘀咕什么，正要问个明白，却听铁拐张厉声喝道：“妖人！你就不怕我把你的事说出去？你们刚才说的我都听见了！弄玉先生、抚陶师，还有隐堂……”

宣成轻轻一皱眉，略带担忧地望着许枚。

许枚怔了片刻，哧哧笑道：“看来那个黑衣人筹谋不甚周密，没想到你们会因为这几件瓷器栽了跟头。你们这些个亡命徒呀，一旦处于必死之境，难保不把他的手段说出去啊。”

宣成道：“说出去有人信吗，蓝色的山水，蓝色的人？”

许枚一耸肩道：“若不是亲眼所见，你会相信瓷灵的存在吗？”

宣成道：“当然不信。”

许枚道：“所以呀，随他说去，将死之人撒癔症嘛。”

铁拐张一窒，咬牙切齿大放狠话，许枚听得连连皱眉，掩面道：“哎呀，坏人就是坏人，瞧这嘴里不干不净的，这里还有小朋友呢，别把孩子教坏了……”

宣成可从不逞嘴上功夫，身形飞动，闪电也似晃到铁拐张身后，两指在他后颈一按。铁拐张还没回过神来，便觉自颈至脊一阵酥麻，忍不住闷哼一声，两眼翻白，咕咚一声软倒在地，晕死过去。独眼赵刚刚苏醒，正茫然无措时，后颈早挨了一指，脑袋一歪，嗵地撞在地上。

宣成神色木然，出指迅疾，浑身裹着一股骇人的煞气。海饕餮只道张赵二人遭了毒手，吓得魂飞魄散，口中“啊啊”连声，却说不出一句整话，只奋力挪动肥臀，拼死躲闪，却不料身后便是房柱，不等宣成动手，海饕餮身子已失了平衡，向后一仰，“咚”地撞在柱上，震得房顶颤了两颤。

许枚见三人如烂泥般昏厥过去，不解道：“警官这是何意？”

宣成道：“我困了，想睡一会儿，怕他们聒噪。”

许枚一愣，继而失笑：“警官也是……真性情啊。不过这钟点，怕是睡不过两三小时天便亮了。”

宣成摇摇头：“我太倦了。”他又看看早已睡得死猪似的迟鹦，“今晚他倒比我自在得多。”

许枚一笑，又道：“警官明天怎么安排？”

宣成道：“原本只有一个犯人，现在有四个，一路步行怕是累赘拖沓。我见这客栈有马有车，明日先去附近镇甸打一口棺材，把鹿童的尸体装殓了，再驾车回冉城。”

许枚道：“那买车的钱……”他见宣成眼光轻轻瞟来，便道，“我来垫付，只是垫付啊，到时候警察局要给我报销的。”

许枚又问小悟：“你呢，你怎么办？”

小悟闷闷地说：“嗯……反正东西我会给你的，我去哪你就别管了……”

“你还有家人吗？”

“没有。”

“朋友呢？”

“死光了。”

“你去我店里当伙计吧，我看你还有几分机灵劲儿。”许枚认真地说，

“当伙计……我不会啊……”小悟觉得主意不错，可还是有点犹豫。

“不要紧，慢慢学，先给我看看店面，打打杂、跑跑腿什么的，过些日子我教你打算盘、认瓷器。”

“那……”

“就这么说定了，我在冉城城西有个不大不小的店面，叫拙斋，生意还算不错，每个月能给你开一笔工钱，保证比你当小混混时过得舒坦。”

“嗯，不过我得先到树林里把猫儿葬了。”

“好，应该的。”

“那猫儿的棺材……”

“我来买。”

“谢谢老板，钱可以从我的工钱里扣。”小悟已经透支了自己下月的薪水。

“这副棺材算我送你的。”许枚豪爽地拍拍小悟的肩膀。

小悟一咧嘴，倒不是因为伤口疼，只是许枚这话太不吉利。

“你是冉城人？”宣成上下打量着许枚，“你之前一直没说。”

许枚笑道：“一时忘了，警官勿怪。”

宣成问道：“同行吗？”

“当然好啊。”许枚忙点头道，“有警官一路陪着，我心里还踏实不少呢。”

第二章 祭 红

“对不起，真的对不起！我……我实在不知该说什么好……”穿一身深灰色破旧学生装的颓废少年痛苦地抓着头发，泪流满面，哽咽不止。

“这也不能怪你。”对面的清秀少女怅然望着头顶半轮残月，苦叹一声，摇了摇头，“都是爸爸的错，他负了杨姨一辈子，季家也该有此报，只是这笔风流债不该落在阿岚身上，她还小……”

“可是……阿岚的肚子已经……”颓废少年抬起雪白几无血色的脸，愁苦地抹着眼泪。

“先别慌，你再等几天，我能想办法筹到一笔钱。你先带阿岚去上海最好的医院，把孩子打了，那孩子……不该来到这个世界上。”少女叹了口气道，“只是苦了阿岚。等她出院之后，你和杨姨在上海买个宽敞些的房子，杨姨自幼娇养惯了，这些年受的苦实在太熬人。再买些补药，让阿岚养养身子，今年千万别回冉城，爸爸那边我来应付。”

“是，是……”

“还有，务必要请个好大夫来治杨姨的眼睛，爸爸欠她太多了，我这个做女儿的，也该设法替他偿还你们母子。不过你和阿岚的事情，绝不能走漏半点风声，毕竟……毕竟你也算是季家的人，我也要叫你一声哥哥，上次打你是我不好，我那两个同学不明就里，说话也没个轻重，我替他们给你道个歉，可你务必记住，家丑不可外扬。”说着她转过身去，快步离开。

“唉……”少年长叹一声，望着少女消失在茫茫夜色中的身影，喃喃道，“家丑吗？到底算是谁家的家丑……”

季鸿与祭红

天已经黑透了，老街也渐渐安静下来，小悟坐在柜台后大大打了个哈欠，仰在靠椅上，举着一本许枚给他的《围炉夜话》，似懂非懂地看着，心却早就飞到东边的新城去了。

拙斋坐落在冉城老城区的画眉桥头，前清乾嘉时候，这里是最繁华热闹的所在，不过自从咸同以来，洋人在东边的新城区划了租界，盖了洋房，铺了电线，通了地火，不过两三年的工夫，就把“古典味儿”十足的老城区狠狠地踩在了脚下。民国以来，连靠近租界区几条旧街道都发展得赫赫扬扬，那一闪一闪的霓虹灯好像在挤眉弄眼地嘲弄老城区的穷酸古板。一群蜗居在老城区的学究翰林们听着新城区的夜夜笙歌，口中喃喃地啐骂着“淫词艳曲”“灯红酒绿”，心里痒痒地念叨着“莺声燕语”“温香软玉”。

小悟到冉城的这些日子，得空就往新城区热闹的茶楼酒肆跑，每月这一点点工钱都被他倒在茶馆的说书先生嘴里，还时不时从洋人的铺子里踅摸些新奇的玩意儿回来。许枚也由着他胡来，毕竟正是爱玩爱闹的年纪，好奇好动也没什么不好，只要别害死猫就成。

在小悟看来，老城区的建筑风格可真是旧得让人透不过气来，不过在许枚看来，这画眉桥头的老街老房子可着实的古色古香。

“这才不是旧房子，应该叫老房子，乾隆五十八年上的梁。”许枚曾如是说。

小悟想起许枚的话，撇了撇嘴，看看放在柜台左侧滴答作响的铜胎画珐琅小座钟，时间已近晚上十点。按说一般的古玩店傍晚五六点前就关门停业，整个冉城的十八家古玩店，拙斋算是关门最晚的一家，平日里八点打烊，之后就是小悟一溜烟跑到新城疯玩的时间。

许枚的作息时间很传统，平日里天一擦黑便很少出门走动，可今天是个例外，好像是警局的什么官儿为了酬谢他协助宣成诛杀贼匪，特地摆下一桌酒宴，请许枚务必到场。许枚自谓是个“老实本分”的生意人，警察局的面子可不能不给，六点不到就出了门，直到这时候还没有回来。

小悟有点不耐烦，可还是老老实实看着店，毕竟全靠许枚才捡回自己这条小命，也全靠许枚，自己才能吃得饱饭，做人不能不知恩图报。小悟摸摸已经饿得扁扁的肚子，咬了咬嘴唇：唉，本来想着打烊以后去馥余堂……对面的小吃摊吃碗馄饨的……

他越想越觉得饿，无精打采地撂下书，从多宝格左下角的柜子里取出一包红豆糕来，一面吃一面思量：听老板说这个柜子好像叫什么……鸡翅木镂雕如意什么纹什么格，是不是挺贵重呀？我在下面柜子里藏点心他不会生气吧，哦，还是放在这个看起来花里胡哨的罐子里吧，取着也方便……

他正胡思乱想，却听柜台外有人说话：“请问……有人在吗？”

这声音真好听，小悟一面往嘴里塞着红豆糕，一面站起身来：“呜呜……有……”接着他便是一怔。柜台前站着一个清秀女子，脑后梳一条马尾，身穿湖蓝色盘扣短褂，下穿一条黑色褶裙，典型的女学生打扮。

小悟有些奇怪，平日里来这店里的大都是些戴着眼镜留着胡须的家伙，有专买字画的文人雅客，有独爱金银玉器的官绅富商，有专盯珠翠首饰的豪门阔太，有最爱青花五彩的蓝眼睛洋人，还有倾心宋元古瓷的东洋鬼子……年轻的女客很少见，之前只有个据说是著名收藏家的陈小姐常来常往，像这么年轻的女学生，小悟还是头一回见到。

那女学生本来面带忧色，一见小悟红着脸拼命嚼着红豆糕的窘样子，不禁掩口轻笑。小悟愈发尴尬了，忙抓起柜台上的茶壶，咬住壶嘴咕嘟咕嘟咽了几口凉茶，才算把红豆糕冲下去，一抹脸道：“小姐……您随便看，这儿东西全得很，保真保老。”

女学生怔怔地瞧了小悟一眼：“那个……你牙上有红豆皮。”

小悟只觉得脑中一阵电闪雷鸣，顿时手足无措，只想赶紧找个地缝钻进去。

那女学生见小悟脸上红一阵白一阵，也觉得自己打击了这孩子，忙摆手道：“不……我不是那个意思……嗯，这里就你一个人吗？”

“对呀。”小悟道。

女学生一阵愕然，喃喃道：“我听说拙斋的许老板年轻有为，没想到这么年轻，你十几啦？”

“我不是老板。”小悟挠挠头，红着脸说，“您是来……”

“噢。”女学生有点焦虑，“我有件瓷器想要出手，许老板不在，这……”

小悟此时才看见女学生手里提着一个闪青缎子的包袱，包袱里像是裹着个一尺来长的盒子，也有点犯难：“我做不了主，要不您再等等，老板一会儿就回来。”

女学生看看放在柜台上的小座钟，皱了皱眉头，小悟只觉得这一蹙眉的瞬间实在太美了，又太招人疼了，真不知再怎么说才好，生怕她面上愁容再重一分，自己就要惭愧得化掉了。

恰在此时，门外传来一阵不疾不徐的脚步声响，许枚带着一脸倦容懒洋洋走进店里，见一个年轻的女子站在柜台前对着满面喷红的小悟犯愁，也是一愣。

小悟见了许枚，顿觉如释重负，忙一抬手道：“老板回来了！”

女学生回头一看，见来人一袭青衫，俊目修眉，面如冠玉，虽带着几分倦色，却掩盖不住那份与生俱来的儒雅与贵气。女学生微一愣神，浅笑道：“是了，这才是传说中的许老板。”

许枚踱进屋来，微微颔首致意，又细细打量这女子，见她面如桃瓣，生得眉清目秀，脸上却带了几分憔悴。许枚知她必有心事，便走到柜台右后方，抬手一挑湘妃竹帘：“姑娘有事进屋说吧。”

那女生一点头，随许枚进了里屋的客厅，四下打量一番，见这屋里摆着四把红木禅椅，一张鸡翅木小桌，桌上摆着青花山水行旅图茶壶，配着四个渔樵问答的茶碗；靠墙设一对多宝格，俱是上佳的花梨木，绝好的北京工，多宝格中陈列有各朝古瓷美玉，温润可人，还有上古鼎彝觚爵，斑驳沧桑；墙上挂有字画各一，左手边是王原祁设色山水，毫端蕴秀，右手边是刘石庵行书立轴，绵里藏针。

女学生看得似懂非懂，只觉得坐在这屋里，恍恍然穿越千年岁月，周身各式古物，都像有生命般，眼前男子更像是有什么魔力，神秘莫测。

许枚清清嗓子，问道：“姑娘深夜造访，不知所为何事？”

女学生定下神来，说道：“我有一只瓷瓶想要出手，应该……是件古物。”

许枚一挑眉毛，做个请的手势，女学生小心翼翼地解开包袱，打开木盒，略带紧张地说：“许老板，请。”

许枚仔细看去，不禁轻轻吸口冷气，那女学生手捧的木盒中赫然是一只祭红釉玉壶春瓶：撇口细颈，颈部中央微微收束，其下渐宽过渡为杏圆状，鼓腹下垂，曲线圆缓柔和，圈足微微外撇；釉色红润深沉，釉水凝厚，在灯光下宛若宝石般英华璀璨；底足露胎，胎质细腻洁白，下书两行六字青花楷书款——“大清雍正年制”。许枚心知雍正官窑瓷器乃是清代官窑之极致，不论胎质釉色、画工款识，还是意境神采、韵味格调，都是无可挑剔，妙到毫巅。许枚曾把玩过一些雍正官窑，每一件皆令他心摇神荡，回味无穷，再端详眼前珍宝，不禁轻声道：“祭红……”

“咦？您怎么知道我的名字？”女学生讶然。

“啊？”许枚一愣，随即反应过来，微笑道，“还未请教姑娘贵姓芳名？”

“不敢，敝姓季，单名一个鸿字。四季之季，鸿雁之鸿。”

“嗯，倒与这件瓷器同音异字。”许枚笑着点头。

季鸿奇道：“这倒有趣，请许老板明言……啊！同音异字？”话音未落，她便惊叫一声，自语道：“难道他要的竟是它？不会吧……”

许枚吃了一惊，问道：“姑娘怎么了？什么是它？”

季鸿定了定神，强笑道：“没什么，许老板请讲。”

许枚见季鸿神色无碍，便说道：“这种釉色，名为霁红，霁月之霁，亦名祭红，祭祀之祭，在我看来，后者更妙。项元汴曾曰：‘祭红，其色艳若朱霞，真万代名瓷之首冠也！’”

“祭祀之祭，看来这字没剪错……”季鸿微微动容，喃喃道，“万代名瓷之首冠……”

许枚点点头：“祭红瓷器创于明初永乐时，用料极精，釉色绝美，烧制甚难，确是珍罕之物。到嘉靖、隆庆之时便已绝迹，直至康熙之后才又多有烧制，其釉色与明代略不同，但也是深沉光润，凝重肃穆。你手中这件，便是雍正官窑祭红釉玉壶春瓶，真品无疑。”

季鸿面露喜色："太好了，太好了……"

"此物从何而来？"许枚问道。

"是我两年前从一个落魄的前清老太监手里买的，我看他可怜，便给了他十块大洋。许老板，我想问……这件瓷器，您多少钱能收？"季鸿有点难为情地问，显得有些着急。

"人器同名，姑娘与它也算有缘，为什么……"

"这个……我急等着用钱。"季鸿望着瓷瓶，也有些不舍，但还是咬了咬牙道，"我要卖掉它。"

许枚点点头："你十块钱买来的，那么我出这个价……"说着他伸出了两根手指。

"二十块吗？"季鸿低头盘算一阵，嘀咕道，"不太够用，能再加一些吗？三十块好不好？毕竟是……万代名瓷之首冠……"季鸿红着脸提出要求，声音小得像蚊子一样。

"不，是二百。"

"呵……"季鸿和趴在门口偷看的小悟各自倒吸一口冷气。季鸿涩然道："难怪……难怪……"

许枚笑了笑："看来季小姐像是有急事，也罢，我们一手交钱，一手交物。不过看季小姐不是爱钱轻宝之人，若是什么时候季小姐想它了，仍用二百块把它赎回，如何？"

"那，多谢许老板了。"季鸿很诚恳地深鞠一躬，长长舒了口气。

钱物交接完毕后，小悟走到拙斋门外，目送季鸿坐着黄包车向东远去，又回到店里，问道："老板，那个瓶子真值那么多钱？"

"也许还不止。"许枚捧着祭红瓶在灯下细细观赏，爱不释手。

小悟直咬舌头，盘算着二百块够他听多少段兰崖馆里徐先生说的书，吃多少碗馥余堂外摆摊的张老汉做的馄饨，说不定还能大大方方地走进馥余堂，痛痛快快地听几场戏，喝几回茶。小悟想了想馥余堂外的汽车马车和八抬大轿，咬咬自己的舌头：我这辈子恐怕就在兰崖馆和馄饨摊混了……馥余堂？想都别想！

许枚看看小悟："你想什么呢？"

"没什么。老板，子时快到了，您还是先把它放下吧。"

许枚看看表，不爽地说："只看不摸，只看不摸。"那副表情活像睡前被妈妈禁止吃糖的小孩。

凶案

馥余堂后窄窄的巷子里一盏灯都没有，半轮月亮被云雾遮得严严实实，季鸿穿一身暗紫色菱花缎子旗袍，借着不知何处投过来的几缕微弱光亮，快步绕到漆黑的巷子里，和一个提着大皮箱的男生撞个满怀。季鸿倒退几步，喘了口气，感激地望着那男生道："快把箱子给我吧，时间不多了，回上海的夜船九点就开，我得赶紧去公园。"

那男生咬咬嘴唇，摇头道："对不起季鸿，这箱子不能给你……"

"为什么？"季鸿脸色大变，"出什么事了？你需要钱的话告诉我啊，我可以帮你，但是今天……"

"不！我……"男生满脸痛苦，咬了咬牙，也不解释什么，只是一个劲地说，"对不起，对不起，都是她的主意，我也有苦衷的……"他一面说，一面畏缩地后退。

季鸿被这突如其来的变故搅得措手不及，惊诧地摇摇头，带着几分恼怒问道："你告诉我，到底出什么事了……"

话音未落，只听一阵狞笑："嘿嘿嘿……季小姐，这你就不需要知道了……老爷我这便送你归西，到了那边可别再坏人好事了。"

这声音干涩低沉，透着一股阴邪气，可怖之极。季鸿浑身寒毛直竖，只觉这狭窄漆黑小巷如通往地狱的黄泉路，阴森可怖。

"别过来！"季鸿踉踉跄跄地转过身，手中多了一把乌沉沉的手枪，对准黑暗中缓缓走来的壮硕人影，手指不受控制地颤抖，"噗——"地扣响了扳机。

那黑影轻轻晃动，本就失了准头的子弹从他身边三尺处飞过，"啪"地打碎了一块墙砖，弹壳当啷啷落在地上，滚进砖缝里。

季鸿被手枪的后坐力撞得痛叫一声，不等她回过神来，便听一阵破风之声，眼前一花，只见一个圆溜溜的物事直奔自己而来，不等她回过神，便听“喀拉”一声，接着手腕上一阵彻骨的剧痛，沉甸甸的手枪再也拿捏不住，掉落在地。

季鸿泪花滚滚，转身便跑，那男生抱着头缩在墙角，哪里敢拦。但她没跑几步，一条粗重的麻绳已从背后兜头绕下，绳上满是草腥气，似乎有什么带毛刺的东西在她颌下剐蹭了一下。她还未发觉那阵轻微的疼痛，即被颈上一阵强烈的压迫感束缚得透不过气来，口中发出几声干裂无力的呻吟，便再也无法呼吸；尚有几分力气的手指在颈上重重地抓挠，抓出数十道可怖的血痕；双眼几乎是无法控制地睁得浑圆，惊骇愤怒地瞪着那男生。很快她的手臂软软地垂了下去。

“这就是破坏我计划的下场……”背后那人带着几分享受地说道。

那男生望着季鸿眼中怨毒的目光，只觉如置身冰窖般奇寒彻骨，手忙脚乱地转过身去，紧张得浑身颤抖，阵阵冷汗几乎要把身上的衣服浸透。不出两三分钟，他便听背后有人如恶鬼般嗤嗤怪笑：“怎么，怕了？”

“啊……不……不是。”那男生颤颤巍巍转过身来，被倒在脚边的尸体狠狠地吓了一跳，“妈呀”一声，魂飞魄散地倒退几步，一跤跌在地上，“死……死了？真的死了？”

“废话。你不信自己摸摸。”那修罗般的男子俯身捡起季鸿的手枪，别在腰带里，嗤笑道，“还加了消音器，季世元是个讲究人。”

他又对那男生道：“拿来吧，我们说好的。”

“噢，好……”男生用袖子擦擦头上的冷汗，晃悠悠站起身来，把手中的皮箱递给那男子。那男子眉开眼笑地一挽袖子，手臂上露出一个狰狞的龙头。他伸手接过皮箱，打开看了一眼，满意地点了点头。

那男生急道：“哎，那个……”

“接着。”刺青男子甩手扔给他一个厚实的纸包，“分量足够，质量上乘。”

“谢……谢谢。”那男生颤颤巍巍地接了纸包，嘴角微微抽搐，露出一个不知是哭还是笑的古怪表情。

刺青男子见他这副模样，冷冷一笑：“现在已经七点半了，你们再不动身，只怕季小姐就要爽约了。喏，巷子东口有一辆马车，不过这玩意儿你扛得动吗？”他用脚尖点点季鸿的尸体，带着一丝轻蔑问那男生。

那男生看见季鸿痛苦扭曲的脸和脖颈上触目惊心的红痕，又禁不住战栗起来，连手中的纸包都险些掉在地上。

“没出息的小鬼，闪开！”刺青男子低喝一声，伸手抄起季鸿的尸体，往宽大的肩膀上一扛，径直向马车走去。

那男生心中默默祷念：季鸿，你不要怪我，这辈子欠你的，下辈子还吧……

小贼偷的委托

古玩店的日子倒过得安安稳稳、平平淡淡，小悟继续他平凡而快乐的小生活，许枚则是对新到手的祭红釉玉壶春瓶爱不释手，看得豇豆红姐弟有点不痛快，一旁多宝格里的龙泉窑鬲式炉慢悠悠地说：“过几天就好了，他会一视同仁的，我们都这么过来的……”

这天早上拙斋刚刚开门，许枚窝在里屋，靠着红木椅悠闲地品着雀舌，随手翻着小悟退还给他的所谓“天书”。小悟正在门外握着大扫帚揉眼打哈欠，忽然瞧见一个和他差不多年纪的小乞丐，跌跌撞撞地从画眉桥头扑将过来。那小乞丐脸色蜡黄，满眼血丝，衣服上补丁叠补丁，踉踉跄跄一头栽在小悟脚下，断断续续地说：“水……水，咳咳，求求你……”

小悟吃了一惊：这小子比我当年混得还惨！他思及自身，大动恻隐，忙丢下扫帚，伸手搀扶。却不料这小乞丐看着精瘦精瘦，身子却颇有分量，被小悟揽住膀子向上一抬，顿时露出一个极痛苦的表情，几乎要撕裂嗓子似的咳了几声，呻吟道：“疼……水……”

小悟忙收了手，把他靠在店门口的台阶上，拔腿赶回店里。此时还不到七点，店面里不曾备下水，小悟无奈，只好到里屋去找。

许枚见他风风火火地跑进来，忙问道：“怎么啦？”

小悟一边倒水一边说：“有个乞丐病倒在门口了，问我讨些水喝。”

“哦。”许枚也没在意，点了点头，抿一口雀舌，又随口问了句，“什么样的乞丐？”

“和我差不多大，穿得破破烂烂的，脸蛋长得倒是蛮周正……”小悟端着水杯往外跑，嘟嘟囔囔地说，“好像嘴角右边还有一点小痣……”

话音未落，却见许枚把手在桌上一怕，大喝道：“死小孩给我滚进来。”怒叱声中，青影飘忽，只一眨眼的工夫，许枚已甩开竹帘，飚到店面里。小悟被这阵劲风带得转了一个圈，也幸亏他手脚灵活，这一杯水才没洒干净。

看老板的表情，对方是个很讨厌的家伙！小悟暗自思量，紧赶几步来到店里，四下环视，却不见那小乞丐的踪影，只有一个身穿雪白衬衫、头戴浅灰色小鸭舌帽的少年笑盈盈坐在店里。这少年和小悟年纪相仿，圆脸蛋大眼睛，满眼的顽皮戏谑，嘴角一颗米粒大的黑痣，随着那一丝可爱的笑纹轻轻一挑，透着几分狡猾。

小悟呆了好久：“你……”

“我渴啦。”少年笑着接过小悟手里的茶盏，咕嘟一大口饮个精光，一抹嘴道，“怎么只有半杯？”他又冲许枚一招手：“许老板，你好啊。”

许枚横他一眼：“东西藏哪儿了？这回可别逼我动手。”

“哼，凶神恶煞，仗着你比我高啊？”少年缩了缩头，显然是被许枚狠狠教训过，心有余悸，“再说，你怎么知道我偷了你的东西？”

“你来我这儿还能有什么别的事？”许枚不悦地盯着这少年身上可能藏东西的地方。

“我只是拿了几块红豆糕。”那少年眨眨眼。

“什么红豆糕？”许枚狐疑道。

那少年从怀里掏出一个油纸包：“从那边那个大红大绿画着几条胖鱼的罐子里拿的。”

小悟一惊，继而怒道：“你这个小偷！”

许枚面色一寒，转向小悟：“你，拿嘉靖朝的五彩鱼藻纹大罐藏点心？”

小悟很久没有见过许枚这样鬼神莫测的眼神了，不由得打个寒噤，干笑两声：“呵呵，初犯，初犯。”他一面搪塞求饶，一面把那少年暗暗咒骂了几千遍：杀千刀的黑痣小子，扮成乞丐寻我开心，亏我还好心好意给你倒水！看来说书的徐先生讲得不错，同行是冤家！不对，我现在已经不是你的同行了，老子从良了！

许枚往藤椅上一坐，看着那少年：“说吧逆雪，突然到访，不会只为了戏弄我的伙计吧？”

“逆雪！”小悟抢着说，“你是那个在江湖上很有名的小偷！”

“什么叫小偷？我们这行叫梁上君子！”逆雪有些不悦，“还有，什么叫戏弄？我是心血来潮，来试试你新雇的伙计几斤几两。这小子不成啊，我这身乞丐装到处都是破绽，他竟然看不出来，还敢把我一个人留在店里，自己跑去后面倒水，就不怕我从你这儿顺个一件两件的？”

小悟恶狠狠地瞪着逆雪，咬牙切齿。

逆雪浑作不知，继续道：“再说我平日里也是拿人钱财，替人消灾，说白了不过是个受雇于人的小短工。”

“小短工？”许枚戏谑地瞧着他，“大到李大帅的军刀，小到花坊女的肚兜，你小子还真是没底线啊，什么货色都偷。”

“拿钱办事嘛。”逆雪勉强地笑笑，又坐直了身子，正色道，“不过我今天来找你，确实有一件大事——我想查明季家大小姐之死的真相。”

“季大小姐？你说的是……”许枚顿时产生一种不好的预感。

“绸缎商季世元的大女儿季鸿，光绪二十九年生人，今年十八岁，第二师专的学生。”逆雪道，“她雇我偷她老爹的望远镜，那可是俄国老毛子的玩意儿，听说是什么什么二世的珍藏，正儿八经的好东西，得手之后我试着摆弄过，几百米开外的东西就像在眼前似的，比二郎神的天眼都不差，绝不是普通望远镜能比的！”

许枚双眉紧锁，沉吟半晌，才轻轻叹了一声道：“好端端的，她偷一个望远镜做什么……”

“这我就不知道了，季小姐只告诉我，九月一日下午六点，季世元会坐一辆西式马车从季公馆出发，大概六点四十左右到达如归旅社。”

“如归旅社我知道，就在馥余堂对面！九月一日……那就是昨天啊！”小悟对那位清秀可人的季鸿小姐颇有几分好感，忽然得知她的死讯，顿觉胸口一阵发堵，心里极不是滋味，忙问道，“季小姐怎么死的？她还那么年轻，怎么突然就死了？”

“被人勒死的，右手腕还骨折了，昨晚八点，尸体在琴山公园的小树林里被发现。听附近的人说，当时好像有季小姐的同学追喊凶手，在公园不远处巡逻的警察一阵围追堵截，把凶手当场擒获。可我心里总觉得不大对劲，季小姐的死，也许和我偷的这只望远镜有关。”逆雪咬咬嘴唇道，“你也知道，我平日里只是拿些七零八碎的东西，从不害人性命的，这回雇主在我行动当天就被人杀掉，弄得我心里七上八下。”

“趁早收手吧。”许枚拍拍逆雪的头，“小小年纪干点什么不好，偏要做这么危险的无本生意。”

“别的我又不会……”逆雪哼唧几声，又道，“季小姐还托我昨晚十点在城南的沄沄河渡口等一个人，暗中护送他回上海。”

“哦？是什么人？”许枚问道。

“是个男学生，和季小姐差不多大。”逆雪递出半张照片道，“他就是被警察抓住的‘凶手’。”

许枚接过照片，眉毛一扬道：“哎呀，好个俊俏少年，他好像正揽着一个姑娘，那姑娘还抱着他的肩膀，怎么把姑娘的那一半照片撕掉了？”

逆雪摇头道：“不知道，她给我时便是这样。”

小悟插嘴道：“那个姑娘会不会是季小姐？”

“我也这么觉得。”逆雪脸微微一红道，“这个男学生可能是季小姐的……小情人。”

“没根没据的，别瞎猜。”许枚在逆雪的额头上戳了一指头，问道，“你要我去查这案子？”

逆雪一点头：“对，我认识的人里，你最聪明了。而且你认识警察局新上任的那个宣队长，也许在警察那边说得上话，插得上手。”逆雪一抱拳，“拜托了许老板，逆雪从不求人，今日破例求你一次！还有……千万不要对警察说起我，为了李大帅那把刀柄里藏着保险柜钥匙的军刀，想抓我的警察没有一万也有八千……”

说着逆雪站起身来：“东西放在门口了，查明真相，必有重谢！告辞。”他身形一晃，倏地闪出门外，等小悟回过神来追出去时，逆雪早已踪迹全无，只有一套乞丐服丢在门口，衣服里裹着一只精致的望远镜。

小悟把望远镜交给许枚，小心问道：“老板，这活儿要接吗？”

“接。”许枚干脆地回答，心中却暗暗奇怪：逆雪性子素来淡漠，这回怎么对一个雇主如此上心？

凶手

宣成坐在拙斋内室客厅的红木沙发上，轻轻放下手中的茶盏，略带愠色："你想插手这件案子？"

"不是插手。"许枚笑着为宣成续上茶水，"我觉得……或许我能帮您破案。"

"凶手已经抓住了。"宣成淡然道。

"案发现场是公园对吧？那可是公共场所，凶手为什么会选用绳子这种工具？要知道勒死一个人是需要时间的，万一季小姐挣扎起来惊动了游客怎么办？还不如刀子锤子这样的凶器，可以瞬间置人于死地，神不知鬼不觉。"许枚充分利用自己知道的少得可怜的线索，提出质疑。

"案发时间是晚上八点之后，尸体是在琴山公园东南角的树林里发现的——那里草木繁密，很久没有修剪清理，遍地都是蛇草和苍耳，景致很差，还有刺猬、菜花蛇和老鼠出没，连白天也很少有人过去。公园的游人大都集中在琴山湖西北的花园，和东南方向的树林隔了一个巨大的人工湖，几乎不可能听到湖对岸的动静。"宣成解释道，"那条绳子也不是凶手自己携带的凶器，而是多年前公园护林人系在树上固定枝丫走向的，年深日久，脱落下来，林中这样的绳子有不少。另外，死者颈上有苔痕，衣领上还挂着苍耳，多半是凶器在草丛里时粘上的。就现场来看，像是凶手不知为什么和死者起了争执，情急之下，随手抓起地上的绳子将她勒死。"

"哦……是这样啊，也就是说凶手原本无意杀人，只是情急之下才对季小姐动手的。不过案发时既已入夜，季小姐这样的大家闺秀，没道理到那样一个偏僻的地方去……对了，会不会是凶手杀人移尸？"许枚小心地提出假设。

"也许吧。"宣成并未否认。

"那现场有季小姐的脚印吗，就那林子里？"许枚忙问。

"林子里满地积年杂草落叶，能提取到的脚印确实不多，可辨认的有一男一女，女性脚印与死者季鸿大小一致，鞋底的纹路也对得上，但受力点无法判断，男性脚印和被逮捕的凶手也完全一致。”宣成道，“除此之外，还有两个目击者的脚印。”

许枚又问：“目击者是什么人？”

“季鸿的两个同学。他们在公园幽会，听见林子里有声响，循声走去，在灌木丛后发现了季鸿的尸体，还看见一个鬼鬼祟祟的人站在尸体旁，吓得大声喊叫起来，惊走了凶手。这两人以前还曾见到季小姐与那男人起过争执，甚至动手打了他。”宣成颇耐心地解释之后，又警惕地问道，“不过，你一个巫师为什么突然关心起这件命案？”

“首先，我不是巫师，只是抚陶师。”许枚有点无奈，“还有，我在案发前四天——八月二十七日晚上见过季小姐，她来我的店里，卖掉了一只雍正官窑的祭红釉玉壶春瓶。”

“卖掉什么？”宣成听到一个奇怪的名字。

“雍正官窑祭红釉玉壶春瓶，‘祭红’这釉色正巧和‘季鸿’这名字读音一样。”许枚道，“她说她急等钱用，但所求不过是三十块大洋而已。季世元是何等人物，他的女儿怎会穷到连家里的古玩都拿出来变卖？也许季小姐有什么不能让父亲知道的秘密。”

宣成眼皮一抬，像是提起些兴趣。

许枚继续说：“而且她当时颇有些焦虑。一个十八岁的女孩子，还是商场巨擘之女，夤夜筹钱，行色匆匆，其中必有文章。”

“你还知道些什么？”宣成问，见许枚一脸待价而沽的神色，又无奈道，“好吧，你想知道些什么？”

许枚见宣成松口，忙抓住机会问道：“凶手是什么人，他认罪了吗？”

宣成道：“他的身份我暂时没有查到，从穿着来看应该还是个学生。从昨晚被捕到现在，他只说了一句‘我没有杀人’，便一言不发，一副万念俱灰一心求死的欠打样子。”

“学生……哪里的学生？”许枚眼珠转了几转道，“是冉城师专吗？我上次见到季小姐时，她穿着冉城师专的校服。”

宣城摇头道：“凶手穿的是深灰色中山装，冉城的几家学校没有这种款式的校服。”

“外地学生啊……他和季小姐是什么关系？”

“他不肯开口，我们暂时没有查到。”宣成道，“这种校服式样不常见，我已经派人给周边县市的学校打电话询问了，应该会有结果。”

许枚沉吟片刻，又道：“这人多大年纪？容貌气质如何？”

宣成道：“十八九岁吧，皮相不错，一身书卷气，不过眼下这气质么……被当作凶手，戴上镣铐，谁都是一副霉相。”

许枚忙抓住宣成的话头：“警官说他‘被当作凶手’！你是不是觉得这案子有蹊跷？”

宣成点头：“和你说话很轻松。”

许枚继续推测：“警官刚才说过，那两个在公园幽会的目击者只看到他站在季小姐的尸体旁，并没有看到他行凶杀人。也就是说，这个从前和季小姐争吵过的学生很不巧出现在凶案现场，还被目击者看个正着，又被随后赶来的警察当场抓住，他……这么看起来这个小子还真像凶手……”

宣成道：“他不是凶手。”

见许枚一脸不解，宣成便问道：“如果你要勒死一个比你矮小的人，会怎么下手？”

许枚伸出双手做了个凌空回拉的动作：“像这样，从身后绞住脖子。”

宣成点头道：“凶器是粗糙的麻绳，勒杀季小姐的凶手掌心也会因此留下绳索的挫痕，按照正常情况，挫痕应该是自虎口向手掌另一侧划去的。可这个‘凶手’掌心的挫痕方向是相反的，像是拔河时被对方从手中抽走了绳子。”

许枚恍然道：“果然有蹊跷，那接下来你打算怎么查？”

“我要去季家看看。”宣成道，“我的车在外面。”

“警官的意思是让我同去？”许枚微笑。

“随你。”宣成一扭头道。

许枚得寸进尺道：“从拙斋到季家好像要路过警察局吧，我想去见见那位凶手，怎么样？”

“可以。”宣成站起身来，“茶不错，但一想到这瓷杯子随时可能变成妖精，心里总有些不舒服，下回用玻璃的吧。”

“不是随时，只有子时。”一直当听众的小悟终于插上一句话。

许枚有点郁闷：重点不是时间吧？和你们解释多少遍那不是妖精！

警察局的监狱是前清府衙的大牢改的，木栅栏变了铁牢门，狱警替了小牢子，重枷铁扣换了手铐脚镣，牢房的旧砖墙也抹了白灰，可还是一样的阴冷潮湿。不过几年工夫，墙皮便脱落得斑斑驳驳如癞疮也似，蟑螂老鼠杀一批又来一批，一来二去，便也没人再管。

穿着深灰色学生装的少年战战兢兢坐在冷板凳上，偷偷抬起眼皮瞧了瞧宣成，视线和那冷森森的目光一触，只觉得心头血都要冻住了，不由得打个哆嗦，缩着肩膀低下头去。

“快一天了，一句整话都没说过。”宣成道。

许枚细细打量这个“凶手”，见他生得俊眼修眉，清秀文弱，正是那半张照片里的少年。此时他头发乱蓬蓬地垂在额前，雪白的脸上挂着几道汗渍，斑斑驳驳地沾了些污泥，头埋得很低，上牙不时地咬住干裂的下唇，一副狼狈相。

许枚叹了口气，又见他颈上挂着一根黑色细绳，吊了一枚径不及寸的铜钱，垂在胸前，一半藏在衣内，一半从扣间缝隙中漏出来。许枚定睛看去，轻轻吸了一口凉气，眼睛瞪得溜圆，牙齿“咯嘣嘣”打了打战，一扭身子便往外走。

宣成莫名其妙，急追出去问道：“你怎么了？”

许枚道：“侦讯之道我不擅长，既然他不肯说话，我留在这儿也没用。”

宣成道：“不对，以你的性子，就算明知问不出什么，也会调戏他几句。”

许枚一窒：“警官，摆着这么一副扑克脸说出‘调戏’二字真的很不正经。”

宣成上下打量着许枚：“你一定发现了什么，你认识他？”

“不认识，从未见过。”许枚连连摇头。

“你认得这身校服？”

“更不认得。”

“你……你这古董贩子看上他戴的铜钱了！”

许枚一摊手笑道：“好吧，算你猜的沾了点边。警官呐，这位‘凶手’戴着这么一枚铜钱，你竟没有起疑心？”

宣成奇道：“少年人形魂未足，戴枚铜钱压胜辟邪再正常不过，有什么可怀疑的？”

许枚微笑道：“回去再说，咱们先去季家。”

宣成连连磨牙：“这神棍又卖关子。”

勒索信

季世元四十来岁年纪，穿一身洋味十足的灰色西装，戴着一副金丝边眼镜，身材单薄消瘦，样貌颇为英俊，脚踝上却贴着一块难看的狗皮膏药。原来这位豪商收藏油画的藏宝库前不久被小偷光顾了——季世元性子独得很，家里除了按钟点上班的厨子和清洁工，从来不雇管家佣人，一旦遭了盗，还得自己捉贼，偏偏季世元眼神不灵光，追贼时从楼梯上跌了下去，扭伤了脚。这个至今都没有落网的小偷奇怪得很，把藏宝室翻了个乱七八糟，满屋名画珍宝却一件都没拿。

此时季世元正紧紧抱着季鸿的照片，脸色灰败，呜咽不止。季世元有三位夫人，季鸿的生母大太太早逝，二太太刘氏稳重优雅，穿浅黑色高领长袄和深灰色长裙，规规矩矩地并拢着三寸金莲，低眉顺目坐在季世元身边，手捻佛珠，眼圈微微发红。

宣成擒贼捉匪毫不含糊，可最怕这般凄凄惨惨的场面，坐在季世元夫妇对面柔软的皮质沙发上，只觉得如坐针毡，忙侧过头看了许枚一眼。

许枚见他一贯冰冷的眼神里满是无助，心中暗笑，忙轻咳一声道：“季老爷，人死不能复生，为今之计，还是先勘破凶案，缉拿凶手，为季小姐申冤雪恨。”

“呜呜……好……可是，凶手不是当场便抓住了吗？”季世元满面凄惶，抽噎着问。

“在公园附近被捕的男子，也许不是凶手。”宣成解释道。

“啊？哦……噗——”季世元使劲擤了擤鼻涕，二太太忙递上自己的手绢。

许枚见季世元脸色微微一变，忙问道："昨晚六点到七点，您在何处？"

此言一出，季世元夫妇皆是一怔，二太太花容失色，惶然垂首，看口型是在默念"阿弥陀佛"。

宣成诧异地看看许枚：你还知道多少内情？

许枚悠闲地挑挑眉毛：我知道的远比你所想象的要多。

宣成磨牙。

季世元重重叹了口气，为难地点点头："看来警官已经知道了，我也不瞒您了。"

季世元摘下厚如酒瓶底的眼镜，长叹一声，说道："五天前，我刚娶进门不到三个月的三太太玉楼，被青龙会袍哥雷猛的太太请去喝茶打牌，玉楼半个月前认识了雷太太，据说两个人处得不错，也经常一道打牌，我当时也没在意，便随她去了。可八月二十六日下午，一封插着匕首的信钉在我家大门上，信中说玉楼和雷太太玩麻将，输了整整一夜，要我九月一日，也就是昨天晚上，把五百大洋赌债放到馥余堂二楼的玄字号雅间，他自会取走。"

"这是绑票。"宣成怒道，"为什么不报警？信呢？"

"我不敢。"季世元摊手道，"信封里塞着一颗子弹，信上还说'此事不足为外人道也'，我当然明白这是什么意思。"他手忙脚乱地从怀里摸出一封信，颤颤巍巍递给宣成，也学着二太太虚合着手掌不住地默念阿弥陀佛。

勒索信是用报纸上剪下的字粘在白纸上拼凑成的，字体大大小小，一眼看去，几乎每行都有错别字，"玉楼"的"玉"错用了"欲"，字体大得吓人，多半是从哪家"欲购从速"的广告上剪下来的；"雅间"的"间"粘成了"监"；"大洋"的"洋"粘成了"阳"；那句"此事不足为外人道也"变成了"此市不租为外人道也"；那"五百大洋""晚上七点"两处字下的纸张还翻起了涩毛，像是粘错了字又揭起重新粘过，应该是绑匪最后修改了赎金数目和交易时间。这勒索信虽然读着别扭，却也能猜透其中意思，想来是那绑匪懒得到处去搜罗合适的字，只随便翻了几份报纸，找些将就的凑数了事。

宣成敛去眼中寒芒，耐心问道："绑架人质，交接赎金，此事与季小姐何干？"

季世元懊恼道："也怪我前些日子伤了腿，没法亲自走这一遭，所以阿鸿就……"他说到此，万分懊悔地掩面抽泣。

"小姐自告奋勇，到馥余堂交付赎金？"许枚替他说道。

"唔……呜呜……我不让她去的，可她一再坚持……"季世元脸色灰败，惨然道，"我就……"

"您这个做父亲的很不放心，便跟了去？"许枚道。

"我开车去的，而且我还让她带了枪防身。"

"她带了枪？"宣成大惊，"我们在现场没有发现枪！"

许枚道："如果枪落到凶手手里，后果可不堪设想，对了，那个被你们抓到的凶手……"

"他身上没枪。"宣成苦恼道，"是什么样的枪？"

季世元抹着泪道："勃朗宁 M1911，加了消音器的。"

宣成黑着脸道："我会让人重新搜查那片树林，你昨晚也去了馥余堂？"

季世元摇摇头，指了指自己的脚踝道："我这副样子，一旦出了事，只能拖后腿。我在馥余堂对面的如归旅社二层定了一间客房，可以看到馥余堂的大门和侧门，但是玄字号雅间在馥余堂正北面，里面的情况我看不到。"季世元痛苦地回忆，"我是下午六点从家里出发的，可刚一到如归旅社，我随身携带的望远镜好端端地找不到了。我只好拄着拐上了楼，守在房间窗口。等到七点整，阿鸿坐着洋车从东边来到馥余堂正门外，提着箱子走了进去。我等了二十分钟，见阿鸿从侧门出来，又坐上一辆洋车，向北走了，我还松了口气，以为她会绕回家去，可谁知道……"

"等一下，小姐是从东边来的，为什么离开馥余堂后要向北走？"宣成忙问。

"不知为什么。阿鸿是从侧门出来的，外面有几排小吃摊，路不大好走。我想跟上去，可是那条小路太窄，汽车开不进去，我只好先回家等她。"季世元解释道。

宣成一点头，又问道："当时是七点二十分，天已经完全黑了，你能看清季小姐离开？"

季世元道："阿鸿穿着一件大红色的夹金线绣石榴花缎子旗袍，戴着一顶红色大檐蝴蝶帽，特别显眼——是她去年过生日时我送她的，用的是我店里最贵的绸缎，请的是'羽衣阁'最好的裁缝，在整个冉城都是独一无二的。可是阿鸿嫌颜色太艳……"季世元想起女儿生日，鼻子一酸，刚刚止住的眼泪又流了下来。

宣成点点头，似是别有深意地说："对，那件旗袍确实高档。"

许枚奇怪地看了宣成一眼。

季世元泣不成声："这是她第一次穿这衣裳，第一次……"

宣成和许枚对视一眼，见季世元情绪激动，也不便再问，正要起身告辞，却听门外"噔噔噔"一阵张扬的脚步声响，一个浓妆艳抹的年轻女子踏着小鹿皮的高跟鞋，穿着琵琶襟镶绲金枝绿叶长旗袍，拎着镶金嵌翠的小皮包，黄黄绿绿地扭了进来。她也不顾外人在场，一头扑在季世元怀里，搂着季世元的胳膊放声大哭："老爷啊，我听邻居说了，怎么我不在家这几天，家里出了这么大的事啊……"她一边哭，一边侧过身子一屁股挤开二太太。

季世元见这女子进来，眼睛微微一亮，神色稍宽，但满腹哀痛丝毫未减，嘴唇翕动几下，却只淡淡道："这些天，你……受苦了……"说着季世元便心烦意乱地从她手中挣出来，一言不发。二太太轻叹一声，转过身去继续念佛。

那女子有声无泪地干号了几声，才装模作样转过身来："哟，警爷，您别见怪，我实在是心疼阿鸿，刚才没瞧见您二位。"说着挺了挺胸前那对奇峰，上下打量许枚和宣成，顿时眼前一亮，瞧这个也美，看那个也俊，口水含在嘴边，几乎要淌下来。

宣成脸色遽寒，抬手一指玉楼："你是季三太太？我有话问你。"

"啊，好，您问。"季三太太玉楼激灵灵打个冷战，乖乖地答应。

"你被绑架的这些天……"

"谁被绑架啦？"玉楼讶然道，"我只是在雷爷家里玩了几天，吃好的喝好的，胖了好几斤。"

季世元登时大怒，晃晃悠悠站起身来，指着玉楼的鼻尖喝道："你为什么不跟我说一声？你知不知道，阿鸿她就是为了你才……"说到此，他一口浓痰堵住咽喉，脸涨得通红，重重咳了几声，颓然倒在沙发上。二太太忙上前抚胸捶背。好一阵子，季世元才舒缓过来。

"我让雷爷给老爷送过信啦！"玉楼委屈地说，"老爷您怎么啦？您从来不吼我的。"说着她小肩膀一缩，泫然欲泣。

许枚扶额暗叹：跟春宫图鼻烟壶的瓷灵似的一副操性。

宣成看了看季世元："看来雷猛把信弄错了？"

"故意的，他肯定是故意的！"季世元又悲又恼，大声号啕道，"我的阿鸿，我的阿鸿……"

玉楼见季世元这副歇斯底里的样子，也有些慌了，不知说些什么好，手足无措地看看二太太。二太太轻叹一声，挥挥手让她先上楼去。

玉楼不满地一跺脚，转身要走，许枚忽然叫住她："你这些天都吃了什么、玩了什么、在哪儿住、谁陪着你、有没有想家、为什么不打电话？"

玉楼愣了好一阵，才转着眼珠说道："我就住在雷家，他家还没装电话呢。雷太太陪着我玩牌、逛街、听戏、做衣服，我让人给老爷捎过信儿，真的！我可想老爷了，还给老爷买了好多东西，就在门外放着呢！有'山凰成衣铺'的西装，'秋毫轩'的眼镜，还有'不难调'的核桃酥……"

季世元正又悲又恼，一听这话更是气不打一处来，狠狠地一挥手，命她出去。季世元又对二太太道："若梅，给上海打电话，让阿岚快些回来吧，我想她了……"

玉楼轻轻"哼"了一声，嘀嘀咕咕地扭出灵堂，走到门口时还有些不舍地望了许枚一眼。

玉楼这么一闹，搅得季世元夫妇又尴尬又窝火。季世元颓丧地跌在沙发里，二太太静静地坐在旁边，轻轻握着季世元的手掌，一语不发。许枚、宣成也不好再说什么。许枚望望挂在墙上的全家福，见季世元笑呵呵坐在当中，大太太和二太太伴坐身旁，只不见三太太的身影，看来拍照时她还没有进门。许枚轻叹一声，又见三位长辈身后站着两个女学生，两人都穿着学生装，梳着长辫子，薄施脂粉，灵秀可人。个子高挑些的是季鸿，身材娇小些的应该就是二太太的女儿季岚了。

许枚看着照片，若有所思，正此时，门外传来一阵脚步声，一个高挑白净的少年和一个瘦削的少女在门前探头探脑。

宣成低声道：“萧逸生、吕慧，两个目击者。”

许枚一点头：“瞧瞧去。”

目击者和绑架犯

两个目击者是季鸿在冉城师专的同学。

萧逸生眉目疏朗，神色怅然，头发梳成三七分，穿一身黑色校服，手里拿着一顶黑色鸭舌帽。吕慧身材纤瘦，面色白皙，眼圈微红，留着长发，与照片里的季鸿一样，都穿着湖蓝色小褂和黑色褶裙，不同的是吕慧略瘦一些，脸上还擦了厚厚的粉，显得惨白可怖。二人正怯生生站在灵堂外，看着一脸冷峻的宣成。

宣成开门见山：“昨晚做笔录时有些话没问明白。你们何时何处看见‘凶手’与季鸿争吵？”

萧逸生抖抖嘴唇，转头去看吕慧，吕慧红着眼道：“大概十天前，我们在琴山公园湖边的凉亭看见阿鸿在埋怨那个男生，还动手打了他。阿鸿一见到我们，就把他赶走了，我们再问什么，她也不肯明说，只说那人是给店里送货的伙计。可是我们都知道，阿鸿是从来不插手她父亲店里的生意的，再说哪有穿着校服当伙计的。我猜这个男生，可能是阿鸿的朋友……”

萧逸生赶紧点了点头：“对对对，朋友……”

许枚眉毛一挑，微笑道：“在你们看来，这人和季小姐只是朋友？”

吕慧微微蹙眉：“我说‘朋友’，您应该明白我的意思，我猜……那男人喜欢阿鸿，阿鸿好像也对他……对他……怎么说呢？”她眼圈发红，抬起手来抹了抹眼角，摇头道，“也许是他因爱生恨，钻了牛角尖，才对阿鸿下了毒手。”

许枚玩味道：“是吗……”

吕慧忙道：“我……就是随口一说，其实那个男生长得文静秀气，阿鸿很喜欢这种类型……”

萧逸生眉头大皱，一扯吕慧衣角，小声说：“别瞎猜。”

吕慧讪讪住口。

宣成道：“第二个问题，你们看到凶手时，他有没有带着枪？”

萧逸生吃了一惊，讷讷道：“啊……枪？当然没有。如果他有枪，我们怕是都活不了。”

吕慧也道：“难道阿鸿身上有枪伤？我们当时没听到枪响啊。”

“那你们听到了什么？”许枚突然问道。

“呃……我们……我们就听到树林里有沙沙的声音，像是有人在走动或是……厮打，我们觉得奇怪，就走了进去。”萧逸生道。

“这样啊，那你们胆子倒是不小。”许枚的目光在二人身上游移片刻，道，“好了，你们去祭拜季小姐吧。”

目送吕、萧二人走进灵堂，宣成突然对许枚道：“他有些过于紧张了。”

许枚道：“没错，那男孩的腿一直在抖。”

宣成轻轻一点头，又道：“这个吕慧来祭拜亡者，竟然擦着那么厚的粉，说话的时候都往下掉渣，这实在有点不寻常。还有你，你到底还知道些什么，又从何而知？”

“我还知道，是季小姐命人偷走了季世元的望远镜。”许枚道，“至于从何而知，嗯……小秘密。”

“哼。”宣成转身便走。

“去哪儿啊？”许枚紧追几步问道。

“青龙会，雷家。”宣成不情不愿地回答。

“我怎么从未听说过这个帮派？”许枚皱皱眉，“做什么营生的？”

“烟馆、娼寮。”宣成不屑地说，“青龙会是新成立的一个小帮派，只在冉城新城区和城外沄沄河两岸活动，成员除了雷猛和他的夫人，还有些小地痞，总共不超过三十人，甚至连‘帮派’二字都称不起。”

“难怪只敢用这种缺德的小伎俩讹钱！若不是三太太心大了些，季世元软弱了些，这笔钱雷猛根本诈不到手。”许枚摇摇头说，“警官认为青龙会和季鸿的案子有关吗？”

“季小姐是在送下赎金之后被人杀害的，这青龙会的雷猛，还有交付赎金的地点馥余堂，一个都不能漏掉。”宣成道。

“雷猛那边，我陪你去，至于馥余堂么，交给小悟如何？”许枚笑着说，“别用那种不信任的表情看着我，相信小家伙一次吧。我这就去吩咐他，正好还有件事要托他办，咱们下午见。”

雷家的宅子也算阔气，但和季家比起来就寒酸多了。这是一座前清时法国人盖的洋房，样式还算别致，但久未翻新粉刷，已显出些古旧味道。家具陈设倒是崭新漂亮，可都是一水儿的来料加工的广货，看着光鲜亮丽，可用不过两三年，就得来一次大换血。

雷猛午睡刚起，穿一件古铜色绣团寿纹的对襟马褂和浅褐色长袍，踏一双登云斋的黑缎子布鞋，左掌中玩着一对厚重的狮子头核桃，“喀啦喀啦”盘转如飞，右手握着一根黑沉沉的乌木拐，嘴里衔着纸烟，皮笑肉不笑地坐在沙发上，恭敬而做作地望着宣、许二人。

宣成见雷猛筋强肉厚，豹头环眼，太阳穴微微鼓起，心中顿时了然：外家高手！

那雷夫人拈着一支细长别致的银质烟锅儿靠窗站着，盘着发髻，满头珠翠，穿一件银缎子高领中袖旗袍，踩着一对小巧的亮银色高跟鞋，眼中带着一副慵懒的媚态，眼波一动，便有一丝阴冷气息散出来。

宣成清清嗓子：“雷先生，季世元的三太太玉楼……”

“啊，季三太太，这些天一直在我这里玩，到今天上午才走。”雷猛不等宣成说完，便扯起大嗓门抢着说道。

“雷先生认得季老板？”许枚道。

“这倒不曾。”雷猛摇头。

“那为何要请三太太到府上？”宣成问道。

“季家三太太和我浑家投缘，所以请了她来，这一住就是四五天。”雷猛看看倚在窗边的夫人，“对吧，翠芳？”

雷夫人翠芳轻轻嘬了一口烟，点了点头：“季家三太太人不错，很好相与。”

雷猛道：“她们有一回同在山凰成衣铺买衣裳时认识的，您也知道，女人么，都爱往那些地方跑……”

话未说完，翠芳眼中便闪出一丝不悦。

“可是……”许枚嘴角一挑，“山凰成衣铺离季家虽近，离雷家却颇有些距离，而在贵府不远处的‘羽衣阁’裁制旗袍堪称一绝，夫人为何要舍近求远？而且山凰成衣铺以制售西装为佳，女装却不甚精巧，夫人的品味么……”他上下打量翠芳几眼，点头道，“还算不错，雷先生穿的也是中式衣裳，和山凰的西式成衣毫不搭界。您大老远地跑一趟山凰，莫不是专为结识季三太太吧？”

“路过罢了。”翠芳吐个烟圈，懒懒地说，对许枚的质疑一概不予理睬。

宣成又问雷猛道：“三太太可曾给季老板捎过信？”

“捎过，当天我到季家附近的那条街有事，亲手送过去的。正巧有个四十来岁的男仆站在门外，我就把信给他了。”雷猛道。

“季家从来不雇仆人，几个按钟上门的厨师和清洁工都是女人。”宣成微恼道，“你把信给了谁？”

“唉哟。”雷猛一拍大腿，“我看他那副打扮，又恭恭敬敬在门口站着，还以为他就是季老板家的下人，原来这信没送到啊？可是……这些天也没见季老板到处找人……”

“季老板接到的，是一封以季三太太为人质的勒索信。”宣成冷然道。

“啊哟！定是那伙计……哦不，定是那接了信的汉子做的好事！他拆看了我的信，知道三太太这些日子不回家，便心生歹念，写了封勒索信敲诈钱财！”雷猛怒冲冲地说，“让我碰着他，非活剥了他的皮做成鼓不可！”

宣成若有所思地瞧了雷猛一眼：“和你说话真轻松，三两句便把匪徒的计划说了个通透。”

雷猛一怔：“我……我猜的。不信我写几个字您瞧瞧，我的笔迹和那勒索信一定对不上。”说着他偷眼去瞧宣成，眼中透着几分狡黠。

宣成暗恼：你倒机灵，那封信和谁的笔迹都对不上。

“二位最近有没有去过馥余堂？”许枚突然问。

“没有。”雷猛连连摇头，“在那儿听一场戏，就得脱层皮，哪怕是包个雅间，一些小家小户就得倾家荡产，听说那些雅间用的桌椅都是清宫流出的高档货，连茶盏都是碧玉的，墙上一幅画就能买一座宅子。”

“雷先生还包过馥余堂的雅间？”许枚啧啧叹道，“真是阔气。”

“我哪有那么多闲钱，我都是听说的。”雷猛讪讪地说。

“这么说，你们对勒索信的事一无所知？”宣成道。

“当然！唉……其实也怪我，我要是不犯懒，直接把信送进季家，就不会出这种事了……”雷猛不痛不痒地轻轻掌自己的嘴，“这都怪我，都怪我！”

宣成暗暗磨牙，许枚噗地一笑：“好了雷掌柜，我们就不打扰了。”

雷猛连忙起身，堆笑道：“哎，好好，二位慢走。”他又回头道：“翠芳，别傻站着，和我一道送送警官啊。”

“雷先生留步。”许枚回以一个温和的微笑。

馥余堂

不论什么日子，馥余堂旁边的两排小吃摊都甚是热闹，有煎饼果子炸油条，干锅豆腐铁板烧，瓜子锅贴糖葫芦，花生蜜饯红豆糕。尤其是张老汉的馄饨摊，从来是座无虚席——南来北往、三教九流的客人都喜欢坐在这小小的棚子里，吃上一大碗热乎乎香喷喷的馄饨，小悟这样满街乱跑的小伙计，更是每次连汤都喝得一滴不剩。一些贪玩的小子还喜欢端着碗凑到馥余堂门口蹭几句戏听，可听不多时就被馥余堂的伙计连喝带吓地轰走。

小悟放下大瓷碗，意犹未尽地吐一口气，拍拍肚子，站起身来走到张老汉身边：“大爷，给您碗。”

“噢，好，放那儿吧小子。”张老汉一边答应着，一边往锅里添了几大勺高汤，又拈了一把小虾皮。

小悟使劲吸吸鼻子：“真香！大爷您的馄饨真是冉城一绝，不对，是中国一绝！那些大酒楼里掌勺的师傅，哪个能做出这么香的馄饨？”

千穿万穿，马屁不穿，小悟这几句话捧得张老汉打心眼儿里痛快，一面往炉子里填着炭，一面笑呵呵地说：“小子，老汉我不是跟你吹，我这做馄饨的手艺，已经传了三辈儿啦！你瞧瞧那辆车。”他伸手一指停在馥余堂门口的一辆西式马车。

“那是米行魏老板的车，魏太太特别喜欢吃我的馄饨，每次来这儿喝茶听戏，都要打发人来买一碗，今儿怎么还不来……”张老汉说着用大汤勺搅了搅汤锅，满满地盛了两碗馄饨给对面桌上的客人。

“大爷，再给我盛一碗。”小悟又数出几个铜板。

“呵呵，小子饭量不错啊，瞧这身板儿也够结实的。”张老汉笑呵呵地给小悟盛了一大碗，还另添了两个馄饨和一撮虾皮。

“哟，这儿没座儿啦，我上那边儿吃去，一会儿把碗给您送来！”小悟道。

“好嘞。”

小悟端着馄饨径直走进馥余堂，那馥余堂的伙计腆着肚子往门口一挡：“哎，站住站住，你干吗的？这地方是你随便进的吗！”

“哟，这位大哥，小弟眼拙，没瞧见您。”小悟一手端着馄饨碗，一手探进怀里，取出一包红豆糕来，塞到那伙计手里，“这个您拿着，豆子西施的红豆糕。小弟我呢，嘿嘿……就是想给魏太太送碗馄饨去，顺便赚一耳朵戏听。”

“哦……嘿嘿，你小子够贼的啊。”伙计掂掂纸包，“这魏太太吃张老头儿的馄饨还吃上瘾啦……行你去吧，小子挺会来事儿，今儿可是小白霜的《秦香莲》，你赚到啦。”

“哎，是是，我这趟腿跑得值。您忙，您忙。”小悟答应着，转身跑到个僻静角落，狼吞虎咽地把馄饨吃个精光，狠狠打了两个饱嗝，暗道：太好吃了！

他摸摸肚皮，舔舔粘在碗沿上的虾皮，转身便往外走，一面走一面嘀咕：“这魏太太吃得够快的……”

那迎门伙计一见小悟：“怎么着，陈世美刚走，你也跟着出去呀？最精彩的地方还不到呢！”

“嘿，我出去干吗，我这不是来找您聊会儿闲天儿吗？”小悟又从口袋里掏出一袋蒜蓉花生，“来，边吃边聊。”

伙计乐得眉开眼笑，心说：今儿这应门当得可太值了。他便和小悟倚着门站着，瞧着台上咿咿呀呀的大青衣，吃着花生有一搭没一搭地聊天。

“在大店里当差就是好啊，有这种耳福，可把小弟羡慕死了。”小悟随着“秦香莲”的抑扬顿挫摇头晃脑，满脸艳羡地说。

“不是跟你吹啊，能来这儿唱戏的可都是好角儿！远的不说，单说昨天晚上，嘿……”伙计一挽袖子，口沫横飞地说，“李少仙、小玉蟾的《四郎探母》《龙凤呈祥》，徐青山的《挑滑车》，孟铁头的《鞭督邮》，个个都是名角儿，场场都是好戏，人那个多呀，二楼的雅间提前四天就订不上了。哎，你知道昨儿订一个雅间要多少钱吗？三十块！”

“我的老天，那么贵！”小悟做出个夸张的惊讶表情，差点把下巴掉下去。

“那是！”伙计一撇嘴，“也就这些天江蓼红不在，要不然包雅间的钱还能再涨五块。”

“这……包个雅间这么贵，怕是没多少人肯花这冤枉钱吧？”小悟小心试探。

“别说，还真有人傻钱多喜欢捧角儿的痴子，有个小姐提前五天就订了黄字号，结果身上没带着钱，第二天大半夜才把定金送来。”伙计笑道。

小悟心中一动，忙问道：“没有定金，你们老板还把雅间给她留了一整天？这人谁呀，面子这么大？”

“说出来吓死你。”伙计嚼着花生说，“冉城商会季会长家的大小姐！她一报名字险些给我吓得坐地上……”

小悟暗道：季小姐被害的消息就要登报了，到时候不知你什么反应。

伙计继续说：“要说那天的戏呀，可是真好，李少仙最后那一嗓子嘎调，呵，那句话怎么说来着，绕梁三日！”

小悟使劲点头：“了不起，真是了不起，你们老板肯定赚翻啦。哎，黄字号挨着玄字号吧？那玄字号是谁订的呀？”

“我想想啊……好像是个有钱的太太，穿着一身银色的旗袍，把着一根又细又长的烟袋，阔气得很，这人也怪，大热天的还戴着口罩。别人订一个雅间至少进去俩人仨人的，听个够本儿，这位可倒好，订房的时候咬死了非玄字房不订，可昨儿晚上人根本就没来，真不把钱当回事儿。”

“至少俩人仨人？”小悟眼珠一转，忙问道，“哎，那季小姐有伴儿吗？”

“嗯……有一个，模样我记不得了，也是位小姐，和季小姐身量差不多，穿一件紫色的旗袍。说来也怪，季小姐和这个紫衣小姐都戴着大檐帽，帽檐下面还有网纱，跟外国女人似的挡了大半张脸。”

“那季小姐有没有拿什么东西进来？”

“有啊。要说这季小姐可够奇怪的，穿了一身红艳艳的衣裳，看着就挺贵，手里却提了一个黑油油的大皮箱子，分量着实不轻。季小姐那么个娇滴滴的美人儿，提着那箱子一步一晃的，我们要上去搭把手，她还不让。”伙计奇怪地说，“而且呀，刚刚开戏，七点半还不到呢，季小姐就低着头从那边儿最暗的一个楼梯下来，匆匆忙忙地从侧门走了，要不是她穿那一团大红，我还真注意不到她，那时候公主正让杨四郎‘盟誓愿’呢，谁有工夫到处乱瞅！”

小悟想了想：“那她的同伴呢？”

“嗯……那位想来也是个有钱的小姐吧，没过了十分钟，也急急忙忙地走了。要说这几位真是钱太多嫌烫手，好好的雅间，就这么浪费了。”伙计说着摇了摇头，忽然又说道，“不过有两件事儿挺奇怪的。”

“什么事？”小悟往跟前凑了凑。

伙计神秘兮兮道：“她们来时拿的那个箱子不见了！季小姐和那紫衣小姐都是空着手走的，我生怕她们把什么东西落下，还特意跑到雅间去看，可屋里什么也没有。还有啊，我明明没见到订玄字雅间的女客上楼，可是到后来收拾房间的时候，看见一条汗巾子塞在玄字号房门缝里，还是条男人的汗巾子。”

“汗巾子？”小悟奇道，“你确定玄字号房的客人没来过？”

“没有，连门都没打开，钥匙也没送回来，老板都打算换锁了。我们这儿一共四个雅间，天地在南，玄黄在北，都只有一条楼梯上下，那天我就在北边的楼梯下面招呼客人，只看到季小姐和那位紫衣小姐上去过，所以我怀疑呀……”伙计压低了声音道，“这汗巾子是季小姐她们留下的，要么是季小姐，要么是那紫衣小姐，两个人里肯定有一个和野男人勾搭上了。那汗巾子上绣着鸳鸯、蝴蝶、大雁，谁看不出来什么意思啊！那上面还有几行字，长长短短的，好像是一首曲儿吧。我不识字，看不明白，只觉得这巾子倍儿高档，我就自个儿收着喽。”说着他从怀里抖出来一块水蓝色的汗巾。

小悟“唉哟”一声：“大哥您糊涂啊，这上面指不定染着花柳呢！您看这儿块红乎乎的，也不知是什么脏东西！”

伙计大声的“唉哟”一嗓子:“我也说呢, 这么好的东西就扔在那儿！”他一扬手便要把那汗巾子扔出门外。

小悟却小心翼翼地用两根指头夹起来：“我帮您扔得远远儿的。”说着他一溜烟跑出门外。

那伙计呆了半晌，一跺脚道：“花柳个屁咧，那是油彩，小兔崽子敢骗我！”他几步追了出去，却早已不见了小悟的影子，只好一跺脚，悻悻地回去了。

小悟缩在馥余堂后的巷子里偷笑了好一阵，才一拍脑门道：“险些忘了，还得去找那个黑痣小鬼，然后要去……什么地方来着……哦对了，鸣泉巷江府。”说着他转身要走，却见脚下有个东西被阳光照得光芒一闪。

“咦？这东西……子弹壳！”小悟吃了一惊，见四下无人，忙伸手从脚下的砖缝里抠出那子弹壳，塞进口袋里。

“这巷子，不寻常啊……”小悟托着下巴道。

艳词

宣成和许枚在仙客来酒庄用过晚饭，散步回到拙斋，听着小悟张牙舞爪的讲述，看着眼前的汗巾子，对视一眼。

“玉楼冰簟鸳鸯锦，粉融香汗流山枕。帘外辘轳声，敛眉含笑惊。柳阴烟漠漠，低鬓蝉钗落。须作一生拚，尽君今日欢。”许枚读着汗巾上绣的诗词，“唐末牛峤的《菩萨蛮》，一首露骨的艳词，这巾子可不像季小姐这样未经人事的小姑娘用的。”

宣成道：“可是昨晚去过馥余堂北面二楼的只有季鸿和那个神秘的紫衣女伴，这条汗巾一定和她们有关。”

“没错，玄字号雅间是青龙会定下的交易地点，我想季小姐把汗巾塞进门缝里，一定是想告诉绑匪些什么，或许和季家三太太这个所谓‘人质’有关。你瞧，‘玉楼冰簟鸳鸯锦’，季三太太不就叫玉楼吗？”

“是这么解释吗？”宣成半信半疑，“‘玉楼’这个词在宋词元曲里很常见，也许是巧合吧。”

许枚道：“又或许是三太太与人有私情，你瞧这块红色的污渍，这好像是……”

“是戏班子化妆用的红油彩！关羽、黄盖、闻太师、赵匡胤都用这种红色。”深通此道的小悟抢着说。

许枚一拍手道：“嘿，我猜是季三太太和一个唱净角儿的戏子有染，此事被季鸿得知，她留下这块汗巾，就是为了告诉青龙会的人：这个女人不检点，我季家不会为她出这五百大洋。”

宣成凝神思索片刻：“如果季鸿不打算交赎金，那她拿进馥余堂的一箱大洋哪去了？她和那紫衣女子都是空着手出来的。”他又问小悟：“那伙计还说了什么？”

“没啦，就为了这些消息，我丢了一大包红豆糕和一小包花生米！”小悟打着饱嗝说。

“肚子里少说还有两碗馄饨。”许枚拍拍小悟的肚皮，又疑惑地自言自语，“是呀，那箱大洋哪去了？还有，怎么又冒出一个穿紫色旗袍的姑娘？季世元在如归旅社看到季鸿是孤身一人走进馥余堂的，难道她和这位女伴是分开行动，在馥余堂里会合？”

“我在想那个订了玄字号房的客人。”宣成道，“银色旗袍，细长烟袋，你觉得她是谁？”

“雷猛的老婆翠芳？”许枚道，“不过她戴了口罩，那伙计没看到她的脸，这个人证做不得数。”

“翠芳专程去山凰成衣铺，假意与季家三太太玉楼攀交情，又邀请她到雷府逗留，雷猛则写信给季世元，命季家在九月一日把赎金放在玄字号雅间。当天晚上翠芳伺季鸿离开后，便可进去把赎金取走，雷猛则把事情引到一个根本不存在的四十来岁的男人身上，一句‘送错了信’便把敲诈的事推得干干净净。这些钱对季世元来说算不得什么，他当然不会为此得罪这种难缠的小帮会，最重要的是玉楼也没受什么皮肉之苦，这案子便会无疾而终。”宣成带着几分气恼推测雷猛的计划。

许枚点点头，又说道：“可奇怪的是翠芳当夜并没有去馥余堂玄字号雅间，季鸿还莫名其妙地提前定下了黄字号。也许雷猛派了手下人去……不对，那伙计一直守在楼下，只看到季鸿和那紫衣女子上了楼，难道这紫衣女子才是来拿赎金的绑匪？可她走出馥余堂时也是空着手的。”

“那个雅间有向北开的窗户。”宣成道，“既不在房间里，也没有被拿出去，那箱银圆只有这一个去处。”

“丢出窗外？”许枚啧啧道，“馥余堂后墙外是一条小巷，没什么人家，倒是个秘密交易的好所在。可如果是劫匪命季小姐把银圆丢出窗外，那季小姐或者她的女伴为什么要把那条汗巾塞进玄字号雅间的门缝里，给谁看啊？难道守在窗外小巷里的不是绑匪，而是季小姐的同伙……同伴？又或者是那个上海来的学生？”

“头绪太乱。”宣成揉揉眉头，将玻璃杯里的水一饮而尽，忽地一呆，继而怒视许枚道，“你这神棍还有事瞒我！上海来的学生是怎么回事？”

许枚装模作样地掩口缩肩，从怀里摸出那“凶手”的照片道：“哎呀，我是想稍后一道说。”

“你竟然有他的照片！谁给你的？”宣成惊道，“还有稍后是什么意思，你在等什么？”

许枚摸出怀表看了看道：“子时快到了。”

宣成想起许枚收了季鸿的瓷瓶，恍然道：“你想问季鸿卖给你的瓷器。”

许枚拊掌道：“不止瓷器，还有别的。”回头问小悟，“托你办的事可办妥了？”

小悟道：“办妥了，那个黑痣小鬼从大牢里把这东西偷了出来。”他从衣袋里取出一枚缺了角的铜钱。

“黑痣小鬼是谁！”宣成的头发都要炸起来了，戟指许枚，“你……你勾结匪类，从监狱里偷犯人的东西？你这个无法无天的神棍……”

许枚一迭声道：“警官警官，你别恼，消消气，我这也是为了破案，这枚铜钱很重要，也许我能让那个小子开口……”

小悟定定地望着许枚，暗道：老板好像在安抚一只发怒的猫啊……

缺角大齐

“警察局的防卫都松散透了，监狱也要好好整顿整顿。”宣成好容易消了气，“你说，这铜钱有什么来头？”

许枚轻轻拈起铜钱，托在掌中细细观看，过了好一阵，才啧啧叹道：“竟然是真品，竟然是真品！缺角大齐消失六十多年，竟然在这里现身了！”

宣成奇道：“缺角大齐？”

许枚点头道：“没错，你瞧，这枚大齐通宝边缘缺了一块。”

“大齐？这是什么钱，我怎么从没听说过？”宣成接过铜钱翻来覆去把玩。这铜钱径不足寸，稍显轻薄，“大齐通宝”四字直读，端庄方正，左上角有一块残缺。

“小心些，警官千万小心些，这可是旷世奇珍。”许枚忙不迭道，“这大齐通宝是南唐先主李昪所铸，世间仅存此一枚，可别磕着碰着了。”

“南唐先主？南唐和‘大齐’有什么关系？”宣成把大齐通宝递还给许枚，“这‘大齐’两字是年号还是国号？”

“算国号吧。”许枚道，“李昪原名徐知诰，是十国中吴国大将徐温养子，吴天祚三年李昪称帝，国号齐，这大齐通宝就是此时铸造的，两年后李昪改国号为唐，便是后来那个一江春水、愁起绿波的南唐。大齐通宝史书中从未记载，这枚‘缺角大齐’前清时一经发现便名震泉界，翁树培《古泉汇考》中便有记录，戴熙《古泉丛话》有它的拓片。这枚大齐通宝一直收藏在杭州戴家，戴氏视若拱璧，轻易不肯示人，只制作了十几张拓片分赠同好密友。直到咸丰十年，太平天国攻破杭州城，身为兵部侍郎的戴熙投水自尽，这枚缺角大齐便没了下落，有谣言称戴熙是揣着这枚古钱投水的，也有人说戴熙死前把这枚钱埋在家中的花园里，还有人说这钱被戴熙丢在戴家后院的水井里。太平天国平灭之后，有好事者买下戴家院子，掘地三尺，细筛沙土，轰轰烈烈找了大半年，最终一无所获。这枚大齐通宝就这么长绝于世，令人惋惜。”他接过宣成递来的大齐通宝，轻轻抚摸道，“想不到这枚被江南泉坛心心念念了几十年的缺角大齐，就这么邋邋遢遢地挂在一个少年的脖子上。”

宣成奇道：“他一个落魄的学生，怎么会有这种珍贵古钱？”

“多半是家传吧，你瞧这挂铜钱的绳子上还穿着一颗小铜珠，珠上还刻着字。”

宣成定睛看去，见那被磨得发亮的挂绳上果然还坠着一颗小圆柱桶似的铜珠，珠上刻着半首小诗：“独占三秋压众芳，何须橘绿与橙黄。自从分下月中种，果若飘来天际香。”

“这是宋人吕声之的诗，末尾刻了‘并大齐之泉赠吾儿灵珊，颐真’十二字。如此纤细的蚁头小字，笔力又能这般凌厉浑厚，显然是出自大匠手笔，而且这珠子看起来也有些年头了。”许枚道。

宣成被一连串旧事砸得头昏脑涨：“颐真是谁？这小子叫灵珊？怎么像个女孩家的名字？那首宋诗也像是夸赞女子的，哪有说男人‘压众芳’的……”

许枚神秘兮兮地笑着说：“你猜那个买下戴熙故宅的好事者是谁？”

“是谁？”宣成一愣，瞧了瞧小铜珠，“这个‘颐真’？”

“没错，此人叫杨颐真，是前清赫赫有名的神童。”许枚道，“这杨颐真精通商道，广识人情，还通晓诸国风俗语言，尤其通晓经商之道。他于同治二年开设的云济公司，领衔东南缫丝业三十余年，如今经营缫丝、绸缎生意的豪商巨贾，多曾是杨颐真麾下的理事，比如苏州的商莫穷，关外的耿幸春，西北的汤明济，广东的华育亨，山西的张妙才，还有……冉城的季世元。”

宣成眉峰一挑：“季世元？这案子……难道牵扯到上一代人的恩怨？”

“也许吧。”许枚道，“杨颐真如果活到今天的话，算起来也有……八十多岁了吧，这个‘凶手’看年纪不像是他的儿子，这个‘吾儿灵珊’应该另有其人。”

“八十多……”宣成稍一推算，惊道，“清军收复杭州是同治三年，这么算来杨颐真买下戴家老宅时，还不到二十岁！”

许枚点头道：“没错，杨颐真年少有为，手眼通天，十四岁便出海经商，到十六七岁时便创立了云济公司，算得上是赫赫有名的丝绸大亨了。”

宣成点点头，又问道："杨颐真喜欢收藏古钱？"

"当然，杨颐真是鉴藏古钱的大行家。"许枚慨然道，"世人皆道他花了大价钱买下戴家老宅、寻找缺角大齐是想疯了心，谁知他竟真把这钱找着了，还自藏自乐秘不外宣，可叹世人以他为笑柄，却反被他蒙在鼓里。"

宣成沉吟片刻，问道："我怎么从未听说商界有这么个人物？"

"人有旦夕祸福，光绪二十六年的一场天火，令云济公司的千万产业付之一炬，连杨颐真的妻儿也死在大火中，杨颐真忧病而亡，死时……不到六十岁吧，杨家偌大家业，顷刻便散了。这件事情在当时很轰动。"

"光绪二十六年，正是庚子年啊……看这小子的年纪，当时他应该还没出生。"宣成道。

"所以这个'灵珊'不是他。"许枚道。

"对了，你既然要细看这枚铜钱，在监狱里看便是，为什么要大费周章把钱偷出来？"宣成对许枚这种古怪手段非常不满，也很后怕。

"我想听这钱说话。"许枚歉然一笑道，"直接开口索要，又怕人家不给，我是最不愿和人红脸争吵的。"他见宣成一脸无奈，又道，"我是抚陶师，能在子时唤醒瓷灵，这你是知道的。其实金玉书画、竹木牙角之精奇者，皆有灵气，我取这枚钱，是为了请一位听泉师帮忙。"

"听泉师？"

"没错，古时钱亦称泉。"许枚又问小悟，"去过江家了吗？她说了什么？"

"去……去了……"小悟吭哧一阵，小声道，"她问你上次送她的旗袍和绣鞋，算不算定情信物……"

许枚一口茶水喷了出来："噗，咳咳……不是让你说这个！"

小悟暗暗坏笑："哦……那个姐姐见了这个铜钱，当时就疯了，手舞足蹈好一阵子，才拿着铜钱把自己锁在一个小房子里，出来后说……"

小悟装出一副慵懒女人的样子，紧了紧嗓子道："这个少年是杨颐真的外孙，是杨颐真的女儿杨灵珊和一个野男人一夜欢好之后有的，杨颐真受不得女儿哭闹，正想忍下这个女婿时，杨家惨遭天火，满门尽丧，杨灵珊容貌被毁，一只眼睛被大火灼伤，那位准女婿也不知所踪。八个月后，杨灵珊在杨颐真留下的一座旧宅生下了这个孩子，取名杨之霁。杨灵珊颇通文墨，靠代人撰文、写信抚养杨之霁长大，并用杨颐真送她的这枚古钱为杨之霁压胜。对了，这铜珠上的小字也是杨颐真刻的，这老先生真是个鬼才。”

“杨之霁，那个孩子叫杨之霁……”许枚眯起眼睛道，“这名字可有意思。”

小悟道：“那姐姐还说，这缺角大齐虽则珍贵，但钱体受损，灵气有限，她能听到的就这么多了。”

许枚点头道：“可惜，这大齐通宝不知道杨之霁的父亲是谁，但这些消息足够骗那小鬼开口了。”

“你要诈供？”宣成一皱眉。

“不不不，我只是觉得这几代人之间的关系有些意思：季世元是杨颐真的老下属，死者是季世元的女儿，‘凶手’是杨颐真的外孙，名字叫杨之霁，霁……季……”

“杨之霁……”宣成琢磨着道，“你想太多了吧。”

小悟继续道：“那个姐姐还问你什么时候去她家下聘礼……”

“啊……啊……子时快到了，你去把那个……那个玉壶春瓶取来，当心些。”许枚手忙脚乱道。

宣成乜了许枚一眼：“你有风流债。”

许枚急道：“哪有的事，是那听泉师恨嫁成狂。”

话音未落，许枚纤长的手掌忽然变得白腻莹润，宛若美玉，隐隐然透出一丝仙风瑞气，又带了一股优哉闲适的红尘味道。

宣成难得地睁大了眼睛。

祭红瓷灵

小悟捧着木盒回来，放在桌上，轻轻打开，一手握住瓶颈，一手托住瓶底，将那玉壶春瓶小心取出，放在桌上，回头看了看表：“十一点整，老板……”

许枚静静吸了口气，缓缓呼出，道："我们和这位姑娘聊聊。"说着他伸手轻轻抚摸那只祭红釉玉壶春瓶。刹那间，一阵深沉静穆的红色雾霭漫溢开来，明明是虚无的雾气，却庄严凝重得令人无法呼吸，待雾气散去，一个清秀高挑的女子规规矩矩站在三人面前。

这女子身穿古拙厚重的大红色长袍，那长袍红得端庄肃穆，未作一丝一毫的装饰纹绣，一头黑亮的长发规矩地挽成连环髻，一丝不苟地盘在脑后，脸上不敷什么脂粉，更不戴什么钗环，素面朝天，丽质纯然；面如皓月，唇若涂朱，眉如烟黛，目似朗星，宛如一株红艳而孤傲的虞美人，浑身上下透着一份倔强的高洁。

祭红瓷灵走到许枚面前，略一颔首道："许先生好。"

许枚点点头："姑娘请坐。"

祭红道了声谢，端端正正坐在红木椅上，彬彬有礼地问道："先生唤我出来，所为何事？"

许枚道："为了季小姐的命案，姑娘也该知道。"

"是。"祭红瓷灵文静地点点头，"上午二位说起此事，我也听着。"

"好，那我也不作赘语，开门见山了。"

"先生请讲。"祭红瓷灵干脆地说。

"季小姐是否想把五百大洋赎金交与一个叫杨之霁的人？"许枚问得直截了当。

"杨之霁……"祭红瓷灵微一蹙眉，"我不曾听过这个名字。"

许枚一怔，又问道："那……季小姐有没有说过五百大洋的事。"

祭红瓷灵点头道："我曾听到季小姐和两位客人谈论此事。"

"两位客人？细细说来。"

"我一直住在匣子里，锁在季小姐卧房床下的柜中，并没有见过那两人的样貌，只知道一位公子姓萧，一位小姐姓吕。听季小姐说，她最信任的便是这两位朋友，要请他们帮一个忙，至于是帮什么忙，我也没能听得清楚。"祭红清秀的脸上现出一丝歉意。

"一个姓萧，一个姓吕，警官你觉得是谁？"许枚道。

"那两个小东西没说实话。"宣成冷冷道，"看来有必要把他们请到警局好好谈谈。"

祭红瓷灵沉吟片刻，又微微蹙眉道："我断断续续地听见书房里有'爸爸……眼睛……裙子……身量'还有'馥余堂……扔下去……'他们好像还提到一个人，季小姐有说到'沄沄河……渔船……琴山公园……'之后又说'在店里等我……公园回来……换回来'。之后好像那吕小姐问起'他是谁……值得吗……'季小姐回答'你们别问……定会报答'之类的。"

宣成、许枚对视一眼——"馥余堂""扔下去"，那些大洋真的被扔到馥余堂后的小巷里了？

祭红瓷灵臻首低垂，沉思一阵，道："之前在卧室，季小姐还说过：'那些恶徒实在下作，竟然想要爸爸把我送去换她。''爸爸是爱玉楼，但他更爱我，他绝不肯为区区一个姨太太便舍了我。''可是，爸爸确实太宠她，疼她疼到了骨头里。''爸爸还不知道她在外面有个野男人，我旁敲侧击说过几句，爸爸还对我翻脸，说我瞎猜。'萧公子便劝她：'你别多想，这绑匪的要求出格离奇，季伯伯是决然不会答应的。'吕小姐也说：'你不是拿到她的汗巾了吗？这种实打实的证据，容不得季伯伯不信，这姨太太不过是个戏子，舍了便舍了。'"

许枚瞠目结舌："这雷猛是疯了吗？绑了人家的姨太太，让人家拿女儿去换。"

宣成一咬牙："这个季世元也没说实话。"

祭红瓷灵一咬嘴唇，道："此事……季老爷未必知情。那封信是季小姐最先看到的，她把信拿回卧室，便打电话请萧公子和吕小姐过来，还让他们多带些报纸，她放下电话后，还自言自语说：'这倒是个机会。'"

许枚"噢"的一声，拍拍额头道："原来如此。季世元说，是玉楼去雷家的次日下午，发现勒索信钉在大门上的。你想想，绑匪投送勒索信为什么会选择中午而不是晚上夜深人静的时候？现在看来，多半是季小姐当日一早出门时便发现了信，然后……"

"然后篡改了信的内容，趁中午无人时钉回门上。"宣成道，"雷猛的勒索信是用报纸上剪下的字贴成，季鸿要修改信的内容，当然会让萧逸生、吕慧带报纸来。你记不记得，那'五百大洋'和'晚上七点'字下的纸像是被揭起重新粘过，我还道是绑匪最后修改了赎金数目和交易时间，现在看来，是季鸿把她的名字换成了五百大洋。季世元看到的，是季鸿改过的勒索信。”

许枚心念一动，抬眼望着祭红瓷灵，祭红瓷灵却眼神迷离，浑若不知，自顾自道：“季小姐还说：‘只要把汗巾子丢在那里，青龙会自有计较，不论怎么处置那下作妇人，都与我无关。’吕小姐说：‘我的身材不及你，可别露了破绽。’季小姐说：‘这个好办。’”

“嗯……有点意思，还有呢？”许枚若有所思地问。

“还有……多是家常的闲话了。比如半月前，季小姐说吕小姐近日来消瘦不少，也频有误学，还问萧公子是不是惹吕小姐生气之类的话。”祭红瓷灵轻轻摇摇头，“总之多是与案子无关的闲话。”

许枚则是微微颔首，托着腮闷坐在红木椅上；祭红蛾眉微蹙，静静地望着许枚；宣成揉着眉头，琢磨季鸿那几个支离破碎的词句；小悟看看这个，瞧瞧那个，想插句话，却不知说什么好。

祭红瓷灵沉默片刻，又诚恳地望着许枚的眼睛，认真地说：“许先生，小女子也知道，您的智慧手段皆非常人可比，故此冒昧相求，请您务必还季小姐一个公道。她是好人，不该是这样一个结局。”她说着眼中竟有些泪光闪动，忙微微侧身，定了定神，又说道，“先生莫怪，小女失态了。”

许枚像是也被祭红那份纯澈凝重的气质所慑，自觉地收起了平日里那份慵懒悠闲，郑重地点点头：“分内之事，何劳挂齿。”

宣成听许枚说“分内之事”，心下一动：这神棍说话的语气，倒像是警察似的，这明明是我的分内之事才对。又见许枚满面肃然，全无玩笑之意，倒像真把自己当作警察似的，不由暗暗奇怪。

“如此甚好，小女代季小姐谢过先生了。”祭红瓷灵欣慰点头，起身万福，“先生若有所需，赴汤蹈火概无所辞。”

“有劳了。”许枚一拱手。

祭红瓷灵还了一礼，只见一道红光，眼前女子已消失不见，还是那只祭红釉玉壶春瓶静悄悄端坐在椅上，依然是红润艳丽、古朴端庄。小悟静静打量着它，心底微动波澜，只觉得这只瓷瓶身上，竟然散溢出一股浓浓的义气和血性，令人肃然起敬。

宣成轻轻吐气，望着许枚道："最关键的部分，她只听到些断断续续的词。季鸿改了赎金，牺牲了玉楼，可那五百大洋被她拿去给了谁？如果雷猛没有拿到钱，为什么不再'挽留'玉楼，任她回了季家？"

许枚道："我要再去一趟监狱，会会这位杨之霁，他不见了这枚铜钱，也许正急得团团转呢。"

家丑不可外扬

然而许枚担心是多余的，那少年戴着手铐趴在审讯室的桌上，和负责审讯的小警察一道呼呼大睡，宣成强压火气将那小警察拎出审讯室，丢到厕所的水池里。

"你请来的那位神偷做事真是大刀阔斧，直接用迷香把人迷晕了下手。"宣成咬着牙道。

许枚忍笑道："年轻人做事，有时候不那么讲究。"说着他伸手掐住那少年的人中穴。

"啊！疼……"那少年痛叫一声，猛地直起身来，只见上午来过的青衣男子和冷面警探又坐在审讯桌后。

"杨之霁。"许枚叫了一声。

那少年一个激灵，愕然看向许枚，只见他纤细的手掌提起一根黑色细绳，悬着一枚残缺的铜钱，登时急了："还给我！"

"你终于肯说话了。"许枚将缺角大齐轻轻放在桌上，问道，"你是不是叫杨之霁？你外公是前清名震东南的丝绸巨商杨颐真。"

那少年瞳孔一缩："你怎么知道？"

许枚道："凭这枚铜钱啊。我是季世元季会长的朋友，他对这枚铜钱熟悉得很，他说这个叫什么……缺角大齐，对吧？"

杨之霁双肩一抖，颤声道："季世元，他看过这个了？"

许枚点头道："没错，他认得这枚钱。"他见杨之霁额上冷汗直冒，又笑道，"他说这是故人之物，大齐通宝几为孤品，还有这颗杨颐真亲手镌刻'灵珊'名讳的铜珠，世间仅此一粒。"

杨之霁攥紧双拳，咬牙道："故人？"

许枚道："是啊，想来用这枚铜钱为你压胜的长辈是季老板的旧相识，而且关系极好。季老板说，他本想把季鸿许配给你的。你瞧，季老板是个多念旧情的人，连你的面都没见过，单凭一枚铜钱和一粒铜珠，就认定了你这女婿。只可惜啊，你竟然成了杀害季鸿的凶手，季老板拿着这枚铜钱痛断肝肠……哎，你怎么了，你还好吧？"

杨之霁的表情早已扭曲到无以复加，一双水汪汪的眼睛瞪得溜圆，颤声道："这……不……这……你胡说……"

宣成挪了挪身子，坐得离许枚远了些：这神棍说起胡话来眼都不眨。

"我怎么胡说了？"许枚带着一丝揶揄道，"季鸿也对你心有所属吧？她一直把你的照片随身带着，瞧这半张照片里，你伸手搂着一个人，你的肩上还搭着一只漂亮的小手，你们关系很亲密啊。季老板是最疼女儿的，更何况你还是他的故人之子，只要季小姐开口，季老板一定会顺着季小姐的意思，把她许配给你。"许枚不疾不徐地说。

杨之霁双手捶着桌子低吼道："不对！你胡说！"

许枚笑道："我怎么胡说啦？华东商界的人都知道，季世元年少时，曾是你外公云济公司的小经理，如今季氏的经营之道、管理之术，多源自杨氏。自云济覆灭之后，季世元毅然离沪，转战冉城，娶妻生女，以早年在上海打拼练就的眼光、手段和谨慎的性格，又凭借大太太穆氏的丰厚家底，投身绸缎贸易，搏杀数载，才在华东商界取得今日的地位。你既然是杨颐真的外孙，当然是他的故人之子……"

杨之霁怒道："我不是说这个！我是说季鸿不是那个意思，她带着我的照片……她……她是因为……因为……"

"还能因为什么呀，小孩子脾气这么大。"许枚摇头道，"另外半张照片上是你的小情人季鸿吧？"

"不是！"杨之霁呼呼喘气，胸口像风箱似的上下起伏。

"那还能是谁？"许枚笑着一摊手。

"是季岚！"杨之霁脱口而出，随即一呆，颓然坐倒。

"季岚？"宣成眉毛拧成了疙瘩，"季世元的二女儿，这里面还有她的事？"

许枚也是一怔："你……和季岚？"他继而一拍脑袋，"你是从上海来的，季岚也在上海读书。"

杨之霁神情稍定，愤愤地看了许枚一眼，闷声道："你骗我，季世元不可能同意我和季岚……季鸿在一起。"

许枚身子向前一倾："为什么？"

杨之霁两眼通红，吭哧吭哧五六分钟，才从牙缝里挤出几个有气无力的字："季世元……是我爸。"

许枚鼻中轻轻呼出一口气，宣成"嘶——"地吸了一口凉气，他早便觉得杨之霁和昔日的云济公司小经理季世元有关系，但好像许枚的预感更加强烈，也更加准确，这个神棍还真有些意思。

许枚见杨之霁开了口，便继续问道："你来冉城做什么？"

杨之霁紧紧咬着牙，脸涨得通红，额上渗出细细的汗珠，苦苦挣扎了十几分钟，才鼓足勇气，犹犹豫豫地开口："季岚她……她怀了我的孩子。"

许枚、宣成齐齐倒吸一口凉气。

杨之霁抬起戴着手铐的手，从胸前的口袋取出半张照片，和许枚手中那半张严丝合缝，照片上的少女笑得满脸幸福。

"我只想着让阿岚把孩子生下来，等我毕了业，找份工作好好过日子。我妈起先倒也没有反对，可是问起阿岚的家世，她就突然……"杨之霁痛苦地攥着拳，声嘶力竭地捶着桌子呜咽道，"直到那时候，我才知道季世元竟然是我爸！这之前我一直随母姓，被人骂了二十年野种！季鸿只比我小一岁，这说明季世元刚到冉城就娶妻生子，把我妈忘到脑后……"

许枚暗叹：季世元这位风度翩翩的商界大佬，在灯红酒绿的上海滩厚积薄发，天知道他到底欠下了多少笔风流债。

杨之霁开了口，便滔滔不绝说个不停："那些天，阿岚整日以泪洗面，我妈眼睛被火熏过，本来就不好，又急火攻心，险些瞎了。阿岚实在没办法了，才叫我拿着照片来冉城求她姐姐季鸿，还千叮万嘱不能让季世元知道，所以……"

"所以你从上海搭船到了冉城，对季鸿说明此事，她也答应帮忙……"许枚道。

“是，她答应替我筹一笔钱，帮阿岚打掉孩子，还要给我妈治眼病，又让我们买一座舒适些的房子。说等阿岚养好了身子，再送她回冉城……”

“这一切，大概需要多少钱？”

“五六百吧。”杨之霁为难地说，“她约我昨晚八点在琴山公园东南的小树林见面，说要把钱交给我。可当我赶到时，却看到草丛里躺着一个穿紫色旗袍的人，走近一看，就是季鸿。我吓了一跳，去探她的鼻息，结果……”

“紫色旗袍！”许枚、宣成异口同声地说，“她穿着紫色旗袍？”

“对、对呀……”杨之霁吓了一跳。

“然后呢？”宣成急问。

“然后我就慌了，不知道怎么办才好，这时候季鸿的两个同学从林子后面走了出来……”

“这两人你认得？”

“认得，我和季鸿第一次见面时，曾经被他们撞见过。当时季鸿正为阿岚的事埋怨我，还动手打了我……”

“他们认出了你，认为是你杀了季鸿？”

“是……可杀季鸿的不是我，真不是我！”杨之霁使劲摇着头辩解，“当时那林子里除了我，一个人都没有，我实在说不清。那个男生还扑上来喊着要抓我，我除了逃跑没有别的办法，没想到刚刚跑出公园，就迎面碰上了巡夜的警察，那个男生也从后面追了上来。我心里慌极了，就又踩到一只狗的尾巴，那只狗正抱着两个馒头在啃，一下就蹿起来了，扑上来咬我。我吓坏了，被一块翘起的砖块绊了一跤。那些警察扑上来就给我上了铐子……”

“琴山公园东南的茶水路附近有巡警夜岗。”宣成道，“每晚八点上岗，你赶得不巧哦，或者说……有人故意把你赶到那个地方。对了，你说那个男生一路追着你，那个女生呢？”

“那个女生……好像没追几步脚就扭了，我听见她叫那个男生别管她，先追我。”杨之霁道。

“萧逸生带着巡警找到季鸿尸体时，她穿着如季世元所述的大红色旗袍，而你看见的尸体，却穿着一身紫色旗袍。”宣成道。

杨之霁急道：“我没骗你！我看见的确实是紫色旗袍。”

宣成略一思索，说道：“那座树林晚上没有人去，当你和萧逸生一前一后离开，留在现场的就只剩下扭伤了脚的吕慧。”

“如此看来，这个吕慧不简单。”许枚一笑，又看向杨之霁，“在我说破你的身份之前，你什么话都不肯说，为什么？就不怕被当作凶手推上绞刑架？”

杨之霁咬咬嘴唇，嗫嚅好久才道：“家丑……不可外扬。”

许枚无奈摇头。

宣成问道：“你手上的伤痕是怎么回事？”

杨之霁翻翻手掌：“哦……我身上带的钱不多，只好住在沄沄河码头一艘大些的渔船上。昨天早上，我上岸去买吃的，几个小泼皮搞恶作剧，要把船划走，我情急之下，伸手抓住缆绳。可那缆绳粗糙得很……”

许枚搔搔下巴：“哪有这么巧的事，白天刚被绳子划伤了手，晚上就被当作勒杀季鸿的凶手抓了。”

宣成道：“你觉得是有人故意这么做的？那些小泼皮……对了，沄沄河附近是青龙会的地盘。”

许枚思索片刻，继而微笑道：“若是这样的话，我倒有些明白了。”

“明白什么？”宣成问。

许枚伸了个懒腰：“找个安逸些的地方说，先回我家。”

宣成皱眉道：“你这神棍不仅爱卖关子，还瞎矫情。”

许枚走出审讯室，突然又折返回来，问杨之霁：“昨晚季小姐的两个同学撞见你时，吕慧……就是那个女生，她穿着什么衣服？”

杨之霁有些莫名其妙，但还是回答道：“是一件水绿色的旗袍。”

许枚的推理

已是凌晨，被许枚从被窝里喊起来的小悟打着哈欠沏茶倒水。

“根据杨之霁和瓷灵提供的线索，我试着推测一下季小姐的遭遇和应对计划。”许枚窝在红木椅里，咂着浓茶，摆了个舒服的姿势，“季小姐最近烦心事不断，季世元的三太太玉楼与外人有染，此事被季小姐察觉，可她又不敢明着对季世元说，只好旁敲侧击，季世元却是榆木疙瘩不开窍。”

宣成放下玻璃杯，点头道：“没错，那只瓷灵提过这个。”

许枚继续道：“恰在此时，她从未见过面的异母哥哥杨之霁从上海带来了一个更坏的消息：杨之霁和季岚在上海两情相悦，偷尝禁果，季岚肚子里还有了一个不该来到这世界上的孩子。易卜生《活鬼》的情节在季家活生生地上演了，还演进得更为彻底。我想此时的季小姐一定忧心如焚，随后出现在季家大门上的一封勒索信让她的处境雪上加霜，青龙会以欠下巨额赌债为由扣下了玉楼，并威胁季世元用季小姐来换——当时的季小姐是这么认为的。我想，她也许曲解了青龙会的意思。”

“这话什么意思？”宣成不解。

“季世元又不是色迷心窍的老糊涂，怎么可能用女儿去换姨太太？连萧逸生和吕慧都知道这事儿出格离奇，青龙会不大可能提出这种过分之极的要求。”许枚道，“我想青龙会要的，也许不是‘季鸿’，而是‘祭红’。”他见宣成不解，又道，“那只祭红釉玉壶春瓶，是祭祀之祭，红色之红。这瓶子是两年前季小姐从一个落魄的前清老太监手里买的，她并不知道这件瓷器叫什么，又见那勒索信上错字连篇，只道这信上的‘祭红’是‘季鸿’之误，便想当然地以为青龙会要季世元用女儿去换姨太太。事关自身，她当然又急又恼。”

宣成道：“那她之后来你这儿卖掉这只瓶子……”

许枚道：“因为季小姐从这一团破烂事里理出了线头，她最先发现了青龙会的勒索信，把一个绝好的机会攥在了手里，打算毕其功于一役。杨之霁和季岚需要大笔的钱，凭季小姐一己之力难以应付，又不好向季世元开口；青龙会绑架了玉楼，要季世元用季小姐交换；玉楼给季世元戴了一顶好大的绿帽子，偏偏季世元不愿相信。季小姐权衡之下，决定将其中一环彻底打破，这一环就是青龙会的勒索。

“她把信上的‘祭红’改成了‘五百大洋’，把原本的交易时间改成了晚上七点，‘馥余堂’三字倒是没有修改的痕迹，看来季小姐并没有修改交易地点。季世元财大气粗，又不愿得罪青龙会，这五百块大洋他是一定会出的。按季小姐的计划，五百大洋应该是直接拿去送给杨之霁，但她没有想到摔伤了腿的季世元爱女心切，会跟着她去交付赎金。

“勒索信上的交易地点是馥余堂的玄字号雅间，原本的交易时间我不知道，应该晚于七点，但也不会太晚，馥余堂雅间的开放时间是七点到十一点。季小姐对两位朋友隐瞒了杨之霁的名字、身份，甚至任由吕慧猜测她和杨之霁有私情，看来她是不希望外人知道这个哥哥，也不希望其他人和他接触，所以她一定会亲自去把这些大洋送到琴山公园。但季世元守在馥余堂对面的如归旅社，季小姐必须演一出戏给他看：她拿着沉甸甸的钱箱走进馥余堂，不久空着手出来，坐车离开。只有看到这一幕，季世元才会放心回家。可惜季小姐分身乏术，她不可能在空手离开的同时又拿着银圆赶去琴山公园，所以她必须找一个替身。”

宣成道：“吕慧？但她的身材有些……平直。”

许枚道：“季小姐和吕慧自然也想到了这个问题，我想两个聪明的姑娘一定想到了解决的办法。她们互相换了衣帽，由吕慧替季小姐先行离开馥余堂，以此向守在对面旅社的季世元‘报平安’。”

宣成好奇道：“身材差异这种事情，她们是怎么解决的？”

许枚道：“还记得杨之霁怎么被抓的吧，他被一条狗吓了一跳，绊倒在翘起的砖块上，而那只狗当时正在……”

“抱着两个馒头吃！”宣成表情格外精彩，“那里草木荒疏，还有闹鬼的传闻，连白天都没有人过去，更何况晚上？那里的野狗又怎么会有馒头吃？吕慧是把馒头塞在了胸口，到琴山公园后扔掉……”

“有趣吧？”许枚笑道。

宣成无奈：“除了胸口规矩些，吕慧的身材和季鸿确实很像，戴上一顶垂着网纱的帽子，不熟的人倒是很难辨认，但要想瞒过季世元……”

“所以她找人偷走了季世元的望远镜。季世元那眼镜比酒瓶底还厚，当时天已经黑了，又隔了一条街。他先入为主地认为，穿着那身独一无二的红色旗袍离开馥余堂的就是季小姐，中了这李代桃僵之计也在情理之中。”许枚道，“不久之后，身穿暗淡的紫色旗袍的吕慧也来了，但这个人季世元不会去注意。”

宣成道：“季鸿和吕慧需要在馥余堂换衣服，所以她必须提前订下一个雅间。只是馥余堂雅间的预订费用十分高昂，季小姐虽是富家之女，一时间却也无从筹措，所以她变卖了这只瓷瓶。”

许枚点头道：“没错，这件两年前一时心善买下的瓷器，价值远远超出她的预期。”

宣成道：“但还抵不上杨之霁和季岚的需要，所以她必须继续执行计划。”

许枚叹道：“是啊……早知如此，我当初便多给她几百大洋。”

宣成继续道：“季鸿拿到钱，去馥余堂交付定金，拿到了黄字雅间的钥匙，九月一日晚上七点，她和吕慧在馥余堂碰面之后，一起上了二楼，走进黄字雅间。”

许枚道：“别忘了和她们密谋的还有一个萧逸生，瓷灵听到的‘扔下去’三个字，应该就是对他说的。季鸿和吕慧换过衣服，从后窗把皮箱扔了下去，守在后巷的萧逸生接了箱子，暂时保管。季鸿把那块能证明三太太和外人有染的汗巾塞进原定的交易地点——玄字雅间的门缝。她认为扑了空的绑匪会拿着这条汗巾回去向雷猛复命，人质玉楼看到汗巾之后自然会明白‘季世元’的态度，无论她是哭是闹，总归会把与人有染的事说出来，雷猛也会明白自己手里捏着一颗臭子。做完这一切之后，一身大红的吕慧走出馥余堂侧门，坐了洋车向北而去。对面旅社中的季世元则以为季鸿安全离开，也放下心来，急匆匆赶回家去。穿着紫色旗袍的季小姐等到季世元的汽车离开，迅速走出馥余堂，绕到后巷，从萧逸生手里接过皮箱，赶赴琴山公园，打算把钱交给杨之霁。

“瓷灵还听到‘在店里等我……公园回来……换回来’，也许季小姐想着结束行动之后，在季氏的某座店铺和吕慧碰头，换回衣服，再赶回家里。与季世元说是从北边绕行耽误了些时间，季世元应该也不会怀疑什么，只会安心等待三太太回家。至于三太太是否能平安回家，季小姐就不那么操心了。”

宣成顺着许枚的思路说：“如此说来，季小姐在离开馥余堂，赶往琴山公园时，应该是提着钱箱的。但我们发现尸体时，现场既没有季世元所说的手枪，也没有那箱银圆。那么从馥余堂后巷到琴山公园之间，发生了什么？”

“其实你早就怀疑他们了吧，萧逸生和吕慧。只有他们既出现在馥余堂，又出现在琴山公园。可季小姐甚至不愿对他们说起杨之霁的名字，又怎么会和他们一起去送钱呢？退一步讲，就算季小姐为了路上安全，和两人同行，那当季小姐遇害时，这两人又在哪里呢？”许枚思索着道，“而且据杨之霁说，吕慧和萧逸生撞见他时，吕慧穿着一件水绿色的旗袍，她为什么还专门准备了另一件衣服？”

宣成道：“穿着一件火凤凰似的昂贵红色旗袍出现在案发现场，实在太扎眼了，难免不惹杨之霁和随后来的警察怀疑。”

许枚道：“可依季小姐的计划，这个吕慧，本不应该去琴山公园，除非她早就准备以一个凶案目击者的身份出现在案发现场，撞见杨之霁。”

宣成点头道：“如果吕慧早打算去公园做些什么的话，她会比季鸿早到，有充分的时间在密林里换上绿色旗袍。”

许枚道：“而这件绿色旗袍，必须提前藏在这片无人踏足的树林里。如果吕慧在馥余堂时就随身带了一件绿色旗袍，一定会引起季鸿的怀疑。”

宣成道：“这也解释了当晚巡警看到的，吕慧旗袍下摆上沾着的一大片鸟粪。如果鸟粪落下时，旗袍是穿在身上的，不可能圆圆润润地干在衣服上。看来是吕慧将叠起的绿色旗袍藏在树丛里……”

“然后一只路过的鸟留下了它的痕迹。”许枚道，“这件事你之前怎么没告诉我。”

宣成轻不可闻地“哼”了一声。

许枚瞪圆了眼睛：呀？还有点小得意哈？他无奈道：“那请问宣队长，后来‘扭了脚’的吕慧又在做什么呢？”

“也许在剥下季鸿身上的紫色旗袍，换上红色旗袍。”宣成道，“季鸿陈尸的灌木丛中有不少折枝碎叶，其中一根上挂着血迹，但季鸿的皮肤并没有被划破。而今天在季家，我看到了吕慧手腕上有一道新近的划痕，被衣袖遮得很严实，若不是她抬手揉眼睛，我还发现不了。”

许枚思索片刻，又道：“她换衣服时应该也慌了，他们的计划出现了瑕疵。我想……按照原本的计划，她应该赶在杨之霁到公园之前为季鸿的尸体换好衣服，但杨之霁提前到了公园。吕慧、萧逸生不得不先藏在树林里，等杨之霁发现季鸿的尸体，吓得手足无措时，再现身将他惊走。

之后吕慧假装扭了脚，实则是折返回去为季鸿换衣服，再把那件紫色旗袍藏起来，多半是藏在树丛里或者假山缝里。凶手被当场擒获，巡警们是不会非常细致地勘查现场的。不过，穿着紫衣的季鸿毕竟被杨之霁看到了，这个计划便留下一个大大的隐患。还有，你怎么不早告诉我吕慧手腕上有划痕？”

宣成轻哼一声道：“你也没有告诉我谁偷了望远镜和铜钱，还有，那张照片是谁给你的？”

许枚展颜一笑，露出一口整齐的白牙：“还有一件事我没告诉你，小悟。”

案发现场

小悟伸手从怀里掏出一个纸包：“这是我在后巷捡到的子弹壳，卡在地面的砖缝里。今天下午我从馥余堂出来之后捡到的，我仔细看过，后墙有一块砖崩了，像是被枪打的。”

宣成幽幽地望着许枚。

许枚咳了两声：“季小姐在后巷开过枪，只可惜这枪是装了消音器的，那条小巷又紧挨着歌舞升平的馥余堂，四下嘈杂喧闹，所以没有人注意到沉闷的枪声。我猜，案发现场就是馥余堂后巷，琴山公园只是弃尸地点。”

宣成无奈地叹了口气：“按照那只瓷灵的证词和你的推测，在后巷接应的是萧逸生。那么，季鸿去后巷取钱箱时，发生了什么？季鸿为什么会开枪？萧逸生这个文弱书生有夺枪杀人的本事吗？”

小悟小心推测：“后巷会不会还埋伏着一个高手，能夺枪杀人的高手？”

许枚嘴角一挑：“别忘了，订下玄字号房的客人整夜没有露面，他为什么不来，难道不想要‘祭红’了吗？”

宣成道：“除非他们早就知道季鸿的计划，知道来玄字号房什么也拿不到，甚至知道季鸿拿来的不是瓷瓶，而是银圆。”

许枚微笑道：“可他们怎么知道的呢？”

“据那瓷灵所说，季鸿的秘密计划只有三个人知道。”宣成道，“如果后巷真埋伏着一个能夺枪杀人的高手，他为什么没有杀掉萧逸生？”

许枚道：“除非他们是盟友。也许这位高手就是从萧逸生、吕慧那里得知了季鸿的计划。你还记得吧，我们去雷家时，雷猛一手握着拐杖，一手揉着核桃，自始至终，他的手掌都没有露出来。”

“也许他掌心里有两道绳索勒痕。”宣成皱眉道，“自己精心策划的绑架竟然被季鸿利用，雷猛一定非常愤怒。可萧逸生和吕慧是季鸿的朋友，他们为什么要出卖季鸿？两个十八九岁的半大孩子，怎么会和青龙会有联系？”

许枚思索片刻，道：“我有个模糊的想法，但没有任何证据。祭红瓷灵说过，季小姐发现吕慧近来日渐消瘦。吕慧到季家祭奠季小姐时，脸上也抹着厚厚的粉。应该是为了遮盖憔悴的脸色。警官你有没有闻到，吕慧身上散发着非常浓烈的香水味。一般女学生是不会用这么多香水的，若有若无的一丝幽香才最迷人，除非她要遮盖身上的什么味道。一个人迅速消瘦憔悴，身上还会散发出一种不愿被人闻到的味道，会是什么原因？”

宣成一惊：“青龙会经营着烟馆！”

许枚点头道：“也许吕慧陷进去了，鸦片这东西是魔鬼，一脚踏进去，便永远挣不出来。萧逸生是吕慧的小情人，他手腕上有一周白痕，却不见手表，也许吕慧为了筹集烟资，把他也榨干净了。”

“好毒的眼睛，萧逸生手腕上的表带痕我都没有注意到。”宣成有些佩服地瞧了许枚两眼，“所以当季鸿请这两位朋友来商量计划时，他们立刻察觉到这是一个机会，这五百大洋不仅能解吕慧的燃眉之急，还能向青龙会卖个好。”

许枚叹了口气，说道：“如果我猜得不错，萧逸生和吕慧把季鸿的计划卖给了雷猛，雷猛恼怒之下，决心将计就计，他不仅要季鸿的命，还要让季鸿的‘小情人’陪葬。他先命人找到了沄沄河码头的渔船——沄沄河码头本就不大，在一群胼手胝足的渔夫里找杨之霁这么个俊俏少年实在太容易了。这些喽啰假作夺船，杨之霁情急之下拉住缆绳，掌心磨出了两道挫痕。

"案发当晚，季小姐离开馥余堂，到后巷找萧逸生取钱箱，没想到雷猛早候在那里，季小姐情急之下，开枪反抗，却失了准头，被雷猛觑得机会，夺下手枪。季小姐想要逃走，却被雷猛从身后用绳索勒住脖子，活活绞死。雷猛既然知道了季小姐的计划，也知道她和'小情人'会在琴山公园碰面，便事先从公园树林里捡了一根脱落的固定绳，当作凶器。之后雷猛和萧逸生将季鸿的尸体带到琴山公园，拖进人迹罕至的树林。萧逸生和早就换好衣服的吕慧留在公园，雷猛带着钱箱和缴获的手枪离开，他十有八九是开着车或驾着马车的。"

宣成细细听着，点头道："嗯……事情倒是都能圆上。"

许枚叹道："这一切只是推测，我没有任何证据。那件沾着鸟粪的旗袍吕慧应该会及时清洗，她藏在树林里的紫色旗袍应该也已经被拿走甚至毁掉。就算能证明断枝上的一点血痕是吕慧的，她完全可以解释说是发现季鸿尸体，上前查看时划伤的。至于雷猛，就算他掌心有勒痕，又能证明什么？除非我们在青龙会找到属于季世元的手枪和钱箱，但雷猛怎么可能允许你上门搜查……"

宣成无奈道："更何况，萧逸生和吕慧参与季鸿的计划，是那只瓷灵说的，这种怪力乱神的证言法庭可不会采纳。"

许枚打了个哈欠，回头看了看表，已是凌晨四点了，小悟手里握着子弹壳，歪在椅子上小鸡啄米似的打瞌睡。

"警官，我们诈供。"许枚道，"你现在便下令去传萧逸生和吕慧，这个钟点，半大小孩正是睡得最沉的时候……"他一指小悟，"就像这样，脑袋都是糊的。你只要对她们说，那个烟土贩子已经招了，连运尸的车都找到了，足够把他们吓个激灵。你还可以派人到季世元家拿一只皮箱，要和昨晚装赎金的箱子一模一样的，到时候把箱子往他们面前一摆，还怕这两只小鬼不说实话？"许枚狡猾地笑笑，"如果萧逸生和吕慧招了，你便有了人证，这个时候去找局长请令搜查雷家，他应该会同意。再说，青龙会这种小帮会遍地耳目，萧逸生、吕慧被警察局带走的事，雷猛会在第一时间知道，只怕整整一个上午他都会如坐针毡，就算局长不准搜查，我们适时地去诈一诈雷猛，说不定也能有些意外收获。"

宣成道："这是在赌，如果萧逸生、吕慧攻不下来，雷猛那边也滴水不漏，我可就不好下台了。”

许枚道：“那警官你敢赌吗？”

宣成吁了口气，站起身来，晃动肩膀，松了松浑身骨骼：“赌了。雷猛这个人我可不想放过，在我眼皮底下开烟馆、设娼寮，我早憋了一肚子气。这回又是敲诈勒索，又是杀人劫财……”说着他一攥拳头，眼中杀气暴露，“可开这种生意的，上面都有人罩着，我不想给他太多的反应时间，迟则生变。”

“那你的意思……”许枚心头一动。

“先斩后奏。你先休息吧，我让人去传萧逸生和吕慧，两个小时后，我们去找雷猛。”宣成冷峻的脸上露出一丝不易察觉的兴奋神色，“先把他废了再说。”

“以什么理由？”

“袭警。”

“啊哈？”

“我小时候，我师傅说过：‘如果有讨厌的人欺负你，你就揍他，如果他不欺负你，你就逼他欺负你然后揍他。’”

“我以为警官是个正经人。”许枚难以置信地看着宣成，“想不到和在下是同道中人。”

先斩后奏

翠芳略带焦虑地吐出一口烟圈：“刚才得到消息，俩小雏儿被警察带走了。”

雷猛掌中飞转的核桃略一停顿：“警察怎么查到他们的？事情做得很干净。”

“猛哥，你还是有些毛躁。”翠芳轻轻吸一口烟，带着一丝倦意道，“有时候容易得意忘形。”

雷猛重重一哼：“就算给他抓到把柄，又能奈我何？李副局长那边我打点得妥妥当当。”

“这就好，那只瓶子没到手，大姐那边本就不好交代了，这时候可千万别出什么岔子。”翠芳踱到雷猛身边，轻轻揉着他的肩膀说，“若是早听了我的话，让那个姓吕的小妮子到窑子里接客抵烟债，也免得生出这许多事情。你呀，怎么听了两只小雏儿的主意？”翠芳戳了戳雷猛的额头。

“还不是听那小妞儿说，季家那死丫头改了老子的信，还要把钱昧去给她的小奸夫，气得老子火冒三丈！不过说实话，慢慢绞断她那只又白又嫩的小脖子的时候，真他娘的解气！真他娘的过瘾！”雷猛伸手揽住翠芳的纤腰，在她脸上狠狠亲了一口，“老子还想再过一把瘾，你那窑子里的姐儿，送我俩玩玩？”

翠芳半推半就地靠在雷猛怀里：“行，要多少有多少。不过猛哥你真是个莽撞人，为解一时之气，惹出一桩人命案来。你知道吗，那个新来的小探长可不好惹，多少前辈都栽在他手里，迟鹗你知道吗……”

“称那些恶徒为‘前辈’，您二位又是何许人也呢？”翠芳话音未落，卧房的大门竟被人推开了，白天那与“新来的小探长”同来的俊俏书生带着一脸玩味的笑容站在门口。

雷猛大惊：他怎么进来的，门口那些兄弟呢？

许枚优雅地一摆手说：“无须担心，那几位小兄弟一时半会儿醒不了。二位有空的话，请到警局小坐片刻，如何？”

“你最好滚出去，趁我还没发怒。”有李副局长做后盾的雷猛脸色一黑，握了握手中的核桃。

“需要轿子还是车，或是囚车？”许枚毫不理会雷猛的威胁。

翠芳从雷猛怀里挣起来，粉面含威，盯着许枚道：“私闯民宅，你最好给我一个解释。”

“萧逸生、吕慧都招供了。”宣成的声音冷幽幽地从翠芳脑后传来。翠芳猛吃了一惊，一扭身连退几步，攥紧了细长的银烟袋，头顶直冒凉气：他什么时候来的？我竟一点儿都没有发觉！

雷猛恶狠狠啐道：“两个小雏儿，连句话都藏不住！”

翠芳恼道：“你闭嘴！他诈你的！”话音未落，只听“啪”的一声脆响，翠芳脸上已多了五道鲜红的掌印，脸颊顿时肿起半寸来高，火烧似的痛，耳膜都险些震裂了。翠芳忍不住失声惨叫，跌出七八尺远。她挣扎着撑起身子，望着扯过窗帘擦手的许枚，眼中几乎喷出火来，正要发难，却听许枚道："脸上擦这么多粉，也不觉得腻乎？'血衣鸨'方小翠，辣手摧花的女魔头，你手里的人命，没有一百也有八十吧！是不是因为在济南诱杀了警察局长千金，被人追得无路可逃，才来冉城落脚啊？"

化名翠芳的方小翠直冒冷汗，心怦怦狂跳：这人是谁！这人究竟是谁！

宣成惊讶地看着许枚：他从哪儿知道这么多黑道人物……

正此时，雷猛惊天动地一声暴喝："翠儿，把这俩小子统统宰了！上面有人扛着！"这一声像是天边响起一个炸雷，莫说方小翠，连许枚都震了个哆嗦，宣成却稳如泰山，冷笑一声："你试试。"

雷猛大怒，一挽袖子，露出两臂狰狞的刺青，掌中一对脂光油亮的狮子头如流星赶月般分击宣成眉心、小腹，在空中划出一阵尖利的破风之声。常人当之，只怕当场脑浆迸裂、肚破肠出。雷猛这一对核桃，少说泡了百余遭鲜血，只想着此招一出，顷刻间便能要了这小警察的命。却不料这对核桃雷嗔电怒地爆射而出，宣成冷幽幽的眸子里竟射出一丝笑意，像是一个身经百战的屠户瞪着一只恼人的小猪崽，令雷猛不寒而栗，又有些恼怒。

宣成以慢打快，左手一挥，先接下一枚核桃，两指如钩，疾收疾弹，那核桃激射而出，竟把随后攻至的第二枚核桃撞了回去，比来时更加迅猛狠辣。雷猛善攻不善守，又从未见过如此招数，惊骇之下，措手不及，竟被这枚核桃狠狠撞在鼻头上，咔噗一声，鼻梁折断，连面骨都塌了一块下去，顿时鲜血狂喷，直挺挺仰倒在地。

许枚抱着手探头探脑："死了吗？"

宣成捻着核桃："我有分寸。女的留给你。"

许枚为难地说："这女人也不好对付哦。"

方小翠深吸一口气，袅袅婷婷站起身来，把烟袋一丢，举起双手："我自首，我跟你去警局。"

许枚道："太好了。"接着他狡猾地一笑："警官，我刚才在门外好像听他们在叨咕什么副局长，我看还是趁冉城警方插手之前把她送到济南吧。”

“你卑鄙！我要打电话！”方小翠大惊，忙后退几步，怒叫道。

“你家不是还没装电话么……不好！”许枚猛然醒悟，“那季三太太玉楼纯属扯谎，她和青龙会是一伙的！我说她怎么心这么大，一口气在雷家住了这么多天。”

方小翠见许枚愣神，抽身便往里屋走。宣成抬脚踏过床头，倏地袭至方小翠身后，抬手向她颈侧猛击。方小翠大惊，拼尽浑身解数，如水蛇般扭动身体，以一个怪异之极的姿势从宣成掌底滑脱。宣成一击不中，后招又至，提膝撞向方小翠后脊背，方小翠避无可避，骇然惨叫……

二人正打斗时，雷府门外也传来一阵拳脚相击的打斗声。许枚一惊，唯恐生变，迅速闪身出去，却见那季家三太太玉楼披头散发倒在门外，呜呜地挣扎不止，一支锋利的峨眉刺当啷啷地滚在门前台阶下。许枚四下环视，除了刚才被击昏的二十名青龙会伙计，整个院子里，空无一人，只有一溜血迹淋淋漓漓出了院门。许枚“啧”的一声，从玉楼肩窝拔出一枚飞镖。

屋内的打斗声渐渐停止，许枚凑在玉楼面前，小声问道：“你们要那个祭红釉玉壶春瓶做什么？”

玉楼眼睛忽地一睁，身体不受控制地颤抖起来。

许枚道：“为什么问季世元要那个瓷瓶？这瓷瓶是季鸿买的，季世元可能根本不知道家里有这么个东西。”

玉楼咬住嘴唇，闷声不语。

许枚将那枚飞镖在她面前轻轻晃动。

玉楼怨毒地盯着许枚，涩声道：“他说……老太监的画……他把瓶子……卖到了冉城季家……我在季世元的……藏宝库……没……没找到……”

许枚道：“你委身下嫁，在季家潜伏了三个月，就为了找到那个瓶子？”

“一个戏子，‘下嫁’季世元？”宣成结束了战斗，悄无声息地来到许枚身后。

许枚一惊，继而定下神来，微笑道：“破家狐狸娄雨仙，这个名字你听说过吧？”

宣成眉头大皱：“这些黑道人物害的什么病，怎么一个两个的都瞄上了瓷器？”

许枚轻不可闻地叹了口气，轻轻卷起玉楼的衣袖，小臂上一道黑线触目惊心。

宣成惊道：“她和铁拐张一样，被什么人控制了！”

许枚神色凝重：“你在季世元的藏宝库里没找到那个瓶子，就绑架了自己？”

玉楼呼呼地喘着气，恨恨望着许枚。

“你背后的人是谁？你也进过一个蓝色的世界？”宣成冷冷问道。

玉楼一个激灵，闭目不语。

宣成又看向许枚：“是谁把她收拾掉的？”

许枚道：“帮我偷望远镜和缺角大齐的人。”

宣成眉毛一挑：“你最好赶紧去救他，流了这么多血，多半是伤了要害，如果不及时医治的话，就算不死，也无法神不知鬼不觉地腾挪盗窃。”

许枚点点头：“这里你来善后，我先救人去了。”

宣成掂了掂从雷猛床头柜里搜出的勃朗宁手枪，转身回屋：雷家里屋的电话应该派上用场了……李副局长今天值班，还是直接打到穆局长办公室吧。

从季鸿的葬礼回来，小悟闷闷地趴在柜台上，望着门外来来往往的行人，长长地叹了口气。

“想什么呢？”许枚问道，“小小年纪学会叹气了。”

“我在想那个季世元，认回了老婆儿子，却丢了一个女儿，而且他直到现在还不知道他儿子和小女儿的……那件事。”

“他还是不知道的好，他现在一门心思考虑的是怎么偿还这笔情债。真正痛苦的是杨之霁和季岚这对小冤家，日后他们怎么面对对方，这可是个尴尬至极的问题。”

“那……季岚的事，你怎么对季世元说的？”

“我告诉他，季岚在上海找到了他与杨小姐所生之子，不巧的是季岚忽然得了一种重病，季鸿为了帮妹妹筹措诊费，还不想让父亲担心，便擅自挪用了这笔赎金。”

“那他不会怪季鸿吗？”

“怪什么？把汗巾子往他面前一摆，季世元什么都明白了。说来季鸿可比他那一儿一女有主意得多。”

小悟嘴张了张，又问道：“那个黑痣小鬼呢？”

许枚道：“在江家养着。不知天高地厚的小家伙，破家狐狸娄雨仙的峨眉刺神出鬼没，是那么好对付的吗？要是那一刺再偏半寸，他的小命就交代了，不过他的飞镖功夫倒是又精进了。”

小悟玩着那只望远镜说：“他一个小偷怎么会对季小姐这么上心？”

“你就不想问问季鸿一个大家闺秀，怎么找到逆雪这个江湖上有名的神偷？”许枚笑着问。

“对呀，这是怎么回事？”小悟有些好奇。

“逆雪十二岁那年偷了督军老爷的金牙，被神捕李璜打成重伤，追得上天无路，入地无门。毫不知情的季小姐见到一个浑身是血的小男孩可怜巴巴倒在家门口，便大发善心把他救了回去……”许枚摇头叹道，“也是这小家伙命不该绝。”

“那季家后来丢东西了吗？”

“不要把逆雪想得这么坏，仗义每逢屠狗辈。”许枚在小悟头上轻击一记，“那孩子还是很有些良心的，比萧逸生吕慧之流不知强出多少倍！”

小悟嘀咕几句，又问道：“对了，那五百大洋找到了吗？”

“找到了，就在雷猛家里，铁证如山。”

“你没有证据，只凭臆测就跑到雷家去抓人，真够冒险的！你不怕得罪李副局长？”小悟有些后怕。

“雷猛太愚蠢了，如果你是李副局长，会为了雷猛这样一个黑道小卒而得罪季世元吗？雷猛当庭判死的时候，李副局长一句话都没说。至于那血衣鸨方小翠，这婆娘在山东诱拐良家女子为娼，犯下的累累罪行令人发指，一旦被押到济南，啧啧啧……”

“那个三太太呢？她真的和人私通吗？”

许枚神色一凝，叹道：“她是以戏子的身份接近季世元的，我去过那个所谓‘戏班’，人去楼空。据附近的人说，班主是一个唱小生的年轻公子，取了个雌雄莫辨的艺名叫‘宁鸳鸯’。”

小悟想了想，又问道：“那你是怎么认出那个三太太是破家狐狸的？”

“我不是江湖人，却不能不知江湖事，毕竟这是一个江湖的时代。”许枚高深莫测地说。

第三章
郎　红

小悟无精打采地趴在柜台上，望着满屋子古玩，长长叹了口气，嘟嘟囔囔道："老板这趟出远门，不知道什么时候才能回来，天天在店里闷着不能出去玩，浑身的骨头都快生锈了！"他一仰身躺在藤椅上，抖抖刚买来的报纸，报上还在说半个月前秋家的大火。小悟一咧嘴，郁闷地把报纸放在一边：这种揪心的人间惨剧他可不愿看，否则又睡不好觉了。说到睡觉……索性早些睡吧，反正也没事可做。

小悟打了个哈欠，仔细检查了门窗，昏头昏脑走进自己的小房间，懒洋洋地脱下衣服，蹬掉鞋子，一头倒在软软的被子里。

"嗯？"小悟觉得被子里热热的，好像有……人！

"啊呀！"小悟一个激灵，从床上弹了起来，慌手慌脚地披上衣服，喝问道，"何方毛贼？"

"咦，你怎么知道我是贼？"一个毛茸茸的脑袋从被子里钻了出来，圆圆的坏坏的脸，灰绒绒的鸭舌帽被他握在手里，晃啊晃的。

"逆雪！"小悟咬牙切齿，"你怎么进来的？"

"揭瓦。"

"你！"

"谁让你把门窗锁得那么紧，我只好从房上走了。"逆雪盘腿坐在床上说。

“为什么钻到我的被子里？”小悟一边满屋找鞋一边怒气冲冲地问。

“因为我不敢钻到许老板被子里啊。”逆雪一脸理所当然。

“你来做什么？”小悟警惕地问。

“请你帮忙。”逆雪一本正经。

“我不当小偷。”小悟立即拒绝。

“不是当小偷……”

“那也不行，我一走店里就没人了，万一有贼来了……”小悟话未说完，便郁闷地闭了口：我在这儿也没用，贼照样能神不知鬼不觉地钻进来。

逆雪笑得像只刚偷了一尾咸鱼的猫：“许老板不在这些天，你不也闲得发慌？正好我有件刺激的事，需要一个人帮忙。”

“什么事？”

“捉鬼！”

“啥？”

“接着！”逆雪扔过来一个黑乎乎的东西。

“这……这什么东西……夜行衣？”小悟眼睛一亮：这可是传说中大侠飞檐走壁的圣衣……

捉鬼

逆雪和小悟蹲守在一座老宅院的假山后，这方局促在高耸屋檐下的小花园安静得出奇，别说虫鸣鸟语，就连一丝风声都没有，只剩下满园惨白的月光。

逆雪打量着一身黑衣的小悟，满意地点了点头。

小悟也定定地瞧着一身夜行衣的逆雪，暗道：果然一副贼样……评书里说的夜行大侠高来高去潇洒得紧，偶尔体验一把也不错，不过刚才翻墙时可费了不少劲。这小毛贼倒是功夫了得，一个跟头就翻了上去……哎，他这是怎么了？

逆雪幽幽地叹了口气，神色凝重得出奇，小悟都有些不适应了。逆雪望望挂在空中的一钩月牙，静静地坐在假山窝里，说道：“你知道秋夫人吗？”

“知道啊。”小悟来到冉城后，不止一次听人提到秋家，连许枚也屡次谈到，这是冉城最古老的家族——传说秋家的祖上便是这座老城的营建者，冉城是何时建造的，早已无史可考，秋家的历史有多长，当然也没人说得清楚，人们只知道秋家一度人才辈出、气势烜赫。可不知从什么时候起，秋家人开始变得默默无闻，深居简出，近几十年来，更是连个男丁都不出了。人们都说，自从洋人在城东划了租界，秋家的风水便破了，可秋夫人从不这么想，还常说：“租界在城东，秋家在城西，这风水如何破得？再说，风水这东西，我是从不信的。”话这么说，但她还是在各处宅院里都种了风水树，还特意吩咐人小心照料。

秋夫人叫什么名字，已经没有人知道了，这位老妇一生未嫁，无亲无后，但几十年来收养的弃儿不下百人，其中功成名就的也不在少数。每到过年，无论是西装革履的富商政客，还是老实本分的村夫莽汉；无论是已逾不惑的中年汉子，还是初及弱冠的翩翩少年，都会从四面八方汇集冉城，回家看看。这是秋夫人最幸福的时刻。如今秋夫人已经年过七旬，还在收养无家可归的幼儿。

“秋家嗣火已绝，但家底颇丰，我用不了这么厚的棺材本，倒不如拿来做些好事。”秋夫人如是说。

但天有不测风云，今年九月十五日夜，一场毫无征兆的大火在秋家老宅的西院熊熊燃起，那里正是孩子们睡觉的地方。近七八天来，冉城的各大报纸对这一惨剧大书特书，连茶馆酒肆的说书先生都为此事飚了几升口水，小悟的神经都有些麻木了，此时听逆雪提起此事，微微怔了怔，静静等待他的下文。

“秋夫人的义女对我有恩……”逆雪平静地说。

“哦，你恩人不少啊……”小悟有些惊讶。

逆雪道：“上次我被娄雨仙的峨眉刺戳穿了肚子，在她家里养了小半个月。”

“哦！是那个姐姐！”小悟暗道：她也会法术，能听到铜钱说话！

他又问道：“那这是哪儿？”这座院子虽古旧寂静，但一切如常，西边的院子也没有焚烧坍毁的痕迹，不像是新闻里被烧得不成样子的秋家。

“那场大火几乎把秋家老宅烧了个精光，死了五个孩子，伤了八个，逃出火场的十个孩子也没有地方住了。”逆雪说，“正巧离秋家不远的丁家有一座老宅要出售，一切应用家什宅子里都有，秋夫人二话不说，便把这座宅子买了下来。可她万万没想到，这里竟然是个鬼宅！”逆雪的语气突然变得阴森怪异，吓得小悟往后一缩，后脑勺碰在假山上，“嗷”地叫了一声，忍痛问道：“这里就是丁家老宅？”

“没错，搬过来七天，就有三个起夜的孩子看到了女鬼。”

“女……女鬼？”

“对呀，脸惨白惨白的，一身血淋淋的大红长衣，在半空中飘来飘去，不是女鬼是什么……”

“嘶——”小悟倒吸一口冷气，有点后悔跟逆雪出来捉妖了。

“前天秋夫人请了和尚来作法，那和尚说这座花园妖气最浓，现在秋夫人带着孩子们住在前院和几座偏院，连后院都没人敢过来，更别说这座后花园了……”

小悟的脸都白了：“那……那你叫我来做什么？我可不会抓鬼。”

“你还真信有鬼啊？”

“信啊……你是没见过，我可见……我可听说有人见过。”

“哼，这肯定是坏人搞的恶作剧，你帮我守住院门，这是胡椒面和石灰粉，给……”逆雪又指了指院子的空中说，“我在半空中布了钩网，那‘鬼’若是从上面来……”

“这东西对我毫无用处……”一个幽幽的声音不知从哪里传来，在冷寂幽深的花园四下漫溢，悠悠飏飏良久不散，显得格外诡异。逆雪和小悟头皮一阵发麻，连血管都要冻住了。

“你……你别吓我！”逆雪使劲扯着小悟的衣袖说，“你还会变声啊？”

“不是我……”小悟牙关打战，“这声音，好像是从四面一起飘过来的，是吧……”

夜色漆黑如墨，一个女子像一片雪白血红的芭蕉叶，飘飘摇摇地站在井沿上，雪白的头发满天飘扬，雪白的眸子杀气横溢，雪白的嘴唇微微上扬，雪白的脸庞依稀可见蛛网状的淡淡裂纹，雪白的肩膀坦露在外，棱角分明，一道狰狞的伤疤自额头而下，贯穿脸颊。一条血红色长袍像是在地狱血池中浸了千年，又湿淋淋地披在身上，裙脚的颜色更是红得深沉恐怖，如牛血垂凝，令人不敢直视。更可怕的是，这女子整具身体似乎有些透明，这绝不是人能办到的，哪怕手段登峰造极的易容摹演高手也做不到。

“啊……”突然出现在眼前的女子，小悟想要叫，却叫不出声来。

逆雪气势汹汹地要捉“鬼”，但他打心眼儿里不相信这世上有鬼，总觉得那些孩子所见的“东西”是别有用心的人玩的花招，可眼前这个“女人”，绝对不是人！

他怎么也没想到会遇到这种情况，一时间只觉得手脚冰凉，身子贴着假山不敢动弹，小悟难以置信地捅捅他的腰眼：“你……要捉的是她？”

逆雪骑虎难下，咬了咬牙，猛一扬手，三枚厚重的飞镖直奔那女子心口射去。那女子阴阴冷笑，红袖翻滚，猎猎有声，眨眼间三枚飞镖都落在她雪白掌心。逆雪脸色一变。

“我最恨这种尖尖的铁家伙。”那女子的声音冰冷妖异，雪白的瞳子微微一扩，怪笑着打量两个缩在假山里的少年，“就凭你们，也想来……”话音未落，她便觉月光一暗，一张带着倒钩的大网兜头盖下。那女子不禁失笑：“这等玩物能奈我何？”她一声尖啸，白发飘扬，宛若千百条细小的白蛇，昂首吐信凌空而起，将那钩网死死缠住，轻轻一扯，“刺啦”一声，那拇指粗细的网绳碎作数百截，连着倒钩叮叮当当散落一地。

逆雪清叱一声，就地一滚，袖中白光闪烁，一条链子镖激射而出，向那女子小腹打去，却听叮当一声脆响，镖头宛若射在石壁上，微微反弹数寸，铿然落地。逆雪登时愣了：这女鬼的红裙竟如岩石般坚硬。

那女鬼脸色微微一变，逆雪明显感觉到一股难以形容的怒意向自己袭来。那女子雪白的脸庞变得扭曲，在月光照射下现出细细碎碎的裂痕，逆雪从未见过如此景象，顿时蒙住了，眼见千万根纤细的白发凌空蛇行般向自己脖颈绞来，一时不知如何招架。却忽听那女鬼嘶声呼号起来，接着又发出“呼哧呼哧”的愤怒喘息声。原来是小悟攀在假山山尖上，捧起一包石灰粉兜头砸下，霎时间雾气腾腾，那女鬼顿觉头脸火辣迷蒙，惨白碎裂的脸愈发狰狞可怖。

逆雪身子一扭，如移风踏火般抄到女鬼身侧，踏空而起，一把拉住小悟，眨眼间跃下假山，闪在女鬼身后，沉声道：“跑！”接着他扭头便往走廊里钻，刚跑两步，只听小悟惨叫一声，便再也拉不动了。

逆雪回头看去，只见一束白发紧紧缠在小悟腰间，如擒获猎物的毒蛇般渐渐绕向他的胸口、手臂。小悟脸涨得通红，呼吸都困难起来，从牙缝里挤出几个字：“你……放手……别拽我……好疼……”

红裙白发在枯枝怪石间凌空舞蹈，张扬跋扈，奇谲万状。逆雪左手紧紧抓着小悟的手腕，右手搂住一棵半尺来粗的小树，呼呼喘气，生怕一松手，小悟便要被那女鬼拖进十八层地狱。此时最痛苦的便是小悟，胳膊被逆雪拽着，腰腹被女鬼的头发扯着，感觉像要被生生撕成两开，想要大喊几声，却一口气卡在喉咙里吐不出声来。奇怪的是，那女鬼似乎可以无限生长的长发并未在小悟身上做更多的动作，而是带着一种胜利者的姿态向逆雪触去。

逆雪几乎绝望了：原来这世上真的有鬼！怎么办？放手逃走的话，这个笨小子肯定会被吃掉，不放手的话……啊！

那女鬼哪会再给他思考的机会，“嗞嗞”冷笑几声，另一股白发轻轻绕向他的喉咙。逆雪不愿伸颈就戮，一跺脚，小皮鞋鞋尖处钻出一片细小轻薄的利刃，向那白发挑去。女鬼脸色又变了几变，白发一绕，像一条细长的软鞭，“啪”的一声，狠狠抽在逆雪腿上。逆雪裤脚像是被利剪狠狠裁了一道口子，连脚腕上也留下一道入肉半寸的红痕，鲜血溅了出来。

逆雪“哇”的一声，险些栽倒，接着便觉一股怪力撕扯自己的手臂，原来那一股缚住小悟的白发如恶龙出水般向空中扬去，连带拉着小悟的逆雪一起抛向半空。同时一缕白发已经绕到了他的喉咙，细锐如刀，逆雪只觉得下一个瞬间自己便要颈血飞溅，心顿时凉了：天哪，这世上真的有鬼！想不到我会死在这里……唔？

他正诧异自己怎么还有时间想这么多乱七八糟的东西，却听有人喝道：“住手！”逆雪颈间的压迫感略略减退，紧接着便是“嘭”的一声，只觉得自己狠狠撞在什么硬物上，痛得几乎要哭出来，口鼻中一阵发腥，好像连五脏六腑都被震得冒血。再睁眼看时，自己和小悟都被从半空抛在枯草地上，强大的冲击力震得小悟悠悠醒转，望着狼狈不堪的逆雪说：

“你也死啦？”

“你们两个！不知轻重的家伙！”

小悟、逆雪向空中看去，见许枚一袭青色长衫，满面愠色，站在墙头怒视二人。

“老板！”小悟几乎要哭出来。

许枚甩出一个古怪的眼色，小悟明白，这是“秋后算账”的意思，逆雪却有些丈二和尚摸不着头脑，只是兴奋地呼呼喘气：小命保住了！小命应该能保住吧……

许枚盯着那红衣女鬼，眼神中透着一丝兴奋。

那女鬼也死死盯着许枚，只觉一股难以承受的威压兜头浇下，不禁倒退一步，沉声问道：“你是什么人？”

“是谁把你叫醒的？你脸上那道伤疤是怎么回事？像你一样的还有多少？”许枚咄咄追问。

“你以为我知道？”女鬼盯着许枚光泽莹莹的手掌，像见了杀父仇人似的恶狠狠咬着牙说，“可像你一样的，还有一个！”话音未落，红光闪烁，一道白影直刺许枚咽喉。

许枚抽身退步，站在池塘边的青石上，手掌缓缓摇动，轻轻推开白发，顺势前欺，抵住那女鬼手臂，再向前一滑，揽住她的肩膀。许枚只觉触手冰凉，寒气彻骨。

那女鬼咬牙怒吼，白发凌空乱舞，如乱针落雨刺向许枚头顶，许枚摇头道：“好狠，你是郎红吧？”说着他双指在那女鬼眉心轻轻一点，只见一团血色红雾扑地喷散开来。逆雪大惊，一把扯住小悟，连滚带爬钻到假山缝里，又偷偷探出头来，向池塘边看去。只见许枚掌心托着一只一尺来高的红色瓷瓶，在夜色中闪着血腥妖异的光泽。

廉价古宅

“你们好大的胆子！”许枚跷着腿坐在床边，给浑身青紫吱喳乱叫的两个小子上药，“这种事也是你们能管的？”

“我……我以为都是丁家人使的诡计……啊，好疼！”逆雪揉着脚腕说，“谁知道这世上真的有鬼……”

“你是没见过能把瓶瓶罐罐变成鬼的人……”小悟揉着摔痛的肩膀嘀咕，却挨了许枚一个爆栗。

小悟揉着脑袋哀号，许枚却托着下巴说：“不过……丁忱主动提出卖掉老宅，确实一反常态。”

“什么意思？”逆雪撑起身子，眨着眼问。

许枚按倒逆雪，在他腰间揉抹着药水道：“丁家二公子丁忱是个鼎鼎大名的木材商，这家伙爱财如命，手段阴损，在冉城商界名声很不好。”

小悟小声道：“老板很少这么评价别人，看来这个丁忱确实好人渣哦……”

许枚继续道：“此人少年得志，目中无人，还和冉城商会的会长季世元起过冲突，被季世元一连串雷霆手段打了个灰头土脸，折了不少买卖。所以说，人呐，不能太作……作死就会死的，你们懂吗？”

小悟扁了扁嘴，逆雪把脸埋在枕头里，轻轻“嘁”了一声。

许枚继续道：“丁家还有位庶出的大公子丁慨，丁老爷的姨太太生的，是个老好人。”

逆雪心不在焉地“唔”了一声：“我知道这个人，是个笨蛋。”

许枚笑道：“丁大少人不笨，只是有些胆小，也有些迂腐。他最爱侍弄花草，也喜欢古玩，尤其是竹木器，之前还在我这里买过几件小玩意。丁老爷死后，丁忱不知使了什么手段，继承了丁家几乎全部的生意和房产。丁慨母子只得到了老城东街的几座小铺子，只好到处低价收罗木材边角料，做些笔筒砚盒、笔架臂搁、佛珠挂坠之类清雅的小玩意，生意做得不大，日子过得倒也不艰难。”

说着许枚取了一卷纱布，为逆雪包扎脚腕的伤口，继续道：“闹鬼的那座老宅也是丁二少名下房产，前清嘉庆年间的老房子。丁忱那家伙，眼珠子都是圆形方孔的，秋夫人急需一座宅院安置那些孩子，这丁家老宅又阔气又宽敞，离秋家也不远，的确是秋夫人的首选。当丁忱主动提出卖掉老宅时，所有人都以为他会把价格抬得很高，谁知道秋夫人只花了不到三千大洋，就买下这么大一座豪宅。但问题是，这座宅子已经两个多月没人住过了。”

逆雪道：“这我知道，那座院子是丁家的老宅。两个月前，丁老头子一病死了，丁慨、丁忱分了家，这两个娇生惯养的少爷都嫌这座老宅位置偏僻，丁忱住进了新城的别墅，丁慨住在老城东街，老宅子自然就空出来啦。”

许枚道：“可这宅子里竟然连一个看家护院的下人都没留下，你不觉得奇怪吗？”

逆雪明白过来，扬起脸道：“你是说……丁家的人早就知道这里闹鬼？我说呢，怪不得丁忱那个死财迷这么便宜就把宅子卖了，这老宅就是个烫手的山芋，他要摆脱这个女鬼，还要坑秋夫人！”

许枚笑道：“他们举家搬走，不是已经摆脱这女鬼了吗？秋夫人声望极高，又和丁家无冤无仇，丁忱为什么要坑她？”

“为什么？”逆雪也有些摸不着头脑。

“丁忱是个财迷，纯纯粹粹的财迷，他的一切行动都离不开一个钱字。”许枚道，“现在房契已经交接完毕，如果秋夫人主动毁约退房，丁忱只要退还一半的购房款，等于白白从秋夫人那里诈走一千五百块大洋。再说，闹鬼之事虚无缥缈，秋夫人就算去告丁忱，也不会有什么结果。”

逆雪咬着牙道：“我还以为丁家耍了什么花招，谁能想到真的有鬼……”

许枚扭了扭小悟的肩膀，又问道：“那秋家的宅子怎么样了？”

逆雪道：“秋家老宅的西院几乎烧了个干净，南北两院也有波及，这些天秋夫人雇人清理火场，倒是把东边的旧院收拾停当了。如果退掉丁家老宅，那些孩子们也能住回来，可终究不及以前宽敞干净了。”

许枚点头道：“是啊，遭了这么一场大难，还是换个新家比较好。秋家老宅死了五个孩子，再住在那儿，难保秋夫人不会睹物伤情。”

逆雪愤愤地说：“我心里这口气憋着难受，我早知道丁老二不会这么好心。”

许枚道：“现在么……倒是不必退了，毕竟这‘女鬼’我已经收了。”

小悟忽然抬头问道：“老板，你问那女鬼像她一样的还有多少，是什么意思？她也是瓷……瓷那个？”

许枚一怔，送出一个警告的眼神，小悟一吐舌头，埋下头去。

逆雪也说："对呀许老板，你还会捉鬼啊？那个瓶子是你的法宝吗？那女鬼是不是被你装进瓶子里了？"

许枚轻轻咳了一声："嗯，咳咳，没错。"

逆雪一骨碌爬起身来，满眼兴奋道："许老板，你是天师吗？"

许枚在他头上拍了一巴掌道："不该问的别问，睡觉。"说着他一拉被子，劈头盖脸把逆雪埋了进去，又掰着指头点了点小悟。

小悟抱着胳膊缩在床角，可怜巴巴道："老板，我错了……"

许枚气咻咻地"哼"了一声，低声叱道："明天再和你算账。"说着他一拉灯绳，起身离开。

逆雪从被窝里伸出手来，捅了捅小悟："你明天会挨揍吗？"

"闭嘴，都是你害的，我遇到你就没好事！"小悟摸黑拽了一床被子，咬牙切齿地把自己裹了起来。

许枚走进书房，轻轻打了个哈欠。

郎窑红观音尊静静摆在花梨木书案上，在昏黄的灯光下闪动着红宝石般的光泽。许枚呵了呵手，看了看桌角的小座钟，一点二十，子时已过。许枚坐在桌前，凝目看去，这观音尊高逾尺半，尊口微敞，短颈弧肩，敛腹而撇足，在灯影下划出两道完美的弧线。口沿釉层纤薄，如脱釉般露出明澈的白色，愈至下而釉层愈加鲜红肥润，犹如宝石般清莹透亮，至底处釉水凝聚，如初凝牛血般鲜红，开片轻浅细碎，遍布器身。许枚轻轻将其托起，见底足内施白釉，微泛青黄，开片细碎动人。

"除了康熙郎窑红，哪个有这般摄人心魄的血腥气。"许枚轻轻抚摸尊口至肩下的一段裂痕，"这冲是新伤，釉片崩飞，胎骨受损，不像磕碰所致，倒像利器所伤，难怪你最恨尖尖的铁家伙。可再怎么说，你也不该半夜乱跑吓唬孩子了，真把自己当成妖精了吗？算了，你的身体都透明了，如果再现出灵体，恐怕这一点灵蕴就散尽了，抽空送你去一趟老叶家，看这道伤口能不能修补一下……我先给你找个盒子……"

凶手秋夫人

次日许枚睡到午后才起，洗漱之后，随意吃了两块点心，便在店里翻翻找找，取了一块砚台出来。这砚台方不过四寸，恰可托于掌心，不工雕琢，棱角犀利，通体紫光凝厚，横生一道金纹。许枚叹了口气："一方好砚啊，可瓷灵的存在不该被世人知道，所以丁家老宅闹鬼的事不能再继续报道了，我也是不得已，要拿你和报社的张主编做个交易，好在他是个爱砚之人，也比我懂砚。"

"那张主编就是个听风就是雨的白痴！"

"哈？"许枚拧着眉头回头一看，只见逆雪甩着一张报纸气呼呼冲了进来，一屁股坐在红木太师椅上。

"什么玩意啊，写得有鼻子有眼的！"逆雪抱着胳膊气呼呼道。

"你什么玩意啊！什么时候跑出去的？鼻青脸肿的满街乱跑，伤筋动骨一百天懂不懂？"许枚伸手去拧逆雪耳朵。

"别别别……"逆雪像受惊的猫似的满屋乱窜，"这……这是今天的报纸，上面写着秋夫人杀了丁忱，这不是胡说八道吗？"

"丁忱死了？秋夫人杀的？"许枚惊道，"什么时候的事？"

逆雪道："昨天晚上十一点，咱们在后院花园里闹成一团，丁忱就死在前院侧门外。"

许枚一惊，随即点点头道："丁家老宅偏僻得很，院子却大得可耻，五六重院子，七八座花园，前院和后院跨了两三条街，我们没有听到前院的动静也不奇怪。不过这大半夜的，丁忱到老宅去做什么，和秋夫人商量退房的事？"

逆雪摇头道："这我也不清楚，警察昨天半夜就把秋夫人带走了，秋夫人都七十多了，当天晚上就急得昏死过去，现在还躺在医院里。"

许枚惊道："直接把人带走了？秋夫人这样的人物，警察局那边多少该有些忌惮，这样雷厉风行地抓人，莫不是有了切实的证据？报纸给我看看。"

逆雪急道："哪有什么证据，是那丁忱临死前蘸着血写了个'禾'字，丁忱老婆和一个卖馄饨的又正好看到秋夫人从发现尸体的那条巷口跑出来……"

"这么说警察把这个'禾'……理解成'秋'的一半？"许枚皱眉道，"这且不说，丁忱老婆怎么也跑到这地方来？而且看这情况，她和丁忱不是一起去的。"

逆雪道："对啊，所以丁忱老婆，叫什么……李淑尤的，现在也被那个宣队长留局子里'做笔录'。"

许枚一愣，继而微笑道："宣队长是个明白人，他负责这案子最好不过。"

逆雪道："还不止这些呢，警察局那个女法医，叫……姬扬清的，说丁忱是自杀，听说她正和那个宣队长吵架，还占了上风。"

"自……杀？"许枚奇道，"丁忱少年得志，家财万贯，要风得风，要雨得雨，怎么会自杀！"

逆雪一摊手道："这我可不知道。"他又压低声音道，"不过我听说，这个姬法医是捕门验骨堂的人，厉害得很呢。"

许枚道："你当然希望丁忱'自杀'，这样秋夫人就能顺利脱罪。"

逆雪也不否认，只咬咬嘴唇道："许老板，帮我打听打听消息吧，你不是认识宣队长吗？"

许枚搔搔下巴："嗯，这案子我本来就打算……"

"你如果不帮忙，我就去鸣泉巷找江老板告状。秋夫人可是她干娘，这你是知道的。"

"呵——"许枚抽了口冷气。

逆雪带着一丝小得意道："我在江家养伤的时候，江老板说了好多你们的情史……"

"哪有什么情史！"许枚急道，"我们……只是……"他一眼瞥见小悟揉着眼睛从后院进来，便道，"我和江老板没有什么的，对吧？"

小悟打了个哈欠，迷迷糊糊道："江老板？哦……老板只是给那个姐姐送过定情信物，一件旗袍和一双鞋子……啊！"

许枚揣好砚台，背着手上了街。

逆雪、小悟捂着头上突突直跳的大包，眼中泪花闪闪。

暴躁女法医

宣成抱着胳膊坐在办公桌前，无奈地望着脸红脖子粗的姬扬清：好一副尤物的皮相，偏裹着一团河东狮的肚肠。

“这一定是自杀，伪装成他杀的自杀！”姬扬清振振有词道，“死者虽然是被匕首插入后心致死，但尸体双脚朝墙，头朝巷子中央，俯倒于地，双脚距离墙壁只有十几公分，他几乎是靠墙站着的。如果真有凶手在死者背后持刀杀人，除非这家伙藏在墙壁里面！”

宣成道：“如果是自杀，那……”

姬扬清一瞪眼道：“你急什么？听我说完！死者身高一百七十五公分，匕首从他背后平平刺入心脏，几乎与死者身体垂直。如果真有凶手的话，他是怎么挥刀的？正手握刀上撩？反手握刀下刺？都不可能以这种角度刺入死者身体，所以……”

宣成道：“如果凶手先把死者打倒在地，或按倒在地，骑在他背上举刀下刺……”

“不可能！”宣成的话又被打断，姬扬清愠道，“死者身上没有击打所致的伤痕，现场也没有挣扎的痕迹！”

宣成道：“那是一条光滑得过分的石板路，很难留下什么痕迹。再说，要使一个人失去反抗能力的方法有很多，死者身上没有被击打的伤痕说明不了什么。”

姬扬清脸一红，继而恼道：“你为什么总打断我！就不能听我说完吗？”

宣成无奈：“好……你说……”

姬扬清端起宣成桌上的水，一饮而尽，一抹嘴道：“死者口中没有迷药残留，面部没有掩捂痕迹，身体各处也没有针刺所致的伤口。还有，我在死者身后的老墙上发现了一块新的坑痕，在离地面一百三十五公分的地方，像是被什么东西戳撞所致。”

宣成本想顺着她的话问一句：你觉得是被刀柄撞出的坑痕吗？但还

是识趣地不敢开口。

姬扬清自顾自地继续说着："那个位置，正好是死者站立时后心的高度。所以我认为，是死者自己将刀尖抵在背后，刀柄顶在墙上，再奋力向后压向墙壁，使刀刺入后背。尸体向前扑倒……"

"然后蘸着自己的血在地上写了个'禾'字？"宣成玩味地看了姬扬清一眼，"且不说背部中刀的人是否有余力留下死亡信息，丁忱何等人物，他怎么可能舍去自己的性命栽赃一个七十多岁的老妇人？我把凶器给了若光，请他试试英国人那套指纹鉴定的法子，看能不能找到些门路。"

姬扬清一扬下巴道："好啊，我等着。我把话放在这儿，凶手绝不是秋夫人，她太矮小了，手劲也不足……哎，你是来送鉴定结果的？"

一个小警察畏畏缩缩站在办公室门口，被姬扬清的大嗓门吓了一跳，一缩脖子道："不……不是……宣队长，有位姓许的先生要见您，说是您的朋友。"

姬扬清轻轻"哼"了一声："不打扰你见客，咱们等着瞧吧。"说着她径自转身出去了。

宣成皱皱眉头："我有一种不好的预感……"

"警官……"许枚和姬扬清擦肩而过，慢悠悠走进宣成的办公室，坐在窗下的客椅上。

"你有什么事？"宣成警惕地盯着许枚。

"嗯……秋夫人那个案子，现在什么情况？"许枚开门见山。

宣成扶额：果然……

"警官……"许枚讨好地笑笑，压低嗓子道，"丁家老宅闹鬼这事儿吧……和瓷灵有关。"

"果然是你那些瓶瓶罐罐搞出的事情！"宣成磨着牙道。

"嘘——嘘——"许枚连忙道，"丁忱的死和瓷灵无关，他死的时候我就在丁家老宅的后花园，那个瓷灵也在。"

"你……在……现……场？"宣成倒吸一口冷气。

"不不不，丁家老宅的后花园和案发现场隔了那么远，我今天中午才知道丁忱死了……听说他是自杀的？"

“你信吗？”

“说实话不大相信。”许枚习惯性地搔搔下巴，“不过丁忱这个人嘛，自幼锦衣玉食，一路顺风顺水，一旦遇到些锥心摧肝的刺激，难保不会做些出格的事。”

“你是来为秋夫人说情的？”

许枚笑了笑：“警官您不是也觉得这事蹊跷吗？我听说丁忱的夫人李氏还在警察局扣着呢，这是您的主意？”

宣成沉吟片刻，还是决定不瞒着许枚：“我只是奇怪，案发时间是昨天晚上十点，天已经黑透了，丁忱和李氏为什么要在这个时间一前一后去已经卖出的老宅附近？他们都没有动用自家的汽车，也没有带贴身伺候的仆人，丁忱裹着围巾、戴着墨镜，坐末班电车到了西原洋行，又一路步行到丁家老宅东侧小门外的无名巷，也就是案发现场。李淑尤戴着垂纱的西洋大檐帽，在离家两条街的地方上了黄包车，一路横跨半个冉城。那个累得跟孙子似的黄包车夫对这位裹得格外严实的阔太太印象很深，电车司机也一眼认出那个大半夜戴墨镜的怪人就是赫赫有名的丁二少。”

许枚道：“那李氏怎么解释，她为什么去那条无名小巷？”

宣成道：“散步。”

“噗……”许枚忍不住笑了出来，“这丁太太连借口都懒得编啊。”

宣成道：“她只是一口咬定亲眼看到秋夫人从那条小巷跑出来。”

“这并不能证明秋夫人就是杀死丁忱的凶手。”许枚道，“如果凶手从巷子另一边跑了呢？”

“那条无名小巷是个又窄又小的死胡同，西边是丁家老宅，东边是西原洋行的后墙，两边院墙都高得吓人，西原洋行那边还装了通电的防盗网。巷子里面则堆满了各种杂物，巷口不远处有一个卖馄饨的小摊子，晚上七点出摊。摊主并没有看到除了丁忱之外的人进过这条巷子。案发之后，跑出巷口的秋夫人和刚刚坐洋车过来的李淑尤撞个正着，二人争执起来，那卖馄饨的就跑去两条街外的警察岗亭报了警。你明白我的意思吗？”宣成道。

“明白……”许枚皱眉，“这巷子……是个不密闭的密室？”

宣成道：“可以这么说吧，凶手只可能……或者说最有可能是从丁家老宅侧门走出来的人，秋夫人确实是有嫌疑的。”

“还可能是七点之前就走进巷子的人。”许枚思索着道，“他趁秋夫人和李氏撕扯，那卖馄饨的又跑去报案的空档，偷偷从巷口离开。”

宣成觉得这说法太不靠谱，摇头道：“不可能，秋夫人和李淑尤不是瞎子。而且丁忱走进巷子的时间是九点半，死亡时间是十点左右。”

许枚略一思索，说道：“如果秋夫人是凶手，她杀死丁忱之后，应该立即返回丁家老宅，把侧门锁死，装作什么都没有发生过的样子，而不是傻乎乎地跑出巷子。”

宣成道：“没错，巷口卖馄饨的说，当时秋夫人神情慌乱，脸色惨白，提着一只灯笼，踉踉跄跄地跑出巷子，带着哭腔喊‘快报警，死人了’，还险些撞到李淑尤。”

“这么说，李淑尤是在丁忱死后才来到无名巷口的。”许枚道，“又回到那个问题：丁忱夫妇来这里做什么？还有，秋夫人这时候出门做什么？”

宣成道：“据秋夫人说，她今天早上在信箱里发现了丁忱的信，约她晚上十点在老宅前院的东侧院小门外见面，到时会告诉她驱除院中恶鬼的方法。”

许枚一咧嘴：“丁忱做事素来张扬跋扈，这种鬼鬼祟祟、故作神秘的行事风格可不像他。再说，他一个骄奢淫逸的公子哥儿哪懂什么驱鬼？我看这封信大有问题。”

宣成道：“我在等笔迹鉴定结果。”

许枚道：“闲着也是闲着，那我们不妨先去那条小巷看看。”

“你说谁闲着？”

“啊……那警官您在忙些什么？”

“我正打算去案发现场看看。”

“警官你什么时候学会逗闷子的？”

无名巷

这条小巷的名字就叫“无名巷”，果如宣成所说，狭小逼仄。巷口外是一条稍显破旧的小街，巷子西侧是丁家老宅，院墙高大，青砖酥旧，苔痕斑驳，一株高大的老柏树从墙头探出枝丫，绿云也似遮盖了半条巷子。东侧是西原洋行的后墙，三丈高的墙头上围着一周高压电网，令人不寒而栗。巷子北端被一堵高墙封死，墙下堆满了各种杂物：残断的砖瓦块、散架的小推车、掉漆的老门板、开线的旧皮鞋、磨得光秃秃的扫帚、压得皱巴巴的纸箱、一捆粗粗细细开裂泛黄的老竹竿、两把破破烂烂透风漏气的油纸伞，还有不知哪个菜贩子丢在墙角的一摞大竹筐，上面团着几只脏兮兮的野猫，懒洋洋地盯着头顶老柏树上的麻雀。

不知何时铺就的石板路已被磨得光滑明亮，白粉撒成的人形扑在一团血泊上。一个穿着时兴灰色小夹克的少年，蹲在墙边饶有兴趣地拨弄着几只虫子的尸体，兴奋地吹了个口哨。

“小弟弟，这里是凶案现场……”许枚奇怪地盯着那少年，“现在是九月底，城里的虫儿已经疲了，抓虫子得去东郊的苇子塘，那儿的蛐蛐又大又凶。”

那少年回头瞥了许枚一眼，轻轻“嘁”了一声，拍拍手站起身来道：“秋夫人收到的那封信我看过了，笔迹和丁忱有三分相似，但起笔落笔的力道不对，是有心人仿造的，目的也许是引秋夫人十点从这座侧门出来。凶器是丁家吃牛排的餐刀，刀柄上的指纹是丁忱老婆李淑尤的，再没发现其他人的指纹，连丁家仆人的指纹也没有。”

宣成道：“李淑尤？这倒有些意思。”

许枚见二人默契地讨论起案子，不由急道：“等……等一下，这位是……”

宣成道：“捕门勘痕堂弟子，卫若光。”

许枚尴尬地笑笑：“哦……‘属我嵫景半，赏尔若光初’，好名字，好名字。”

卫若光轻不可闻地“哼”了一声，算是对许枚的赞同。

许枚一愣：呵呀，这小家伙好没礼貌。

宣成又道：“这位是许老板，制服铁拐张的就是他。”

“哦。”卫若光浑不在意，又蹲下身子，在墙根下摆弄虫子的尸体。

许枚讶然：这小孩眼睛长在脑瓜顶上的吗……警官你好像在憋笑？

宣成瞄了许枚一眼，轻轻咳嗽一声，走到尸体双脚正对的砖墙前，仔细去看姬扬清所说的坑痕。

“这也许是刀柄磕碰出的小坑，姬扬清说的有些道理。”卫若光小心收好虫尸，起身道，“但刀柄上没有丁忧的指纹，所以自杀的说法不大站得住脚。”

许枚忙道：“也没有秋夫人的指纹，对吧？”

卫若光扬起下巴，轻轻“嗯啊”一声，透着一副“你明知故问吧”的不屑味道。

许枚握了握拳头：好气，好想打他……

宣成道：“这可奇怪了，凶器上没有秋夫人的指纹，也没有丁忧的指纹，偏偏有李淑尤的指纹？可她是在丁忧死后才出现在巷口的。”

许枚忙道：“是不是可以说……凶手不是秋夫人，更不是李淑尤，丁忧也不是自杀的？”

见宣成皱眉不语，他又试探着道：“所以……是不是可以先把秋夫人放了，毕竟凶器上没有她的指纹，对吧？”

卫若光道：“从这个案子来讲，指纹说明不了任何问题：鉴定结果指向一个绝不可能是凶手的人。”

许枚无奈：这个小鬼……

宣成道：“还有一个问题，既然那封信不是丁忧写的，他为什么会来这里？九点半进了巷子，十点左右中刀身死，这半个小时他在做什么？”

“也许在等人，他就坐在那边的竹筐上，开裂的竹条刮破了他的裤脚，喏……”卫若光从上衣口袋里取出一个纸袋，小心地打开，里面有一条细细的灰色纤维，“这是从竹筐上取下来的，材质颜色和丁忧那条被刮开线的德国西裤完全吻合。”

许枚搔搔下巴：“等人……如果丁忧来找秋夫人的话，敲门进去就是，何必坐在竹筐上等？他可能在等李淑尤，等这个指纹印在凶器上的女人……也许丁忱和李淑尤约好晚上十点在这里见面，丁忱提前到了。”

宣成若有所悟：“当时丁忱和印有李淑尤指纹的凶器都在这条巷子里，而李淑尤则在坐洋车赶来的路上。”

许枚紧接着说：“丁忱要拿到李淑尤平日用的餐刀再容易不过了。”

宣成难以置信：“难道丁忱要以死来陷害李淑尤？不可能，这太匪夷所思了……”他拍拍脑袋，“我的思路又被你带偏了，这些只是你的猜测，没有任何证据。”

“是你的猜测啊警官。”许枚笑了笑，“不过很有道理。”

卫若光硬邦邦道：“刀柄上没有丁忱的指纹，尸体也没有戴着手套，就算是用背抵住刀尖自杀，也总要用手来扶住刀柄或刀身来调整方向。如果丁忱是自杀，刀上不可能没有他的指纹……”

话音未落，忽听巷口处传来一阵凄厉的嘶叫：“喵呜嗷——”

许枚抖了抖身上的鸡皮疙瘩，回头看去，见一个精瘦的中年汉子一手提着一只脏兮兮的野猫，一手提着一只竹篮子，大踏步走进小巷，操着一口陕西话骂骂咧咧道：“你个瓜猫，我家二少爷的手巾也是你玩的嘛？”说着他挥手一甩，将猫丢在地上，那野猫浑身长毛直竖，色厉内荏地嘶叫两声，夹着尾巴逃之夭夭。

“咦？你们是……”那中年汉子和许枚三人打个照面，有些意外。

“警察。”一身便衣的宣成亮出证件，问道，“你是什么人？你家二少爷的手巾是怎么回事？”丁忱行二，宣成对“二少爷”三字格外敏感。

“警爷。”那中年汉子的腰立刻躬了下去，露出一副苦巴巴的笑容，“我叫胡三，是丁家的厨子。昨天晚上，我家二少爷在这地方，被人给……给害了，我拿些香烛点心，过来祭拜一下。”

宣成点点头，又问道：“现在丁家是谁主事？”

胡三苦着脸道：“二少爷死了，少奶奶又被留在衙门里，现在家里是刘管家做主治丧，至于之后怎么操持……二少奶奶的叔叔是李大帅，我看警察局不敢把她怎么样，再怎么着也会乖乖放她回来的……啊，警爷，我不是那个意思，我是说，二少奶奶是不会杀人的，警察局总会还她清白……”

许枚听见“衙门”两字，暗暗好笑，见宣成若有所思，便先问道：“那块手巾是怎么回事，是丁忱的？”

胡三道：“嗨，我刚才来这儿的时候，看见那边墙根底下卧着一只猫，嘴里叼着一块手巾，咬得乱七八糟的。这手巾我认得，苏州的上品料子，杭州的好绣工，怕是整个冉城都找不出第二块。这猫儿见了我扭头就跑，我撒腿就追，这小东西可真能扑腾，我折腾了一个多钟头才把它逮住。”

卫若光接过手巾，轻轻嗅了嗅道：“这上面有很重的鱼腥味，像是有人刻意用鱼油浸泡过，瞧那些猫的眼睛都绿了，直勾勾盯着这块巾子呢。”他指了指卧在竹筐上的几只野猫。

许枚眼前一亮，说道：“如果丁忱衬着这块手巾托扶刀柄，自然不会在凶器上留下指纹。”

卫若光有些后怕，不自禁顺着许枚的话道：“在丁忱死后，巷子里的野猫会把这块散发着浓浓鱼腥气的手巾叼走，如果不是胡三今天过来祭拜，我们也许会彻底排除掉丁忱自杀的可能。”

许枚拍拍卫若光肩膀：“所以说，天网恢恢，疏而不漏嘛。”

卫若光脸“腾”地红了，一晃肩膀退到墙边，瞪着圆溜溜的眼睛，胸口一起一伏，半晌才道：“我……我先回去了，我有些……累。”

许枚莫名其妙，眼看卫若光埋着头跑出小巷，回头道：“我怎么他啦？”

宣成难得地露出一副促狭的笑：“这孩子害羞得很，最怕和生人打交道。你这么毫无顾忌地拍他，他没跳起来捶你已经算客气的了。”

许枚无奈：“你们捕门的人……真是……有特点，连这种‘塞牖而处’的都有。”

宣成道：“他只是害怕生人，和熟人交流没有任何障碍。”

许枚道：“警察局什么时候开始雇童工的？”

宣成道：“他成年了，只是脸嫩。”

胡三呆呆地看看许枚，又看看宣成，有些不知所措。

许枚调侃几句，也转身打量着胡三，突然笑道：“胡师傅身手了得啊，上蹿下跳地抓一只猫儿，身上连汗都不出。”

胡三一怔，退了一步道：“我……我在两条街外抓到这只猫儿的，一路提着它慢悠悠地走回来，汗早就落了，现在已经快十月了嘛，天凉……”

许枚道："这却怪了，你要的是手巾，猫儿这家伙，随手放了便好，何必把它也提回来？"

胡三额上冒出冷汗，结结巴巴道："啊……我想着……这猫儿是住在这条巷子里的，我为了一块手巾赶了它那么远，总该送它回来……"

许枚失笑道："胡师傅还真善良，你是怕野猫找不到家吗？"

胡三讪讪道："是……是我瞎操心。"

许枚又道："胡师傅篮子里都有些什么？"

"呃……就是些香烛、水果……"胡三掀开篮子上的苫布，脸色登时变了。

"胡师傅，你赶了那猫儿几条街，篮子里的东西还是这么整整齐齐，一点磕碰都没有。"许枚赞许道。

胡三抹了把汗道："我……嗨，追了那猫儿一路，篮子里哪能没个颠簸，只是这香烛质量好，而且……而且我重新整理过。"

许枚笑道："提着一只猫整理篮子？"

胡三一愣，只得咬着牙道："是，没错。"

许枚"哦"了一声，笑着点了点头："好吧，胡师傅请便。"

胡三被许枚问得浑身不自在，垂着头蹲在尸体正对的墙根下，快手快脚地摆弄祭品。

宣成道："离现场远些。"

"是，是……"胡三极不情愿地挪开几步。

许枚心头一动，仔细向墙根下看去。

巷中小路的石板并没有规规矩矩地顶住院墙，长长短短的古旧石板与墙根间留着大约两寸来宽的空隙，满是泥土青苔，还有些不知名的细碎野草。西原洋行墙砖正下方的泥土上，有一个拳头大小的圆形浅坑，靠近路面石板处略深些，靠近墙砖处略浅些。离此大约一米左右的位置，还有一个差不多的浅坑。

"你们当时没发现这个？"许枚拈了一块黄豆大小的石子扔进坑里，"印痕还是新的，这里面一定有文章。"

宣成蹲在墙下，难掩惊色："当时出警的不是我，也许是夜里视线不好，兄弟们疏漏了。"

胡三点燃香烛，摆好果品，喃喃地念了几句，缩手缩脚地快步离开。

许枚小声道：“你不拦着他？这个厨子身上应该有些线索。”

宣成道：“不急，我总要请他到警局问话。有人要出来了。”

“什么人？”许枚正摸不着头脑，忽听吱呀一声，丁家老宅的侧门被慢悠悠地打开，一个头上裹着纱布的老妇人提着一个木桶一步一摇地走了出来，口中小声念叨着：“小毛团团，快来吃吧，今天来得迟了。”

说着她走到竹筐前，揉着一只三花野猫的头道：“昨儿晚上挨了人家一棒子，在院子里躺了半宿，好容易舒缓过来……嗬哟……别抢，我给你们盛出来……唉，也不知道秋大姐怎么样了，那么多孩子，我一个人可怎么顾得过来……哟！”她不经意地一回头，见巷尾两个陌生人直勾勾盯着自己，忍不住心中发慌，手上一软，木桶落在地上，剩菜剩饭洒了一地，几只野猫一拥而上，大快朵颐。

“你……你们是……”老妇人局促地撩起围裙擦了擦手。

“警察。”宣成亮出证件。

“哦……警爷。”老妇人矮了矮身子。

“您是孙嬷嬷吧？”许枚上前一步道，“我听鸣泉巷的江老板提过您。”

“噢，是我，是我，这位先生认得阿红？”孙嬷嬷脸上展出一丝笑纹。

“认得，认得，我们很熟。”许枚微笑道，“孙嬷嬷辛苦，您每天都要喂这些野猫吗？”

“唉……”孙嬷嬷又叹了口气，“小东西怪可怜的，我就把孩子们吃剩的饭菜归拢归拢，拿来给它们吃，总好过倒进阴沟里。”

宣成道：“孙嬷嬷，你刚才说你昨晚被人打晕了？”

“啊……是……是……”孙嬷嬷顶着一头纱布，也知道方才的自言自语被他二人听了去，便小声答应着道，“也不碍事，那人下手不重，就是头上蹭破点油皮。”

宣成急问：“什么时候的事？在什么地方？”

“大概……十点多吧……就在这院子里。”孙嬷嬷的声音越来越小，身体也不受控制地颤抖起来。

“带我去看看。”宣成沉声道。

“哦……好，警爷您请，这位先生请。”孙嬷嬷颤声道。

许枚捡起汁水淋漓的木桶，送到孙嬷嬷手里，微笑道：“我姓许。嬷嬷拿好。”

“哎，谢谢许先生，谢谢许先生。”孙嬷嬷心头一暖，连声称谢。

风水树

侧门后是丁家老宅的东偏院，一方小小的花园，迎面一座假山，怪瘦嶙峋，四周种满了菊花，红的、黄的、粉的，团团簇簇开得正好，假山后是一片空地，摆着些石桌石凳，四周种着高大的柏树，蓊蓊郁郁，荫蔽了大半个院子。

“晚上十点多，你在这座花园里？”宣成语气冷了下来。

许枚扶额：你和生人说话时总是一副冰疙瘩似的样子。

孙嬷嬷被宣成身上的寒气压得喘不过气来，不由自主退了两步，跌坐在石凳上：“对……就在这里……”

“你有没有听到院子外面的声音？”

“没……没有。”孙嬷嬷连连摇头。

“你有没有看到秋夫人从侧门出去？”

“没有……”孙嬷嬷的嘴唇突突地抖了起来。

“你有没有看清袭击你的人长什么样子？”

“没有，我当时累坏了，正坐在这儿歇脚，他从背后一棍子敲过来……”

“累坏了？为什么？”

“我……我……就是侍弄些花草。”孙嬷嬷说了个小谎，连耳根子都红透了。

“你住在哪座院子？”宣成继续追问。

“前院东厢。”

“那地方离这座偏院可不近，你晚上十点多来这里做什么？”

“我……我……”

“侍弄花草？”

“对……”孙嬷嬷被问得脑袋发蒙，顺嘴答应一句，顿觉不妥。

宣成果然道：“可是这院子里的土没有近期翻动过的痕迹，花草的枝叶也没有修剪过。”

孙嬷嬷年老嘴笨，被宣成连珠炮也似一顿追问，急得浑身冒汗。

许枚有些看不下去，冲孙嬷嬷笑了笑，说道：“不修剪也好，古朴自然，别有一番趣味，只是……”他弯腰捡起一片手掌状的暗绿色小叶，“这院子里的花花草草，可没有长这种叶子的。”

孙嬷嬷张口结舌，身体筛糠似的颤抖起来：“不……不……这……”

宣成奇道：“这是什么？”

许枚两眼放光，啧啧道：“紫菊。”

宣成一挑眉毛：“紫菊？很名贵吗？”

“没错，此花出自辽东古国，西汉时入贡中原。”许枚细细端详着花叶道，“王嘉《拾遗记》有载，‘宣帝地节元年，乐浪之东，有背明之国，来贡其方物’，这贡物中便有紫菊。文称此花‘一茎一蔓，延及数亩，味甘，食者至死不饥渴’。”

宣成连连皱眉：“怎么可能有这种鬼东西……”

许枚道：“古籍记述，多有夸大，但紫菊清雅幽丽，可遇难求，极是珍贵。孙嬷嬷，这老宅里种过紫菊吗，一种爬蔓子的菊花？”

孙嬷嬷长长叹了口气，一副坦然伏法的样子：“这花是丁家大少爷种的。”

许枚一愣：“丁慨？这里面还有他的事？”

孙嬷嬷点点头：“前些天丁大少爷来找秋大姐，说老宅前院的那棵奇怪的菊花是他小时候亲手种的，他想把花买回去，出的钱实在不少呢。可这棵菊花种在前院正堂外边，绿蓬蓬地爬了一架子，是棵‘风水树’，秋大姐生怕把花移走坏了风水，没答应他。前天下午，秋大姐到城东的医院去看受伤的孩子们，丁大少爷又带着花花绿绿的礼物上了门，这回是来找我的……”孙嬷嬷说着哀叹一声，“他把买花的价格提高了不少，还带了几个郎中，给孩子们开了些补气血的方子。说实话，我是不信风水这套东西的，而且这些日子秋大姐又是治丧，又是买房，又是雇人打扫老宅，又是请医问药求神拜佛，钱花得像流水一样，丁大少爷给的这笔钱可真不算少，多少能帮秋大姐填些窟窿……”

“所以您答应了？”许枚道，“就不怕秋夫人责怪？”

孙嬷嬷凄然道：“秋大姐不是那种钻牛角尖的人，一旦生米煮成熟饭，她也不会再说什么。再说，风水树这东西，挪走了还能再种。”

许枚道：“所以昨天晚上，您帮着丁慨一起挖出了前院的那棵紫菊？没有惊动秋夫人？”

孙嬷嬷道：“没有，秋大姐住在西南别院的那座小楼，前院这点小动静她听不到的。”

宣成道：“丁慨是从哪个门进来的？”

孙嬷嬷指了指假山后道：“就是这个侧门。”

宣成上前一步道：“也就是说，昨晚丁慨也出现在这条小巷，对吧？”

“对……对啊，他要从这道门进来，当然得走这条巷子。”孙嬷嬷不知宣成在紧张些什么。

“他是几点来的？”宣成又问。

“大概……九点前后吧。”孙嬷嬷想了想道。

宣成一愣：“九点？那个卖馄饨的没说实话！”

许枚道：“或者说，丁慨在七点之前就进了这条巷子，直到九点才敲门进来。孙嬷嬷，丁慨是几点离开的，从哪个门走的？”

孙嬷嬷道：“离开……大概十点来钟吧，那花虽然细瘦，但蔓子又多又密的，要把花藤从架子上拆解下来可费了不少功夫，把我和丁大少爷都累得够呛。丁大少爷本来想从这道小门走，但我们刚走到这座院子，就听见外面乱哄哄的，还有警笛的声音，也不知出了什么事。丁大少爷心慌，说宅子西边还有一个小门，抱着花就折返了回去，应该是从那儿走的吧。”

宣成直皱眉头：“这丁家老宅有多少门？”

孙嬷嬷想了想道：“大大小小……有六处吧，后花园那边闹鬼，我们是不敢进去的，平日里进出的院门只有五个。”

许枚道：“您没送丁慨出去？”

孙嬷嬷摇摇头道：“我模模糊糊听见巷子口有秋大姐的声音，想出去看看，可又不敢。丁大少爷也顾不得我，自己抱着花往西边走了。我陪他折腾了一晚上，累得腰酸腿痛，就坐在这石凳子上歇脚，可我刚坐下没多久，就听见背后有脚步声，我还道是秋大姐回来了。刚一回头，脑袋上就挨了一棍子，也不知是谁这么缺德。等我缓醒过来，已经是半夜两三点了，我四处转了转，孩子们都睡得好好儿的，也没发现哪间屋子被人撬过。”她揉揉脑门，“嘶”地倒吸一口凉气，“这鼓包不知几时能消下去……看来秋大姐说的没错，这风水树移不得，是我老糊涂，是我见钱眼开……”孙嬷嬷自责不已，捶胸顿足道，“我挨这一棍子倒没什么，可是大姐直到现在都没回来，早上才听几个小丫头说丁家二少爷死了，秋大姐也叫警察抓了去，我这心里油煎似的……”

“孙嬷嬷别急，秋夫人只是被警察局请去……帮忙，她最近和丁家打过交道，也许能帮警察提供些有关凶手的线索。对吧警官？”许枚冲宣成挤眉弄眼。

宣成横了许枚一眼，含混不清地支吾几句。

“也不算打什么交道……”孙嬷嬷苦着脸道，“秋大姐只是买了丁家一座宅子，丁家的家务事她可不知道。”

许枚道：“所以嘛，秋夫人应该会很快回来。”

宣成狠狠一扯许枚后襟，咬着牙道：“你倒答应得很爽快啊！”

许枚仍是满脸微笑：“孙嬷嬷无需多虑，只管养好身子，看好孩子做好饭，照顾好花花草草猫猫狗狗，安心等秋夫人回来。”

孙嬷嬷多少放下心来，抹着泪点点头。

馄饨摊

从丁家老宅出来，天已经擦黑了，许枚伸了个懒腰道：“先买些点心，去我那儿坐坐吧，我肚子饿了。”

宣成斜他一眼：“你这喧宾夺主的毛病很欠打。”

许枚尴尬地笑笑：“抱歉抱歉，我以后注意，那我们现在……”

宣成指指路对边的馄饨摊：“牛旺出摊了。”

“牛旺？”许枚望着懒洋洋坐在巷口小棚子下的邋遢汉子，啧啧道，

“嚯，瞧这摊子油腻腻的，刚从泔水桶里捞出来似的。”

“他就是这个密闭空间的锁。”宣成小声说着，坐在桌旁的条凳上，一招手道，“两碗馄饨。”

“稍等，就好……”牛旺打了个哈欠，漫不经心地往火炉里加了两根炭条。

许枚坐在桌边，小声问道：“他就是那个证人？”

宣成点点头。

许枚四下看看，奇道：“他的摊子昨天也摆在这里？”

宣成道：“没错，但是这附近的地面上没有陈年油渍，这里不是他长期固定的摆摊地点。”

许枚托着下巴，看向守在坑坑洼洼的铁锅边等着水开的牛旺，笑道：“有意思，在这种偏僻的地方做生意，图清净吗？”接着他扬声道：“老板，你一直在这儿摆摊吗？”

牛旺一愣：“啊……是……是啊。”他从旁边的竹筐里抽了一棵打蔫的青菜，胡乱剥了两片叶子丢进锅里。

许枚扯了个小谎：“那我之前怎么没见过你？我可是住这附近的。”

“啊？”牛旺脸色变了几变，突然恼道，“你要吃便吃，不吃便走，问这么多做什么……呀？警爷，警爷好。”牛旺正要发脾气，一眼瞧见宣成放在桌上的警官证，忙堆出一副笑脸，轻轻拍着自己的嘴，点头哈腰道，“瞧我这张不会说话的臭嘴，该打，该打。”

许枚笑道：“且不忙打，先回答我的问题。”

“这个……”牛旺两只眼珠左右乱摆，支支吾吾道，“我……之前在耍子街摆摊，那儿热闹。”

“为什么搬到这儿来？”

“这儿……风水好。”

宣成掀起衣角，露出明晃晃的手铐：“你觉得我信吗？”

“呃……”牛旺腿一软，连声道，“不不不，是这里……这里……”

“这里能赚大钱吧？”许枚指了指牛旺脚上的新鞋，“登云舍的布鞋可不便宜，牛老板这双银线绲边的翘头鞋是今年秋天的新款式，前不久才上市的。”

牛旺缩了缩脚，露出一个比哭还难看的笑容："一时鬼迷心窍，买了个奢侈物件儿。"

宣成解下手铐，轻轻放在桌上，沉声道："说实话，否则跟我回去。"

牛旺"啊哟"一声，也不顾锅中沸水腾腾，"扑通"一声跪在桌前道："警爷，我可什么都没干，就是丁二少爷交代我守住这条巷子，说是二少奶奶会来，我也不知道他要干什么，更不知道丁二少爷怎么会被秋夫人杀了，那条巷子我从来没进去过……"

"丁忱让你在这儿守着他老婆？"许枚奇道，"这么说丁忱知道李淑尤昨晚会来。"

宣成思索片刻，问道："你怎么认识丁忱的，耍子街离丁家可不近。"

牛旺道："丁家的厨子胡三师傅就住在耍子街，丁二少爷要他找个信得过的人办这件差事，胡师傅就找到了我，给了我十块大洋……"

说着他埋下头去，小声嘀咕道："谁知道摊上这么件事……"

许枚笑道："你的雇主已经死了，你怎么不回耍子街摆摊？"

牛旺苦着脸道："谁说不呢……可我想着这地方刚一出事儿我就走，显得心虚，索性再出两次摊……"

许枚"噗"地一笑："真是'聪明'。"

宣成道："你再仔细说说，那天晚上都有谁进过这条巷子。"

牛旺想了想道："我是七点多出的摊，大概九点半左右，丁二少爷急匆匆地从西原洋行那边绕过来，也没理我，埋着头进了巷子。又过了半个钟头，丁二少奶奶坐着洋车从西边的小路过来，我可紧张得浑身是汗，一下都没敢错神儿，死死地盯着她。就在这时候，秋夫人慌手慌脚从巷子里跑出来，险些儿撞在丁二少奶奶的洋车上。丁二少奶奶下了车，劈头盖脸就给秋夫人一顿臭骂，秋夫人也没理她，一个劲儿地说'死人了，快报警'。我一听就慌了，丁二少奶奶更慌，还是我跑去报的警。往东边去几条街不是有个警察站嘛，几个小警察吆五喝六地喝酒划拳……"说着他偷偷瞧了宣成一眼。

许枚道："也就是说，李淑尤从没进过这条巷子。"

牛旺道："对啊，巷子里有死人，那种娇小姐哪敢进去？丁二少爷的尸体被抬出来的时候，丁二少奶奶好像非常意外，还冲口说了一句：'怎么是他？他呢？’像是没想到死的是丁二少爷。”

“看来她不知道丁忱会来。”宣成道，“她是来和另一个人见面的。”

许枚轻轻念叨着：“怎么是他，他呢……这两个‘他’明显不是一个人，前一个‘他’是丁忱，后一个‘他’应该是李淑尤要见的人……你先把火熄了，锅里的水都熬干了，一会儿锅坏了。”

“啊……是、是……”牛旺答应着站起身来，揉了揉膝盖，撤了锅，熄了火，又规规矩矩地跪在宣成脚边。

“你站起来，民国不兴这个。”宣成道，“昨晚你离开过摊子吗？”

“没有啊，我从七点开始就一直在这儿……啊，那个……我去那边的小桥底下拉了一泡……出了一次恭。”牛旺小心翼翼地站起身，弓着腰道。

“时间呢？”宣成急问。

“九……九点，我听见钟楼那边敲钟来着，九声儿。”牛旺见宣成颜色稍厉，双腿一软，险些再次跪下。

许枚奇道：“你就不怕错过丁忱老婆？”

牛旺一脸纠结：“那……人有三急，我也没办法。再说，丁二少爷吩咐胡师傅交代给我，丁二少奶奶会在十点左右过来，那时候才九点，我去出个恭不会误事的。”

“这么说，丁忱知道李淑尤来这里的时间。”许枚一脸莫测高深，“这种情节好像在哪见过：一个有夫之妇偷偷和人私会，被丈夫察觉，最后的结果是……她的丈夫死了。”

“《金瓶梅》？”宣成道。

“《水浒传》。”许枚嫌弃道，“警官你平时都看些什么书啊。”

宣成红着脸摸出两个铜板，重重拍在桌上，咬牙切齿道：“我们走，是时候谈谈闹鬼的事了。”

许枚偷笑道：“不急嘛，这个‘西门大官人’很可能是杀死丁忱的凶手，现在搜查李淑尤的房间也许会有些收获，或许能撬开她的嘴巴。”

“你又替我拿主意……”

“下不为例，下不为例。”

故人故地，期君莫迟

新城的丁公馆是一座排场的欧式别墅，处处透着一股摩登的奢靡气息。管家刘喜从未操办过西式葬礼，白幡、挽联和写着大大“奠”字的纸灯笼被生硬安置在豪华富丽的洋楼里，显得格外不协调。

刘喜引着许枚、宣成来到二楼的卧室，识趣地告退离开。

许枚关上卧室门，小声道：“住这么阔气的卧室真是折寿，瞧这地毯足有一巴掌厚，这可是土耳其产的羊羔绒毯子，少说值五十大洋。这卧室里一定有什么线索，应该会藏在一个隐秘的地方，我们分头找找……”

“是这个吗？”宣成拉开床头柜的抽屉，取出一封信，“吾妹淑尤亲启。应该是寄给李淑尤的，落款是……知名不具。”

“呃，藏得好隐秘……”许枚有些无奈，“应该是普通的家信吧？”

信封已经被撕开，半露着一张色调暧昧的淡粉花笺。

许枚抽出花笺，轻轻展开，将上面的内容念了出来：“不信巫山女，不信洛川神。何关别有物，还是倾城人。经共陈王戏，曾与宋家邻。未嫁先名玉，来时本姓秦。粉光犹似面，朱色不胜唇。遥见疑花发，闻香知异春。钗长逐鬟发，袜小称腰身。夜夜言娇尽，日日态还新。工倾荀奉倩，能迷石季伦。上客徒留目，不见正横陈。”

宣成皱眉道：“这是艳诗吧？”

许枚啧啧称奇：“这是南朝刘缓的《敬酬刘长史咏名士悦倾城》，一首不惜辞藻夸赞女子姿色的露骨艳诗，李淑尤就这么大模大样地把信放在床头的抽屉里，这可真是……真是……”

“真是令人生疑。”宣成道，“像是有人希望我们发现这封信，连信封里的花笺都抽出一半……这花笺背面有字。”

“咦，真的，用金粉写的，这卧室灯光太暗，险些没瞧见。”许枚揉揉眼睛，念道，“八月廿日，亥四之时，故人故地，期君莫迟……这是那‘西门庆’约李淑尤私会的情信！农历八月廿日亥时四刻，就是昨天晚上十点啊！”

宣成哭笑不得："这线索来得太容易，也太简切了当。如果李淑尤真有情夫，她怎么会毫不避讳把信……谁在外边！"宣成厉声断喝，屏息凝神藏在门外的刘喜狠吃一惊，"咚"的一声撞在门上。

许枚拉开房门，见满头白发的刘喜像只虾子一样躬缩在门前，忍着笑摇头道："刘管家这是做什么？"

"那个淫妇……"刘喜揉着额头站起身来，恨恨道，"我早知道这妇人不检点。"

"什么意思？"宣成对听墙角的人素无好感，身上的杀气又难以克制地溢了出来。

刘喜只觉浑身发冷，不由自主退了两步，瑟瑟缩缩道："我……我好几次看见这女人趁二少爷不在偷偷出去，我问她去哪、去干什么、几时回来，她也支支吾吾地不肯说。我当时就觉得不对劲。后来厨子胡三在古槐巷看到她和一个俊俏后生见面，吓得六神无主，犹豫了好几天才告诉我……"

"胡三见过那个男人？"宣成一惊，忙问道，"胡三呢？"

"胡三做完晚饭就回家去了，他不住在丁家。"刘喜一缩肩膀，后退一步道，"再说，他也没看清那个小畜生长什么样子，只说他戴着墨镜，裹着围巾，个头不高。"

许枚道："是你把这事儿告诉丁忱的？"

刘喜哭丧着脸道："我还没敢说，那李氏是李大帅的侄女，如果拿不到实在证据，丁家可不敢轻易得罪她。胡三把这事儿告诉我，他心里倒是踏实了，可轮到我犯愁了……"他抹了把眼泪，"我还想找个机会，把这事儿告诉二少爷，可一直张不开嘴，二少爷从小性子就冲，万一他气急之下做出什么出格的事，撕破丁李两家的脸面，那可大大不妙……"

"看来他已经察觉到了。"许枚道。

刘喜叹了口气，点点头道："昨天晚上二少爷一定是去捉奸的，没想到反被这淫妇给害了……"

许枚道："你觉得是李淑尤害了丁忱？"

刘喜一副理所当然的样子："不是她还有谁？这种不守妇道的货色，疯了也是活该！"

“疯了？什么意思？”宣成急问道。

“呃……有……有个小警爷来了，就在楼下，说李氏在警局发了狂，又号又叫，鼻涕眼泪满脸乱飞……”刘喜说着深深埋下头去，偷眼瞧着满脸怒色的宣成，惴惴不安道，“那小警爷问我她是不是害了什么病，有没有药，我可不知道她有这种病，想着先上来知会您一声，正好听到这位先生在读信，什么‘故人故地，愿君莫迟’……”

宣成轻轻“哼”了一声，刘喜只觉浑身被一股寒气裹住了似的，不由自主地战栗起来。

许枚笑了笑：“警官，别吓着老人家，我听着李淑尤这病可不像发疯，倒像是……”

“烟瘾发作。”宣成磨着牙道，“是时候会会这位丁二少奶奶了。”

调料粉

李淑尤抱着膝盖坐在墙角，头发乱蓬蓬的，容貌虽美，脸色却白得像灵堂的蜡烛，一身鹅黄色的奢侈洋装满是灰污，显然是刚刚在地上打过滚。

姬扬清站在囚室门外，透过铁窗望着李淑尤，摇头道：“毒瘾不算重，折腾起来可够吓人的，这会儿算是消停下来了，你们是没见她刚才那架势……”

宣成无奈道：“是你把她关进囚室的？”

姬扬清一扬下巴：“是呀，总不能让她在外面闹吧。”

宣成哭笑不得：“她又不是犯人。把门打开，我有话问她……”

那李淑尤听见门外有人说话，忽地来了精神，饿虎扑食似的冲到门前，两手死死攥着铁窗，嘶声吼道：“放我出去，快放我出去！不然我会死的！你们知道我是谁吗？你们知道我爸是谁吗？你们知道我叔叔是谁吗？我死了你们担待得起吗！”

姬扬清一耸肩：“还开门吗，不怕这女人吃了你？”

宣成“啧”的一声。

许枚凑上前来，笑道："安全为上，就这么问吧警官。"

姬扬清"嗯"的一声，转过脸来，细细瞧着许枚，皱了皱鼻子。

许枚被她看得浑身不自在，抖了抖肩膀，小心问道："我脸上有什么东西？"

姬扬清嘴角一挑："没什么，长得还蛮俊俏的，像只白狐狸，难怪了……"

"难怪什么？"许枚莫名其妙。

姬扬清一翻眼皮道："难怪把人迷得七荤八素的。"

"啥？"许枚莫名其妙。

"没什么。"姬扬清抱着胳膊退到一边，"有什么话隔着铁窗问吧，我不掺和。"

宣成轻咳一声，将信封举到铁窗前，清清嗓子道："丁夫人，认得这个吗？"

"这是什么？我没见过！快放我出去！"李淑尤双眼赤红，伸手拨开信封，怒吼道。

"昨天晚上你去见谁？别跟我说什么散步。"宣成耐着性子道，"写这封信的人约你昨晚十点在'故地'见面，这个'故地'在哪？这个'故人'是谁？你们什么时候开始在那里私会的？"

"你胡说！我没见过这东西！"李淑尤怒冲冲道。

"没见过？那他是怎么约的你？"许枚适时地凑上前问道。

"还是写在碗底，送饭的时候……你诈供！"李淑尤冲口而出，便觉不好，恶狠狠地伸手去抓许枚的脸，许枚笑着侧身避开。

"写在碗底？"宣成大奇。

许枚道："'还是'写在碗底，看来这个人约过你不止一次，每次都把约见信息写在碗底。"

李淑尤恶狠狠地瞪着许枚，呼呼喘气。

宣成道："丁夫人，这个男人到底是谁，到现在你还要护着他吗？"

李淑尤满脸的不可思议："我护着他？我恨不得掐死他！我变成这副鬼样子都是他害的！"

姬扬清一愣，皱皱眉头，转身离开。

许枚愕然道：“他不是你的情人吗？”

李淑尤气得牙关打战：“你……你们这是侮辱我！”

“可是管家刘喜几次见到你避开丁忱独自出门，厨子胡三也看到你和一个戴着墨镜的男人见面。”许枚道。

李淑尤急道：“我……我实在挨不住了，这人约我见面，是……是给我一种调料粉，我现在离不了这东西。”

宣成、许枚面面相觑，姬扬清两指捏着一个纸包快步走来，扬手扔进铁窗：“他给你的是不是这种东西？”

李淑尤捡起纸包，伸手挑了一点粉末，眼睛登时亮了，魔怔似的将手指含在嘴里，吱吱吮着，眉眼五官都舒展开来。

许枚目瞪口呆：“这是什么？”

姬扬清道：“前天从一个无良饭馆抄来的罂粟粉。”

宣成“呵”地抽了口气：“你把赃物给……”

“怕什么？”姬扬清毫不在意，“我只用指甲挑了一点，不妨事的。”

许枚道：“你怎么知道那人给她的是罂粟粉。”

姬扬清道：“症状很像。她刚才说那人每次送饭时把约见的时间地点写在碗底，说明此人能接触到丁家的碗筷，很可能是在后厨做事的。他要给李淑尤下药，在饭菜里动手脚最方便不过，而要在饭菜里加些料的话，罂粟粉是最好的选择。”说着她伸手敲敲铁窗：“舒坦了吗？说说吧，那个男人是谁？”

李淑尤摊开四肢躺在地上，梦呓般喃喃道：“我不知道……我们每次见面，他都戴着墨镜、口罩，还裹着围巾，说话瓮声瓮气的……啊……调料还有吗……”

宣成道：“你们都在哪些地方见过面？”

李淑尤眯着眼睛，含含糊糊地念叨：“在……古槐巷、天盛街、永宁路……还有……还有云梦歌舞厅后面的巷子……”

宣成等了半晌，见李淑尤不再说话，便问道：“丁家老宅外面那条无名巷呢，你们在那儿见过面吗？”

李淑尤道：“没有……昨天晚上，我刚到巷口，就看见秋家老太婆跑出来……”

宣成与许枚对视一眼，又问道："他每次都把见面的时间地点写在碗底？"

李淑尤喉中咕咕几声，呻吟般应道："是……"

许枚道："你就没有想过，他可能是后厨的人？"

"想过……还查过……"李淑尤像做噩梦般蜷起身子，发癫似的摇着头道，"然后……他就不卖给我调料粉了，我不敢再查了，我不敢查了……"

"他的'调料粉'卖多少钱？"宣成继续问。

李淑尤舞蹈般抬起胳膊，伸出一根手指："每包……一块大洋……"

宣成一怔："这可不算贵。"

姬扬清也奇道："便宜得很。"

许枚道："这人打算细水长流吗？"

"这水也太细了，几乎没什么利润。"宣成摇头道，"他的目的应该没这么简单。"还待再问几句，却听李淑尤轻轻打起鼾来。

姬扬清道："睡了，也难怪，从昨晚到现在，折腾了一整天。"

宣成一抿嘴道："那……"

"那什么那，再问下去她身子可吃不消。"姬扬清掏出一块洋气的银色怀表，"啪"地打开表盖道，"都十点多了，下班。你们先走，我去给她拿床被子。"

醉扑跌

走出警局大门，宣成揉着眉头道："线索越来越多，也越来越乱，而且……"

他幽幽地望了随后出来的许枚一眼："你还没交代闹鬼的事。"

许枚道："去我那儿坐坐吧，那只'鬼'已经被我收了，而且我已经快饿得昏过去了。"

宣成也摸摸瘪瘪的肚子，无奈点了点头。

二人坐黄包车回到拙斋，许枚驾轻就熟地从一只珐华罐子里取出小悟偷藏的点心，还不忘吩咐一脸恓惶的小悟："去沏些茶来，给警官用玻璃杯。"

宣成吃了几块红豆糕，接过小悟递来的普洱，靠在红木椅上舒了口气道："昨天晚上出现在无名巷的，至少有三个人。"

许枚笑道："你就这么迫不及待要谈案子啊。"

宣成道："怎么，先谈谈'鬼'？"

许枚道："还是先谈案子吧。没错，昨晚至少有三个人进过无名巷。牛旺是七点出的摊，九点左右离开巷口去解决个人问题，丁慨应该就是这时进的巷子。孙嬷嬷说丁慨是九点到的，看来他没有在巷子里逗留，而是直接敲门进了老宅。丁忱是九点半左右到的，走进巷子之后，坐在巷尾高墙下的竹筐上，应该是在等什么人，也许他发现了李淑尤的异常。秋夫人收到'丁忱'的信，十点走出老宅侧门，发现了丁忱的尸体，跑出巷子找人报案，正好撞到赶来赴约的李淑尤。而从秋夫人的卧房到这座侧门的途中，不会经过前院，所以没有遇到正在偷掘紫菊的丁慨和孙嬷嬷。"

宣成点点头："昨晚先后进过巷子的是丁慨、丁忱、秋夫人。丁慨在丁忱来之前就进了老宅，之后一直和孙嬷嬷在一起，直到案发后才从西边的侧门离开。这么看来，杀死丁忱的凶手只可能是两个人，秋夫人或是丁忱自己。"

许枚道："可秋夫人是被一封莫名其妙的信骗出去的，这个写信的人存的什么心思？而且丁忱的死状奇怪之极，嗯……这么说吧，我还是赞同姬法医的观点，丁忱不大像是他杀。"

宣成道："可凶器上没有丁忱的指纹。"

"当然，别忘了那块被鱼油泡过的昂贵手巾。单从目前得到的线索来看，丁忱是在用自杀的方法来陷害李淑尤。"许枚道。

"我不同意，不过你可以试着说服我。"

许枚思索片刻，说道："丁忱的计划也许是这样的：吩咐胡三买通牛旺守在无名巷口，让他亲眼看着自己和李淑尤先后走进小巷。这么一来，牛旺就成了这个密闭空间的一把锁，如果丁忱在小巷'被杀'，牛旺的证词会对李淑尤非常不利。

“丁忱走进小巷后，坐在竹筐上等了半个小时。将近十点时，丁忱背对院墙站好，衬着手巾扶住刀柄，用刀尖顶住自己的后心，刀柄顶住院墙。调整好位置之后，将手巾远远丢开，身体奋力向院墙压去……”许枚说着奋力靠向椅背，“就像这样，刀尖刺入体内，身体扑倒在地。丁家老宅的院墙砖石老旧发酥，所以刀柄在墙上留下一块坑痕。这把刀是李淑尤平时使用的餐刀，上面满是她的指纹，那块手巾也会被巷子里的野猫处理掉。当李淑尤来这条巷子时，等着她的会是一具看起来像极了他杀的尸体，一把满是她指纹的凶器，还有一个守在巷子外面的目击者。”

宣成点点头：“听起来有些道理，可然后呢，丁忱拼着最后一丝力气，在地上写了一个‘禾’字？”

许枚一愣：“也许他是想……想写一个‘李’字，还没写完便断了气？”

宣成道：“那应该是‘木’，不是‘禾’。还有，西原洋行墙根下面那两个圆形的印子怎么解释？”

许枚挠挠头：“是呀，为什么是‘禾’？为什么会有两个圆形的印子……嗯？有人敲门，这么晚了会是谁？”

“我去看看……”小悟打了个哈欠，晃晃悠悠跑去开门。

“你是……”小悟将门打开一条缝，见门外台阶上站着一个戴眼镜的少年，胳膊下夹着一个纸盒。

那少年抬起眼皮瞧了小悟一眼，迅速移开目光，局促地咬着嘴唇，憋了好久才道：“宣成队长……在里面吗？”

小悟见这少年古怪之极，心下顿生警惕，问道：“你是谁？”

那少年轻轻“哼”了一声，小悟一呆，暗道：呵呀，这家伙好像在鄙视我？

“他叫卫若光，警察局鉴识科科长。”宣成随后出来，问道，“你怎么来了？一个人上街不害怕吗？”

“不怕。”卫若光摇摇头，“我在警局和你家都找不到你。”

“怎么了，有急事？”宣成带着卫若光走进里屋。小悟关了门，随后进来，暗道：这个科长好像比我大不几岁，现在警察局也雇童工吗？

许枚见卫若光进来，不禁一愣：这个怕生的小鬼怎么敢到我这儿来，就不怕我这个生人吃了他？

卫若光并拢双腿坐在屋角的小凳上，打开放在膝盖上的纸盒，望着宣成道：“丁忱可能不是自杀的。”

小悟奇怪地望着卫若光：这么多舒服的红木大椅子不坐，偏要溜到墙角坐小板凳，这小子属黄花鱼的吗？

宣成见卫若光取出几只虫子的尸体，不禁奇道：“这是你今天在案发现场找到的虫子？”

卫若光点点头：“是被‘醉扑跌’杀死的……”

许枚一愣：“醉扑跌？这东西我听说过，是一种极下作的迷香。”

卫若光被许枚接了话头，脸憋得通红，望着许枚吭哧半晌，又转向宣成道：“对……对，醉扑跌是用草乌、川乌、醉仙桃、闹羊花和曼陀罗调配的迷香，无色无味，药力极强，江湖上的小偷、骗子和人贩子常用这种东西。昨天晚上一定有人在那条小巷里点过醉扑跌，剂量极大，否则无法杀死这种大甲虫。”说着他从一堆蟋蟀的尸体中翻翻捡捡，拈出一只拇指大小的漂亮甲虫。

许枚一拍额头：“难怪，难怪。警官还记得吧，今天下午咱们过去的时候，巷子里的野猫一个个懒洋洋地窝成一团。我当时就觉得奇怪，野猫这东西最是警觉，见人进了巷子竟然不躲不闪，看来是醉扑跌对猫这种小东西影响太大，后劲还没过。”

宣成点点头：“牛旺也说过，秋夫人跑出巷子时脚步踉跄，还险些撞上李淑尤的洋车。秋夫人被警察带走时气急攻心昏厥过去，可能也和这种迷药有关……可警局来人勘查现场时，并无异常。”

卫若光道：“醉扑跌在开放空间散得很快。秋夫人跑出巷子时是十点，那帮忙着打牌的警察赶到现场时已经过了十点半，毒气早散了。”

宣成道：“半个小时的时间，醉扑跌就能散得如此干净？那这香是谁点的，要对付的又是谁？”

“不知道。”卫若光摇摇头，“但这个点香的人在九点半到十点之间就在巷子里。”

“十点……按说当时巷子里除了丁忱没有别人。”宣成觉得自己的思路走进了死胡同，无奈问道，“这醉扑跌有解药吗？”

卫若光点点头：“有的，含一粒葛藤花丸就不怕醉扑跌了。我给姬扬清打过电话，丁忱嘴里没有发现葛藤花丸的残渣。”

“所以迷香不是丁忱点的，是有人要对付他？”宣成道。

卫若光点点头：“丁忱就算不至昏厥，也会失去反抗能力，任人摆布，无法挣扎。”

许枚思索片刻，拧着眉毛道：“这却说不通了，昨晚出现在无名巷的一共有三个人，丁慨、丁忱、秋夫人，丁慨九点便从侧门进了老宅，如果是他设下的醉扑跌，等丁忱走进无名巷时，迷烟已经散得七七八八，很难对丁忱产生影响，更不消说十点才从侧门出来的秋夫人了。”

宣成道：“如果这个人要对付的是丁忱，他点燃迷香的时间应该在九点半左右，可这时候没人进过无名巷，除非……”

许枚道：“除非他在七点前就进了巷子，藏在什么地方，还记得那些倒扣在墙下的竹筐吗？那些筐子大得很，足够藏下一个成年人。”

宣成若有所悟：“对，竹筐……如果真是这样，那这个人可真算是煞费苦心了。”

卫若光又从盒子里取出两个纸包：“我刚才去过一趟无名巷，这是从竹筐下面找到的香灰，这是挂在竹筐内侧的一根头发，很短，男人的头发。”

许枚啧啧道：“好稳的性子。七点之前便藏在竹筐下，苦苦等了两个多小时，等丁忱走进无名巷，再将葛藤花丸含在嘴里，点燃醉扑跌。迷烟从竹筐缝隙中散出，等丁忱浑身酥软瘫倒在地，他再现身杀人，然后用丁忱的手指蘸着血在地上写了一个……禾？”

“他写的是木。”卫若光道，“那一撇是后来有人加上的。”

许枚奇道：“你怎么知道？”

卫若光道：“撇在上层，竖在下层。如果写‘禾’，先写撇后写竖，两笔若有重叠，应该是竖在上层，撇在下层。”

许枚道：“也就是说，有人先写了一个‘木’，后来又在上面加了一撇，改成了‘禾’。”

卫若光点头道：“没错，而且墙上的坑痕不是刀柄撞压所致，是丁忱的翡翠扳指。”

“翡翠扳指？”许枚奇道。

卫若光道："没错，今天下午你们到无名巷之前，我从墙上那个小坑里抠出两片绿色的碎屑，和丁忱手上那个破裂的扳指材质相同。"

许枚道："是这样啊，丁忱被醉扑跌放翻之前，也发觉情况不对，挣起身来想跑，但已经吸入大量迷烟，脚步不稳，伸手在墙上扶了一把……咦……你能和我说话了哟！"

卫若光一呆，红着脸吭哧几声："嗯……啊……是啊……怎……怎么啦……不行吗？"

许枚大笑："你这孩子真有趣！"

卫若光头顶冒出阵阵白烟，腾地站起身来："我……我困了，先回去了……"话音未落，他上衣口袋里蹦出一只油亮亮的青头大蟋蟀。

"你真的去东郊捉蛐蛐了？"许枚实在忍不住，放声大笑，"哈哈哈哈，太可爱了！"

卫若光几乎要昏厥过去，也顾不得千辛万苦捉来的蟋蟀，连滚带爬地逃了出去。

杀人犯丁大少

宣成幽幽地望了许枚一眼："欺负孩子很有意思？"

许枚眉毛一挑："好像真的很有意思哎！"

宣成嫌弃地瞪了许枚一眼。

"你不去送送他？路上遇到坏人怎么办？"

"但愿他下手轻点，别把坏人打成糨糊，他正在气头上。"

"这孩子很凶啊！"

"而且下手没个轻重，你以后最好少招惹他，上个月调戏他的一位断袖公子现在还在医院的重症监护病房躺着，两只咸猪手被拧得跟肉麻花似的，已经做了截肢。"宣成警告许枚几句，把卫若光丢在桌上的一盒虫尸收好道，"说正事。"

"呃，好吧，我们继续说案子。"许枚实在无法想象人畜无害的卫若光发起狠来是个什么样子，忍不住打了个寒噤，把思路扭转回来，"如果丁忧真是被这躲在竹筐下的人杀死的，那凶手的目标应该不止丁忧一个。”

宣成道：“还有李淑尤，凶器上满是她的指纹。”

许枚道：“所以这个人知道李淑尤会到无名巷，也知道丁忧会赶去‘捉奸’。那封所谓‘情书’不是写给李淑尤的，而是写给丁忧看的，目的是将丁忧引到无名巷。”

宣成摇摇头：“那封信是写给我们看的，信上写着‘故人故地’，丁忧不可能知道‘故地’在哪。而且信上约定的时间是亥时四刻，也就是晚上十点，可丁忧九点半就到了无名巷。俗话说‘捉奸捉双’，丁忧就这么大马金刀地守在巷子里，这对先后到来的野鸳鸯不等碰面就被惊散了。”

许枚一拍脑袋：“对对对，我糊涂了。凶手把丁忧引到无名巷的法子有很多，写个字条，或是传个口信儿，或是打个电话，说些让丁忧不得不去的事情……”

宣成道：“这先不必考虑。如果用罂粟粉控制李淑尤的人就是杀死丁忧的凶手，这个人布的局可不算小，牵涉其中的人怕也不止丁忧和李淑尤。”

“布局么……”许枚搔搔下巴道，“我们且先不考虑秋夫人和丁慨，只说凶手对付丁忧夫妇的计划：凶手七点之前便藏在竹筐下面，等丁忧来到无名巷时，点燃迷香将他制服，随后用一把沾有李淑尤指纹的餐刀将其杀死，并写下一个‘木’字——‘李’的上半部分；随后赶来买‘调料粉’的李淑尤看到丁忧的尸体，惊慌失措跑出小巷，这一切都被牛旺看在眼里——牛旺或许也是凶手布下的棋。如此人证物证俱全，李淑尤百口莫辩。

“至于姬法医所说的形如‘自杀’的现场……也许是丁忧感觉头昏目眩，站起身来打算离开时，因为无法站稳，不得已扶了一把院墙，但最终无法抵挡醉扑跌的药力，一跤扑倒在地。丁忧晕倒之后，凶手从竹筐下爬出，用餐刀刺进丁忧后心，将其杀死。”

宣成一贯紧锁的眉毛舒展开来：“没能查出丁忧中了醉扑跌，没能发现坑痕里的翡翠碎屑，把他杀误断为自杀，姬扬清这个跟头栽得不小。”

许枚好奇地凑上前道：“警官，你现在满脸都是‘幸灾乐祸’‘落井下石’‘小人得志’‘扬眉吐气’，这个法医和你有仇还是你喜欢……”

“嗯，咳咳……”宣成脸一红，剧烈地咳嗽几声，迅速转移话题，“那问题来了，凶手是怎么消失的？”

“总用咳嗽来化解尴尬不是什么好习惯。”许枚嘀咕几句，托着腮想了想道，“也许是又躲进了竹筐，也许是……警官还记得那两个圆圆的印子吗？”

“记得，怎么？”

“巷尾堆着几根老竹竿子。”

“你是说……凶手用竹竿爬墙跑了？”

“对啊！”许枚道，“那竹竿很长，凶手用竹竿底端抵住西原洋行的后墙跟，上端搭在丁家老宅墙头，顺着竹竿爬进丁家老宅，再把竹竿也拉进去……对了，孙嬷嬷不是挨了一记闷棍吗？也许就是这个凶手干的。”

“说得通。”宣成道，“凶手原本想穿过老宅逃之夭夭，没想到孙嬷嬷坐在石桌前歇脚，凶手等得焦躁，索性把孙嬷嬷打昏了事。”

许枚一拍手：“就是这么回事儿。”

宣成沉吟片刻，摇头道：“如果事实如此的话，那块泡过鱼油的手帕怎么解释？”

许枚眼中精光闪闪：“那块手帕是胡三送来的，牛旺是胡三直接联系的，目睹李淑尤和人私会的只有胡三，而且胡三是丁府的厨子——无论是在食物里下药、在碗底留言，还是拿到李淑尤的餐刀，都非常容易。”

“你是说……”

“胡三的嫌疑很大。”许枚道，“警官还记得吧，他自称手帕是从一只猫嘴里夺下的，可他手里提着的那只猫张牙舞爪活泛得很，可不像无名巷那儿团萎靡不振的毛团子。而且他篮子里的香烛供品丝毫不乱，连最容易酥碎的小糕点都完完整整，这架势绝不像是刚刚和野猫大战三百回合的样子。那只野猫一定是他从别处捉的，他到无名巷来，就是为了把‘泡过鱼油的手巾’这个证据送到警官手里。至于供品和野猫，不过是为了给他自己和这块手巾的出现寻个托词。”

宣成道："这块手巾直接把我们的思路引向了'丁忱自杀'的推论，这个胡三还真不简单。可是约秋夫人出来见面的是谁？把'木'改成'禾'的又是谁？从胡三……我是说从凶手的这套设计来看，他的目标是丁忱夫妇，不应该牵连到秋夫人，秋夫人的出现和地上那个'禾'反而打乱了他的计划。"

许枚道："所以当'秋夫人杀死丁忱'和'丁忱自杀'两种消息满城乱飞时，他适时送来一块泡过鱼油的手巾，佐证丁忱自杀的论断——他不想把秋夫人牵扯进来。"

宣成道："可这还是无法解释秋夫人收到的信和那个'禾'字。"

"那……"许枚看了看放在边条案上的座钟，"十点四十……子时快到了，要不……怎么又有人敲门？哪个小可爱迷路了？小悟……小……小东西又睡着了。"

站在门外的是一脸丧气的丁家大少爷丁慨——穿半掩襟深灰色长袍，戴褐色窄檐礼帽，手里提着一个精致的礼盒——见了来应门的许枚，"扑通"一声跪倒在地，哭丧着脸道："许老板救命！我杀人了，我……你……只有你能救我了！"

"杀人？"许枚大惊，"快起来，起来再说。"

"许老板，我……我不是故意的，是他要扑上来杀我……"丁慨擦着眼泪站起身来，一眼瞧见许枚身后的宣成，登时吓得一佛出世二佛升天，"啊！他……他……他……他怎么在这儿？"一句话没说完，人已经跌跌撞撞退到路对面。

许枚哭笑不得："丁老板别慌，你先进来把话说清楚。"

"我……我不！"丁慨哭哭啼啼地把身子贴在拙斋对面装裱店的大门上，拼命摇头，"我在报纸上见过他，他是警察局的那个……那个队长……"

许枚忙道："宣队长是我的客人，总会卖我几分面子，不会为难你的。"

宣成横了许枚一眼，又看向丁慨，沉声道："你跑得了吗？"

"我……我……"丁慨抹了一把鼻涕，"许老板，你怎么把他请到这儿来……你可坑死我了……"

听泉师

挂着两个黑眼圈的小悟又被许枚赶去煎茶。

丁慨可怜巴巴地坐在红木椅上，抽泣着道："我……我就是想把那棵紫菊买回来，我招谁惹谁了？本来想从东边那个小门走，那儿最僻静，谁知道外面突然就闹了起来，连警察都来了。我寻思折回去从西边走，可刚走到东花园的月亮门，就和一个拿着刀的家伙碰了个对脸儿。那是我们家花匠，叫荣萼，是个小话痨，一个没话找话说的话痨，我家老爷子在的时候倒是挺喜欢这个孩子……"

"荣萼……"许枚奇道，"一个花匠杀你做什么？"

"我哪知道啊！他两个月前就辞职了。"丁慨一脸委屈，"当时我俩都蒙了，荣萼那家伙反应快，没等我回过神来，举起刀就劈我，还说：'大少爷，今儿撞上我算你倒霉，你就给秋老太婆陪葬吧。'"

许枚、宣成对视一眼：他是冲秋夫人去的。

丁慨继续道："我看荣萼那小子也一脸晦气，一边举着刀追我，一边骂骂咧咧，说：'好容易把秋老太婆哄出来，谁知道来了个饯行的，坏了老子的好事，老子不到七点就来了，在树上窝了三个钟头……你大爷的，真他娘的能跑啊！'这句是骂我的……"

"他在树上？"许枚、宣成都是一惊。

"是啊，荣萼那么说的，他还说：'要不是这些天巷口总有个卖馄饨的傻子，老子才不来那么早呢……'"丁慨道。

许枚笑道："看来这家伙也是为了避开牛旺，才早早躲在那棵老柏树上。也就是说，荣萼才是昨晚第一个到无名巷的，他目睹了下面发生的一切，从他的角度……不知有没有看清凶手的脸。接下来呢？他有没有说看到了什么？比如竹筐，比如有人在他之后进了那条巷子？"

"接下来……接下来我躲到水池旁边的假山里，捡了一根尖尖的木棍，等他追过来的时候，给他小腿肚子上来了一家伙，然后……然后他就掉进水池，扑腾了一会儿，就……就没声儿了……"丁慨哭丧着脸道，

“可我真不是有意杀人的，我也不知道他不会水。”

许枚奇道：“你家水池多深啊？”

丁慨道：“六米多吧，像个小湖似的，下面全是水草。”

许枚咧嘴道：“真不知道给你家修园子的大匠怎么想的，造这么深的水景儿，就不怕出危险？”

丁慨道：“这老宅都几百年了，我家老爷子买下院子的时候，也没想到水池这么深，估计是图个风水好吧……”

许枚摇头道：“你呀……这么大的事怎么不早说，这都整整一天了。如果明天尸体漂起来，吓着孩子可怎么好……”

丁慨五官扭成一团，嗫嚅道：“应该……应该不会这么快吧？尸体估计被水草缠住了，那水草比皮带还结实。我小时候被老二推到水里，给那水草缠住脚腕子，挣都挣不开，要不是刘管家衔着刀下水救我，我这条命怕是就交代了……”

宣成突然道：“看来你和丁忱关系很僵。”

丁慨一个激灵，弹簧也似站起身来，把头摇得呼呼作响：“没有没有，那都是小时候不懂事瞎胡闹，老二的死可和我一点儿关系都没有！”

宣成道：“丁忱几乎继承了丁老先生的全部家产，你只得到几座不大不小的普通店面。”

丁慨跌足道：“家产是我主动让出来的，我……我不是个庶子吗，哪有资格和老二争……”

许枚见丁慨慌得满脸冒汗，忙安慰道：“你只是防卫杀人，法院应该会酌情轻判，如果当时情状危急，也许会不予追究，现在最重要的是先去丁家老宅把这个荣葶的尸体捞出来……怎么又有人敲门！”

丁慨大急：“许老板，如果被别人看到我在这儿……”

许枚道：“怕什么，谁知道你是来干什么的？”

他见丁慨脸色苍白，摇摇欲坠，无奈道：“好吧……小悟，带丁老板从后门走……丁老板你自己走吧，这孩子又睡着了。”

“谢谢许老板，谢谢许老板。”丁慨满口称谢，却不敢迈步，只偷偷望着宣成。

宣成道：“你先回去吧，暂时不要对任何人提起此事，也不要离开冉城。”

“是是是，我明白，我明白。”丁慨如蒙大赦，逃也似的奔向拙斋后门，还把靠在墙上睡觉的小悟撞了个跟头。

“啊！”小悟惨叫一声，一骨碌爬了起来。

“开门去。”许枚道。

“啊……哦……”小悟哀怨地揉揉眼睛，踉跄着跑去开门，不多一会儿，引了一个身穿绛色旗袍的女郎进来，打着哈欠道，“老板，你没过门的媳妇来了。”

许枚见了这女子，不禁倒吸一口凉气，白玉般剔透的脸通地红了。

宣成从未见过许枚如此窘态，心中大呼有趣，又回头打量这女子，见她弯眉凤眼，圆鼻小口，鹅蛋似的一张脸，虽不是国色天香，却透着几分可人的妩媚，袅袅婷婷几步走来，一管纤腰微微摇摆，竟有一份男儿般的风流洒脱从骨子里透出来。

“好久不见。”那女子也不客气，径自坐在方才丁慨坐过的椅子上，笑吟吟瞧着许枚，“还热乎着，你刚才有客人在？倒是我来得不巧，把人惊走了。”

“这说的哪里话。”许枚红着脸咳嗽两声，局促道，“那个……我介绍一下，这位是江蓼红江老板。”

宣成大奇：大名鼎鼎的京剧名旦江蓼红？果然风致不凡。可这样的人物……怎么会是这家伙未过门的媳妇？

许枚继续道：“这位是……”

“是宣队长吧，久仰大名。”江蓼红微笑点头，神色间却透出几分焦虑，也顾不得寒暄，开门见山道，“瓷灵、泉音的事情，你是知道的，对吧？”

宣成一惊，忙看向许枚，许枚无奈道：“她就是那个听泉师。”

宣成愕然，随即点头道：“我本无意打探个中秘辛，只是无意中撞见一件案子……”

江蓼红道：“无妨，我是为我干娘来的，姬扬清说你们在查她的案子。”

宣成满头雾水：“姬扬清？你……干娘？”

江蓼红道：“我和姬扬清都是冉城秋氏的养女。”

宣成动容道：“你？姬扬清？秋夫人？她怎么从没对我说过这些？”

江蓼红点点头，又狐疑道："她为什么要对你说这些？你们只是同事吧，还是说你们……很熟？"

宣成脸上泛过一层红晕，咳嗽两声道："没……没有，我只是觉得……姬扬清一贯谨慎，今天竟然不管不顾一口咬定丁忱是自杀，有些不对劲……"

江蓼红忙道："我干娘不是杀丁忱的凶手，我有'证人'。"

许枚、宣成都是一惊："证人？"

江蓼红点点头："丁家老宅有棵老柏树，枝干伸到那条无名巷里，你们记得吧？"

许枚、宣成点点头：荣萼就躲在那棵树上。

江蓼红道："我今天去看孙嬷嬷，有个孩子拉着我到那棵树下，说他前些天把毽子踢到树上的鸟窝里，一直没能取下来。"

许枚了然："噢……毽子，看来毽子上的铜钱就是你的'证人'。"

江蓼红点头道："没错。几个毫无灵气的光绪通宝中间，夹着一个俊俏的小'大观'。"她从随身的手包里取出一枚径不及寸的铜钱。这铜钱圆形方孔，内外皆细郭，"大观通宝"四字直读，纤瘦挺拔，横画收笔带点，竖画回提带钩，撇如纵剑，捺如挥戈，挥洒自如，俊逸豪纵。

许枚笑道："'风流天子出崇观，铁画银钩字字端'，宋徽宗大观通宝，疏密有致，文郭相照，气度着实不凡。可此钱存世极多，倒也不甚珍罕。"

江蓼红道："存世虽多，灵蕴却足。它可是亲眼见到昨晚那棵老柏树上藏着一个人！"

许枚点点头："嗯，然后呢？"

"你怎么一点都不吃惊？树上藏着一个人！"江蓼红见许枚一副云淡风轻的样子，心中着恼，伸手便要捏他的脸。

"别……别……"许枚连连躲闪，"树上那个人……不是杀丁忱的凶手。"

江蓼红微恼道："你怎么知道不是？"

许枚微微一挺胸："我还知道巷子里的竹筐底下藏着一个人。"

小悟有些想笑：老板在这个姐姐面前怎么像小孩子一样？

江蓼红一挑眉毛："可以啊你……没错，巷子里确实还藏着一个人，但是这小家伙……”说着她轻轻掂了掂手中的铜钱，“没有看到那个人的样子，也不知道他藏在哪儿，更不知道树下发生了什么。它当时被困在鸟窝里，只看到先后有两个人顺着竹竿翻进了丁家老宅，其中一个是之前藏在树上的人。前一个人爬进老宅后，树上那个人才蹑手蹑脚地跳到巷子里，肯定是去做什么见不得人的勾当。过了不多一会儿，这个人也学着前一个人的样子，用竹竿爬进了丁家老宅。”

许枚、宣成对视一眼，同时道：“那一撇看来说得通了。”

江蓼红莫名其妙：“什么一撇？”

许枚道：“地上写的原本是‘木’，藏在老柏树上的人在‘木’上加了一撇，改成了‘禾’。”

江蓼红一愣：“是树上那人要对付我干娘？”

许枚道：“应该不错。”

江蓼红又道：“那丁忱是怎么死的，自杀？”

许枚摇摇头：“我想是藏在竹筐下面的人干的。”

江蓼红道：“这人是谁？”

许枚道：“有怀疑的对象，但是……怎么说呢，我们没有任何证据。”

江蓼红轻轻咬着嘴唇，低下头去，抬眼望着许枚，又偷偷瞄了宣成一眼。这几许狐疑，几许焦虑，竟无端透出一丝无可名状的媚态。

许枚心怦怦直跳，宣成咳了一声，道：“那个……已经快十二点了。”

许枚忙道：“对对对，我也有个证人要请出来。”

江蓼红指指在里屋竹帘后红衣白发的女子：“是她吗？”

许枚一回头，大惊道：“你怎么醒了？”

小悟早吓得手脚发软，连滚带爬钻到许枚身后。

郎红瓷灵

宣成见那瓷灵，也狠吃了一惊，手按在枪柄上：这个……也是瓷灵？连眼珠和嘴唇都是白色，人也是透明的……

江蓼红上下打量着瓷灵：“‘脱口垂足郎不流’，这是康熙郎窑红吧，据传是郎廷佐……或是朗廷极督烧。”

许枚轻轻点头：“是朗廷极，郎廷佐仕于顺、康之际，郎窑红烧于康熙末年，这郎窑红当是紫垣中丞朗廷极任江西巡抚兼管窑务时烧造。”

那郎红瓷灵挑起珠帘，冷笑着走进屋来，一抬腿坐在桌上，阴阴恻恻道：“我怎么醒了？你以为我喜欢这样？”她轻轻一抚贯穿脸庞的伤疤，恨恨道，“丁家老大用刀刺他，他却用我来挡！尖刀刺得我釉面崩飞，顺着我的脖颈滑到他的手上，血当时就喷了出来。抚陶师的鲜血渗进我的胎骨里，所以每晚子时，我都会自己醒来。”

江蓼红骇然变色：抚陶师？

宣成愕然：“丁慨？他还敢持刀伤人？”方才的丁慨一副哭哭啼啼的可怜模样，宣成怎么也想象不出他手舞利刃的样子。

许枚顿足道：“造孽，造孽！我还正奇怪这老宅夜夜‘闹鬼’是哪里出了问题，唉……哪有这般不知怜香惜玉的抚陶师？像这样连续数十日现出灵体，对瓷器灵蕴损害极大，昨夜我见你的身体已经变得透明，今夜愈发严重了，如果再现出灵体，恐怕你这一身灵蕴就要散去，变成一件无灵的死物。”

江蓼红好容易回过神来，声音有些颤抖：“这世上……还有其他抚陶师？”

许枚沉默半晌，轻轻叹了口气：“开始我也有些意外。”

“‘有些’意外？”江蓼红几乎要跳起来，难以置信地望着许枚，“你还真沉得住气，这世上几时同时存在过两个抚陶师？这人身在何处，是敌是友？”

许枚平静地笑了笑：“这件事我会追查到底。”

江蓼红胸口微微起伏，眯着眼睛道：“你早就知道？”

许枚道：“比你早不了多少……”

郎红瓷灵像是有些焦躁，打断许枚道：“昨天你说能修补我的伤口？”

许枚道：“当然，最好的缮宝师就在冉城，但你要先回答我几个问题。”

郎红瓷灵“哼”了一声，点头道：“你问吧。”

许枚道：“那个抚陶师叫什么名字，长什么模样？”

郎红瓷灵嗤笑一声：“我哪里知道？他从没说过自己的名字，样子么……比你矮些，精瘦精瘦的，戴着一副墨镜，容貌看不清楚，只记得他小臂上有一片斑斑点点的伤疤。”

“斑斑点点的伤疤……”许枚拧着眉头道，“我不记得见过这么一个人。”他又问道，“丁慨为什么要伤他？他是怎么得到你的？”

郎红瓷灵道：“这人是丁老二雇来的，他给丁老大下了一种手臂上会出现黑线的毒药，逼他放弃丁老头子的财产。这人也奇怪，事成之后，不要钱，不要地，只让丁老二打开丁老头的藏宝阁。丁老二知道那藏宝阁里都是丁老头私藏的古董珍玩，价值不菲，还当那人要搜罗些金银珠宝，心里很是不痛快，可那抚陶师在藏宝阁里挑挑拣拣，最后只带走了被丢在角落里的我。当晚他还住在丁家，丁老二专门辟了一处小院子给他，就在后花园旁边。那天夜里，他问了我一些奇奇怪怪的事……”

宣成竖起了耳朵，许枚却打断道：“丁慨是怎么伤到他的？”

郎红瓷灵冷笑一声道：“丁老大被迫放弃家产，心里当然憋屈，刚拿到解药就翻了脸，从袖里抽出刀来，要杀那家伙出气……哼，两个都不是什么好东西……”

许枚又道：“那之后呢？”

郎红瓷灵道：“丁老大一个文弱书生，能干得什么大事？没多一会儿就被那姓刘的老管家按住了，那抚陶师倒是大度，也没再追究他。可是我……他们撕扯的时候，我被钢刀划伤了釉面，抚陶师的血溅到我的胎骨上。那抚陶师手一松，便把我丢到了窗外假山缝里的一簇杂草上。那抚陶师包扎过伤口便离开了丁家，再也没有回来找我。”

许枚有些心痛：“那你……”

“我能怎么样？每晚子时都在后花园闲逛，然后找个安身的地方，有时是假山缝里，有时是树丛里，有时是水池里，子时一过，又变回原来的样子……这么浑浑噩噩的，已经两个月了。”

江蓼红道：“每晚子时都在后花园……孩子们看到的女鬼就是你？”

郎红瓷灵点头道：“是我，怎么着？”

江蓼红无奈，对许枚道：“真要谢谢你降妖捉鬼了。”她又问那瓷灵：“你一直在丁家老宅的后花园，就没有想过出去？”

郎红瓷灵恨恨道：“出去？子时一过，在大街上变回原形，被乞丐拿去当尿壶？”

小悟“扑哧”一声笑出声来。

郎红瓷灵怒道：“小东西，你笑什么！”

小悟缩在许枚椅背后，憋着笑道：“老板，她吓唬我……”

许枚拍拍小悟的头，又问道：“你这两个月在后花园里，有没有听到或看到什么奇怪的事？”

郎红瓷灵道：“那之后不久，丁家人就搬走了，也许是因为有不少在灵堂守夜的人看到了我。要说奇怪的事……搬家之前的一段时间，丁老二媳妇躁得很，一个人躲在后花园，又哭又叫，还摔盘子砸碗的。”

许枚、宣成对视一眼：应该是李淑尤去查后厨的人，结果被停了药。

郎红瓷灵继续道：“还有丁家的厨子，姓胡的那个，操着一嘴陕西话，半夜偷偷在后花园烧纸祭奠自己的儿子，那天是他儿子的周年，我怕吓着他，躲在暗处没敢现身。听他念叨的那些话……他儿子是横死的，好像死在城西。”

“姓胡的厨子，儿子死了？”许枚眼前一亮。

宣成蹙眉陈思：“周年……你看到胡三烧纸是哪天？”

郎红瓷灵道：“七月初三，丁家搬走前不几天。”

“七月初三？周年？”宣成一惊，“去年的七月初三，应该是阳历的八月一日……我记得警局几位前辈说过，那天傍晚在冉城西郊码头附近发生了一场枪战、一场车祸。”

许枚惊道：“枪战？车祸？”

宣成道：“那时我还没有来冉城，前些日子听几个老警察提过这两件事。枪战是两伙毒贩火拼，死伤惨重；车祸的肇事者正是丁忱，李淑尤坐在副驾，死者是个外地孩子，身上藏着一包叫‘神仙膏’的昂贵毒品。”

许枚忙道：“那个外地孩子……”

宣成道：“没有查出身份，不过他随身的包袱里满是关中特产，石榴、大枣、石头饼什么的，还有一瓶西凤酒，风尘仆仆，像是刚到冉城。”

许枚道：“胡三也是陕西人。你有没有听到那天胡三说些什么？”

郎红瓷灵白了许枚一眼：“我可不是爱听墙角的人，再说他呜呜咽咽的，连句整话都说不清，谁知道他在念叨些什么。”

许枚咂咂嘴，又问道：“你还记得丁家原来的一个小花匠吗？”

郎红瓷灵脸色一沉，怒道：“怎么不记得！就是那小畜生成天假借打理花草，在花园里到处乱翻，害得我每天都要找新的藏身处！”

“他找什么？”许枚奇道。

“谁知道他找什么！”郎红瓷灵“哼”了一声，“丁家搬走之后，这家伙竟然自己偷偷跑回来挖土。有一次被西原洋行的人从后窗看到，还报了警，从那以后他有一个多月没敢回来，我还稍稍松了口气。可前些日子他竟然毛遂自荐，上门请秋老太太聘他做花匠。”

许枚一挑眉毛：“看来秋夫人没答应。”

郎红瓷灵道：“当然，他最先去找的是那个姓孙的老嬷嬷，那老嬷嬷耳根子软得像面糊似的，当即便一口应下，可带他去见秋夫人时，秋夫人却一口回绝了。”

许枚奇道：“他就是因为这个对秋夫人怀恨在心？莫非丁家地下埋着什么值钱东西？”

宣成道：“丁家花园的水池有六米多深，这本就很不寻常。”

许枚搔搔下巴道：“难道水池下面有……宝藏？啊！水池！小花匠的尸体还在水池里呢，我们是不是……啊！”

江蓼红一口半凉的茶水喷了许枚一脸：“咳咳咳……水池里有尸体？”

“你……”许枚委屈巴巴，“我们也是刚刚知道，本就打算一会儿去把尸体捞出来的。”

江蓼红圆睁杏眼：“你说清楚，尸体是怎么回事？”

许枚抹着脸道：“这个小花匠应该就是躲在树上的人，我猜就是他给秋夫人写了那封信，地上‘禾’字的那一撇也是出自他的手笔。这个人处心积虑要潜入丁家老宅，只要秋夫人一死，他就能说动孙嬷嬷雇他做花匠，这么一来，他就能继续在老宅寻宝。”

江蓼红本是气势汹汹，揣着一条隐秘的消息来看许枚震惊的表情的，谁知却被一连串消息砸得晕头转向，急道：“他怎么会死在丁家老宅的池塘里？是被人杀死的还是自己失足？”

许枚揉揉眉头，站起身来：“我们先来梳理一下目前所知的案件过程。”

宣成坐直了身子：“好。”

撞车的计划

许枚思索片刻，说道：“且不论丁忱之死是否与之前的枪战、车祸有关，也不管胡三和那个从陕西来的孩子有什么关系，我们目前可以确定的是，杀人嫌疑最大的是厨子胡三。我们先假定他就是杀死丁忱、栽赃李淑尤的凶手。

“丁忱商务繁忙，常年在外奔波。胡三是丁家的厨子，神不知鬼不觉地在李淑尤的饭食里下些罂粟粉非常容易，等李淑尤渐渐对这种调料粉上瘾之后，他也许会先暂停下毒，让李淑尤变得焦躁难熬。接下来他开始在碗底写字，道出‘调料粉’的事。断了罂粟粉的李淑尤痛苦难熬，只好依照碗底的指示，偷偷出门去买‘调料粉’。如此诡异举动，当然会引起丁家上下的怀疑，此时胡三再适时地对刘喜说起见到李淑尤和一年轻男子私会的事，便不由得刘喜不信了。但刘喜谨小慎微，不敢轻易对丁忱说起此事。”

宣成道：“若真如此，那胡三布下的局便不可谓不细致。”

“这是个可怕的厨子。”许枚继续道，“胡三筹谋一年，见时机成熟，在昨晚他以某个理由把丁忱骗到了无名巷，而这里正是他约李淑尤取‘调料粉’的地方。当然，他约丁忱见面的时间稍早些，约见李淑尤要稍晚些。除此之外，他早在几天前就以丁忱的名义把牛旺骗到了无名巷口，让他守着李淑尤，如此一来，可谓万事俱备，只欠东风——他只要在当晚执行自己的计划，就可以顺利地完成一次杀人栽赃。”

江蓼红努力摘取许枚话中的信息，微微蹙眉道：“我好像听懂了一些，可他自己怎么避开那个牛旺？”

“很简单，也很辛苦。”许枚道出此前他与宣成通过“竹筐”“醉扑跌”等商讨出的结果，他说着说着摇头一笑，“可当晚发生的事情远远超出了胡三的控制。”

江蓼红道：“他没想到树上藏着一个小花匠。”

许枚道：“没错，我们来说说小花匠的计划。这个……好像叫荣萼？”

宣成点点头。

许枚继续道："这个荣萼的目标是秋夫人，他一定侦察过这周围的情况，知道最近来了个傻头傻脑的馄饨师傅守在巷口，所以他只好提前来到巷子里，躲在树上，等着被他那封信骗出来的秋夫人。他是最早来到无名巷的，所以他应该看到了当晚发生的一切，包括躲在竹筐下的凶手杀死丁忱、顺着竹竿爬进老宅，也包括九点左右来到老宅的丁慨。亲眼看见这么多匪夷所思的事，也真难为他还能一直躲在树上，看来他对杀死秋夫人这件事非常上心……"

宣成道："他是被醉扑跌熏得动弹不得，下不了树了。"

"对哦！"许枚笑道，"当秋夫人应约出现的时候，醉扑跌的药劲还没过，荣萼手脚发软动弹不得。当他恢复力气奋力爬下树的时候，秋夫人已经叫喊着跑出巷子找人报警去了，荣萼无可奈何，只得把胡三写下的'木'改成'禾'，诬陷秋夫人是杀死丁忱的凶手——这个花匠能模仿丁忱笔迹写信诱骗秋夫人，说明他是通文识字的。做完这一切之后，荣萼当然要想办法脱身，可他手酸脚软，已经没力气再爬回树上，只好依着胡三的法子，取了一根竹竿爬进丁家。"

宣成道："所以西原洋行墙根下有两个圆印。"

许枚道："没错。胡三爬进丁家，不知从何处逃之夭夭，随后进去的荣萼却和抱着紫菊的丁慨撞个正着。"

江蓼红错愕不解："丁慨，紫菊？"

许枚解释一番，又道："丁慨也是霉气冲天，和拿着刀的荣萼撞个对脸。"

"他还拿着刀？他要干什么？"江蓼红又惊又怒。

许枚道："所幸他的刀没有用在秋夫人身上，丁慨就没那么幸运了，被荣萼挥着刀赶得到处乱跑，要不是他使了个小心眼把荣萼绊下水池，丁老爷子就绝后了。"

江蓼红唏嘘良久，才道："所以……是三个各怀鬼胎的人撞到了一起？"

许枚道："没错，由于荣萼横插一手，胡三的计划几乎失败，他又不希望把秋夫人牵连进来，所以才冒险送来一块手巾。我想，他当时就躲在暗处等着警察局的人二次勘查现场，看到警官您来到无名巷时才壮着胆子现身。”

宣成道：“是时候去打捞荣萼的尸体了，警察局现在有人值夜班，我去打电话叫人。”

许枚伸了个懒腰，轻轻打着哈欠道：“好……好……”他一眼瞥见沉着脸坐在桌上的郎红瓷灵，忙道：“你……”

郎红瓷灵看看桌上的小座钟：“时间到了，别忘了你说过的话。”说罢，只见一片红雾腾腾而起，骤然消散，桌上现出一只挺拔修长的观音尊。

宣成眯着眼盯着许枚：“你就没有其他的话想问她吗？”

“什么话？”许枚故作不解。

“抚陶师的事。”宣成道，“另一个抚陶师是怎么回事，江老板为什么这么大反应？”

江蓼红一咬嘴唇，担忧地望着许枚。

许枚搔搔下巴：“我还没想好该怎么问。”

江蓼红轻轻说道：“凡事不到非解决不可的时候，你都是能逃便逃的。”

许枚脸一红，尴尬地咳嗽两声道：“警官，我们刚才的推测几乎没有证据做支撑，想要定胡三的罪可没那么简单。”

“明天去找他谈谈吧。”宣成道，“用咳嗽来转移话题确实很不自然。”

许枚“啧”的一声：“下午去吧，我明天怕是要睡到日上三竿的。”说着他赌气扭过头去。

江蓼红笑着拨弄许枚的头发，回头道：“对了宣队长，如果案发当晚，凶手确实是翻进丁家老宅逃走的，那宅子里多少会留下些脚印或是别的什么。”

宣成点头道：“好，我会留意。”说着他嫌弃地斜了许枚一眼：“懒货。”

江蓼红忍着笑道：“如果丁家老宅里没有找到有用的线索，我们可以告诉胡三，荣萼还活着，我可以再请……请那位神偷帮个小忙。”

钧窑花盆

胡三衣物行李都已经收拾妥当，整整齐齐打点了三个大包袱，坐在床边，四下望望，轻轻叹了口气。正呆呆发愣时，忽听有人敲门，不禁皱了皱眉，扬声道："我已经辞了，莫再请我。"

敲门声顿了一顿，又笃笃笃地响了起来。胡三叹了口气，起身开门，却见之前在无名巷的警察和青衣人站在门外，不禁一愣："你们……"

许枚道："胡师傅不请我们进屋吗？"

胡三忙道："啊……好，好，二位里边请。"

许枚进了屋，四下打量一番，指指堆在床上的包袱道："胡师傅怎么现在才走？"

胡三道："主家出了那么大的事，我这心里多少……您说什么？"

许枚道："一旦李氏被带进警局，吃不到那种特殊的调料粉，还不得把所有事情竹筒倒豆子似的一股脑儿招了？你猜那个在她饭食里下药、在碗底写字的人是谁？"

胡三一呆，咬牙不语。

许枚道："如果我是凶手，昨天就该收拾行李离开冉城了。"

胡三冷笑道："这位先生，你说我是凶手？"

宣成道："所谓丁忧临死前写下的血字，本是一个'木'，却在凶手离开之后、警察到来之前被人改成了'禾'。"

胡三一愣，冲口道："谁改的？"

许枚道："一个七点之前就进了巷子、一直藏在老柏树上的人。"

胡三大惊，额上渗出一层汗珠："树上有人？"

许枚道："当然，秋夫人就是被这个人约出来的。"

胡三抹了把汗，强打精神道："这……他既然七点之前就进了巷子，那……那他应该看到巷子里发生了什么。"

"是呀，他看到了。"许枚坐在窗下的小竹椅上，微笑道，"这个藏在树上的人叫荣萼……"

“荣萼？”胡三大惊，“他不是早就辞职了吗？这时候回来干什么？”

“这个不劳胡先生操心。”许枚道，“荣萼看到一个熟人躲到了竹筐底下，还看见这个人把随后来的丁二少爷一刀刺死。当然，此时的丁二少爷已经踉踉跄跄扑倒在地，毫无反抗之力。”

胡三咬咬牙，挤出一个比哭还难看的笑容：“这……荣萼他……鬼鬼祟祟躲在树上，本就奇怪得很，他的话……您信吗？”

宣成从口袋里掏出一个纸包，轻轻打开，里面是一撮不知从何处刮下的青苔。

“这是……”胡三莫名其妙。

许枚道：“荣萼是花匠，对这些花花草草的最熟悉不过，这种青苔叫‘茸茸缕’，罕见之极。胡师傅最近没出过城吧？”

胡三见许枚一脸神秘，心里顿时怯了：“没……没有。”

许枚道：“‘茸茸缕’只可能生长在离地一丈五尺处、长年被柏树荫蔽的百年老砖上。在冉城，只有丁家老宅东侧的那道院墙上有一小片，偏偏在这一小片‘茸茸缕’上，有一个脚印。”

胡三脸色微变：“那这个……”

宣成又取出一只鞋子，无奈望天：偷来的“证据”，这东西做不得数啊。

许枚道：“这是胡师傅的布鞋，所幸鞋底缝隙很深，我们在里面发现了枯朽的‘茸茸缕’。”

胡三脸色大变，猛地掀起床单，只见原本放在床下的一双布鞋只剩了一只，顿时怒道：“你们这是什么意思？怀疑我是凶手？荣萼那小厮素来奸懒馋滑，你们连他的话也信，这真是……真是……”

“这缕干苔你怎么解释？”许枚道，“荣萼还看到，那个凶手用竹竿撑在西原洋行的墙根，爬过院墙。这些苔藓应该就是爬墙时沾在他鞋底的。这种苔藓罕见至极，我们请冉城书院的生物学教授看过，老先生高兴得什么似的，一个劲儿地说此物贵比黄金呢。胡师傅，如果荣萼证词不实，这些‘黄金’怎么可能出现在你的鞋底？”

胡三双目渐渐充血，恨恨地“哼”了一声。

许枚继续道：“凶手杀死丁忱后，爬墙进入丁家老宅，脚印也留在老宅的泥土路上，胡师傅，这些脚印和您的鞋子分毫不差。”

“胡说！”胡三道，“我走的都是石板路，怎么可能留下脚……你诈我！”胡三狂怒地扑上前去。

许枚轻轻避开，顺手按住胡三肩膀道：“招了吧，胡师傅。”

胡三吃不住许枚这一按，闷哼一声，顺势坐在地上，咬牙切齿道：“荣荨……小畜生……”

宣成走到胡三身边，沉声道：“为什么杀丁忱？为什么栽赃李氏？”

胡三恨恨道：“他们撞死我儿子，还诬陷他是毒贩！”

宣成、许枚对视一眼，宣成道：“是去年七月的那件案子？”

胡三索性伸开四肢躺在地上，喃喃道：“我儿子下了船……本想着抄条近路到耍子街找我。没想到，在造船厂后面的小路遇到两伙卖烟膏的火拼，又是枪，又是刀，打得血流成河……我儿子不敢再往前走，悄悄折返回去，正遇到丁忱和李氏开着那辆龟壳似的汽车醉醺醺地撞进这条小路来……我儿子心善，远远地便挥手拦着那车，谁知道丁忱那畜生眼见路上有人，也不停不躲，径直撞了上去……”

许枚叹道：“醉酒驱车酿成大祸，固然不该，可是……”

“可是什么！你知道什么！”胡三恶狠狠瞪着许枚，“那火拼的匪徒听见汽车的声音，只道是来了警察，当下作鸟兽散。当时我儿子还活着，丁忱却连车都没下，径直向前开去。那李氏更是歹毒，开不多远，看到满地死尸烟膏，当下便让丁忱停了车，拾了几包烟膏回去，藏在我儿子身上。”

宣成“嘶”的一声：“竟是这样……我早先听几位老警察说过，那件案子疑点不少，最后是被丁家和李大帅联手压了下去。”

“是啊，那老警察……他是个好人，是他看不过去，把实情告诉了我。这仇我一定要报啊，我一定要报啊……可我怎么报？丁家和李家好大的势力。”胡三惨笑道，“我突然想到，如果李家的人杀了丁家的人，会是个什么局面？丁忱开车撞死我儿子，我就要他的命，李氏用烟膏栽赃我儿子，我就用罂粟粉坏她名节。警官、先生，我这个主意这么样？”

许枚无奈摇头，思索片刻道：“看来丁忱不知道他撞死的是家里大厨的儿子，否则不会容你继续留在丁家。”

胡三道："他当然不知道，我自也不会说的。"

宣成道："你儿子身上没有带任何可以证明身份的证件，所以没有人知道他的身份。"

胡三惨然道："农村孩子，哪有什么证件。要不是那老警察把他的尸体送来，我还不知道他死了。"

宣成惊疑不已："可那个老警察是怎么知道他是你儿子的？人是丁忱开车撞死的不假，这老警察怎么知道，在你儿子怀里藏烟膏的是李淑尤，难道他在车祸现场吗？"

胡三登时愣住了。

宣成叹了口气："那老警察长什么样子？他穿着警服吗？你看过他的证件，还是……他告诉你他是警察？"

胡三像是被定住了，半天说不出话。

许枚小声道："警官，你早就关注过去年这件案子对吗？"

宣成道："那件案子最大的疑点，就是车祸中遇难少年的尸体无故失踪。"

胡三猛地坐起身来，嘴唇簌簌发抖："他……他是怎么知道的？他为什么要告诉我这些？"

宣成道："那老警察长什么样子？他什么时候来的？"

胡三重重一拳捣在地上，涩然道："他是今年五月初来找的我，当时是夜里十一点多，他戴着口罩、墨镜、手套，我没看清他的模样，只看见……他小胳膊上有一片斑斑点点的伤疤，像是烫伤。"

"嘶——"许枚倒吸一口凉气，"又是这种伤疤？他有没有和你说些别的什么？"

胡三眼泪滚滚，摇了摇头。

许枚忙道："你再想想。"

胡三哽咽道："我当时只觉得天都塌了，恨不得索性随我儿子去了，哪记得他说过什么……"话未说完，他早已呜呜咽咽泣不成声。

许枚皱眉不语。

宣成道："如果这个小臂上有伤疤的人就是那个抚陶师，他的所作所为应该和瓷器有关。"

许枚点点头，四下看去："可是胡三这屋子素净得很，半点装饰都没有……"

胡三突然抬头，抽噎着道："他……他拿走了我家窗台上的一盆花，说权当为我送来儿子尸体的报酬……"

许枚眼前一亮，急上前两步道："花盆是什么样的！"

胡三被许枚吓了一跳，抹了一把泪，结结巴巴比画道："这……这么大……六个弯弯，从上面看花瓣似的。"

许枚蹲在胡三身前，又问道："颜色呢？那花盆是什么颜色？"

胡三道："是蓝色……有些地方是紫色，流油挂水似的……"

许枚"呵——"地长吸一口气："钧釉？那底呢，有款识吗？就是……花盆底下有字吗？"

胡三苦着脸想了好久，才道："没……没有吧……"

许枚叹道："可惜，可惜，宝器蒙尘。"

宣成道："看来那人盗尸送尸，都是为了换胡三家的这个花盆？"

许枚不解："若真如此……以他的狠辣手段，直接抢走便是，何必如此费力盗来尸体换走花盆？"

宣成摇摇头："我也想不通。"

许枚起身道："那胡三呢，带回警察局还是……"

宣成道："带回捕门。"

胡三茫然抬头："我……不用去警察局？"

宣成道："出去吧，门外有人等着你。"

胡三不明所以："你不抓我？"

宣成道："拿上你的行李，跟门外的人走。"

胡三张了张嘴，终是没敢问出口，一把抱住行李，战战兢兢溜出门去。

许枚一脸惊骇地目送胡三出门："门口有人？来的不是只有我们两个吗！你怎么不告诉我？"

宣成轻轻"哼"了一声，透着几分小得意："你不是也没告诉我那什么'茸茸缕'吗？还有那只臭鞋，凭什么让我揣在怀里？"

许枚小声道："什么茸茸缕，那是我出门前从我家后院墙角刮下来的普通苔藓，再说了'柳丝袅袅风缫出，草缕茸茸雨剪齐'，这是白居易写春草的句子，怎么可能用作苔藓的名字？”

宣成一咬牙：“我就说这种湿乎乎的东西怎么会有这么可爱的名字……”

许枚道：“这且不说，秋夫人呢，她可以回家了吧？”

宣成道：“我们会安排最好的大夫为她诊治，等她醒了就能回家，不过丁家老宅这地方还是不要住了，邪性得很。荣萼的事情到现在都没查清楚，他处心积虑进入丁家老宅要找什么？老宅后花园的水池为什么那么深，还有……那个手臂上有疤的人从瓷灵那儿打听了些什么事，我们都一无所知。”说着他抬起眼皮，定定地望着许枚，“或许你能告诉我？”

许枚一愣，赔笑道：“这个……她的灵蕴非常虚弱，离消亡不远了，如果今晚再任由她化作瓷灵，恐怕……恐怕之后她就是一件死物了。我已经把她送去修补，估计她两个月内无法现出灵体。”

宣成皱眉道：“你一点都不着急？有个和你一样的家伙为了几件瓷器到处杀人放火！”

“杀人放火？不至于吧警官。”

“不至于？”宣成恼道，“豇豆红太白尊和柳叶瓶、祭红釉玉壶春瓶、郎窑红观音尊、钧窑花盆，每一件他想要的瓷器，都能牵扯出一件甚至几件命案，而且他掌握着一种奇怪的剧毒，这个人太危险了。”

“可是……这个瓷灵我必须要救，如果再逼她现出灵体，她怕是撑不到说完你想听的话。”许枚说着摇摇头，“我越来越觉得……事情有些不对头，无论是四个多月前送尸体换花盆，还是两个月前从丁忱那里换走观音瓶，还有挟制娄雨仙盗取玉壶春瓶——别忘了季鸿的事情是娄雨仙的手下雷猛夫妇自作主张，和幕后人物的计划背道而驰。这个人获取瓷器的手段似乎非常柔和，不像对付兴云镇杜家那样残忍酷烈，所以‘杀人放火’这四个字放在他身上，多少有些不妥。”

宣成不悦：“你想说什么？”

许枚道：“我想问问，捕门对铁拐张、独眼赵、海饕餮和娄雨仙的审讯怎么样了，他们背后的主使者是一个人吗？”

“隐堂的事，缉凶堂无权干涉。”宣成有些烦躁，盯着许枚双眼问道，“你这个抚陶师不辞劳苦赶去兴云镇，真的只是为了找杜士辽‘收货’吗？

你离开兴云镇的第二天，杜家便突遭横祸，鹿童也暴露身份被铁拐张杀死，控制这些凶手的正是一个善于使毒的抚陶师。还有，江老板听到这世上有第二个抚陶师的时候，惊骇之情溢于言表，可你听铁拐张、海饕餮说起这件事的时候，似乎不是很惊讶。”

许枚沉默片刻，叹道：“杜士辽的死与我无关。”

“那蓝色的世界是怎么回事？你之前亲口说过，你曾见过这种所谓‘幻术’。”宣成咄咄逼问。

“这个……我还不便说。”许枚咬咬嘴唇，低下头去。

宣成不知再说些什么，二人默默无语，在胡三这间小小的瓦房里闷坐良久。宣成道：“我先回警局，李家的人也该上门来闹了。”

许枚道：“好，我也要去看看那件观音瓶，那缮宝师胆大得很，最喜欢动刀动钻的。”

宣成点点头，二人并肩出门，耍子街上熙熙攘攘热闹非凡，却早已没了胡三的影子。

多嘴的缮宝师

当天下午，许枚提着两瓶太原晋裕公司的汾酒，溜溜达达来到冉城东边一处偏僻的小巷里。这里有一处古旧的小院子，青砖灰瓦，绿树青苔，院门虚掩着。院里两挂老藤，一架葡萄，叶子半绿半黄，伶仃欲落，墙角种着几盆鸡冠、月季，红彤彤开得正艳。屋檐下挂着三尾咸鱼，两串辣椒，窗纸上贴着半褪色的窗花，剪的是几只喜鹊围着一个大大的字——不是常见的福禄寿喜吉祥如意，而是一个“缮”字。两只肉乎乎的小土狗满地乱跑，撞得竹编的躺椅“吱呀呀”摇晃。一只狸花猫圈在躺椅里，烦躁地打着哈欠，许枚认得，这猫叫小花，是江蓼红的宝贝，平素里却极喜欢黏着许枚，不知怎么今天竟出现在这里。

许枚心里一阵纠结，还是敲了敲门，唤道：“老叶，老叶，我那瓷器怎么样了？”

门吱呀一声开了，江蓼红探出头来，笑吟吟道：“还得不少工夫，你也太心急了些。”

许枚吃了一惊，讷讷两声，面皮一红道：“你……你怎么在这儿？”

江蓼红道：“我也有一枚开裂的古钱请老叶修补。”说着她引许枚进了屋。

只见一个白发长须、满面红光的高胖老者正坐在长约一丈的大木桌前。那桌上满满地摆着瓶罐纸笔、签凿锉锯、瓦屑金缕、残铜碎玉，还有一方古砚、一台电灯，处处杂乱纷繁，偏又透着几分别致的错落。那老者穿一身半旧的灰布长袍，戴一顶瓜皮帽，手里把玩着一枚绿锈斑驳的刀币，眼中满是兴奋，正是缮宝师叶公山。

许枚粗略扫了一眼，见那刀币弧背狭身，似有一“明”字，不禁疑道：“是燕明刀吗？此物极常见，老叶你怎么……”

“不不不……”叶公山喃喃道，“此物形似燕明刀，皆为弧背，但比之略小，面文那‘明’字也略方折，背文……第一个字我却认不出了……”

许枚一惊：“博山刀？”

江蓼红微笑点头：“正是博山刀，嘉庆时人冯云鹏、冯云鹓《金石索》中初记此刀，共录两枚，书云此刀出自博山，一枚文不能辨，唯卅字可识，另一枚品相不甚好，字在有无之间。我得此刀背文四字，除第一字不可识，其余三字当为‘冶法化’或‘冶大刀’。”

许枚啧啧道：“此物实在珍罕。”

江蓼红道：“可惜刀首断裂，我便来找老叶修补。”说着她在窗下的小凳上坐了，托着下巴望着许枚。

许枚轻轻“哦”了一声，侧着身子坐在叶公山桌前。

叶公山捧着博山刀，嘿嘿一笑：“你可别信她，她是带着一肚子话来找我老头子絮叨的，也许还有一肚子问题想问。”

许枚一愣，心中忍不住打起鼓来。

江蓼红轻啐一声：“老叶，你可别乱说，我凳子还没坐热，什么时候和你絮叨了？”

叶公山轻轻摩挲着刀币上的薄锈，眯眼扫过二人，见许枚浑身不自在，便道：“我认识的这几个通灵识古的小朋友，数你最洒脱自在，也最敢搏敢杀敢交朋友，怎么一见了这女娃，便没来由地拘束起来？她又不是老虎。”

许枚脸涨得通红，咬牙切齿道：“老叶，你这破嘴啊……”

叶公山道：“我这嘴怎么的，有话还不让说了吗？玩古钱的女娃喜欢你，这话她是逢人便说的，你呢？”

许枚心跳得不成拍，偷眼去看江蓼红，见她轻咬下唇，眼珠乱摆，心下明白：这话莫非是她让老叶问的？她今天是特意在这儿等我的，可是她怎么知道我会来老叶这儿……啊，小悟，我昨天对小悟说过……

叶公山见许枚不说话，便道：“你心里是念着她的，你去兴云镇时，还特意为她买了漂亮的旗袍和鞋子？那可是‘兴云天丝坊’的衣服，贵得很呢！你是打心眼儿里欣赏她，否则你不会总去看她的戏，她的戏票可不便宜。你也是信她的——否则你不会让那个受伤的小神偷去她那里养伤，也不会相信由她道出的泉音。可你怎么从来没有对她说一句你念着她，想着她？也没有约她去看看时兴的电影，打打那什么跟捶丸似的高……高夫球，还有什么网球，最不济也该去逛逛山赏赏水啊……你们两个至今都是‘你’啊‘我’啊的相称。怎么？没个亲昵些的称呼，却又嫌‘许老板’‘江老板’太过生分？”

此言一出，连江蓼红的脸都阵阵发烫：天杀的老叶，我让你旁敲侧击地问一句，你怎么竟说出这许多话来？他莫不会认为这是我让你问的吧？我可没让你问这么多啊，你……你这不正经的老头子……

许枚见叶公山絮絮叨叨说个不停，怔忡半晌，才轻轻叹了口气，说道：“男女之事，天下之大防也，不敢滥，也不敢不慎。我若对一个女子说出心里念着她，想着她，那便是打定了主意要和她过一辈子的……”

此言一出，江蓼红的心几乎要从嘴里跳出来。

许枚神色迷离，继续道：“可我从小便是一个人，一个人吃饭，一个人睡觉，一个人读书，一个人赏玩古物。我有朋友，但都是君子之交，淡如水，淡以亲，断没有和人食则同器、寝则同床的。突然间有个人要日日夜夜和我一道吃饭，一道睡觉，柴米油盐，赤裎相对……想到这些，我还是有些慌。”

叶公山笑道：“可你这一辈子，总要有这么个人。”

许枚默然不语，江蓼红期期艾艾。

叶公山“嘿”的一声，继续道：“如果你未来的这个人不是她，你心里是不是空落落的？”

许枚闻言，登时呆住了：我将来总要有这样一个人吗？是呀，如果这个人不是她……我和一个不是她的女子柴米油盐，赤裎相对……那简直……简直……

“怎么样？”叶公山笑得像一只老胖狐狸，“是不是觉得非她莫属了？这种感觉就是喜欢，你这小老古董，世事洞明，才高似鬼，却唯独这种事想不明白。”

江蓼红心花怒放，抿起嘴角，无声一笑。

“你别笑。”叶公山指点着江蓼红道，“你喜欢他，怎么从不亲口对他说？见面就撩拨他，还总是‘点到为止’，半步也不敢深入，偏又好在背后和他亲近的人乱说乱道，真不知道你是矜持还是泼辣。”

江蓼红“哎呀”一声，又羞又恼，偷眼去瞧许枚，见他也一脸无助地望着自己，心下顿时一空，一时不知说些什么。

静了半晌，才听许枚道：“我们……像是被老叶剥光了晾在这里呢，我是来取瓷瓶的，怎么就……就……。”

“对，臭老叶，你……呀？”

叶公山不等江蓼红拿他撒气，便将修补得平整浑然的博山刀递了出去，方才这老缮宝师嘴里絮叨不停，手上也没有闲着。江蓼红本是极爱古泉之人，一见之下，满腔羞恼之气顿时散了。

“你们啊，有些话还是在我这里说明白的好。我是觉得你们实在合适，学识精深、相貌周正、无家无累，还都能沟通古物……”叶公山不知从哪里抓过一条布巾，擦着手道。

许枚此时倒是见机得快：“我只有一座小店，一身秘术，还有满肚子的不合时宜……”

江蓼红道：“你是不合时宜，不喜欢电影，不喜欢网球，吃不惯西餐，睡不惯软床，可你身上却没有一点陈腐之气，这倒难得的很。”

叶公山无奈：“你们这是说什么呢？你喜欢他就直接对他说，你喜欢她也直接对她说啊。”

江蓼红本要循序渐进，却被叶公山一阵催促，不由一翻眼皮道：“我们说的话凭什么给你听到？”

叶公山吹胡子瞪眼：“嘿，你以为我喜欢听这些酸辣情话？不过这‘我们’二字一出口，事情便成了八分，继续说啊！”

江蓼红一咬牙：“你……”

许枚生怕叶公山咄咄相逼，忙不迭道：“我们去……吃西餐？”

江蓼红一愣，哧地笑道：“不用了，我也吃不惯那个，过几天我带你去个四季如春的好地方玩。”

“嘿，还是没听到我想听的那句话。”叶公山意兴索然，“不过总算有些好苗头吧，你们呀，需要一些亲密些的动作来拉近距离，发乎情止乎礼那套君子规矩不适合你们。”

恐怖黑线

李家人竟然没有为难警察局，这让宣成颇感意外。目送李大帅的副官将毒瘾发作的李淑尤塞进汽车扬长而去，宣成长长舒了口气，摇摇肩膀，从警局后门折返回办公室。

法医室的大门开着，里面没有尸体，味道仍是格外刺鼻。墙边的货架上密密麻麻摆满了各种奇形怪状的药瓶，里面则是五颜六色的药剂——姬扬清有个独特的爱好，搜集世界各地奇怪隐秘不为人知的药物，无论是欧洲的化学药剂、西亚的奇香怪草、热带的蛇毒蛙毒、苗疆的诡虫异蛊、宫廷的养生秘药，乃至道家的丸散膏丹，无所不包，无所不备。宣成屏着呼吸皱了皱眉头：她也怪不容易，只是这霹雳火似的性子……咦，这是什么？

姬扬清桌上摆着一个小小的纸袋，像是没装什么东西，袋上却写着“墙洞翠屑，与扳指相合”几字。宣成心头一颤，忙打开纸袋，只见里面果然装着几粒细碎如尘土的浓绿色碎片。

宣成大惊：她知道，她知道墙上的浅坑是丁忱手上的翡翠扳指磕碰出来的，她知道丁忱扶过院墙，也就是说，她知道丁忱不是自杀……

“呀！你干什么！”姬扬清回到办公室，见宣成拿着自己桌上的纸袋发呆，登时怒火万丈，几步冲上前来，劈手夺下纸袋，咬牙切齿道，“不告而取是为偷，你……你……”她瞥见这袋中内容，自己先怯了几分。

宣成脸上羞红一闪而过，反诘道：“不告而取是为偷，知情不报又是什么？”

姬扬清又羞又恼：“你……你……我这是为你好，让……让你少走弯路，丁忱不是秋夫人杀的。”

“他也不是自杀的。”宣成玩味道，“你瞒下这几片碎屑，只是为了借用墙上的浅坑和丁忱倒地的姿势为你干娘脱罪。”

姬扬清一惊：“你知道秋夫人和我……”

宣成点点头。

姬扬清恼道：“你……你调查我？”

宣成道：“我是无意中知道的。”

姬扬清重重“哼”了一声，认命似的道：“你要怎么处置我？上报警局还是上报捕门？”

宣成神色如常，淡淡道：“我打算饶你一次。”

姬扬清一怔，不禁问道：“为什么？”

宣成道：“谢谢你没有把浅坑里的翠屑全都搜罗走，给若光留了些线索。其实你若有心作假，完全可以把那半寸见方的小小浅坑扫个干净，你还是希望我能查到真相的，只是关心则乱。”

姬扬清脸红得像要滴下血来，吭哧半晌才色厉内荏道：“你……别以为我会感激你，你……你还欠着我们秋家一个人情！”

宣成奇道：“嗯？怎么回事？”

姬扬清好容易扳回些面子：“你以为李家人怎么会轻易放过警察局？那是我姐姐替你说情。”

宣成一怔：“你姐姐？”

姬扬清道：“没错，也是我干娘收养的女儿，江蓼红这个名字你总不该陌生吧？名震华北的刀马旦，李大帅面前的红人。”

“哦，是她。”宣城轻轻点头，“一个伶人这么大面子，真是‘智勇多困于所溺’……”

姬扬清“嘿”的一声，怒道：“我姐姐救过李大帅全家的命！前年李大帅和老婆女儿在伏龙寺遇刺，如果不是我姐姐杀死刺客，现如今冉城的主人是谁可真不好说！我姐姐顾着李大帅的面子，这事儿从没对外人说过，世人只知她是李大帅面前的红人，却没人知道这一段因果。”

宣成讶然：“她……能击杀刺客？”

姬扬清傲然道：“当然，我姐姐的身手对付几个刺客简直易如反掌。”

宣成暗道：怕不是身手多好，多半也是个神棍巫师之流，能施什么法术。

姬扬清继续道：“对了，你还得谢谢那个许老板，是他请我姐姐来为你说项。”

宣成一愣：“他？”

“怎么了？你们不是朋友吗？”

“啊……是。”宣成口中应着，心中却暗自打鼓：这神棍，真是……捉摸不透……

“对了……”姬扬清突然想起了什么，“那个叫荣萼的花匠，是怎么回事？除了上门求聘被拒绝，这个人和我干娘没有任何联系，他总不至于为这个杀人。我干娘对他也没有什么印象，如果不是我提醒，她都想不起来见过这么个花匠。”

“荣萼的动机是目前这案子里唯一无法解释的疑点，只能推测是受人雇佣或是……受人挟制。”打捞尸体时，宣成和许枚都在场，清楚地看到荣萼手臂上一道醒目的黑线。

宣成应付着姬扬清，心中暗道：看来，是那个抚陶师要对秋夫人下手，或者说……他命荣萼到丁家老宅找某样东西，荣萼已死，线索便断了。现在看来，那个快要消逝的瓷灵是唯一的突破口了……

第四章
霁　蓝

梅子黄时，枇杷满树，密密团团地压弯了枝条。

许枚倚着一棵斜生的桑树坐在湖边的青石上，半眯着眼睛，望着在水面上探头探脑的小鱼，惬意地摇着折扇，低低哼唱："云霞出海曙，梅柳渡江春。淑气催黄鸟，晴光转绿蘋……早听说春实岛上有这样一处四季如春的仙境，寒冬时节遍地瓜果。可惜之前从未来过。"

江蓼红用随身的小刀斫下一根碧莹莹的竹子，只手指粗细，八九尺长。她将竹梢的细枝剔净，刻出一圈浅浅的细槽，系上丝线，挂了小钩，顺手从许枚身下的石缝里捏出一条肥肥的虫子，挂在钩上，抬手一扬，鱼钩在薄薄的光幕里划出一道漂亮的弧线，扑地打破了湖面，惊得鱼群四散而逃。

许枚抖着长衫跳起来："你早知道这里有虫子不是？我早该想到，四季如春也有坏处，这都十一月了，还到处都是大肉虫子。"

江蓼红笑道："咦？你这大男人害怕的样子有趣得紧……哎呀别害羞，晚上给你烤鱼吃……"

许枚脸色微红，无奈抖手道："你把人家园子里的竹子折了，就不怕人家乱棍打你出去？这是上品紫竹，可不便宜的。"

"不怕，我是李矩的'特使'。"江蓼红笑道，"这位李大帅可是他们的大金主，百果庄的四家主人全靠大帅府的'珍果宴'捧上神坛，他们可不会为一枝竹子和我争执。”

许枚沉吟半晌，说道：“那个……我说句话，你可别恼。李大帅待你恭谨有礼，一则为着你救过他们夫妇的命，二来也为你江老板的人缘名望，这第三么……怕也为你这‘倾国倾城的貌’了……”

江蓼红一怔，粉面绯红，轻啐一声：“浑说什么……”

许枚道：“李大帅素来强横好色，这你不会不知道，他今年年初新娶的十三姨太，才十六七岁年纪，生得那样标志灵秀，不知是哪家千般宠着百般爱着的女儿，生生被李矩那胡子糟蹋了。还记得吧，那天的《冉城日报》用一个整版登着李矩和十三姨太的婚纱照，那姑娘笑得极是勉强。今年夏天，大概是……八月份吧，十三姨太趁李矩出城练兵时投井自杀，坊间都说她是不堪李矩凌虐……”

“我记得这件事，轰动一时，后来被李矩压了下去。”江蓼红叹道，“我明白，我不会和李家走得太近，但也不好伤了他的面子，后天的珍果宴还是要去的。”

“嗯……”许枚转移话题道，“说起来，那个养鸽子的孩子把我们迎进庄子里已经一个多小时了，住处也安排了，茶也喝了，点心也吃了，主人还是不肯露面，这架子可够大的。”

江蓼红道：“我想是南边水路那里来了贵客，他们四人不敢不去迎接。”

“南边水路？”许枚不解。

“我们是走陆路从百果庄西南门进的，春实岛还有一座码头，有条水路直通庄子南门。”江蓼红道，“能让桑、洪、梅、金四家公子亲自迎接的客人，整个冉城怕是找不出几个。”

桑、洪、梅、金，是冉城一带身价最高的四家果品商，以经营昂贵珍果为业，四家在冉城远郊的大鸿山深处有数十顷果园，山谷里温泉如沸，滋润了大片沃土，各色珍果四季可熟。冉城一带有几句童谣：“春来桑葚累如枣，万贯一斛洪樱桃，黄梅雨后流珠玉，枇杷结出金元宝。”桑家产桑葚，洪家种樱桃，梅家养黄梅，金家出枇杷，都是不同凡品的佳果。除此之外，四家宅院之中还各有几树上品，是专供李大帅珍果宴的上等奇珍，民间等闲不得一见。

江蓼红称李矩是百果庄的大金主，倒是没有夸张。这百果庄正是桑、洪、梅、金四家的公子凑钱买下春实岛后建的一处园子。

春实岛，位于冉城以西的温峪湖中，岛上和大鸿山一样，遍布温泉，四季如春。

江蓼红伸手从树上摘下一枚桑葚道："这四家栽种的果树，哪怕中下品都是极稀罕的异种。你瞧这桑葚，红得发紫，油得发亮，个头儿比枣还大，除了冉城桑家，再没人养得出来。这四家的公子年幼贪玩，将自家中下品果树共挪了一百多株来，零零星星点在百果庄里，还常邀名媛雅士游玩采摘、吟咏诗赋，在庄子里景致最好的'忘机阁'或是'飧宾楼'狂欢滥饮。"

许枚笑道："'梅子流酸溅齿牙''枇杷黄尽客窗枝''樱桃色照银盘溜''桑葚连村布谷啼'。晚春新果，早被古人写绝了，还能翻出什么新花样？我倒真想会会那些'吟咏诗赋'的'名媛雅士'，只是今天这庄子里太静了些，连个人影也不见。"

江蓼红道："今天是十月十日，正是市面上难见果品的时日，李矩的人每年这一天便来百果庄收反季果，为十月十三日李矩生日当天的珍果宴做准备。这庄子景致不错，我想带你来散散心，便主动从李大帅那儿要了这差事。"

许枚恍然道："我们来时乘的那艘船是往冉城运水果的吗？我说怎么那么大。"

江蓼红笑道："没错，这才是正事。这项生意办结之后，才轮到那些游园吟诗的才子佳人过来耍矫情。这一船要装二十箱中品果，还有上品桑葚、樱桃、梅子、枇杷各一箱。大鸿山谷那四棵上品果树结的果子，是桑、洪、梅、金四家的绝密极品，专供李矩的珍果宴享用，向来由四家嫡系子嗣负责押送，从不许他人染指。现在这园子里除了我们，就只有亲自押送果子来百果庄的桑悦、洪瓔、金沁、梅笙四位公子和那个养鸽子的鸽僮。至于什么仆役、管家、厨子之类一概没有，连他们随身的仆人都安顿在湖对岸的庄子里，等货物交接完毕后才能上岛伺候。"

"啊？那这两天他们吃什么喝什么？一个养鸽子的小孩伺候得了他

们吗？”许枚道。

“自己架炉子烧烤啊，有趣极了！”江蓼红兴冲冲道。

许枚轻轻一撩眼皮，表示怀疑。

江蓼红见许枚这副神色，无奈道：“你这食古不化的老古董，不要这么排斥这些新花样嘛。”

许枚失笑道：“烧烤算什么新花样，这东西周秦汉唐皆有，只是近来不多见了。”他扳着指头道，“你看啊，这《礼记》中便有‘以炮以燔，以烹以炙’。《韩非子》中有‘桑炭炙之，肉红白而发不焦’。北朝《齐民要术》里有不少烧烤河鲜水产的法子，比如炙蚶、炙蛎、炙车螯、炙鱼。不久前罗振玉先生在日本发现唐人昝殷所撰《食医心鉴》，里面有炙黄雉鸡、炙鹌鹑，都是极好的药膳。宋人吕希哲《岁时杂记》中的‘暖炉’，便是将酒与肉片置于炉中，围坐饮食，这和时兴的烧烤没什么区别嘛。还有……”

“打住打住！”江蓼红扬眉作色，“吃个烧烤还掉起书袋来了。”

许枚一缩脖子：“我也没说不吃啊。”说着他又问道，“对了，庄子里为什么有个鸽僮？哪位公子喜欢鸽子，还是喜欢烤鸽子？”

江蓼红道：“桑家公子桑悦在分绿园养着些玩耍用的鸽子。”

许枚道：“分绿园……这名字倒是雅致得很。有道是‘梅子留酸软齿牙，芭蕉分绿与窗纱’。一目所望，闲情果香，颇有七八成在这‘分绿’二字当中。”

江蓼红道：“分绿园是百果庄西北的一座小院子，院中有一座竹楼叫‘分绿阁’，被桑悦改造成了大鸽笼，养了不少珍奇鸽子，都是为了赏玩卖弄……鱼咬钩了！”

“别急着提钩，先溜溜它。”

“哎……鱼跑了……”

“你这鱼竿不成，软绵绵的没劲道。”

“哪儿呀，是这儿的鱼劲儿太大……”

二人正说笑时，一团毛茸茸的东西悄无声息地从树梢上扑将下来，正落在江蓼红怀里，翻了个身，露出四只梅花形的肉垫。

许枚定睛看去，却见小花衔着一只灰毛胖鸟，仰起头来一副邀功请赏的样子。

江蓼红拍拍胸口，一捏小花的颈皮，对许枚道："都是你宠的，这家伙越来越没样子了！"

她见那胖鸟脚上悬着一个核桃大小的篾编小盒，不禁脸色一黑道："这不是分绿阁的信鸽吧？臭猫，你闯大祸了！"江蓼红脑袋一阵阵发胀，弓着手指在小花脑门上敲了几下。

小花喵喵惨叫几声，抬爪一阵乱挠，挣脱出来，蹦跳着钻进池塘旁边一座精巧别致的小屋里，江蓼红气冲冲地一丢鱼竿，撸起袖子进屋捉猫。

"当心些，别把紫藤花撩拨坏了。"这座精致的小屋叫紫藤馆，许枚很喜欢这座小屋外面一挂瀑布似的紫藤花，见小花和江蓼红接连穿藤而过，拨打得藤帘一摇三晃，紫艳艳的花瓣落了满地，忍不住心疼道，"真是不知道怜香惜玉……"他捧着被咬断脖子的灰毛鸽子随后跟上。

勒索信

"你下来！"

"喵！"

"你给我下来听到没！"

"喵呜！"

"你不下来我可上去啦！"

"喵？"

"呀你还不信！看我怎么收拾你……"

"喵嗷……"

刚一进屋，许枚就听到这么一段诡异的对话，忙一把拉住正准备往房梁上爬的江蓼红，冲炸着毛的小花招招手："小花乖，爬那么高多危险啊，先下来，她不敢打你。"

"谁说我不敢！"江蓼红龇着牙道，"都是你惯的，我今天非得狠狠揍它一顿再说。"

"先骗它下来嘛。"许枚把鸽子放在桌上，举起双手，做出个等小花投怀送抱的姿势，“乖猫猫，快下来，一会儿钓鱼给你吃。”

江蓼红嘀咕道：“叫得这么肉麻，它哪听得懂……咦？”

小花像是听懂了许枚的话似的，团了团身子，乖乖跳了下来，许枚一把接住：“哎哟，那是什么？江老板！”

小花跳下时碰掉了房梁上一个褐色的东西，许枚抱着小花不及抬手去接，眼瞧着那板砖似的东西向自己脸上拍来，吓得失声惊叫。江蓼红眼疾手快，一把将那“板砖”抄在手里：“嗯？是个盒子。”

“盒子？”许枚揉着小花的脑袋凑过去，“鸡翅木盒子，倒也普通，怎么会放在房梁上？”

“谁知道。”江蓼红打开盒子，两只小巧的鼻烟壶静静躺在厚实的淡灰色绸布软窝里，许枚一见之下，顿时叫了出来。

“哎呀！这是乾隆官窑鼻烟壶！”许枚一把丢开喵喵乱叫的小花，小心翼翼地捧出一只椭圆形的鼻烟壶，“松石绿地粉彩宝相花，艳而不俗，笔触精到，松石色为地，红珊瑚作钮，真品无疑，真品无疑。”他又拿起稍宽扁些的，“这只也是粉彩宝相花，淡黄色地，模样更柔更媚，这颜色也更撩人。”

许枚接过盒子，收好鼻烟壶，奇道：“怎么会有人把鼻烟壶藏在房梁上，多危险。”

“就是啊，奇怪……啊，小花你给我撒嘴！”江蓼红正摸不着头脑，小花悄无声息地把许枚丢在一旁的灰毛鸽子叼了起来，弓着背踮着脚作势要逃。许枚一眼瞥见，一把将盒子塞在怀里，伸手抄住小花软乎乎的肚子，将它抱了起来，在毛茸茸的小脑袋上轻轻拍了一巴掌：“松口，这么馋呢这小东西，你妈妈饿着你了吗？”

江蓼红一把捞住小花吐出的鸽子，气咻咻道：“这惹祸精，这鸽子十有八九是桑悦养的珍奇信鸽。”

“珍奇信鸽？我看这鸽子普通得很。”许枚揉着小花绒绒的背毛道。

江蓼红提着鸽子的翅膀仔细瞧了瞧：“鸽子的良莠我可看不懂。”

许枚道：“我也不大明白，倒是有些北京的朋友喜欢玩鸽子。冉城离北京不远，北京的鸽市我也见识过几回，热闹得很，阴历逢七、逢八的护国寺庙会，逢九、逢十的隆福寺庙会，满处都是漂亮鸽子，什么短嘴、青毛、黑皂、七星、黑玉翅、铁翅乌、铜膀白、紫点子、花脖子、勾眼瓦灰、紫四块玉，形形色色，花花绿绿，晃得人眼花缭乱。”

江蓼红听得许枚满口的青白黑紫，不禁头大：“这鸽子的名儿倒也俗中带雅。”

许枚笑道：“要说这鸽名之妙，当属明代张万钟《鸽经》，什么巫山积雪、银灰串子、雨点斑、凤尾齐、紫葫芦，总计有三十来种吧，现在已经不多见了。几年前江蝶庐先生写过一本《实用养鸽法》，里面还有不少外国鸽子，什么筋斗鸽、宝德鸽、嘉可平鸽……”

江蓼红忙道：“打住，打住……那这只是什么？”

许枚讪讪一笑：“我只有嘴上功夫，晓得几个花哨名字，眼力是顶不济事的，只看得出这是一只信鸽，花名品种可说不出来。”

“信鸽……那是给谁送信的？是桑悦吗？”

“要不……打开瞧瞧？”许枚见那鸽子脚上的篾编盒子只以一枚搭扣扣合，也没有什么火漆封泥，便也动了玩心，一伸手便扳开了搭扣。

江蓼红轻叱道：“胡闹……”

许枚脸腾地红了，浑身骨头一阵阵发软：这一声“胡闹”……好亲昵呢……

盒子里卷着一张纸条，纸条上松松地绕着一根女孩子的发带，发带上缀着七颗粉白色的珍珠。

江蓼红掩口轻笑：“这发带是冉城‘悦娵楼’的首饰，名贵得很，看来这纸条多半是哪家小姑娘写给情郎的情书。这庄子里可有四个翩翩贵公子，信是给谁的呢？”说着她捋下发带，打开纸条，见上面写着几行小字，顺口便念了出来：“‘发带主人在我手里，想要她活着回去，明日中午十二点，用锦缎妥善包裹此玉壶春瓶，装入木匣，置于百果庄外泛尽河渡口的小船中，解开缆绳，使船顺流而下。我拿到东西，便放她离开。不要报警，也不要将此事告诉其他三人，庄里有我的人盯着你，你若轻举妄动，便等着为她收尸吧。’我的老天……”

“勒索信？”许枚愕然道，“这鸽子是来送勒索信的？那绑匪要什么东西，玉壶春瓶？”

“这……这个……”江蓼红指着纸条一角道，“绑匪在纸上画了这么个东西，看起来……像一个瓶子……”

许枚凑上去一看，脸上一阵扭曲：“这绑匪的字凌厉潇洒，画工却差得愁人，这画的……应该是个玉壶春瓶……吧？”

江蓼红连连皱眉：“这么说，绑匪绑架了一个女孩子，让百果庄的某个人用一只玉壶春瓶来换？我记得你上次让小悟拿着那枚缺角大齐来找我，那件案子就和一只玉壶春瓶有关，对吧？看来这种瓶子不祥……”

许枚无奈：“瓷器哪有什么不祥的……眼前这事情怎么办？你的猫把人家的鸽子叼了，绑匪的信没送到，我们也不知道收信人是谁？绑匪限定的时间是明天中午，一旦不能按时送出瓷瓶……也未见得是瓷瓶，玉壶春瓶以瓷质最多，元明以来铜的银的玉的也有不少……”

江蓼红道：“不管什么材质，一旦不能按时送出绑匪要的玉壶春瓶，恐怕这个戴珍珠发带的女孩子凶多吉少，我们甚至不知道绑匪勒索的目标是谁，等等……看这句‘不要将此事告诉其他三人’，这绑匪要勒索的可能就是桑、洪、梅、金四人之一。”

许枚点头道：“没错，这鸽子毕竟是来百果庄送信的，他们四个就是百果庄的主人。”

江蓼红抖抖纸条道：“那我们怎么办？一个一个去问他们：这是谁的发带？这里可写着‘庄里有我的人盯着你’。”

许枚道：“庄里有绑匪的同伙，至少是个眼线。可你说过这里只有五个人：四个主人，一个鸽僮。”

江蓼红道：“如果这个所谓眼线就在这些人当中……不对，今天除了他们，还有一个身份尊贵的客人，以及我们。”

“且不管他是谁，如果这个‘眼线’知道勒索信落到了我们手里，他会怎么做？”

“也许会不甘心地继续发出第二封勒索信，也许会先对我们做些什么，然后再打那玉壶春瓶的主意。”江蓼红有些紧张，抱着勒索信四处乱瞧。紫藤馆静悄悄的，除了许枚怀里的小花发出软软的呼噜声，四下里再没有别的动静。

许枚轻轻挠着小花的下巴，问道：“那条泛尽河在什么地方？”

江蓼红道：“就在春实岛上的深山里，九曲八弯的，中游有一段穿过百果庄东北角。河道两侧都是老树，从没人打理过，黑沉沉的长得遮天蔽日，白天去也怪瘆人的。从信中所说来看，绑匪的藏身处在泛尽河下游，那地方是森林深处，荒僻得紧，我从没去过，据说那里有獐子、狐狸、野獾之类的小野兽出没。”

许枚道：“那船是……”

江蓼红道：“百果庄东北有个小码头，配了几条三尺来宽的小船，一般只在百果庄外面的那段河道玩耍用，很少往上游和下游莽莽荒荒的森林里走。”

“嗯……”许枚思索片刻，说道，“这件事还是先通知警察比较合适。”

江蓼红犯难道：“怎么通知？这里可没有电话。”

许枚道：“分绿阁不是有好多鸽子吗？”

江蓼红无奈道：“都是养来玩的鸽子，一个个胖得像球似的，哪会送信？”

许枚一拍脑门：“也是，总不能当着那桑公子的面说‘让你的鸽子去警察局送一封信’，万一他就是绑匪的眼线，那可就糟了……”

二人正为这勒索信犯愁，却见那鸽僮气喘吁吁地跑来，委屈巴巴道：“江老板，许老板，可算找到二位了，四位公子在忘机阁张罗宴席，正等二位过去呢！”

这鸽僮名叫阿七，十五六岁年纪，身材精瘦健壮，剃着短短的平头，小脸细细白白，鼻头旁边满是小雀斑，穿一身素净的短褂长裤，显得老实干练。

许枚修长的手指藏在小花绒绒的背毛里，偷偷将纸条揉成小团，滚进袖口，轻轻一笑：“我们贪看紫藤馆景色，一时迟怠了。”

江蓼红不动声色地将鸽子的尸体藏到柜子后面，笑吟吟道：“好，我们正要过去。我来过百果庄，知道去忘机阁的路径，我们自去便好。你先把这猫送回我们的住处，它若上了宴席，谁都别想安生。”

果商公子

忘机阁在百果庄正中偏西处，一条石子小路宛转隐现，尽头便是一丛芭蕉，密密层层的大叶后掩着一座月亮门，走进门去，豁然开朗，遍体生凉。院子四面是一色的水磨石砖墙，树影参差，苔痕浓淡，满地芳藤异草，随性招摇，浓绿间零星点着些浅色小花，纤薄轻弱。院后树荫中藏着几座房屋，透出一角飞檐，颇有几分神秘苍凉之态。月亮门正对一片排场的池塘，波光粼粼如湖泊也似，池塘上飞起一座极宽大的十字桥，连通四岸，桥中心一座四壁通透的宽敞水亭，亭中画屏桌椅、烧烤炉架、蔬果鱼肉一应俱全，四个穿着鲜亮的少年忙忙碌碌地操备酒水，打点炭火，蝴蝶般桥上桥下来往翻飞，不时地夹着几声呼叱催促。水亭正门两侧柱上挂着联牌，用金字填着欧阳修的诗句："黄栗留鸣桑葚美，紫樱桃熟麦风凉。"

许枚望着眼前一番景象，一时有些恍神："这忘机阁果然古意十足，置身此境，令人忘机。"

四个少年一一从桥上迎下来，先与江蓼红见礼。

桑悦在四人中年纪最大，身量也最高，穿一身笔挺的暗紫色小西装，浑身上下收拾得一丝不苟，眉眼疏朗清秀，手捧着一个白瓷小罐，举手投足间满是舒展干练，脸上也挂着与年龄不搭的成熟微笑："江老板，知道你要来，我特意准备了野蜂蜜，是我自家酿的。"

冉城各路八卦小报对江蓼红这种当红名伶的饮食喜好，挖掘得格外透彻，江蓼红不收厚礼的习惯自也不是秘密。江蓼红多次在万籁楼驻唱，那里的伙计对她的饮食喜好把握得格外准确，润喉的蜂蜜是每晚登台前必不可少的，桑悦备下的野蜂蜜虽然不甚值钱，却无疑正对江蓼红的胃口。

江蓼红见桑悦捧起瓷罐时露出手腕，腕上戴着一条穿缀着小贝壳、水晶珠、琉璃管的红绳手链，心中不禁一动：这东西……好像在哪儿见过。她脸上却不露声色，双手接过瓷罐，连连道谢。

洪瓔身材圆滚滚的，却穿了一套极"显身材"的月白色马褂，活像一只小白熊，手里捧着一个半尺来宽的小盒，举到江蓼红面前，瓮声瓮气道："我听说江老板好茶，这是我从我家老头子那里偷……那里拿来的顶级普洱茶砖……"

江蓼红一愣："不怕洪老板打你？"

洪璎一扬鼻子道："他舍不得。"

梅笙身材纤瘦，弯眉细眼，戴着一顶小礼帽，穿着一身剪裁精到的中式长衫，慢条斯理地说："我却听说江老板最爱吃鱼，我带了上好的细鳞鲷，都已经切好了，就镇在冰匣里。"梅笙的父亲曾参加过李矩府上的珍果宴，清楚地记得江蓼红对鲜美细腻的海味情有独钟。

金沁性子腼腆，也不说话，只捧着一只木盒，抿着嘴笑吟吟举到江蓼红面前。

许枚见金沁年纪虽小，却别有一种风流气韵，活像仙山深谷里采药的童子，不禁多看了两眼，却发现他神色恍惚、面目无神，举手投足多有迟滞，不禁暗暗奇怪。

江蓼红笑吟吟地一并接了，满满抱了一怀，连声道："四位公子如此厚赠，可让我怎么受得起。"

许枚只觉一阵恍惚：这些孩子好像在……抢着投喂……某种珍奇的……毛茸茸的……我在想什么……

江蓼红打开金沁递来的木盒，见里面是一只一尺来高的仙女木偶，面容五官精雕细琢，宛然如生；一头长发用纤丝攒成，光可鉴人；纯白色的仙袍裁剪得体，水蓝色丝绦束腰，秾纤得衷，修短合度。面容双手皆用肉粉色水彩润色，分外柔嫩，墨点双目，精光流转，朱抹双唇，明艳动人。更妙的是木偶每个关节都加了机簧，以丝线操控，可活动自如，与生人无异。

江蓼红啧啧称奇："时人皆道金公子是天下第一木偶师，果然名不虚传。"

许枚也是赞不绝口。

金沁小脸一红，抿着嘴低头偷笑："我可算不得什么'第一'，天下第一木偶师是当年名震京城的六指如意。"

"六指如意销声匿迹五年多了，现在的天下第一就是金公子。"江蓼红抱着满怀的小礼物，用眼神一指许枚，介绍道，“这位是我的朋友，许枚许老板，做古玩生意的。”

话音刚落，四个少年一起道“许老板好”，眼中却或多或少闪过一丝八卦的神采。

许枚忙还礼道：“叨扰叨扰，不请自来，让四位公子辛苦破费了。”

四人簇拥着许枚、江蓼红进了水亭。其时已近黄昏，亭中高挂鲸灯，将满桌的果品菜蔬、点心鱼肉照得油光水亮，令人食指大动。

桑悦招呼着金沁、洪瓔将炭火夹进烤炉，又吩咐梅笙把山笋蘑菇用竹签穿了，自己用随身的小弯刀片割鹿肉，又问道：“季先生、季小姐和那三位警官还没过来吗？”

许枚和江蓼红对视一眼：有警察来？

洪瓔粗声粗气道：“我和季会长说了，他说稍稍安顿一下就过来。我看那季会长心事重重，季小姐也一副恍恍惚惚的样子，怎么看怎么诡异。”

桑悦眉头微皱：“确实有些不大寻常，季先生从一进庄子便反反复复地说一定要安排他们父女和三位警官住在一座院子里，我只能安排他们到房间最多的洗玉楼去住，那里的环境可比我们之前安排的紫藤馆差得远了，位置也偏僻……他们不会迷路了吧？我还是去迎一迎……”

梅笙操弄着白嫩的笋片道：“放心，我已经吩咐过阿七去迎他们了。”

许枚问道：“这个季先生和季小姐，莫非是……”

梅笙道：“冉城商会的会长季世元先生和他的女儿季岚，我和季岚之前是冉城致良中学的同学。”

“哦……”许枚点点头：致良中学可是冉城学费最高的学校，看来做水果生意真的很挣钱。

江蓼红心下了然，难怪四个小家伙如此殷勤，原来今天来的是冉城商会的会长，这四个做水果生意的家族正削尖了脑袋要往商会里钻呢。

许枚继续问道：“那你们说的警察是……”

梅笙道：“两男一女，我也不认得。”

洪瓔重重“哼”了一声道：“一个两个都是一副冷冰冰的鬼样子。”

梅笙紧了紧衣领，小声道：“那个高个子的男警官杀气很足呢，我都不敢看他的眼睛。”

许枚一拧眉毛：“冷冰冰……高个子……杀气……”

江蓼红也道：“听起来，有些像是那位宣队。”

洪璎一惊：“你们认得那个冰疙瘩？”

话音未落，便听桑悦道：“小声些，人来了。”说着他堆出一张笑脸，甩了甩手上的水珠，小跑着迎了出去，不及下桥便扬声招呼道：“季先生、季小姐、二位警官，多谢赏光，多谢赏光！”

许枚透过窗户向外看去，见鸽僮阿七引了两男两女四个人来，笑道：“果然是他，看到那个穿男装的姑娘了吗？她叫姬扬清，是捕门验骨堂的人。”

江蓼红忍不住笑出声来，看傻子似的瞧着许枚：“你觉得我不认识她？”

许枚一怔，接着一拍脑门：“糊涂了糊涂了，你们都是秋夫人的养女，之前怎么也没听你提过她？”

“她也是刚回冉城任职，我还没来得及给你引见。”江蓼红道。

许枚暗道：你倒是跟她提过我吧，上回她还说我像个会迷人的狐狸，除了你我还迷过谁？

江蓼红用下巴指指一名笑得十分勉强的男子：“那位也不劳介绍，冉城商会的会长季世元，他和李矩关系不错，之前我和他见过几面。后面那个女孩子就是他的女儿吧，和异母哥哥……相见不相识的姑娘？”

许枚见过季岚照片，便轻轻“嗯”了一声，细细打量着缩在季世元身后的少女。见她身材纤瘦，脸色苍白，眼神时聚时散，不时地用牙齿轻轻抿咬嘴唇，一副心事重重的样子。五官容貌娇柔可喜，和那日的季鸿有七八分相似，但神采气质远远不及。

许枚轻轻叹了口气，遭遇这种事情，能瞒着父亲不动声色地挺过来，也算得女中豪杰了，不知那个杨之霁现在如何。想到杨之霁，许枚心念一动，他刚才便觉得梅笙像什么人，现在想来，梅笙眉眼间确有几分杨之霁的忧郁气质，只是容貌不及杨之霁英武俊秀。

江蓼红见许枚一副感慨神色，心下一动，小声道：“有空把他们的事和我仔细说说，你之前语焉不详，那枚缺角大齐灵韵有损，能谈的事也实在不多。”

许枚不经意地轻轻点头，正要说话，江蓼红已迎出凉亭，笑吟吟和季世元、宣成寒暄起来，又拉着姬扬清好一阵嬉笑，一个叫“阿清”，一个叫“姐姐”，看起来关系很是亲密。许枚见状，会心一笑，还是那个玲珑鲜活的江老板，真好。

宣成走进水亭，见满桌瓜果鱼肉鲜亮夺目，又瞧见许枚站在窗边，一副怀揣心事强作悠闲的样子，不禁眯起眼睛，上下打量起来。

许枚见他一脸警惕，不禁“扑哧”笑出声来：“警官，咱们有半个月没见了。”

宣成道：“是啊，许久没有瓷灵出来作祟了。”

许枚一惊，连连摆手道：“小声些，小声些。”他一面说着，一面鬼鬼祟祟四下偷瞧，见众人都围在江蓼红和季世元身边，暗暗舒了口气，一把拉过宣成，小声道：“你和姬法医来这里做什么？”

宣成不动声色，反问道：“那你呢？”

许枚道：“受邀来玩。”他边说边回头望望被众人簇拥着笑语盈盈的江蓼红。

宣成上下打量着许枚，半晌才道：“好。”

许枚“噗”地一笑：“‘好’算什么意思，我们许久不见，总该握个手吧？”

宣成有些莫名：“握手？我们还……”话没说完，许枚的手已伸了过来。宣成也不是一味冷狂之人，下意识地抬手相握，却觉许枚指缝间夹着一个小球似的东西，径直送入自己指掌间，心中顿时一紧：这神棍来这里果然有事。忙抽回手，不经意地将那小球捏在指尖，轻轻一捻，垂目看去，见是一个纸团，不禁暗暗纳罕：递个纸团为什么搞得这么神神秘秘的？怕什么人看到？

许枚神色如常：“警官，你还没说你们来这里做什么。”

宣成摇摇头，用轻不可闻的声音道：“我来，自然是有案子。”

许枚也压低嗓音道：“这么说……百果庄里发生了凶案？”

宣成一皱眉：“我可没说是凶案。”

许枚用下巴一指攀着江蓼红说个不停的姬扬清：“没有凶案，你带法医来做什么？”

宣成一偏头道：“是她听说这里风景独特，死缠着我偏要跟来，我有什么办法……”

许枚似是饱含深意地“噢”了一声，又四下瞧瞧：“我听桑公子说来了三个警察，怎么只有你们两个？”

宣成道：“另一个不愿见人。”

“噢……哈哈哈！”许枚了然，“不愿见人怎么也跟着你跑到这地方来？”

宣城白了许枚一眼：“到四季如春的地方捉个儿大漂亮的虫子！都是你招的他，一开始只到城东捉蛐蛐，现在开始玩蝈蝈、油葫芦、梆子头、金钟……”

“哈哈哈……”许枚捂着肚子笑个不停，“玩虫儿我多少懂些，有空送他一个赵子玉款的过笼。”

“要送谁这么重的礼啊？”江蓼红携了姬扬清笑吟吟走了过来。

随后跟来的洪璎也操着一副洪钟也似的大嗓门道：“是啊许老板，赵子玉的虫器可不比康乾官窑瓷器便宜。”

许枚嘿嘿一笑：“我是说送他一个‘赵子玉款’的过笼。”

洪璎道：“许老板说笑了，赵子玉的过笼从不落名款，有赵子玉名款的多半是仿品。”

许枚点头赞道：“想不到洪公子也是个玩虫的行家。”他回头对宣成道：“我那过笼儿可是北京连辅鸣之子小连子仿的，也算可玩之物了。”

洪璎又道：“老连子、小连子所制虫盆虫罐虽也可玩，但比之赵子玉真迹可谓云泥之别，就算与瑞敬和所仿相较，也是远有不及的，至于过笼么……我却不甚见过。”

许枚讪讪一笑，回头对宣成道：“我再送他一只春茂轩的水槽。”

宣成不知侍弄虫子的器物中有这许多门道，自也是一副无所谓的样子：“好啊，替他谢谢你了。”

姬扬清瞧瞧许枚：“听起来……许老板要送小若光这个虫痴一件厚礼啊。”

许枚连连摆手：“厚礼称不上，两件小玩物罢了。”

桑悦见洪璎兴冲冲地还要开口，怕许枚面上不好看，忙轻轻咳嗽一声道："宣队长，卫科长怎么不见？"

宣成道："他有些累，先歇下了。"

洪璎听了，轻哼一声，小声嘟囔道："好大架子嘛。"却不擅控制音量，在场众人一个个听得清清楚楚。

许枚暗笑：这小胖子倒是一副浑朴性子。

季世元好容易从一片殷勤中脱身，忙携了季岚到许枚身前，小声道："许老板，之前小女的事……多谢了。"

说着他眼睛一红，喉中一阵哽咽，但他毕竟久在商场，老于应酬，极善压抑喜怒，不过刹那工夫，满面悲苦已浑然无迹，只向许枚投去一个感激的眼神，又小声道："如果一会儿发生什么事，还请许老板不吝援手。"

许枚一惊，低声问道："会发生什么事？"

季世元五官皱成一团，半晌才道："也不见得真的有事。"

许枚莫名其妙，暗道：这趟散心可真散出不少古怪。

季岚顺目垂手，半藏在季世元身后，忍不住偷眼去瞧许枚，正与他四目相对，只见这男子目光柔静如水，却像是能把人满怀心事都看去，令人藏无可藏、避无可避。季岚心中一乱，忙垂下头去，嗫嚅道："许老板好。"

许枚微笑道："季小姐好。"

桑悦见梅笙、金沁已将烧烤食材、作料与一应器具酒水准备妥当，便热情地招引众人入座。

宣成走在最后，偷偷剥开许枚方才递来的纸团，一看之下，登时色变，忙将纸条复揉成小团，抬眼望向季岚，这勒索信中的内容与她所说几乎不差，难道她真的遇到"仙人"？若果真如此，此事当由隐堂处理，不是缉凶堂可以插手的，可是事情紧急，一时也无法联系隐堂……

姬扬清挨着江蓼红坐下，见宣成面沉似水站在窗边，忙伸手道："喂，傻站着做什么？快过来坐，这烧烤宴有趣得很。"

宣成轻不可闻地叹了口气，在姬扬清旁边坐下。

许枚坐在江蓼红身边，凑到她耳边轻轻道："我已经'报警'了。"

江蓼红点点头：“不枉我把人拖住。”

许枚偷眼去瞧宣成，见他脸上变颜变色，不时地递来一个幽怨的目光，只好挤出一个抱歉的微笑。

又见勒索信

桑悦命鸽僮阿七点燃炭火，梅笙、金沁打开两瓶晋裕的汾酒，桑悦、洪瓔亲自动手，将鱼肉蔬菜刷油上架，姬扬清、江蓼红看得有趣，也自己动起手来，不多时浓香满溢，勾得人肚里馋虫蠢蠢欲动。

许枚抿了一口汾酒，连连点头：“这酒极好。”

桑悦又从冰桶里取出几瓶不一样的酒，笑道：“那酒劲道太足，怕几位姑娘不好消受，这里有我家酿的桑葚酒，香柔可口，最适合女士品尝。”

江蓼红道：“这桑葚酒的确难得，李大帅的夫人最好这口。去年李大帅送了我两瓶，我一直没舍得喝呢。”

姬扬清兴致勃勃道：“那我可得尝尝。”

桑悦起身斟酒，洪瓔招呼着取出自家酿的樱桃汁，一时觥筹交错，倒也有几分热闹。只是宣成依旧冷若冰霜，季世元父女笑得格外勉强。许枚看在眼里，心中不安，却宽慰自己道：我瞥见警官已经看过那张纸条了，他应该会想办法应付这件事吧……

江蓼红吃了两块鱼脯，凑在许枚耳边道：“你那宣队长怎么还没动作？”

许枚小声道：“放心吧，他会处理的。”

姬扬清拉拉江蓼红的衣袖，问道：“你们是有什么事儿吧？他们两个刚才躲在窗户那儿叽叽咕咕的，现在你们两个又在这儿咬耳朵。”

江蓼红道：“嗯……我一会儿便告诉你，你可别往外说，省得别人紧张……”

“果然是有事吧！”姬扬清实在按捺不住好奇心，撺掇着江蓼红，“姐姐先告诉我嘛，小声些说……”

话音未落，只见一只白羽紫斑的漂亮鸽子扑啦啦飞进水亭，抖抖翅膀落在桌角，见眼前摆着一盘当佐料的碎花生，也不知客气，俯身便啄。

桑悦吃了一惊，回头问捧着扇子忙前忙后的阿七：“怎么回事？这是我的紫四块玉，怎么跑到这里来了？”说着他熟练地一把抄住鸽子，抚摸着背毛道，“你忘了锁鸽笼了？”

阿七揉揉被烟火熏痛的眼睛，委屈道：“我……我也不知道，鸽笼我都锁了，它不可能自己飞出来……”

梅笙突然道：“哎，它脚上挂着个小竹筒！”

“竹筒……”桑悦掀开紫四块玉腹底软乎乎的羽毛，奇道，“果然有个竹筒，你们几个，这是谁干的？”说着他伸手指点着洪璎、梅笙、金沁，“这鸽子养尊处优可飞不远，送信的人一定就在岛上，或者在庄子里。”他打开竹筒，取出一个纸卷，“这东西……怎么用一把头发系着？这头发还是褐色的。”

洪璎道：“是马尾巴吧？”

金沁轻声细语道：“不是，马尾巴毛又粗又硬，这就是人头发，发质比我那些木偶的假发都好，只是有些油腻，看来有两三天没洗过头了。”

江蓼红凑在许枚耳边道：“金沁做过不少和真人一般大小的木偶，惟妙惟肖，皮骨俱全，几可乱真。”

桑悦展开纸卷，见上面写着几行蹩脚的小字，笑道：“这字写得真丑……‘你认得她的头发吧，你的女人在我手里，快把你的三百枚上等果种剥好洗净，收入袋中，放在泛尽河渡口的小船上，让船顺着河漂走，我会在下游等着。任何人不准随船一起来，否则我就宰了你的女人。如果明天中午十二点看不到船来，我一样会杀了她。不准报警，也不准告诉其他三人，庄子里有人盯着你，你如果不听话，我会立刻……立刻杀了她……’”桑悦没等念完信便吓傻了，吞了口唾沫道，“这……这是谁搞得恶作剧？”

这一纸的车轱辘大白话粗糙之极，姬扬清嫌弃地一咧嘴道：“勒索信？”

她一拍宣成肩膀，小声问道：“你就为这个来的？”她又抬眼一扫坐在对面的季世元父女和身边的江蓼红、许枚，“他们也知道这事？”

宣成点点头，又摇摇头，姬扬清莫名其妙：“什么意思嘛！”

桑悦脸颊直抽搐："这是谁干的？怎么能开这种玩笑？太过分了！"

"连头发都剪了，这不是玩笑吧……"梅笙胆子小，见了那束头发，吓得冷汗直流，颤声道，"这是绑架勒索，弄不好会出人命的。"

季岚面色发白，口中不自禁地喃喃道："怎么要的是种子？"她身子本弱，声音又小，说起话来嗡嗡嗡如蚊虫振翅，几不可闻，好在江蓼红听力绝佳，季岚所说一字不落入她耳中。

江蓼红凝目望去，见季世元也满脸疑惑瞧着季岚，宣成眉头紧锁，闷闷不语。她不禁暗暗奇怪，总感觉这个季二小姐好像知道些什么，似乎在她的印象里，绑匪要的不应该是种子，那会是什么？难道是……玉壶春瓶？想到此处，忍不住回头看了许枚一眼。

许枚也困惑不已，这封勒索信和刚才那封太像了，连约定的时间和交付"赎金"的方式都一样，偷眼去瞧宣成和江蓼红，见两人一个皱眉沉思，一个怔怔地望了过来，都是一脸蒙相。无奈他递给江蓼红一个同样迷茫的眼神，轻轻咳嗽一声，说道："信上说'不准告诉其他三人'，看起来是有人挟持了四位公子中某一位的亲近女眷，要挟他交出……交出三百颗上品水果的种子，这种'赎金'可真怪极了。"

江蓼红接口道："桑、洪、梅、金四家种的桑葚、樱桃、梅子、枇杷比寻常的果子大了一倍不止，在市面上的价格本就贵得吓人，绑匪要的上品果更是价比黄金，民间几不可见。这人要上品果种子，可能是要自己拿去种，日后好大赚一笔吧。"

洪璎性子冲，也不顾及江蓼红的面子，连连摇头道："不对不对，要等种子长成果树，再结出能吃的果实，至少要五六年时间。就算绑匪能拿到种子，他有没有好水好地，会不会浇水施肥，会不会除草杀虫，会不会剪枝嫁叶择花护果？任何一个环节出了差池，结出来的果子就未必是原来的样子、原来的味道、原来的时令。如果是只为了'大赚一笔'，这弯子绕得可有点太远。"

江蓼红不以为忤，笑道："是我这个外行说了蠢话，多谢洪公子指点。"

洪璎脸腾地红了："不……不是指点，我不是这个意思……"

季世元轻拍紧张得瑟瑟发抖的季岚，轻咳一声道："上品果的树种是桑、洪、梅、金四家的绝密命脉，这绑匪开口要个千八百块大洋，也比要上品果种子容易些。而且这些反季上品果素来被四家垄断，如果若干年后市面上出现了一模一样或是大体相似的反季珍果，被警察顺藤摸瓜查到来源，绑匪的处境可大大不妙。绑匪如此处心积虑，这一点他不会考虑不到，他要这些种子，应该不是自己拿去种的。”

梅笙急得直挠头：“那他图什么？”

季世元稍一犹豫，说道：“你们年纪小，不懂商场凶险诡诈。”

桑悦心思机敏，见季世元有意指点，忙作揖道：“请季会长明示。”

季世元拈起桌上果盘中的一枚樱桃：“绑匪要的是上品果，这庄子里种的都是些中下品的果树，虽比市面上寻常水果好些，但比之上品果还是相差甚大。如果急切间想要拿上品种子去换人质，只有一个办法——剔掉准备献与李大帅、用于珍果宴的上品果肉，剥出种子。”

洪璎顿时急了：“这怎么行，李大帅会剥了我们的皮！”

“也许这就是绑匪的目的。”季世元推了推眼镜，叹道，“他要让某位公子，在家族生意和心爱的女子之间，做出选择，也许……”说着他咂咂嘴，有些尴尬地摇摇头，“这么说吧，也许绑匪非常了解这位公子对那褐发姑娘的感情，知道他一定会为了心上人毁坏‘进贡’给李大帅的上品果，绑匪的目的就是让这位可怜的公子亲手毁掉李大帅珍果宴，亲手砸了自家的招牌。”

桑悦身子微微发抖：“那……这位公子是谁？”

姬扬清看向桑悦：“就是你吧？这鸽子可是你养的。”

桑悦急道：“鸽子是我的没错，可我不认得褐色头发的姑娘！”

许枚端起一杯红莹莹的桑葚酒道：“我倒觉得不会是桑公子，樱桃、梅子、枇杷都有核，可是桑家是种桑葚的，桑葚这东西没果核。”说着他眼神一转，在洪璎、梅笙、金沁三人脸上一一扫过，“绑匪的目标是你们三人中的一位，你们谁认得这头发？”

洪璎嚷道：“我不认得，我不和洋人打交道！”

洪璎伸手向梅笙、金沁的鼻子戳来戳去：“你们两个，谁谈了女伴儿？”

梅笙苦着脸连连摇头，金沁小嘴一扁，几乎要哭出来。

桑悦道：“你诈唬他们做什么？”

“谁诈唬他们啦……”洪璎不敢和桑悦顶撞，嘀咕一声抱着胳膊扭过身去。

“宣队长，这怕不是个恶作剧吧？”桑悦可不愿看到自己精心安排的宴会打了水漂，还抱着一丝侥幸。

“不是！”季岚突然轻轻叫出了声。

“季小姐，你说什么？”季岚体弱声轻，桑悦没听真切，忙问道，“你是不是知道些什么？”

季岚苍白的脸上泛起一丝血红，偷眼看看梅笙，又看看宣成，心里忽又怯了，咬咬嘴唇，低下头道：“没……没什么，只是……觉得这不像恶作剧。”

江蓼红凑在许枚耳边，轻声道：“看来这位季小姐知道些什么。”

许枚正偷眼瞧着宣成脸色，忽觉一股暖暖的香气吹入耳中，登时心摇神荡，好一阵才回过神来，应道：“啊……是……是啊，她好像知道什么……我在想那两封勒索信，内容像得出奇，要的东西却都古怪得很，呃……”他话没说完，便觉江蓼红拼命扯拽自己的袖子，忙抬起头来，见众人都目瞪口呆地望着自己，才猛觉方才一时出神，说话的声音大了些。

洪璎性子急，口便道：“许老板，两封勒索信是什么意思？”

许枚搔搔下巴：“啊？我刚才说了……两封……吗？”

所谓玉壶春瓶

宣成幽幽瞧了许枚一眼，闷声道：“许老板之前在庄子里捡到一封勒索信……”说着宣成从袖中滚出一块小纸团，轻轻捻开，沉声念道：“‘发带主人在我手里，想要她活着回去，明日中午十二点，用锦缎妥善包裹此玉壶春瓶，装入木匣，置于百果庄外泛尽河渡口的小船中，解开缆绳，使船顺流而下。我拿到东西，便放她离开。不要报警，也不要将此事告诉其他三人，庄里有我的人盯着你，你若轻举妄动，便等着为她收尸吧。’”

宣成静静念完，众人瞠目结舌，半晌无语，只有许枚默默从袖中取出一条缀着珍珠的发带。

过了好一阵，才听梅笙“呼哧呼哧”喘着气道：“他要什么东西？什么春瓶？你手里那是什么？”

许枚道：“发带，缀着七颗珍珠，用来系着勒索信的，你们可见过？”

“没有。”梅笙一怔，随即使劲摇头，桑悦、洪璎、金沁三人也是一脸茫然。

宣成展开纸条，那几行小字下面的空白处画着一只撇口、细颈、垂腹的瓶子：“你们庄子上，有这样的瓶子吗？”

桑悦接过纸条看了好久，犯难道：“百果庄的家具、陈设都是我置办的，我不记得买过这样的花瓶。”

许枚道：“准确地说，这不能叫‘花’瓶。我见庄子里的陈设多是近年烧造的青花、粉彩大掸瓶，还有些帽筒、冬瓜罐，都是时新的造型。高档些的么……我和江老板住的幽篁舍正堂有一块金品卿的浅绛瓷板插屏。至于这样的玉壶春瓶，我的确没有见到。”

“玉壶春瓶？”桑悦道，“绑匪要的这种瓶子是叫‘玉壶春瓶’吗？”

许枚点头道：“没错，古人称酒为‘春’，唐人名酒多带春字，李肇《国史补》中便有荥阳之土窟春、富平之石冻春、剑南之烧春。《水浒传》里宋江、戴宗、李逵在浔阳江边的琵琶亭吃酒，吃的便是江州特产‘玉壶春酒’。这‘玉壶春’既是酒的名字，‘玉壶春瓶’当然是用作酒瓶了。不过此瓶挺拔秀气，纤弱有之，圆润有之，端庄有之，灵巧有之，形如美人静坐，颇入文人法眼，故而后来变成了书斋雅室中的陈设。”

宣成道：“桑公子，你确定百果庄没有这种……玉壶春瓶？”

桑悦摇摇头道：“应该没有吧，我不懂瓷器，这里的摆设除了从家里拿来的一些旧物，大都是从我父亲的一个做瓷器生意的朋友那里一股脑儿运来的，景德镇新出窑的，没有一件值钱货，倒是我书房里有几个玉摆件还值些钱，还有洪璎养蛐蛐的几个罐子……”

洪璎鼻中一哼：“我随便一个蛐蛐罐都比你这满屋子瓶瓶罐罐加起来值钱。”

许枚听得心动，正要出口相询，却觉此情此景问及此等闲事大不妥当，便道：“这却怪了，四位公子都不认得这条发带，百果庄也没有玉壶春瓶，难道这信送错了地方？”

宣成道：“不可能，这两封信的内容太像了，那封要种子的信明显就是冲他们这些果商家的孩子来的。”

“内容太像……”许枚搔搔下巴，“我有个想法，这发带的主人会不会就是褐发姑娘？”

江蓼红一拍手道：“你是说……两个绑匪绑架了同一个人，却送出了两封不一样的勒索信？”

姬扬清也觉得不可思议：“一个人质，两个绑匪，各自寄出一封勒索信……绑匪内讧了？”

许枚道：“内讧不至于，至少两人各怀心思，各有目的，而且他们要的东西都很奇怪。”

宣成将两封信和发带、头发小心收好，抬眼扫过桑悦、洪璎、梅笙、金沁和鸽僮阿七，沉声道：“我最后问一遍，你们确实不认得这头发和发带？”

洪璎粗声粗气道：“不认识！”

桑悦也叹了口气道：“宣队长，事关人命，我们不敢和警察撒谎。”

梅笙垂下眼皮，轻声道：“我……也没见过。”

金沁怯生生地偷眼瞧瞧宣成，咬着嘴唇摇了摇头。

宣成点点头道：“好。”

桑悦只觉这个“好”字意味深长，心中忐忑不已。

洪璎狐疑道：“宣队长……你是不是早就知道什么？”说着他不经意瞥了一眼脸色大变的季岚：“你是不是也知道什么？”

季岚被洪璎的大嗓门吓了一跳，忙躲在季世元身后，带着哭腔声道：“我……我不知道！”

梅笙眉头大皱，重重推了洪璎一把：“你吓唬女孩子干什么？”

洪璎胖脸一红，讪讪地嘟囔几句。

桑悦见季世元脸色不善，不由暗暗叫苦，回头狠狠瞪了洪璎一眼，正要告罪，却听宣成道：“天色不早，各位先回房休息，绑架的事由我们来处理。”

季世元叹了口气，扶着瑟瑟发抖的季岚：“好，劳烦宣队长，我们先回去了。”

桑悦忙道："我送季先生。"说着他一扯梅笙衣袖。

梅笙会意，也道："这里到洗玉楼距离不近，天也黑透了。"梅笙吩咐阿七从水亭立柱上取下三只灯笼，当前带路，梅笙与桑悦一人提了一只陪在左右，向宣成、江蓼红道声晚安，簇拥着季世元父女回住处去了。

洪瓔一时口快，此时也觉后悔，闷闷地拉了金沁离开。一时间偌大一座水亭只剩许枚、江蓼红、宣成、姬扬清四人。毛茸茸的紫四块玉偎在姬扬清怀里，身子微微起伏，像是在打鼾。

许枚捧起面前酒杯道："警官，你来百果庄是不是和这件绑架案有关？"

宣成微微皱眉，反问道："你是不是和这件绑架案有关？"

许枚莫名其妙："为什么这么说？"

宣成迟疑片刻，偷偷瞧了逗弄鸽子的姬扬清一眼，叹了口气道："没什么，我稍后和你细说，时候不早了，回去歇了吧。"

许枚满腹狐疑，宣成有什么事不能让姬扬清知道，却能私下对他细说，思来想去，总觉得这事十之八九和瓷灵有关。又想到季家父女神色诡异，加上绑匪索要玉壶春瓶，许枚忍不住自言自语："难道和季鸿的案子有关？不会吧……"他正苦苦思量，却听江蓼红道："发什么呆呀，人家都走了，我们赶紧回去吧。"

许枚回过神来，见宣成、姬扬清已经走下十字桥，出了忘机阁，只好伸个懒腰道："好，我们回去。"

羊脂玉镯换胆瓶

百果庄占地不小，独院众多，季世元父女和宣成、姬扬清、卫若光住在东南角房间最多的洗玉楼，庄子正中偏东的温苑、酝馆是桑悦、洪瓔、梅笙、金沁四人的住所。温苑占地颇广，一道粉皮墙分隔东西，桑悦住在东苑，洪瓔住在西苑；酝馆则是一架青藤间隔南北，梅笙在北，金沁在南。

许枚、江蓼红被桑悦安排住在百果庄正北的幽篁舍，江蓼红住在内室，许枚住在偏院书房。此处翠竹丛生，庭院阴凉，月照竹影，参差交叠，投于石板路上，宛然如画。竹林外几座花坛，栽种着各色花木，却不知造了什么孽，一个个枝折花落，凄惨不堪，花坛中的泥土上还印着清晰的梅花似的小脚印。

江蓼红怒道："小花呢？这些花草一定是被它祸害的。"

许枚笑道："是你吩咐那孩子先把它送回来的，这猫儿顽皮，一时没人看着便要闯祸。"

江蓼红怒冲冲在竹林里找了一遭，没瞧见小花的影子，只好走进正堂，却见许枚凑在中堂下的条案上，细细瞧着条案正中摆设的一架高约一尺五六的瓷板插屏。那画屏是花梨木的框架，正中嵌着一块一尺宽的方形瓷板，绘着浅绛山水，江蓼红不禁问道："这瓷画屏有什么门道？"

"却也没什么门道，这是光绪年间金品卿所制浅绛瓷板。"许枚啧啧赞赏道，"金品卿山水画师法沈南田，笔法细秀，境界圆融，不愧是浅绛诸家之翘楚……"

话音未落，忽见江蓼红挑起纤指竖于唇前，轻轻"嘘"了一声，哑着嗓子道："有脚步声。"

许枚侧耳听去，院子外面嚓嚓的脚步声由远而近，像是有人踏着石板路不疾不徐地走来，不禁疑道："这么晚了，什么人会到这儿来？你先到里面去，我迎着他。"

江蓼红笑道："别紧张，是宣警官，他的脚步声很有特点，轻捷有力，不急不缓，一听便是练家子。"

许枚推开窗户，探出头去，见宣成提了一个包袱，沿着竹荫下的石板路走进幽篁舍。

"警官！"许枚挥着手打招呼。

宣成闷闷地"嗯"了一声，板着脸走进屋来，小心翼翼地捧着那锦缎包袱，放在中堂下的方桌上。

"这是什么？"许枚凑上前去。

宣成轻轻拍了拍那包袱，定定地望着许枚，一字一句问道："那封用玉壶春瓶换人质的勒索信，确实不是你写的吧？"

许枚惊讶莫名："当然不是！你怎么了？"

宣成打开包袱，里面是一只断裂的瓷瓶。

许枚不由一愣：霁蓝釉胆瓶？

宣成将瓷瓶摆在桌上，许枚、江蓼红凑上前细细观看，见这瓷瓶长颈纤细，腹部圆鼓，形如悬胆垂露，造型柔美俊秀，如身披大氅的美人，口沿及内壁白釉似乳汁，外壁通体蓝釉，均匀厚润，深沉静穆，纯净无瑕，观之令人肃然心折。只是器表釉面崩飞，口沿一周尽是长长短短的冲线，底款不知为何被人磨去，露出白胎，器身自肩至腹断作两截，用小锔钉细细锔起，那一周如蜈蚣般趴在瓶身上的铜钉令人触目惊心。许枚“哎哟”几声，连道可惜。

江蓼红看罢，喟然道：“这瓷瓶宝光凝敛，璨如珠玉，虽残损如斯，亦可知不是凡品。”

许枚静默良久，才道：“这是雍乾之际的官窑霁蓝釉胆瓶，可惜，可惜。”

宣成奇道：“季岚？”

许枚道：“霁蓝，光风霁月的霁，此类瓷器曾用于祭祀，也可以叫祭蓝，近人有叫积蓝的，积累之积，我不大喜欢这叫法。”

宣成有些纳闷，季世元给女儿起名字，怎么总和瓷器扯上关系？

江蓼红拿起瓷瓶，摩挲着底部粗糙的磨痕道：“这底款……是当年闹官窑造的孽吧？”

宣成不解：“闹官窑？”

许枚道：“当年洋人打进京城，全城丧乱，宛如末世，宫中之物流落民间的不在少数。帝后回京后便命民间如有见宫中之物者，一概送还宫中，如有隐藏不报者，重罪治之。这下私藏宫中器具的商户百姓都慌了神，有几分歪才急智的便将瓷器底下的官窑年款磨去，即使清廷降罪，也可辩称不知者不罪，搪塞一二。”

宣成道：“你确定这是……胆瓶，不是玉壶春瓶？”

许枚简直要喷出来：“这哪儿像玉壶春瓶啦？胆瓶和玉壶春瓶的瓶口一直一敞，玉壶春瓶的身材曲线浑圆健美，这瓷瓶却活像一只悬起的苦胆，所以叫胆瓶，又叫悬胆瓶、胆式瓶。”

宣成道：“季岚把它当玉壶春瓶买来的，为了替她的同学梅笙支付赎金。”

“呃……哎？等等，等等……”宣成这句话信息量太大，许枚一时有些消化不了，“你是说……这只胆瓶是季岚带来的，目的是用它为梅笙支付赎金？这么说季岚早就知道今天会发生一起绑架案，也知道对方勒索的对象是梅笙，还知道绑匪要的是玉壶春瓶！”

宣成一点头：“没错，她知道。”

许枚、江蓼红对视一眼，齐声问道：“她怎么知道的？”

宣成抬眼看看许枚，说道：“这就需要你来解释了。”

许枚莫名其妙：“我？解释什么？”

宣成道：“铁拐张和海饕餮的经历。”

“铁拐张和海饕餮？”许枚一愣，随即惊道，“你是说……”

“蓝色的世界。”宣成直直盯着许枚，说道，“蓝色的山水，蓝色的草木，蓝色的房屋。几天前，季岚自称在午睡时‘梦到’了这样一个仙境，还有一位仙人送了她一对羊脂玉嵌红宝石的手镯作礼物。当她醒来时，那对镯子就戴在她的手腕上。”

“这样啊……她被人带入瓷境，却以为是做了一个梦。”许枚自言自语道。

“瓷境？”宣成抓住一个从未听过的词。

许枚也不再解释，只轻轻摇头：“这也未必，季岚还记得那个‘仙人’长什么样子吗？”

“黑袍蒙面，身材瘦削。”宣成本也没指望那“仙人”能对季岚袒露真容，“这人对季岚说，她同学梅笙的未婚妻将在十月十日，也就是今天被人绑架，绑匪会要挟梅笙用一只雍正官窑的玉壶春瓶赎回人质。但梅笙并没有这样的瓷瓶，季岚的姐姐季鸿却有。”

许枚面色微变：“果然和那个玉壶春瓶有关！看来娄雨仙事败被捕后，这个抚陶师还没有放弃那只玉壶春瓶。”

宣成继续道：“那‘仙人’吩咐季岚拿着她姐姐的玉壶春瓶随季世元一道来百果庄——季世元本就打算今天到百果庄来谈一笔关于果酒的买卖——到时可以用这只瓷瓶换回人质。”

许枚立刻抓住其中关窍：“这么看来，‘仙人’不知道季鸿把那只玉壶春瓶卖了，却对季家父女的出行安排和人际关系打探得格外清楚。”

宣成点点头，继续道：“季岚焦虑万分，又不敢直接对梅笙说起此事，毕竟这种‘仙人’的‘预言’令人无法尽信，一旦不能应验，她难免落个里外不是人。”

“所以呢？这个胆瓶又是怎么回事？”许枚盯着眼前泛着蓝宝石般光泽的胆瓶。

“季岚不懂瓷器，不知道玉壶春瓶长什么样子。”宣成道，“季岚说她在‘梦里’恍惚昏沉，并不记得那‘仙人’描述的模样，只是对‘玉壶春瓶’四字印象深刻，也记得仙人说过‘玉壶春瓶’是形如水滴的鼓腹瓷瓶。她翻遍了季鸿的遗物，还溜进季世元的私人藏宝室，可一件类似瓷器都没有找到。季岚无奈之下，只好去老城的古玩摊找——那‘仙人’只说绑匪要的是玉壶春瓶，并没有说一定要季鸿当年买下的那只，所以季岚认为，只要找一件玉壶春瓶带去百果庄，就能帮梅笙赎回未婚妻。”

“嚯，好大魄力！”江蓼红道，“可她有那眼力吗？”

宣成道：“没有眼力，却有一股憨直劲，还有一对‘仙人’送她的镯子。”

许枚盯着残破不堪的胆瓶，摇头道：“你说那‘仙人’送她的是羊脂玉嵌红宝石的镯子？此瓶若品相完好，三对镯子也换不来，不过眼下这副模样，怕是一颗宝石也不值了。”

宣成道：“季岚遇到一个黑心的古董商，用这件东西换走了她手上的镯子，还告诉她这是自清宫流出的官窑玉壶春瓶，虽残尤珍。季岚抱着瓷瓶回家时，正巧遇到刚刚谈完生意回家的季世元——这个年纪的女孩子可不是什么事都能瞒过爹娘的——被‘仙人示警’的故事吓得魂飞魄散的季世元立刻拖着季岚找到了我。”

许枚听罢，露出一个牙疼似的表情：“那‘仙人’真是个马虎家伙，连瓷瓶的颜色都没讲清楚，还说什么‘形如水滴’，难怪季岚把胆瓶当作玉壶春瓶了……他不会画一张图给季岚看吗？就像勒索信上那样。”

“季岚当时神志恍惚，她能记得的只有这些。”宣成指了指胆瓶，“眼下的绑架案怎么解决？绑匪要的可不是这东西。”

许枚却搔搔下巴：“我怎么觉得……季岚也太过热心了，为一个同学的事如此奔波，又是翻箱倒柜又是跑古玩店的，她和梅笙有什么特殊关系？”话说至此，他心中忽地一动：对了，梅笙神情体态，和杨之霁多少有些相似。

“没什么关系，只是平素相处颇为惯熟。”宣成虽也对季岚的过分热心有些不大理解，却对她这份仗义颇为赞赏，“这世上并非处处都是猜疑算计和趋利避害，总有些古道热肠的人。”

许枚点头笑道：“季世元自少年时浮沉商海，如今坐在冉城商会会长的位子上，可说是猜疑了大半辈子，算计了大半辈子，趋利避害的买卖也做了大半辈子，却把两个女儿教成了‘古道热肠’的小天使。季鸿聪明果决，敢想敢做，倒是颇有侠女之风，这位二小姐么……软糯得跟个白汤圆似的，好像连说话都不敢出声儿。不过么……经历了那种《群鬼》式的情变，她能咬牙挺过来，也算是女中豪杰了。何况如今这世道，多几个温暖干净的人是好事。”

江蓼红赞道：“这话我喜欢。”

“《群鬼》是什么？”宣成问道。

许枚道：“一个类似于季岚和杨之霁的故事，是挪威人易卜生写的剧本，前年有个叫潘家洵的学生把这故事译成中文，刊发在《新潮》杂志上。只不过杨之霁和季岚的关系，比《群鬼》中欧士华和吕嘉纳的关系更加……更加深入。”

“咳咳……”宣成自然明白何谓“更加深入”，尴尬地咳了两声。

“可你们不觉得事情很诡异吗？”许枚将话题转回案子，“刚才梅笙口口声声说没见过那发带。还有，那封要拿种子换人的勒索信是怎么回事？”

江蓼红思索片刻，说道：“我们还是无法避开那些问题：绑匪是一个还是两个，人质是一个还是两个，勒索对象是一个还是两个？如果真有两个绑匪，他们知不知道彼此的计划，他们在泛尽河下游的藏身处是一个还是两个？”

“我们没有足够的线索解决这些问题。”许枚有些苦恼，“但这两封像得出奇的勒索信不应该毫无关联。还有梅笙这小鬼，他为什么不敢承认自己的未婚妻被人绑架？难道他真不认得那条发带？”

“他应该认得。”宣成道，“绑匪既然选择这条发带和勒索信一道送来，说明他知道这东西足以说明人质的身份，至少足以让勒索对象明白：你的未婚妻在我手里。”

“梅笙明明知道凶手的勒索目标就是他，却不敢对我们明说。”江蓼红道，“还记得吧，洪璎问梅笙和金沁‘你们两个，谁谈了女伴’——梅笙这年纪结婚有些太早了点，所以洪璎用了‘女伴’这个词，看来他不知道梅笙有‘未婚妻’，也许在场所有人都不知道。”

“所有人都不知道……你的意思是，梅笙不想让这个‘未婚妻’曝光？”许枚道。

“难道没有这个可能吗？也许这所谓的‘未婚妻’只是梅笙的地下情人。这些孩子的年纪，正是兰芽初茁，心智未熟，谈婚论嫁虽嫌太早，谈情说爱却正当其时。”江蓼红毫无忌讳道，“我和梅笙不过数面之缘，不晓得他品性如何，也不知道他对那女子有几分真情，几分肉欲，若只是露水之情……他怕是打死都不会承认那被绑架的女子和自己有关。”

“你也太悲观了些。”许枚一咧嘴道，“我看那孩子不像是薄情寡义的小色狼，只是……”

“我也是随口一说。”江蓼红道，“再说我们认定梅笙就是绑匪的目标，全靠季家小姐的几句‘梦话’。”

宣成道：“季岚‘梦中’听来的话未必可信，她‘梦里’的‘神仙’十之八九就是绑匪。”

许枚道：“且不忙否认，这些‘梦话’是我们现在为数不多的线索。至少在我看来，梅笙这小鬼是有问题的。”

“有问题？”江蓼红回想着席间梅笙的言谈行动，“我不记得他有什么奇怪举动。”

宣成蹙眉沉吟，也摇了摇头：“在我看来，他的一切反应都还算正常。”

许枚笑了笑：“你们还记得那只飞到桌上的胖鸽子吗？”

江蓼红对毛茸茸的小东西充满好感，应道：“记得，叫紫四块玉。”

许枚道：“那种鸽子身形精瘦轻小，只是长了一身长而蓬松的羽毛，看起来像一只软胖的毛球。还记得吧，那只鸽子落在桑悦手边，可第一个叫出鸽子脚上有信的是梅笙。”

宣成猛然惊觉：“鸽子腹下的羽毛把小指粗细的信筒遮盖得严严实实，连桑悦都是经梅笙提醒拨开羽毛后才发现信筒，坐在远处的梅笙不可能在鸽子刚刚落下时就发现它脚上有信。”

“没错。”许枚道，“我猜梅笙早就知道会有这么一只鸽子飞来送信，至于信的内容，他八成也是了解的。”

“他了解……”江蓼红道，“紫四块玉送来的是索要种子勒索信，如果梅笙知道这封信的内容……”

“他就是两封勒索信的交结点。”许枚目光炯炯。

宣成若有所思：“你的意思是……梅笙是第一封信的勒索对象，也是第二封信的知情者，甚至是……写信的人？”

许枚点点头，又道：“只是推测而已。”

江蓼红思索着道：“梅笙在那样的场合提醒桑悦鸽子脚上有信，应该是希望在场所有人看到信的内容。”

“有道理，可梅笙为什么这么做？”许枚问道。

江蓼红的思路格外清晰：“绑匪要的是三百颗种子，李大帅让我来取的上品果一共四箱，桑葚质软，分小箱盛着，总也有七八百枚吧；樱桃估计也有五百颗以上；个头最大的枇杷应该有二百颗左右；至于梅家送来的黄梅子，差不多就是三百颗，正是绑匪索要的种子的数量。

“绑匪的目的应该正如季世元所说，逼收信人在那褐发女子和家族生意之间做出选择。如果勒索对象是洪璎，就算毁掉三百颗樱桃，剩下的二百颗应该也勉强能应付李大帅的珍果宴。如果勒索对象是金沁，那孩子根本拿不出三百颗上品枇杷的种子，金家的枇杷一果一籽，和一般的枇杷不一样。”

许枚顺着江蓼红的话头道：“所以，这封勒索信的目标应该也是梅笙。”

宣成也道：“而且梅笙早就知道紫四块玉会带着这封信落在餐桌上，他还希望大家都能看到这封信。”

“可他当着所有人的面说他没见过那条发带！”许枚简直要崩溃了，“这小鬼打算干什么呀？”

“谁知道……”江蓼红脑袋也乱了。

三人拧着眉头，抱着胳膊，大眼瞪小眼。

宣成实在受不了这种头脑风暴，站起身来挥挥手道：“都是毫无证据的推测，我必须亲自去一趟泛尽河下游的森林，否则这案子不会有任何进展。玉壶春瓶这里没有，水果也不能轻易破坏，一旦不能按时交出‘赎金’，绑匪随时可能撕票。”

许枚忙阻止道：“不妥不妥，那绑匪明目张胆地暴露自己的藏身处，一定在林中做了妥善的准备，且不说有没有机关暗器，单是敌暗我明这一点，就是兵家大忌。若到明天中午这案子还破不了，就把这只胆瓶和一袋石子放在船里，送到下游。我水性还算不错，可以衔着苇秆躲在船底潜至下游，看看这绑匪的真面目。”

江蓼红有些担心：“这能瞒过绑匪在庄子里的眼线吗？”

许枚道：“由警方秘密行事嘛。”说着他捧起胆瓶，“再说那‘眼线’也未必认得这个……啊！”

那霁蓝釉胆瓶与许枚手掌相触之际，一道蓝光冲天而起，充盈屋宇，一闪而没，随后团团浓重的蓝色云雾柔柔地迸散开来，一个身材高挑的蓝衫少年大袖一展，将蒙蒙蓝雾一扫而尽，轻轻吁叹一声，抬眼望向许枚。

江蓼红看向八仙桌上的座钟：哎呀，已经快十二点了。

霁蓝瓷灵

宣成见瓷灵现身，倒也习以为常，轻不可闻地叹了口气，站起身来四下看看。他见幽篁舍里几丛青竹飒飒摇动，四下寂静如水，了无人声，便稍稍放下心来：这正屋四面通透，若被人看见方才那般场景，可大大不妙。

许枚退了两步，仔细打量那少年，见他身材纤薄，脖颈修长，溜肩细腰，形如瘦鹤。一头长发结于顶心，用白玉簪插束于薄纱冠内。白润润一张小脸，如云堆雪铸，俊眼修眉，薄唇细齿，像“冰肌玉骨，吹弹可破”这样形容女子的精巧词句用在他身上毫不为过，只是面颊和脖颈上有几道细细的伤疤，令人不由得生出一份心疼。这少年身穿一件大襟阔袖的蓝色交领曳地长衫，色如蓝宝石般深沉凝厚，在灯光下华彩灼灼——不知是何等精巧丝材，却莫名地让人脑中浮现出“披罗衣之璀粲兮，珥瑶碧之华琚”这样的华美章句，只可惜腰下至腿弯处的衣裾被生生撕裂开，用均匀而粗重的针脚随意缝补，好歹算是接缀起来。

许枚微笑道：“残损如斯，灵采依旧，霁蓝釉胆瓶果然不凡。”

那少年微微一欠身道：“先生谬赞了。”

“我本无意唤醒你……”许枚歉然道，“但是……还是想问一下，你这一身伤是……”

霁蓝瓷灵黯然道：“你们刚才说得不错，有人将我的底款磨去，假作不是官器，可后来还是被人发现，那人为了躲避上楼搜查的差人，将我顺手抛下楼去，落在花丛里，断作……两截。事后那人舍不得把我丢掉，便请了锔瓷匠，把我救了回来，然后低价卖给了一个古玩商。”

许枚喟然道：“你这一遭经历实在是……”

“也算精彩，也算波折吧。”霁蓝瓷灵淡然道，“前些天我被一个姑娘买下，她对我很好，专门托人找了个红木匣子，做了绫子衬里，我住得倒也舒坦。不过听你们的意思，她买下我是为了换一个人。”说着他抬眼在三人脸上一一扫过，“你们拿定主意了吗？”

“呃……只是一个提议，具体的还要这位警官拿主意。”许枚满心歉愧，“你放心，我一定会保你平安无事。”

霁蓝瓷灵不以为意，依旧平淡地说着：“随先生安排，那小姑娘也叫‘霁蓝’是吧？这也算我们的缘分。她对我不错，我也该为她做些事。”

许枚暗道：季家姐妹的名字还真是对我的胃口。

霁蓝瓷灵继续道：“不过这绑人的事，我或许知道些你们不知道的。”

宣成一惊，忙问道：“你还知道什么？怎么知道的？”

霁蓝瓷灵仍是波澜不惊，缓缓道：“我被那‘霁蓝’小姐带进这座庄子，放在一座漂亮的房间里，那房间和这里一样，四面通透，窗外是假山芭蕉，花草亭阁，所以一些人在窗外说的话，我也能听见。”

“窗外……”宣成心中骇异无比，“我和季家父女一道住在洗玉楼，那里是百果庄最西边。一层是一座厅堂，和这里类似，我和若光住在二层，姬扬清住在三层，季世元和季岚的房间都在四层，季世元在东，季岚在西，你听见窗外有说话声，除非是……鹦鹉。”

霁蓝瓷灵微微错愕，随即摇头笑道：“是人声不假，大约在距窗二十多步远的地方，但一定不是从下面传来的。”

许枚也颇觉奇怪：“那人声音如何？说的什么？”

霁蓝瓷灵道：“是个男孩子，声音嫩得很，怎么也不会超过十七八岁吧。我听他像是在自言自语，呼呼喘着气说：‘这笔钱赚得还真不容易。’‘这家伙还非得我爬高爬低地从这儿翻上去，当我是猴子吗？’”

“爬高爬低……”许枚眼前一亮道，“他在爬墙！”

宣成也道：“原来如此！洗玉楼的墙修得很高，应该是为了防止盗贼野兽爬进百果庄，如果这人说话时正坐在墙头上，在季岚房间里听来，正像是有人在窗外二十多步远处说话。”

江蓼红道：“他说‘这笔钱赚得还真不容易’，还说有人让他爬墙头，莫非是有人雇他潜入百果庄做什么事？这会不会和绑架案有关？”

霁蓝瓷灵轻轻颔首：“此人来此何干，我却不曾听得，只依稀听他说了一句：‘胆小怕事，女娃似的，三唬两诈便吓破了胆，哪能干得了那种翻天的大事？’我觉得这也许和你们方才谈论的案子有关，便说与你们知道。”

江蓼红道：“女娃？莫不是在说梅笙那未婚妻吧？”

许枚摇摇头：“女娃‘似的’，他口中的人不是女娃。”

“嘘——”江蓼红突然止住许枚话头，小声道，“有人来了。”

宣成抢到门边，举目向外望去。

许枚也是一惊，忙回头看向霁蓝瓷灵：“你……”

“不劳先生吩咐。”霁蓝瓷灵浅施一礼，正色道，“那‘霁蓝’小姐热心仗义，为此事挂念悬心，还请先生着力助她。若有用我之处，皆请先生决断，我概无怨言。”说罢他轻轻跃起，坐在八仙桌上，蓝光闪动，现出一只霁蓝釉胆瓶，柔光内敛，灵气犹在。

许枚凛然还礼，沉声道：“放心，此事我定当竭尽全力。”

窗外脚步声越来越近，江蓼红凑在许枚身边，小声道：“脚步轻灵稳健，是个年轻人。”

“若光？”宣成看见转过竹林的人影，心中一动，扬声道，“出什么事了？”

卫若光见了宣成，忙挥了挥手：“有个人被打昏了，倒在……”说着他几步跑到宣成身前道，“东边的一座长廊外面……啊……”话音未落，他一眼看见随后走出的许枚和江蓼红，顿时一个激灵，受了惊的猫似的一缩肩膀钻到宣成身后。

“这孩子怎么回事？”江蓼红莫名其妙，回头瞧了许枚一眼，“你欺负过他？”

“没有，哪能啊，我还想着送他一个赵子玉款的蛐蛐过笼儿呢。”

“噢，你说的就是他啊，他也是警察局的人吗？这么小的孩子……”

“我成年了……”卫若光从宣成身后探出头道。

许枚简直难以置信：“你不是从不和生人说话的吗？”随即他恍然道，“小家伙也到了‘春风春雨花经眼’的年纪，见了这样宜嗔宜喜、若飞若扬的美人，便按捺不住了。”

此言一出，卫若光一张小脸登时红了个透，头顶白雾腾腾，咬牙切齿地望着许枚，眼角几乎渗出泪来。

江蓼红本要埋怨许枚不该调笑小孩子，却不知怎的对那句“宜嗔宜喜、若飞若扬”满意无比，只轻不可闻地暗啐一声，又不自禁地向许枚身边凑了凑。卫若光见了，脸上的幽怨委屈之色更浓了。

宣成道：“这孩子是江老板的拥趸，常去万籁楼包雅间听戏。”

卫若光轻轻捅了宣成一下，把脸深深埋在胸前。

“噗……”许枚又忍不住笑出声来，“你还怪有钱的啊，去万籁楼包一次雅间的花费足够贫苦人家半年开销。”

宣成道：“他……怕见生人。”

江蓼红笑着打量躲在宣成身后的卫若光，小声道：“这孩子确实很有钱啊，这身衣服，这副眼镜，还有这只手表！哎哟，是宝玑的表！”

卫若光把手腕藏在身后，嗫嚅着道：“这是……我爸送我的……”

江蓼红道：“有钱也不好随处乱花，万籁楼的雅间就是坑你们这些公子哥儿钱的，寻常时候没什么人进去，以后想听戏的话……我给你写个条子，只要有空闲的雅间，你随便进。”

卫若光心“嗵嗵”直跳，呆了半晌，才红着脸点了点头，小声道：

"谢谢……"

"嗯……咳咳……"许枚咳嗽两声道，"你刚才说，有人昏倒了？"

卫若光别过头去，扁着嘴不说话。

"呀？"许枚气道，"这个别扭的小鬼……"

宣成道："带我们去，边走边说？那昏倒的人你认得吗？"

卫若光道："认得，是这庄子的一个主人，叫……我只在进庄时和他们见了一面，名字记不得了，好像是姓梅吧……"

"梅笙！"许枚三人大惊。

宣成回屋取了胆瓶，催促道："快带我们去！"

卫若光道："不打紧，我已经看过现场了，人没有大碍，我托一只猫看着他。"

"嗯，有人看着便……猫？"宣成一瞪眼睛，怀疑自己听错了。

"那只猫很灵的，乖乖地守在那人身边不走。"卫若光道，"而且长得漂亮，圆头圆脑，毛茸茸的，摸起来手感也很好。"

剖果取核

守在梅笙身边的果然是溜出幽篁舍的小花，四人赶到时，见黑夜中一个圆滚滚的淡灰色毛团倚着路边的石牙子，懒洋洋地舔着爪子。

梅笙直挺挺趴在廊下石阶上，这道长廊出檐很长，幽深雅丽，颇有江南格调。

宣成蹲下身细细看了半晌，问道："你没试着叫醒他吗？"

卫若光嘀咕道："后脑勺上好大一个鼓包，怕是一时半会儿醒不了，而且……叫醒他之后，还得……还得和他说话……"

宣成无奈，半晌说不出话。

许枚"噗"的一笑，换来宣成一个警告的眼神，忙俯身抱起小花，揉了揉它的头："怎么这会儿这么乖，小东西？"

江蓼红抽抽鼻子："你们有没有闻到什么……味道？"

"有梅子的味道，很浓。"卫若光道。

“这条走廊通向哪里？”宣成望着蜿蜒于花径树丛间的长廊道，“味道是从那边飘过来的。”

江蓼红道：“这条廊尽头好像是仓库，轻易不许外人进来的。那边不远处就是你们住的洗玉楼。”

许枚道：“这地方确实偏僻得很。”

宣成问卫若光：“你怎么会跑到这里？”

卫若光小声道：“追一只青头大蟋蟀，叫声又脆又亮，肯定不是普通货色……”像是怕宣成怪他乱跑，忙伸手向不远处黑魆魆的树丛一指，邀功道，“我发现了凶器，是一根木棒，就在那边的树丛里，树丛旁边的土坡上还留着一个脚印，赤脚男人的脚印。”

宣成惊道：“赤脚？他往树丛那边跑……那边不是……”

“洗玉楼。”卫若光道。

宣成脸色一黑：“这么重要的事你怎么不早说？”

卫若光委屈道：“我去找你们之前先回去告诉姬扬清了，是她让我去幽篁舍找你的，洗玉楼那边有她守着，出不了事的。”

许枚道：“小家伙，以后有什么话一口气儿说完，你这样会被打的。”

卫若光“哼”了一声，扭过头去。

江蓼红道：“我们沿着走廊进去看看，小朋友，你在这儿守着。”说过从许枚怀里捉起小花，丢进卫若光怀里。

走廊的尽头是一座不大不小的石砌仓库，坐北朝南，自东至西共有四扇铁门，分别挂着巨大的铜锁，令人触目惊心的是自左而右第三座铁门已被打开。仓库黑魆魆的没有灯火，也没有窗户，其中陈设十分简单，宣成手电一扫，眼前情景一目了然：仓库正中间摆着一个打开的藤箱，后墙下是一张低矮的小桌，桌上似乎摆着些瓶瓶罐罐，藤箱里和地上到处都是被一剖两半的梅子，足有小孩拳头大小，橙黄色的汤水果泥淌了一地，果肉堆叠处还清晰地印着两个赤脚的脚印，梅子核已消失不见。

江蓼红惊道：“这是李大帅珍果宴上用的上品黄梅！”

宣成用手电四下照看，眉头越皱越紧：“看来是有人剖走了梅子核，第二封勒索信要的就是这些东西……那后边是什么？”

仓库最里边的桌上摆着几个大玻璃罐，里面满是指甲盖大小的果核。

“是梅子核。”许枚眯起眼睛，望着照在玻璃罐上的手电光晕道。

江蓼红不解：“这人要果核，为什么不直接拿走桌上的罐子，却要费这般力气剥开新果取核？”

许枚道：“瞧这满地梅子足有鹅蛋大……”说着他俯身拾起半枚被剖开的梅子，用手指轻轻拂过被挖走果核的空隙，“梅子核怎么也该有栗子般大小吧，那罐子里的果核稍小了些，多半不是上品果的，而且……”

话音未落，只见宣成纵身一跃，轻轻落在藤箱沿上，稳住身形，又纵步跳起，脚尖踏在小桌旁一处干净的地面上，伸手抄起玻璃罐，又依原路腾挪跳跃，回到仓库门外。

许枚赞道：“警官好利索的身手。”

“能看出什么？”宣成将玻璃罐递向许枚，他对如何鉴别水果一窍不通。

江蓼红从罐子里抓了一把果核道：“这些梅子核已经清洗晾晒过，是旧年积存的。这庄子里栽了不少梅子树，这些多半是往年吃剩的中下品梅子的核，被梅笙特意收集起来存在这里。”

许枚掂着手中的半颗黄梅道：“这些梅子是用小刀剖开的，如果取走果核和打晕梅笙的是一个人，那么此人手中应该有一柄小刀，幸好他对梅笙没有杀意，否则后果不堪设想。”

“但是梅笙来这里做什么？”江蓼红像是突然想到了什么，一把拉过铁门，拨弄着挂在门鼻上的狮头大铜锁道，“这四间仓库分属桑悦、洪瓔、梅笙、金沁四人，据说四只铜锁也是特制的，每只铜锁只有一把钥匙，由仓库主人保管。梅家仓库这把锁没有被撬动过的痕迹，应该是梅笙用钥匙打开的，或者说，是用梅笙的钥匙打开的。”

许枚连连点头：“凶手打晕梅笙，抢走了他的钥匙，打开仓库，剖开黄梅，取走果核，这个人是绑匪吗，他潜进来了？”

“不知道，不好说，也许是绑匪的眼线。”宣成看看满地黏糊糊的果肉汁水和黑洞洞的仓库，心中也是一阵烦腻，“我们去看看所谓的凶器和脚印。”

打晕梅笙的凶器是一根再常见不过的木棒，丢在距长廊不远处的一片竹林里。竹林面积不小，竹子也和幽篁舍中的细竹不同，皆有碗口粗细，立地冲天，种在石板路旁黄土坡下。这土坡地势比路面约低近两米，坡度不陡不缓，土质湿润紧致，坡面上有几个非常清晰的赤脚脚印——自石板路奔向坡下，跑入竹林。

“凶手……没有穿鞋？”许枚莫名其妙，“这是什么套路？”

“唔……若光……”宣成见卫若光扁着嘴不肯搭理许枚，便问道，“从这脚印能看出什么？”

卫若光道：“脚印在林子里也有，穿过竹林后沿着竹林另一边的石板路走了。这人脚掌宽大，步幅也长，应该是个高大汉子。”

许枚托着一块手帕掂着那根三尺来长的木棍道：“小别扭，你怎么确定这个就是打晕梅笙的凶器。”

卫若光对“小别扭”这个词格外反感，正要龇牙炸毛，却听“蛐蛐”几声，清脆悦耳，忙定睛看去，只见许枚指尖捏着一只一寸来长的大蟋蟀，圆头紫翅，遍体油光，六肢粗壮，牙钳狰狞，在许枚指尖振翅挣扎，鸣声如铃。

卫若光眼睛顿时亮了，轻轻吞了口唾沫，不自禁地回答道：“木棒枝缝里挂着一根短发，长度、发色和梅笙后脑的头发没有差别。长廊入口旁边有一座一人多高的假山，假山后面的土地上有一对同样的赤脚脚印。梅笙昏倒在长廊入口处，当时凶手应该就躲在假山后，趁梅笙走入长廊时突然现身，一棍打下……”

“噢……”许枚愉快地点点头，捡起一片宽大的竹叶，折了一个小筒儿，把乱叫的蟋蟀塞进去，折下细小的竹叶梗插住封口，“喏，送你了，刚才顺手捉的。”

“送……我？”卫若光脸色红得喷火，却还是抵不住极品蟋蟀的诱惑，伸手接过小竹叶筒。

“斗虫的时候悠着点，这样的绝品蟋蟀伤了可惜。”江蓼红虽不好玩虫，却也被方才那几声宛如莺啼鹤唳的鸣叫撩拨得心痒难耐，生怕卫若光拿这蟋蟀去赌斗。

卫若光忙道：“我从不斗虫的，只是养着玩。”

许枚笑道：“这样最好，古人玩虫，本为其鸣声悦耳。《开元天宝遗事》有载：‘宫中妃妾辈皆以小金笼捉蟋蟀，闭于笼中，置之枕函畔，夜听其声。’多雅致，多有诗意……”

“百果庄应该没有这样长腿大脚的高个子……”宣成强行结束了蟋蟀的话题，指点着脚印道，“这人应该是从外面来的。”

许枚当即道：“会不会是洗玉楼外爬墙头的男孩？”

宣成道：“也许吧，这人能爬上近两丈高的墙头，身手想来不会差，身量也不会太低。”他俯身架起昏迷的梅笙，“先把他带回洗玉楼，姬扬清到底是学医的，处理这些伤口肿块比我们强。”

许枚啧啧几声：“等他醒来以后，知道有个法医在自己后脑勺上动手动脚，会不会落下心病？”

“心病不是我能管的，但是眼前的绑架案和袭击案，我有很多话要问他。”宣成道，“麻烦你们带他回洗玉楼，我沿着脚印去竹林那边看看。瓶子你们拿着。”

割喉血案

姬扬清仔细验罢横躺在离洗玉楼不远处、一丛灌木中的尸体，轻轻叹了口气，将自己的外套轻轻盖在尸体上：“可怜的阿七，这么小的孩子，谁下的这种毒手……”她揉揉肩膀站起身来，一回头便瞧见卫若光和许枚架着一个软绵绵的人快步走来，一旁的江蓼红手里还提着一根吓人的大棍子，不由大惊：“别告诉我又来一具尸体！”

梅笙本就生得苍白瘦弱，此时垂头耷脑、四肢绵软被许枚和卫若光二人架着两臂，晃悠悠毫无生气，着实吓了姬扬清一跳。

“别紧张，他被人打昏了，伤得倒是不重……等等，你为什么说‘又’？你这儿……我的天！”抱着胆瓶的江蓼红走在最前，眼见灌木丛中一摊血泊，不由大惊，“这是……阿七？”

许枚心直往下沉：死人了，竟然死人了！是那抚陶师下的手吗？

“快，快把他扶到屋里。”姬扬清跳出灌木丛，招呼着三人将梅笙扶进洗玉楼，放在一张太师椅上。

许枚此时心情极差，事情的发展完全超出了之前的预料，他始终觉得，无论绑匪的目的是什么，在拿到想要的东西之前都不应该闯到庄子里来杀人。

姬扬清用湿手帕擦去手上血迹，拨开梅笙脑后的头发看了看伤口，又见他眼皮已经开始跳动，便轻轻舒了口气道："问题不大，过一会儿就能自己醒过来，不过你们也许没时间等他……"说着她伸手狠狠扣住梅笙的人中……

"啊——"

梅笙登时清醒过来，一声惨叫把许枚吓了个趔趄，许枚拍着胸口道："梅公子，中气好足啊……"

梅笙恍恍惚惚喘息几声，猛地捂住后脑："啊……我的头……好疼……"

"可不是嘛，被人一棒子敲晕了。"江蓼红道，"有没有看到是谁下的黑手？"

"有人……用棒子打我？"梅笙揉着脑袋上的鼓包，疼得龇牙咧嘴。

"你当时就一点反应都没有？"许枚表示怀疑。

"没……没有啊，一定是有人在我身后下的手。"梅笙丝丝吸着气。

姬扬清拉过江蓼红，小声道："姐姐，这个梅笙不是被打昏的，他头上的肿块绝不可能致人昏迷。"

江蓼红惊道："我们发现他的时候，他确实是没有意识的。"

"没有意识……是昏迷，还是沉睡？"姬扬清问道。

"这个……"江蓼红语塞，"这我可分辨不出……"

姬扬清道："要致人昏迷办法多不胜数，暴力击打是最粗糙也最不好掌控力度的。他的头、脸、颈部都没有针孔，口鼻外没有异味，也没有掩捂痕迹，我想他应该是服用药物导致的昏迷，至于是别人动的手脚还是他自己玩的花样，那可就不好说了。"

江蓼红望着抱头呻吟的梅笙，轻一皱眉道："这孩子一定有什么不好见人的事儿。"

一旁的许枚面带微笑望着梅笙："这么晚了，你到仓库去做什么？"

“我……啊！对了！”梅笙眼睛忽地瞪得滚圆，被针扎了似的从太师椅上弹了起来，手忙脚乱道，“我……我得回仓库，否则会出人命的！”

姬扬清道：“已经出人命了，你们的鸽僮被人一刀割断了喉管，死在离洗玉楼五十米远的一丛灌木里。”

此言一出，梅笙登时蒙了，嘴唇张合数下，才艰涩地从喉中挤出几个字来：“阿七……死……死了？”

“我还骗你不成？”姬扬清举起血淋淋的手帕道，“你回仓库去做什么？”

“我……我……我去……取梅子核……”梅笙被吓得失了魂，连完整话都说不出了，“我……我要……救人……”

“取梅子核救人？”姬扬清惊道，“那封勒索信是写给你的！那个褐色头发的姑娘是你的恋人？”

梅笙惶然点头。

“所以……你打算毁掉给李大帅的上品黄梅，用梅子核去交换人质？”许枚问道。

“不……我不敢……”梅笙一咬嘴唇，稍稍定下神来，“那个仓库里存着些中品、下品黄梅的种子，外观和上品没什么不同，只是稍稍小了些。我想挑出三百颗大些的中品种子，再从庄里的树上摘几枚中品新梅，捣成果泥，裹在种子上，冒充新剖出的上品果种子，把云伊换回来。”

“那个姑娘叫云伊？”许枚点头道，“好听的名字。可是我们进入仓库时，发现所有上品黄梅都被剖去了种子。”

“剖……上……上品果？”梅笙如受雷殛，一张小脸青里透白，血色全无，“谁干的？他怎么打开仓库的？”说着他两手在身上乱摸，“我的钥匙呢？我的钥匙……”

“你从来没有打开仓库大门对吧？”许枚问道。

“没有，我刚走进长廊就被人打晕了！”梅笙两腿簌簌发抖，“那……那云伊怎么办？李大帅那边怎么办？”

许枚道：“从脚印来看，打伤你的是个身高至少在一百八十五公分以上的男人……”他看了卫若光一眼，卫若光点了点头。

许枚继续道：“我们发现你的地方正是那道长廊的入口处，旁边有一片竹林，几棵芭蕉，还有一座假山。躲在假山后面的凶手在你刚刚踏入走廊时挥棒击出，非常顺手。假山后的地面上也确实发现了脚印，也就是说，这个人一直等守在长廊外，等着来取梅子核的你。”

江蓼红立刻明白了许枚的意思：“换句话说，这个人知道你身上有仓库的钥匙，也知道你会来仓库挑选个儿大的中品黄梅核，所以事先埋伏在假山后面，守株待兔。”

许枚道：“这个‘以次充好’的计划你都对谁说过？”

梅笙犹犹豫豫道：“我……我只告诉了阿七。”

姬扬清越看梅笙越觉可疑，没好气道：“阿七已经死了，颈动脉被人‘咔嚓’一刀割断，救无可救。”

梅笙听见惟妙惟肖的“咔嚓”，吓得打了个突。

江蓼红生怕姬扬清惊了梅笙，忙打岔道：“阿清，你怎么发现他的？按说你应该守在洗玉楼……”

“我闻到血腥味了，我鼻子很好的……”姬扬清脸微微一红。

“这我知道，可是五十多米开外……你也能闻到？”江蓼红见姬扬清一副做了坏事的神色，眯起眼睛追问道，“说实话。”

“哎呀……姐姐……”姬扬清咬咬嘴唇，小声道，“若光让我守在这儿，他自己跑去找你们，还把随身揣着的一个葫芦放在桌上。我一时无聊，就把葫芦打开了，然后……”说着她像做了坏事的猫一样偷偷看了看放在桌上的蟋蟀葫芦，小声道，“若光捉了一下午的蟋蟀全都跑了，我是追蟋蟀的时候闻到了血腥味……对不起啊小若光，等回去之后姐姐一定赔你几只大的……若光？这孩子哪去了？”

“他刚才就跑出去了。”许枚道，“那个灌木丛是案发现场，一定会留下什么痕迹。你刚才有什么发现？”

姬扬清道：“从血迹来看，阿七是在灌木丛旁的石板路上被杀，又被凶手拖入灌木丛的。从伤口来看，凶手站在死者背后，突然探出匕首在他颈前狠狠一抹，将正中喉管与右侧颈动脉割断……”

“右侧……凶手是左撇子？”许枚问道。

“对。”姬扬清点点头，“可是这里大部分人都是右撇子，除了……”她一指梅笙，“除了梅公子，他的手表戴在右腕，晚饭时倒酒夹菜都用的左手。”

梅笙吓了一跳，随即回过神来，忙道：“对，我是左撇子，我不是凶手。”

“你确定知道你计划的只有阿七？”许枚狐疑道，“你为什么把这么秘密的计划告诉他？”

梅笙道：“阿七的父亲是我家果园的庄户，我们从小就认识，还是我介绍他给桑哥做事的。而且泛尽河的码头已经很久不用了，几条小船都搁在岸上，我力气小，需要阿七帮我把船推到河道里。我也不知道事情怎么会变成这样……”

许枚略一思索，又问道：“你就不怕绑匪看出种子有问题？”

梅笙道：“大些的中品梅核和小些的上品梅核从外观上看没有区别，连我都很难看出不同。”

许枚点点头：“这样啊……”

沿着脚印去向西南的宣成兜了个圈子，也回到了洗玉楼。

“警官你回来啦？”许枚招招手道。

宣成随意找了个椅子坐下，揉着眉头道：“我看过鸽僮的尸体了，若光有些发现。”

卫若光跟在宣成身后，手里捏着几个卷起的竹叶——身上没带着证物袋，但这个讨厌的古董店老板用树叶折成小筒的法子实在不错，附近桑树的大叶片当证物袋非常合适。

“死者的指甲缝里挂着一丝灰褐色的纤维，也许来自凶手的衣服，也许来自一个布囊之类的东西。”卫若光打开桑叶做成的证物袋道，“我在离灌木丛五六步远的地方发现一枚染血的银圆，在灌木旁的石缝里又发现一枚，还有一枚沿着石板路滚到了二十多米外的地方。这种情况看起来像是……怎么说呢……像是一大包银圆撒了一地，有人在捡拾时落了几枚。”

许枚拉拉江蓼红的衣角，小声道：“江老板，银圆这东西有泉音吗？”

江蓼红摇摇头：“银圆铜板这些机制钱都是死物，毫无灵气。”

姬扬清没听见两人咬耳朵，衬着一块手帕轻轻捏起一枚银圆，若有所思：“银圆啊……阿七死时两手在胸前扣握成爪，像是紧紧抓着什么东西，他的手指被人用力掰开过，左手中指和右手无名指都被折断了。”

卫若光道：“对，尸体的状态很奇怪，他死时一定把什么东西抱在怀里，被凶手生生拽走了。”说着他指了指银圆。

许枚立刻明白了卫若光的意思：“阿七死时抱着一个装银圆的布囊，被凶手失手扯坏，银圆滚了一地。凶手情急之下掰断了阿七的手指，拿走了布囊，拾起散落的银圆，逃之夭夭。那地方又黑又暗，凶手没有看到这几个滚到路边的银圆也在情理之中。”

姬扬清又道：“阿七死亡时间在十一点半到十二点之间，我发现尸体的时间是十二点二十。”

许枚想了想，问道：“现场没有光脚的血脚印吗？”

“光脚？”姬扬清莫名其妙。

卫若光摇摇头：“凶手很小心，附近的石板路和树丛里都没有脚印，树丛里的土地上有很细小的织物压痕。”

许枚一愣：“织物？这么说……凶手害怕脚印留在灌木丛里，在拖拽尸体之前先在土地上铺了一块布，或者是把自己的衣服铺在地上，这家伙够谨慎啊。”

说着许枚搔搔下巴，喃喃道：“脚印……对了警官，你追着那个脚印一路过来……”

“泥脚印走出竹林，踏上石板路后，没走几步便淡去了。”宣成道，“那条石板路也是通向洗玉楼的，只是比你们走的路绕得稍远了些。我去小路两侧的果树林、树丛和花圃都看过，没有发现脚印，袭击梅笙的凶手应该是沿着这条小路一路走向洗玉楼，除非……对了，半路有个水池，如果凶手跳池自杀的话……”

“哪有这么想不开的凶手！”许枚嘴角一阵抽搐，“我倒觉得打昏梅公子的和杀死阿七的未必是同一个人。一个大模大样地在仓库附近留下那么多脚印，一个连拖动尸体都要避免在灌木丛里留下痕迹，两个凶手的行事风格完全不同。”

宣成一阵头疼：“两封勒索信，两个绑匪，两个人质，两个勒索目标，现在又冒出来两个凶手，两个受害者。”

“不不不，有些‘两个’可能是‘一个’。”许枚思路非常清晰，回神望着缩在太师椅上的梅笙，“梅公子，寄来褐发索要果核的勒索信，目标是你。”

“对……”梅笙有气无力地点点头。

“那另一封勒索信的目标是谁？”许枚盯着梅笙的眼睛，微笑道，“那条发带你应该认得吧？”

“不……不认得……”梅笙缩了缩脖子，眼珠左右乱摆。

“真的吗？”许枚见梅笙这副神色，笑吟吟道，“你可别说谎，否则这位警官会请你到警察局喝茶，那儿的茶粗粝得很，怕是不合梅公子胃口。”

梅笙吞了口唾沫，抬头望望许枚，忽觉一股凛冽寒气滚滚而来，不自禁一偏头，正和宣成四目相对，吓得一个激灵：“我……我……那种发带……我给云伊买过一条……”

许枚解释道：“云伊是梅公子的未婚妻，这么说来第二封勒索信也是给你的。”

宣成脸色一沉，轻轻瞪了梅笙一眼，梅笙吓得浑身发抖，瑟瑟缩缩道：“我……我给云伊买的那条发带……掉了一颗珍珠，绑匪送来的那条发带上，珍珠是全的……七颗。”

宣成取出随身带着的发带：“你仔细看看。”

梅笙怯兮兮接过发带，小心翼翼道：“没错啊，七颗珍珠都在，这不是……”他抽抽鼻子，“咦？这发带上的味道倒是和云伊常用的洗头香波一样，可是珍珠……”

“会不会是云伊自己买了一颗一模一样的珍珠缝缀上去？”许枚问道。

“她买不起。”梅笙连连摇头，“云伊家贫，所以我们是……”

“私订终身？”江蓼红对小儿女间事情很感兴趣。

“没有……我们只是……偷偷交往……”梅笙把头埋在胸前，红着脸道。

许枚心中一阵纠结：不对啊！根据季岚所说，寄来发带的勒索信目标才是梅笙，绑匪要的是玉壶春瓶，至于寄来云伊头发索要果核的勒索信……从梅笙当时的反应来看，他是知道鸽子腿上绑着信筒的。绑匪在百果庄里有眼线，这个眼线是留下脚印但从未露面的大个子，还是在今晚赴宴的人当中？

宣成心里也是一团乱麻，叹了口气道："看来，确实有必要去泛尽河下游的树林里走一遭了。还有，这庄子里现在有一个极危险的人物在，还是把所有人都聚在一起的好，洗玉楼房间最多，住十来个人不成问题。"

姬扬清道："阿七的尸体也得先抬进洗玉楼来。"

"好，我和若光去抬。"宣成道。

断腿哪吒

十多分钟后，桑悦、洪璎、金沁都赶到了洗玉楼，住在四层的季世元父女也战战兢兢下了楼。

"阿七死了？"桑悦又惊又痛，"是绑匪干的吗？"

洪璎脸也涨得通红，挥着拳头道："无法无天，敢到我庄子上来杀人，简直是不把小爷放在眼里，我饶不了他！还有你！"说着他一指梅笙，"处个姑娘还藏头露尾的，不敞亮！还有那些黄梅，那可是李大帅订购的！"

梅笙欲哭无泪："我这是撞了哪路神煞，怎么什么事都冲我来！"

金沁自进屋后便忙不迭地找了个椅子，烂泥也似把自己甩了进去，没过两三分钟竟打起鼾来。

"这小子吃错药啦！"洪璎火往上撞，"什么时候了还睡这么香！"

季世元望望金沁，摇头道："他不对劲。"

季岚缩在季世元身后，紧咬下唇，瑟瑟发抖。

姬扬清眉头一皱，屈起手指在金沁头顶"嘣"地弹了栗暴……

"啊噢噢噢——"金沁惨叫一声，立刻清醒过来，眼窝里泪花滚滚。

"你有失眠的毛病？"姬扬清问道。

"没有……"金沁可怜巴巴地捂着头顶，远远躲开。

"你身上有一股谐神香的味道。"姬扬清道。

"谐神香？"季世元悠然点头，"不错，不错，这症状像是用了过量的谐神香所致，我之前做过香料生意，这谐神香可不便宜。"

"岂止不便宜，是贵极了。"姬扬清道，"谐神香需用龙脑、沉香、安息、乳香、白芷等十多种香料细细调配，是一种效力极强的助眠香。”

“我从没点过这种香！”金沁惊骇无比，“我房里点的是普通的沉香。”

“有人换掉了你的香。”姬扬清道，“你屋里可少了什么东西？门窗有没有被撬过？”

“我没注意……”金沁后怕不已，“我的门是老式双开扇木门，只有一条横闩。”

姬扬清无奈：“那种老古董用一把小刀就能拨开，对吧若光？”

“会留下痕迹的。”卫若光道，“无论多小心的闯入者，在拨动门闩时都会留下痕迹，天亮后我去检查。”

许枚突然道：“你的钥匙还在吗，仓库的钥匙？”

“哎呀，钥匙……”金沁伸手在腰间一阵乱摸，“啊……还好还好，钥匙在呢！”金沁舒了口气，从左腰侧解下轻薄细小的铝制钥匙。

“去仓库看看吧……”许枚变了脸色，“去金公子的仓库看看，怕是已经有人闯进去过了。”

此言一出，满座皆惊。

“许……许老板……”金沁大惊，“我的钥匙还在！”

许枚道：“你睡觉前脱下衣裤时，是先松开皮带扣，把裤子连同皮带一起脱下来，搭在衣架上的是吗？”

金沁脸一红道：“是……是，裤子连着皮带一起搭在床边的椅背上。”

“第二天起床时再一起穿上？”许枚道。

金沁点点头：“是……”

许枚道：“你是右撇子，钥匙为什么挂在左腰后？你西裤右腰后的一道皮带穿口上有钥匙扣磨损的痕迹，左侧却没有，可见平时钥匙是挂在右边的。我见你白天便神色恍惚，行动迟缓，应该是连续多夜使用谐神香的缘故。如果我所料不错，你的钥匙应该在几天前就被人拿走用过，又连夜还了回去。这个盗贼做事太不仔细，钥匙挂错了地方，谐神香也没有取走。你这孩子也太马虎，没有注意钥匙变了位置，也许是连续几日受谐神香的影响，精神无法集中，更无力顾及这么一个轻轻小小的钥匙。”

“对……我的钥匙一直挂在右边。”金沁小脸煞白，“他拿我的钥匙干什么！”

“去仓库看看吧，你的枇杷应该不是凶手的目标。”许枚道。

“所有人都去。”宣成道，“天亮之前任何人不得单独行动。”

“稍等一下，我给这孩子取些薄荷丸醒醒神，谐神香的药劲还没过，别一会儿又睡过去。”姬扬清动身上楼。

“不必了吧？”江蓼红同情地望着金沁，“这满头冷汗淌得跟雨点子似的，任什么药劲儿也早流光了。”

梅家仓库汁水淋漓的惨状令四个少年骇然心惊。

梅笙两眼一翻，险些昏死过去。

“快把他扶到外面，这里不透气。”江蓼红道。

季世元叹了口气：“这些上品果价格不菲，梅家这回损失不小。”

季岚紧紧攥着季世元的胳膊，颤声道：“爸爸……”

季世元轻轻拍着季岚的背道：“丢些财货倒在其次，一旦惹恼了李大帅那个……”他压低了声音道，“那个匪性十足的愣头青，才是大祸临头呢……”

金沁颤抖着打开仓库门，鼓足勇气用手电照去……

“我的枇杷都在！”金沁几步扑到仓库中的两个竹筐前，捧起芒果般大小橙黄喜人的枇杷，在脸上轻轻蹭了蹭，长长吁了口气。

“你的木偶果然放在这里啊。”许枚饶有兴致地用手电四处乱晃，见几十个真人大小的木偶紧靠仓库四壁，歪头垂手软沓沓地站着：青面獠牙的太岁，三头六臂，赤发冲天，手持各种不知名的法宝；媚眼如丝的狐妖，身披薄纱，酥胸半露，一头长发光可鉴人；慈眉善目的老翁白须飘飘，手执拂尘，一派仙风道骨；浓眉大眼的少年，头绾双髻，身披莲瓣，一脸的飞扬跳脱……

姬扬清、江蓼红都吓了一跳，这些木偶简直太逼真了！一个个五官身形与真人分毫不差，却这般头颈颓软，四肢僵直地靠在墙上，活像僵尸！

许枚举着手电一一看过，啧啧称奇：“金公子，这都是你做的？这是《封神榜》里的人物吧？”

“对，学校有个演剧社，我和同学用这些木偶演过《大破十绝阵》。”

金沁有些羞涩。

许枚连连赞道："这些木偶雕工用色都可谓绝妙，瞧这妲己的眸子，真好像能勾魂夺魄似的，还有这个手持双鞭的将军，金盔金甲，三眼白须，一定是闻太师吧？瞧这威风凛凛的架势，可比庙里的灵官还有派头！"

"许老板谬赞……谬赞。"金沁小脸一阵发红。

"那边的漂亮小伙子……挽双髽髻，赤裸上身，项戴金圈，肩披红绫，腰束莲瓣裙，这是哪吒吧？"许枚说着把手电照向仓库角落，"他的腿呢？"

"啊？"金沁揉揉眼睛，望着两腿齐膝而断的哪吒木偶，惊道，"哎呀！哪吒的腿呢？哪吒是赤脚，比雕刻各种靴履难得多，我可花了不少功夫做的，连趾甲和脚背的血管都细细刻了，每个趾掌关节都加了机簧，可以活动。表演时配合竹皮弯成的风火轮，上下腾跃，灵动无比……"

江蓼红见金沁一副心痛欲绝的神色，轻轻凑在许枚耳边问道："这哪吒身架好大，若是肢体完好，怕不得一米八多吧？"

许枚道："这不奇怪，《封神榜》里助周伐纣的哪吒是个率直野性的俊美少年，可不是穿着肚兜的小娃娃。书中说哪吒剔骨复生后的莲花化身'面如傅粉，唇似涂朱，眼运精光，身长一丈六尺'，我看这木偶还做得矮小了些呢！"

宣成望着断腿的哪吒木偶，沉默良久，才问道："你是不是想说，所谓袭击梅笙的凶手就是它？你早就有这想法？"

许枚轻轻一点头："我只是觉得那些脚印有问题。"说着他转身走出仓库，来到走廊外的假山后，指着地上的脚印道，"这对脚印太诡异了，他是藏在山石后面守株待兔，又不是站岗，为什么只留下一对脚印？难道他一直直挺挺站在这里没有移动过脚步？还有，这两只脚印站得平行端正，活像是蹲马步，常人不会这么站吧？"

江蓼红凑在许枚身后，连连点头："没错，常人站立时，两脚间总会有些角度。"

许枚又走到竹林旁的土坡前，随手捡起一根小竹枝，指点着留在坡上的几个脚印道："常人跑下山坡时，身体平衡不好掌控，脚步会较常时细碎一些，可这两三步跨度很大。这坡上土质细腻，软泥似的，人在下坡时一脚踏上去，总会有些倾斜滑动——一般是后倾，下坡时人会不自觉地把重心向后仰，脚跟处的印痕略深些，可这‘凶手’的脚印却端端正正，不前倾不后仰，前掌后跟一般深浅，这实在不像活人踏出来的。”

“确实不对劲……”说话的是不知何时悄悄跟来的满脸通红的卫若光，这本是他该发现的问题，却由一个外行一一道破，卫若光羞臊不已，忙补救道，“我刚才也觉得这些脚印很奇怪，这人赤脚踩在如此细腻柔软的泥土上，脚印窝里竟然光光净净的，没有留下足纹。”

许枚一拍脑袋：“对呀，这也是个大问题。”

江蓼红恍然：“难怪你说金沁仓库里的枇杷不是凶手的目标，这脚印不是活人留下的，百果庄里和活人很像却没有活人气儿的，就只有这些木偶了。”

宣成道：“伪造脚印的人知道金沁的仓库里有木偶，所以设法偷走了金沁的钥匙。”

姬扬清也凑了过来：“这里那么多木偶，他为什么选了哪吒？留下赤脚的脚印也太奇怪了吧？”

许枚笑道：“刚才金公子说，哪吒木偶这对赤足每个趾掌关节都加了机簧，可以活动，这样的脚印更有活人气儿。再说，那些道履、战靴、绣鞋什么的，不是更奇怪吗，难道凶手会是个古代的将军、老道或是女子？更何况，这个大尺码的赤脚脚印会让人第一时间想到有‘闯入者’，若是用鞋印的话，或许会引人怀疑——这会不会是有人用鞋子伪造的？如此一来，凶手一番安排算计岂不是枉费功夫？”

宣成默默听着许枚的推断，突然摇头道：“不对啊……你是说这些脚印是凶手伪造的？”

许枚点头道：“当然。金公子，金公子！”

桑悦三人守在竹林外探头探脑，不敢进去，金沁犹自守着断腿的哪吒心疼落泪，听见许枚远远喊他，才抹抹眼睛，答应着跑出走廊。

“你来看看这几个脚印，和你当时做的木脚大小相符吗？哎……不用下坡，小心摔着，那假山后面便有。”许枚道。

金沁顺着许枚的指引走到假山后，一看之下，顿时叫喊起来：“对对对！一模一样！大小尺寸、形状比例都一丝不差！为了加装机簧，我还把这脚做得较常人的稍宽厚了些。许老板……这些脚印是怎么回事……”

“多谢金公子。”许枚道，“看来凶手打开你的仓库，便是为了这两只木脚。”

宣成还是觉得不对劲：“可竹林里没有其他人的脚印，凶手是怎么操纵这两只断脚穿过竹林的，握着小腿倒立行走吗？”

“啊？这个么……”许枚挠挠头，“这个……步幅那么大，不会是倒立。这凶手是怎么办到的……嗯……”

“这里竹子很密。”江蓼红扬起手电，照着密密麻麻、杵天杵地、碗口粗细的竹子，“如果凶手身手够好的话，完全可以脚不点地攀着这些竹子离开竹林，捎带手还能用木偶的脚在泥土上按几个印子。”

“等一下，手电别动！”卫若光突然叫了出来。

“怎么啦？”江蓼红吃了一惊：这孩子一惊一乍的。

“那个……那个……”卫若光眼见高处几根细小竹枝伶仃欲断，忙扬起胳膊指点着道，“就那里，看见了吗？那些竹枝像是被折断或是压断了，还有那里……最东边也有，而且这几处竹枝折断的竹子下面都有脚印！”

“真的啊……”许枚舒了口气，“看吧警官，凶手就是攀着竹子，用木脚……呃……”

“发现问题了吗？”宣成道，“那几处折断的小竹枝距离地面足有四五米高，那木偶的腿脚不过四十公分，凶手悬身于半空，怎么把木脚按入泥土？”

“嗯……”许枚讪讪道，“至少假山后和竹林里的这些痕迹不是活人的脚印。梅笙昏倒在走廊入口处，附近可供凶手藏身的地方只有那座假山，如果当时假山后没有‘活人’在的话……”

“梅笙的‘昏迷’就很值得怀疑了。”江蓼红道，“他脑后那个鼓包并不严重对吧，阿清？”

“半天就能消肿，这样轻的力度击打头部，绝不会致人昏迷。”姬扬清道。

“你不早说……”宣成满腔怨念。

“我和姐姐说了，谁叫你当时不在？”姬扬清轻“哼”一声，甩去一个白眼。

“看来我们有必要和这位梅公子好好谈谈了，他身上的疑点太多。”许枚道。

“嘘……”江蓼红突然压低了声音道，“有人来了……”

宣成心猛地一紧，攥了攥拳头，姬扬清也吓得一个激灵，忍不住向宣成身边凑了凑。

“别紧张，来的应该是个小姑娘。”江蓼红眯着眼瞧着姬扬清：这不经意间的动作很可疑嘛……

宣成凝神听去，远处石板路上吧嗒吧嗒的脚步声显得有些笨拙，但怎么也听不出是个姑娘，忍不住小声嘀咕道：“这神婆耳力好得离谱。”

江蓼红耳力确实好得离谱，这“神婆”二字落在耳中，倒是丝毫不觉冒犯，反倒有一丝小得意，这位警官常管许老板叫神棍，神棍神婆，倒也搭对。

季岚偎在季世元怀里，老老实实坐在走廊入口处的吴王靠上，视线最好，眼见西边的小路上一道人影背着月色摇摇晃晃地走了过来，瘦削伶仃活鬼也似，吓得肩膀一缩，钻进季世元怀里。季世元也觉脊背一阵发凉，连声道：“宣队长，宣队长！有人！有人过来了！”

人质

“云伊！”一脸颓丧坐在廊前石阶下的梅笙，一见那女子，顿时疯魔似的叫喊起来，三步并作两步跑上前去，一把将那女子抱在怀里，呜呜地哭了起来。

“梅哥……”那云伊也抽抽噎噎的，泣不成声，“我……我好害怕，我好害怕……”

“不怕不怕……”梅笙轻轻拍着云伊的背，柔声道，“有没有受伤？饿了吗？怎么回来的？”

“不饿，他没怎么着我，只是把我绑在河边的帐篷里……”云伊吸着鼻涕嘟嘟囔囔地道，“他……还打了山鸡和鱼给我吃，刚才他离开了好一阵子，回来之后就给了我一只小木筏子，让我一个人划回来。我从码头进了庄子，也不认得路，进了几座院子都没有人在，七绕八绕的，就走到这儿了……”

众人都识相地远远站着，脸上表情或惊或怕或疑或戏谑，格外精彩。

洪璎瓮声瓮气道：“果然是褐色头发的姑娘，这臭小子嘴可够严的啊！”

桑悦脸色极不好看：“绑匪要的是上品黄梅种子，现在梅子毁了，人也放回来了，难道真的是绑匪潜入庄子剖走了梅子核？”

“绑匪……”金沁怨愤不已，“他要的是种子，好端端的折腾我的木偶做什么？”

“嘿，瞧这小丫头，长得可真水灵！”洪璎啧啧赞了几声，上下打量着抽泣不止的云伊，摇头道，“可惜衣服破旧了些，怕是家道不大好，梅叔叔那个老势利眼应该不会同意这姑娘嫁到梅家。”

宣成轻咳一声，打断了两人和着鼻涕眼泪的卿卿我我，取出随勒索信寄来的珍珠发带：“你认得这条发带吗？”

云伊使劲吸了吸鼻子，抹着眼泪从梅笙臂弯里滑出来，接过发带：“这是梅哥给我买的……啊不是……我的发带掉了一颗珍珠……等等……这就是我的发带！”

姬扬清小声道：“这丫头有点彪啊。”

江蓼红“噗”的一笑：“这叫迷糊，不叫彪。”

宣成皱眉道：“到底是不是你的，你可看清楚了。”

“是是是！”云伊用手随便捋了捋头发，两指绕着发带便往头上系。

“拿下来！”宣成也没了脾气，“这上面的七颗珍珠一颗不少。”

“这就是我的，这上面的红印子是我不小心蹭上去的指甲油。”云伊亮出红艳艳的指甲道，“瞧，颜色一模一样，还有这儿，第二颗珠子线头儿也松了，这是我家门帘子挂的。”

“发带是她的。”卫若光突然道，“发带打结的痕迹和她头发的弯折痕迹完全可以对应，而且她系发带的动作很容易把指甲油蹭在发带中段，就是那个沾着红印子的位置。”

“你看吧，你看吧，我可没骗你！”云伊扬起头道。

许枚轻轻笑道：“像一只得了颈椎病的母鸡。”

“嘴别这么损。”江蓼红耳力绝好，把许枚这句损话听得一清二楚，偷偷伸手在他肋下轻轻一掐——这算是老叶说的亲密些的动作了吧？

许枚只觉肋下软肉一阵酥痒，整个人木偶似的僵在当场，脸火烧似的喷红喷红，所幸夜色尚浓，众人的注意力都集中在云伊手中那条发带上，没人发现风度翩翩的许老板竟变成了红脸关公。

“这么看来……”宣成从云伊手中半夺半拿地取过发带，“两封勒索信的人质都是你。”

“两封？”云伊一头雾水，“绑我的只有一个人呀，是个男的，有一米八五那么高，穿得很破旧，还光着脚，他用黑布蒙着脸，我看不到他长什么模样。”

“观察还算细致。”宣成玩味地瞧着云伊，问道，“我有多高？”

“你……一米……七八？”云伊上下打量着宣成，犹犹豫豫道。

“他呢？”宣成用手电光束一指许枚，突然一怔：这神棍怎么一脸呆样，脸还这么红？

“他么……一米七五吧？”云伊的声音透着几分心虚。

“还有他们，他们多高？”宣成又指指桑悦和洪璎。

云伊搔搔脸蛋，小声道：“瘦的一米七，胖的……一米六？”

“我哪有那么矮！”洪璎登时急了，“我一米六八，六八！”

桑悦道：“我一米七二。”

梅笙脸色青一阵白一阵，活像刚出泥的白萝卜。

宣成道：“四公分的身高差，你却看出了十公分的差距。我身高一米八五，和你看到的所谓绑匪一样高，这位许先生身高，大概有……”

“呃……一米七九。”许枚终于回过神来，忙接口道，“我身高一米七九。”

宣成道：“云伊，你怎么确定绑匪身高是一米八五的？”

云伊张口结舌，愣了半晌才道：“那……那也许不是吧……”

宣成道：“可你描述的身高一米八五左右的赤脚男子，和现场呈现的证据完全吻合。”

“所以我说嘛，他的身高是……一米八五……”

“你根本无法准确目测人的身高，却对绑匪的身高估测得格外准确。”

宣成咄咄逼问。

云伊脸涨得通红，偷眼去瞧梅笙。

“宣队长，云伊被困在林子里受了不少苦，又逆着河水划着筏子一路回来，还是先让她洗个澡，换身衣服，休息一晚再说吧。”梅笙鼓起勇气，颤声请求道。

宣成却道：“是啊，一个小小女子，独自撑着筏子逆流而上，不知走了多长一段的水路，到此时竟脸不红气不喘，这份体力实在惊人。”

“云伊是渔家女，撑惯了船的。”梅笙咬着牙解释道。

宣成见梅笙、云伊慌得脸红腿软，也不再逼迫，松口道：“既然‘唯一的’人质已经解救回来，所谓‘绑匪’也已经离开了百果庄，各位可以先回去休息了。明天……已经可以说是今天了，天亮后我还有话要问各位，关于洗玉楼外的命案。”

“命案？”云伊大惊，一把抱住梅笙的胳膊，“有人死了？”

梅笙脸色发白，轻轻一抚云伊披散的头发，宽慰道：“别怕，别怕……”

宣成又道：“为保险起见，大家还是在一处休息的好。洗玉楼有五层，除了一楼正厅外，二层到五层共有十六个房间，每人一间房也绰绰有余。”

“可是……洗玉楼一层大厅里还停着一具尸体。”季世元道。

云伊听见“尸体”二字，恐惧地望了梅笙一眼。

“我住一楼。”姬扬清道，“我常和尸体打交道。”

宣成道：“一楼大厅和二楼的四间房归警方，其他的房屋各位自行安排。”说着他突然一回头：“对了云伊，你所说的帐篷在什么地方？”

刚刚卸下防御的云伊猛吃了一惊，吞了口唾沫道：“啊……呃……就在河边，沿着泛尽河一直走下去，一定能看到。”

所谓绑架

许枚对睡眠并不十分渴求，可一旦钻进被窝，总喜欢赖到日上三竿。

“他们应该已经去那个所谓的帐篷调查过了吧？”许枚穿衣洗漱，伸了个懒腰，推开五层的窗户，窗外景色一览无余，连墙外山林中的一片莽莽苍苍都尽收眼底。

洗玉楼位于洗玉园中，这里是百果庄东南角的一处并不很美的宅院，却将几株参天古木包裹在院墙里，树下有一个小小的池塘——小岛上水源丰沛，百果庄里一洼一洼的大小池塘星星点点，都被巧妙地借势造景，成了园中的独到景致，洗玉园也是如此。这汪小池用不大不小的青石砌了边角，池中栽了大叶莲花，周遭岸边一片茸茸草茵，点缀着几朵白色的小野花，像一块平坦干净的绿毯。却有一块两尺多高的不规则青石像癞蛤蟆一样蹲在池边，显得格外突兀。

许枚望着层层绿荫下的一汪碧水，又好气又好笑：“池塘边为什么会有这么一块讨厌的石头，简直像美人眼里揉了一粒沙子，山不山，石不石，人不人，鬼不鬼，造园大匠若不是脑袋坏掉，断不会在这里安排一块石头。若是三四尺高怪瘦嶙峋的假山倒还罢了，横竖也算一景，这不尴不尬的小方疙瘩算什么？整个洗玉园的景致全被这蠢物破坏掉了。”许枚连连摇头，又不经意地向树后看去，“咦……树后面的草丛里……像是堆着一团麻绳？有意思，有意思。”他河马似的打了个哈欠，整整头发道，“是时候去警官那里打扰他一下了，看来住在高处还是有好处的，至少视野好了很多。”

宣成恰在此时敲响了许枚的房门。

“真是心有灵犀啊警官，我正想去找你。”许枚笑道。

宣成走进屋中，默默坐在靠窗的椅子上，有些不大情愿地一抿嘴，说道：“姬扬清和若光在梅笙住的酝馆附近和那个泛尽河下游的帐篷外面发现了一些特别的东西，他们建议我立即逮捕梅笙和云伊，我觉得还是有必要和你商量一下。”

“立即逮捕？”许枚奇道，“他们发现什么了不得的东西了？”

"脚印，梅笙书房的窗口下有两个赤脚脚印，和仓库走廊外面、假山后的脚印大小形状完全一致，也一样规矩得奇怪。"

"噢……"许枚微微一笑，思索片刻道，"警官，'逮捕'这两字用得太重，姬法医和小家伙有点冒失了，梅笙应该不是杀死阿七的凶手，云伊更不是，他们只是骗子。"

"骗子？什么意思？"宣成问道。

"我大概知道这两个小鬼在搞什么花样了。"许枚优雅地伸了个懒腰道，"不过我得去阿七的住处和他养鸽子的那个……分绿阁看看。"

"真的？这案子你都想明白了？"宣成进房间时没有关门，被随后来找许枚的江蓼红钻了空子。

"哎哟江老板，听墙角可不是好习惯。"许枚被吓了一跳，脱口便道。

江蓼红一怔：他叫我什么？江老板？随后她也赌气道："无意听到可不算听墙角，许老板。"话一出口，自己也是一愣：这"江老板""许老板"怎么听起来格外亲近，不见半点生分，倒像是……爱称？

许枚愣了好久，突然了悟似的笑道："江老板不嫌弃的话，一会儿也来听听这案子？"

"好啊，许老板。"江蓼红展颜一笑，如风过芙蕖花颤首，"分绿阁我熟，我带你过去，那地方离洗玉楼可不近呢。"

宣成道："我已经约了梅笙和云伊过来，分绿园不妨稍后再去。"

许枚点头道："也好，先听听他们怎么说。"

梅笙、云伊被叫到宣成房间，规规矩矩地坐在两只并排的靠椅上，紧张兮兮地望着眼前的三个人：一个警察、一个名旦、一个……古玩店老板？

宣成开门见山，指指桌上的几个打开的纸包："云伊，认得这个吗？"

纸包里是吃剩的鸡骨、鱼骨，散发着难闻的馊味。

"这……这是什么？"云伊掩着鼻子挪了挪身子。

"这是在你所说的帐篷里找到的。"

"噢……这些是那坏人从山林里打来吃的，他给我吃的也是这些东西。"云伊小声道，"怎么把这些脏东西拿回来，真是……"

"绑匪竟然能在山林里打到家鸡？这可能吗？"宣成拈起一根粗大

的鸡腿骨，重重拍在桌上，沉声道，“这个鱼骨是罗非鱼的骨头，泛尽河里不产罗非鱼。还有，鸡骨和鱼骨上都有盐分，最过分的是还有孜然末，绑匪带着人质躲在深山老林里，哪里来的调味料？”

“啊？这个……这个……”云伊顿时慌了。

宣成步步紧逼：“帐篷外面发现了所谓绑匪的脚印，非常完整，非常清晰，但那些脚印都是至少三四天前留下的，脚印窝里已经开始长细苔。你说昨晚绑匪回过帐篷，但我们勘查现场时，一个新的脚印都没有发现。在帐篷附近发现不少你的脚印，却没有一处和‘绑匪’的大脚印重合叠压，像是在刻意避开‘绑匪’的脚印，生怕把它踩坏了似的。昨晚我便想说，你手腕上的绳索勒痕也不像是被绑了三四天的样子，倒像是用力捆束之后立即松开，痕迹深入肉中，却没有磨破皮肤。现在可好，这些绑痕几乎完全消退了。”

“我……我……”云伊把双手藏在身后，几乎要哭出来。

“说实话，真的有一个绑匪和你在树林里同住了三四天？”宣城冷冷地盯着云伊，“地上的篝火灰堆没有添柴的迹象，也没有熄灭后再次点燃的痕迹。”

“宣队长！你这样逼问一个姑娘，不觉得失礼吗？”梅笙壮起胆子为云伊出头，声音却像断了的琴弦似的嘶哑颤抖。

许枚暗笑，这孩子已经彻底慌了。

宣成盯着梅笙的眼睛，一字一句道：“你能替她解释这些问题吗？”

梅笙咬着牙嘶嘶喘气。

“梅公子设下这一局的目的，应该是为了把李大帅的注意力转引到一个根本不存在的‘绑匪’身上，为梅家消去这场灾祸。”许枚淡淡一笑，“今年的上品黄梅，恐怕是种毁了。”

梅笙惊骇莫名，粉团似的小脸顷刻间血色全无，呆呆地靠在椅背上，半晌说不出话。

“看来我猜中了。”许枚道，“百果庄四季如春，虫子自然也不少，可昨天仓库门大开着，传说中香甜无比的上品黄梅，果肉汁水流了一地，竟然没有一只虫子爬去享用，这实在太不寻常了。所以我……”说着他尴尬地笑了笑，“我很没出息地悄悄捡起半个‘品相’不错的梅子，咬了一口，那口感简直是……简直是无法形容，活像蛇胆拌白糖和着馊豆腐用韭菜花腌渍之后凉拌山东大葱的味道！看来嗜甜的虫子是最知道果子好歹的，所以有虫蛀的桃杏一般都很甜。”

“许老板，你竟然捡掉在地上的东西吃？”江蓼红大惊。

宣成也露出一个嫌弃的表情。

“梅公子正是笃定我们这些‘贵客’不会捡起地上的东西吃，才大大方方地把剖走果核的黄梅晾在仓库里，我这是为了查案牺牲自我。”许枚红着脸为自己的丢人行为辩解。

梅笙脸色难看之极，又急又恼地攥了攥拳头。

“梅家种坏了上品黄梅，无法供应今年李大帅的珍果宴，梅公子无奈之下出此下策，设计了一件‘绑架案’，让万恶的‘绑匪’毁掉贡果，梅家从‘失职者’变成了‘受害人’，李大帅也会把怒火发泄到这个本不存在的大个子‘绑匪’身上。”许枚微笑道，“而你的计划中必须有阿七，甚至可以说，他也是你计划的核心参与者。你昨晚说过你的‘以次充好’计划只有你和阿七两个人知道对吧？你们在什么地方商量这件事的？”

梅笙眼圈微红，鼓着腮不说话。

“别赌气，我是在救你。”许枚道，“你的计划破绽太多，如果不把事情一条一缕地说个明白，阿七的死就得算在你的头上。”

梅笙幽怨地横了许枚一眼，咬牙道：“在……在我书房……”

“你书房窗外有一对赤脚的脚印。”宣成道。

“噢，是这样啊，难怪……”梅笙眼珠乱转，小声应道，“一定是那个绑匪躲在窗外听到了我的计划。”

许枚忍着笑道：“你在窗下伪造一对脚印的目的无非是想讲这么一个故事：你的计划被藏在庄上的绑匪听去了，他知道如果自己傻傻地守在泛尽河下游的帐篷里，等来的只有三百颗个头稍大的中品黄梅核，所以他决定亲自到庄上来把种子拿到手。上品黄梅被锁在仓库里，仓库的钥匙你随身带着，绑匪要想悄无声息地拿到种子，最好的办法便是在夜深人静时用钥匙打开仓库，剖开那些鹅蛋大小的上品黄梅。

“而你，为了避开勒索信上提到的所谓‘眼线’，只能趁夜去仓库取中品梅核，听到你和阿七谈话的绑匪当然不会放过这个大好的机会。他早早地躲在那座假山后面，等你走到长廊入口处时，一棍将你打倒，夺下钥匙，闯进仓库剖走了上品黄梅的果核，然后穿过竹林，逃之夭夭。绑匪要的是种子，也不想闹出人命，所以回到帐篷后便放了云伊。云伊独自撑着筏子回到百果庄，绑匪则遁入深林，不知所踪。阿七在码头久等多时不见你来，只好赶回仓库附近，发现了‘遇袭昏倒’的你。”

梅笙直冒冷汗，他苦心谋设的计划竟被这个古玩店老板轻描淡写地点破。

许枚继续道：“你通过勒索信、大脚印、泛尽河下游的帐篷、划木筏归来的云伊、遇袭昏倒的你和被剖走果核的黄梅讲了这么一个故事：你面对绑匪的勒索，在李大帅的珍果宴和自己的恋人之间反复权衡，最终决定铤而走险，用中品黄梅核换回恋人，却不料计划被绑匪听去，自己遇袭受伤，上品黄梅也惨被破坏。为了生造出一个根本不存在的绑匪，你和云伊、阿七制造了一连串线索。

“且不说泛尽河下游的简易帐篷、篝火堆和吃剩的鸡骨、鱼骨，光是你书房窗外、仓库走廊外、帐篷旁和竹林中的脚印，就不是随随便便能造出来的。为了制造一个明显属于闯入者的脚印，你在几天前换掉了金公子房间的熏香，所以这几个晚上他睡得很沉，白天精神也很差。我想是你……或者阿七，闯进金公子的房间，偷走他挂在腰带上的钥匙，打开他的仓库，拆下了哪吒木偶的小腿交给云伊，让她在帐篷附近制造了一些脚印，之后你又拿回了木偶的腿，作为昨晚行动的重要道具。桑公子、洪公子和金公子都不知道云伊这个人吧？这也是你实施计划的前提。”

梅笙不甘心地“哼”了一声。

“至于阿七，你们身份悬殊，毕竟也算发小，你知道他身手不错，所以攀爬竹林制造脚印的任务就交给了他。”许枚转向宣成，解释昨晚遗留的问题，“警官，人悬在四五米高的大竹中段，也可以用四十公分长的木腿制造脚印。”他见宣成满面疑惑，江蓼红也一脸茫然，笑着解释道，“阿七可是鸽僮啊，要伺候那么一大群鸽子，必须熟练掌握驱鸽的竹竿。高手训鸽，一根一两丈长的竿子足够。试想一根一丈来长的竹竿，两端各绑一只木腿，阿七一手持竿，一手攀大竹，脚踏着横生的粗大竹枝……”

宣成联想着那幅画面，翻了翻眼皮。

许枚继续道："竹林很密，他踏着横枝攀竹行走，手脚两下借力，完全可以空出一只手，操纵鸽杆上下翻转，造出左右脚交替前行的足迹。之后，阿七将竹竿和木偶的腿藏在某个稳妥的地方，再装作刚刚从码头返回的样子来到仓库外，发现昏倒的梅公子。"

宣成沉思片刻，点头道："说得通。"

"不过，梅公子的计划突遭不测，阿七在洗玉楼附近被人割喉杀害。"许枚瞧瞧面色惨白的梅笙，又看看迷迷糊糊的云伊，说道，"梅公子和云伊都不可能是杀阿七的凶手，阿七死时他们一个昏倒在仓库外，一个还撑着筏子漂在泛尽河上。"

"是是是，我不知道阿七怎么会被人杀死。"梅笙生怕杀人的罪名也扣到自己头上，忙不迭道，"按说应该由他来'发现'被'打昏'的我。"

"这么说你承认了，伪造绑架案？"宣成道。

梅笙沮丧地点点头。

"那你的所谓昏迷是……"江蓼红插口问道。

"我真的昏过去了……"梅笙忙道，"装昏是瞒不住人的，我必须真的失去意识，头上也必须有个肿包。我让阿七用木棒在我头上打了一下，他不敢使劲，所以我……我吃了点药。"

江蓼红哭笑不得："阿七下手太轻了些，那么一个小小的肿块不可能致人昏迷，这个破绽可不小。"

"我哪知道今天会有警察和法医来……"梅笙悲叹一声，"我的计划本来很完美，怎么到了你们眼里就处处都是破绽？"

"到底还是孩子，办事不够细致。"江蓼红道，"右撇子挂钥匙的位置，常人站立时双脚的角度，走下坡路时身体的重心，这些你都没有考虑到。还有那些鸡骨、鱼骨，都是你庄子里吃剩的垃圾吧？你也不想想，人在野外将就果腹，哪里去找油盐和孜然？"

梅笙面红耳赤，"吭哧吭哧"地说不出话。

"江老板，你在教他怎么犯罪吗？"许枚眼睛睁得滚圆。

"我只是教他……办事要细心。"江蓼红一时嘴快说多了话，脸微微一红，轻轻瞪了许枚一眼。

宣成沉声道：“梅公子演了这么一出戏，梅家固然能保住招牌，免于责难，但‘绑匪’毁了李大帅的果子，大帅府不可能不闻不问。‘绑匪’是一个对这座小岛非常熟悉的、赤脚行动的高大男子，你觉得李大帅会怀疑到什么人？”

许枚瞧了云伊一眼，意味深长道：“温峪湖有不少渔民乘船撒网讨生活，冉城街市上的鲜鱼水产全赖温峪湖供应，云伊也是渔家女吧？”

“是……”云伊脸色惨白，无助地看向梅笙。

许枚点到即止，没有再往深里说下去。

江蓼红道：“金公子在你们当中年龄最小，身体尚未长足，他这个年纪的孩子连续数日吸入高纯度谐神香，对心智损害极大。梅公子，你既已盗走木偶的腿，为什么不找机会换掉谐神香？”

梅笙嗫嚅道：“我……我想着事情结束之后，总归要把木偶的腿接回去的，一旦他事后发现木偶坏了，联想到那些脚印……”

“你还要偷一次金公子仓库的钥匙，所以任由他继续用谐神香？”许枚叹道，“这么做太自私了，梅公子。”

梅笙又羞又怕，眼眶里泪光盈盈：“我也不想这么做……我也不想害人……可是今年的上品黄梅全都毁了，一旦惹恼了李大帅，梅家的生意可就垮了……”

“我不想听你的苦衷。”宣成道，“把你的全盘计划详详细细地说一遍。”

梅笙颓然垂首，擦去眼中浅浅一层泪花，小声道：“他都说过了，还要我说什么？随你处置便是。”

宣成道：“你这是在和我赌气？”

梅笙只觉周身寒气肃杀，登时打了个激灵，连连摇头：“不不不……我说，谐神香是我买的，我爸爸有做香料生意的朋友。金沁的钥匙是我偷的，也是我还回去的。我卸下哪吒木偶的腿，给云伊拿到帐篷那里用完之后，又藏在我的仓库里。泛尽河下游的篷子是我们三个一起用蓑草搭的，那些鸡和鱼是我从外面买来给云伊吃的。”

江蓼红脸一红：原来鸡和鱼不是从庄上拿走的……也对，这些天百果庄里就这么几个人，平白少了这么多食物，总会引人怀疑。

梅笙继续道："送信的鸽子是阿七准备的，勒索信是云伊写的，她……"说着他偷偷看了云伊一眼，"她读书不多，遣词用句的水平和那一手不像字的字，更像绑匪的风格……"

云伊伸手在梅笙肋下狠狠一掐，梅笙"嘶"地倒吸一口凉气，眼窝里忽忽打转的泪终于流了下来。

宣成又问道："在你原本的计划中，阿七会把竹竿和木偶的腿藏在哪里？"

"藏到他的住处，在分绿园，然后他再回来'发现我'。"

"我们搜查过分绿园，没有发现这些东西。"宣成道，"分绿园和洗玉楼一个在西北，一个在东南，完全是两个方向，阿七没有按照你的吩咐去做，为什么？"

"我……我哪知道？"梅笙有些委屈，他可不知道自己"天衣无缝"的计划怎么会出这么大的岔子。

"你是用什么工具剖开黄梅的？"宣成道。

"我有两把专剖水果的小刀，那梅子核与肉很容易分离，只要把梅子果肉划开，轻轻一掰，核自然就会脱落出来。"

"刀呢？果核呢？"宣成忙问。

"我和阿七一起剖出果核，把刀和果核一道埋在仓库外面的花池里了，就在那棵开得最大的月季下面，埋好之后又在上面撒了些落叶，然后……我就让阿七用木棒打了我……"

宣成一点头，又道："那么……云伊，你的发带是什么时候不见的？"

"啊？我想想……"突然被点名的云伊吓了一跳，拍拍胸口，仰着脸想了好久，迷迷糊糊道，"我也不知道，我来岛上时没扎这条发带，应该是……放在我的枕头下面了，我住在温峪湖南边的渔村，村东头老杏树下面的小院子就是我家。"

"也就是说，有人潜入你家，偷走了这条发带，写了第一封勒索信，向梅公子勒索一只玉壶春瓶？"宣成皱眉道，"可他为什么又补了一颗珍珠上去？"

"不知道啊……"云伊、梅笙满脸迷茫。

"我没有那种玉……什么瓶。"梅笙不懂瓷器，"玉壶春瓶"这种东西他闻所未闻。

“那发带确实是我的。”云伊生怕宣成扣下发带不还，急道，“那是梅哥带着我到‘悦娵楼’买的，这种限量款的发带只有一条，当时那个季小姐也在，她也能作证！”

“季小姐？”许枚一怔，“季岚？”

梅笙红着脸“嗯”了一声：“去年寒假，我带云伊去悦娵楼买首饰，正巧碰到季岚，当时季岚也看上了这条发带，已经谈好了价格准备付钱，云伊不依不饶地呛了几句，季岚害怕，就把发带让给云伊……哎哟！”

“你这话什么意思，说得我像个泼妇似的！”云伊大为不满，狠狠一把掐在梅笙胳膊上，梅笙痛得直吸凉气，连连告饶。

江蓼红一皱眉：“不像话！”她抬手在云伊肩上一按，云伊肩胛一沉，只觉半边身子都木了，“唉唉”惊叫着松了手。

梅笙得脱魔掌，急道：“江老板轻些，云伊身子骨弱，受不得刑。”

“谁给她动刑啦！”江蓼红气道，“她身子骨弱？能独个儿撑船从泛尽河下游逆水而上的渔家女，她的身子骨比你这粉面团子似的小男娃强得多！”

梅笙红着脸扁了扁嘴，云伊也怕了江蓼红神鬼莫测的手段，缩着身子不敢出声。

宣成屈着手指轻轻敲打着桌子：“第二封勒索信的因果算是理出个大概，第一封勒索信中的人质看来也是云伊，你没有落到别人的手里吧？”

“没有，昨晚帐篷里就我一个人，绳子印是我自己勒得，火堆也是我点了之后又浇灭的。”云伊交代得很痛快。

宣成道：“看来第一封勒索信是树上开花，借势施为。”

许枚完全赞同：“也就是说，写第一封勒索信的人知道梅公子的计划，所以偷了云伊的发带，假称自己绑走了梅公子的恋人。这个‘绑匪’要的‘赎金’是玉壶春瓶，他真正想勒索的人不是梅公子，而是知道发带主人是谁的季……嗯，咳咳咳……”

“好了。”宣成对梅笙和云伊道，“你们先回各自的房间好好待着，哪也不准去。”

梅笙丧气地叹了一声，突然抬头道：“你们是怎么怀疑到我的？”

许枚、宣成、江蓼红都蒙了：你还好意思问？自己留下这么多破绽，当我们傻吗？

“呃，我问的是，你们是什么时候开始怀疑我的？”梅笙补充道。

许枚耐着性子道：“你需要大家知道有人被绑架，好为入夜后发生的一切做好铺垫，所以安排鸽子飞上宴席。可你太心急了些，那只鸽子羽毛又密又长，把信筒遮挡得严严实实，连抱着鸽子的桑公子都没有发现信筒，你怎么可能看到？”

“我以为桑哥发现信筒了。”梅笙稍一迟疑道，“鸽子羽毛虽长，却是蓬松的，当时桑哥托着鸽子的肚子，一定会感觉到鸽子腿上多出了一截硬邦邦的东西，他是最熟悉鸽子的人……”

“咦，也对哦！”江蓼红惊道，“分绿阁的鸽子都是桑悦养的，他手掌又长又大，托着紫四块玉的肚子，一定能摸到那个小指头粗细的竹筒，可他怎么不说呢，难道是喝醉了？不像，不像……”

“看来是我性子太急，也许我晚开口几分钟，桑哥就会取下那只竹筒……”梅笙叹道。

宣成眯起眼睛：“未必。”

“对了……”许枚推开窗户，指着池塘边的怪石道，“梅公子，你看池塘那里……对，就是那边，原本有那么一块石头吗？”

梅笙探出头去仔细看了看，迟疑道：“洗玉园这里非常偏僻，我们平时也很少过来，我记得……这个池塘旁边好像没有设计石头。”

“哦……这样啊。”许枚点了点头。

空首布

送走梅笙和云伊，宣成轻轻吐了口气，默默坐在窗前。

江蓼红道：“‘种子绑架案’只是一场小孩子自导自演的闹剧，受害者只有莫名其妙吸了几晚上谐神香的金沁，只要好生调养，应该不会落下病。至于阿七的死，也许完完全全是另一件案子。”

许枚搔着下巴道：“我在想，桑悦为什么没有发现鸽子脚上的信筒，是他一时疏忽还是有意隐瞒？他和阿七的死会不会有什么关系？阿七是梅笙的发小，也是桑悦的鸽僮，他和桑悦的关系也许比梅笙更近。”

宣成道：“关于阿七的死，目前有这样几点线索：散落在凶案现场的银圆、死者指甲缝里的纤维以及莫名失踪的竹竿和木偶断腿。”

“还有瓷灵的证词。”许枚望着窗外的院墙，想起昨夜霁蓝瓷灵的话，“排除闯入者作案的话，谁最有可能为了钱像猴子似的爬上洗玉园的院墙？”

“鸽僮阿七！瓷灵说爬墙的人是个十多岁的男孩，年龄也对得上。”宣成迅速跟上了许枚的思路，“阿七和凶手做了某种交易，凶手付钱之后突下杀手，却在夺回银圆时撕破了钱袋。”

许枚拍手道：“完全说得通，对方可能就是那个‘女娃似的’家伙，他要做‘翻天大事’，而这个见不得光的‘翻天大事’被阿七知道了，那些银圆可能是封口费。”

江蓼红继续道：“也许对方怕阿七欲壑难填，想永绝后患，便趁阿七拿到银圆放松警惕时，突下杀手，割断了他的脖子。”

许枚道：“可这‘翻天大事’是什么事？”

江蓼红道：“那谁知道？我们去阿七的房间看看，也许能有些收获。”

宣成道：“好，我让若光去把梅笙埋下的刀和果核挖出来，这些都是证据。”

“你就这么折腾小家伙啊？他去泛尽河下游调查那个帐篷，一定整夜没合眼了，东西就在那儿埋着，不会有人去破坏的。”许枚道。

“迟则生变，我心里不踏实。”宣成依然坚持。

分绿园是一座小巧精致的花园，一座月亮门，四面青砖墙，方方正正，简拙古朴。月亮门正对着分绿阁，一座纤小的二层竹楼，四周遍植果树，密密团团将竹楼包裹其中，远远望去，浑如一团绿浪托着一座四面通透的玲珑阁。东院墙下有一座小瓦房，青砖白墙绿纱窗，是鸽僮阿七的住处。房屋旁零星点着几株乳白奶黄的月季，处处透着舒适惬意……如果不是地面上散落着些细小羽毛和稻谷粒的话。

竹楼的二层早被改造成了鸽舍，各种珍奇鸽子极不讲究地混养在一起，咕咕叫个不停，鸽子食槽里都是上好的五谷颗粒，还有不少形状古怪的马蜂尸体，许枚看得直皱眉头。竹笼旁挂着几个鸽哨，有圆葫芦三截口的，也有联筒管哨，只是不见了训鸽用的竹竿。

阿七的房间简单朴素，一张大床、一座立柜、一台方桌、一只小几、一条长凳、一把竹椅，被子随意叠着，衣服随意搭着，水杯茶壶随意摆着，床头小几上放着些花生、栗子和在院子里随手摘下的枇杷、樱桃，还有一大罐浓稠的蜂蜜。窗台上的水缸里养着一只浅褐色的小龟，懒洋洋趴在露出水面的石头上，窗前挂着一只轻巧精致的圆竹笼，笼里养着一对肥肥胖胖的红子，黑头白身，敛翅翘尾，小眼睛乌豆似的精光灼灼，不时鸣叫两声，声音清澈洪亮，婉转动听。笼里一条栖杠、四只白瓷食罐：两只盛水，两只盛食，都是掰碎的花生仁、瓜子仁。窗台上摆着一只小竹盒，养着不少活虫，盒里还斜插着一把清理鸟粪用的小铜铲。

“哟，好灵秀的红子。”许枚凑在竹笼前，赞不绝口，“阿七是真爱这对鸟儿的，这两个小家伙日子过得可比桑悦那些鸽子还惬意。”

“红子？这小鸟吗？”宣成对花鸟鱼虫一概不懂。

“对，红子，北京人叫‘唧唧棍’，这鸟儿玩的是叫口鸣音，极难伺候。”许枚道。

“这些茶杯茶壶和鸟食罐都是瓷器……”宣成四下乱指。

“不成的……警官，这些刚出窑的俗物没有灵蕴。”许枚哭笑不得。

江蓼红的目光自落在窗台上，便被什么东西勾住了似的，半晌才缓过神来，指着插在竹盒里的鸟粪铲子，颤声道：“空首布！”

“啊？”站在窗台边逗弄红子的许枚吓了一跳，低头向虫盒里看去，大惊道，“天哟，果然是空首布！”说着他双手将那小铲轻轻捧起，伸指掸落爬在铲缘的小虫。

那小铜铲不过六七厘米宽，黄中见绿，色如瓜皮，隐隐泛着神秘的柔光，铲面平整，正反两面皆有三道平行竖纹，一面依稀有字，铲肩方正，铲刃略内凹，两肩之间伸出一长长的方形空心銎孔，一根一尺来长的被斫削扁平的树枝插入方孔中，作为铲柄。

江蓼红从许枚手中接过小铲，轻轻拔去木柄，端详片刻，轻笑道：“这东周古钱被用来铲鸟粪，边缘磨损，锈迹全无，人道‘明珠暗投，宝器蒙尘’，怕是莫过于此了。”

许枚道：“这上面有字，好像是安……”

江蓼红道：“安臧，或许是古地名吧，李竹朋释其为‘物阜民安’与‘其藏曰泉，其行曰布’之意，我看是不大稳妥的。”

宣成奇道：“这小铲一样的东西也是钱？李竹朋是谁？”

江蓼红道：“这小铲一样的东西叫空首布，是春秋古钱，多出晋豫二省，形如铲镈，素为泉家所珍。李竹朋便是前清国史馆总纂李佐贤，号竹朋，是学贯古今的金石大家，咸同之际闲居京城时，撰成《古泉汇》六十四卷，首集十到十四卷辑录东周空首布百余种，卷首说空首布‘布形类铲，故俗呼铲布，其首中空’。你说它像个小铲，说得一点不错，这空首布正是由农铲演化而来。”

宣成见这空首布被用作鸟粪铲，也是喟然一叹，随即振奋道：“那……江老板，你是不是能从它这里听到什么？”

江蓼红一怔：这“江老板”三字由他叫来，却少了那份味道，纯是一个敬称了。她便说道：“自是可以的，只是祭泉问古时不可有他人在场，你们且先到院里。”

“好，好。”许枚连声答应着，拉了宣成离开小屋，远远候在竹楼下。

江蓼红掩住门窗，敛身坐在桌前，屏息凝神，吐纳几遭，双手拂过耳际，轻轻捧着那“安臧”空首布，闭目垂首，轻吟一声，如箫管泠泠，良久方止。那空首布竟如活了似的，轻轻悬浮在半空，隐隐有钟鸣之声，绕梁缥缈，悠悠不绝。

江蓼红缓缓睁开双眼，躬身施礼道：“打扰了。”

“无妨。”声音浑厚苍老，盈溢满屋，将江蓼红团团裹住，微微震颤，好像这座小小的房屋在说话似的。

“我有几个问题要请教。”江蓼红恭谨端立，作揖道。

“女史请讲。”空首布的声音平和冲淡，一派超然。

“你这些日子……一直被用来做这个？”江蓼红忍不住指了指鸟笼，问了个和案子无关的问题。

“是，那孩子不认得我，他从河滩上的淤泥中捡到我之后，就把我做成了……铲子。”空首布发出一声苦笑，像一个憨厚长者被儿孙弄坏了心爱的花草，心中凄苦，却无可奈何。

“苦了你了。”江蓼红长叹一声，“你说的那孩子……阿七，他昨晚被人害了。”

“被人……害了？”空首布稍一迟疑，“你是说他……死了？”

“被人一刀割断了喉咙。”江蓼红道。

“可怜，可怜……”空首布悠悠一叹，不喜不悲。

“阿七这些天有什么不对劲的地方吗？或者说……他有没有见过什么生人？”江蓼红终于问到了正题。

“这些天没有生人来过，可那孩子这些天兴致勃勃，甚至有些狂态。”空首布迟疑半晌，淡然说道，却把“生人”二字咬得稍重。

“没有生人，没有生人……你是说，这些天来找阿七的都是这里的‘熟人’？”江蓼红眼前一亮，“分绿园是养鸽子的地方，阿七是鸽僮，常来这里的只有桑悦。”

“那孩子叫他桑公子，可衣着贵气的桑公子……似乎有些怕那孩子。”空首布道。

“怕？”江蓼红不解。

“是，他说话时声音在颤，看起来又急又怕，却还端着公子的架子。也许是那孩子知道了什么，桑公子答应给他一笔钱，好像……那孩子说还有一位公子也给了他一大笔钱，托他办一件事，似乎和‘木偶’‘脚印’有关，至于是什么事，我就不知道了，他们说着话便出了屋子，后面说了什么我听不清。”空首布听到的事并不多，却似乎正是案件关窍。

“另一位公子托阿七做的是和‘木偶’‘脚印’有关，阿七把这件事告诉了桑公子？”江蓼红心中一动：看来桑悦知道梅笙的计划，要玉壶春瓶的是他吗？或者……是他杀死了阿七？

空首布道：“是，那孩子好像有些愧疚。”

“桑公子为什么会怕一个鸽僮？阿七知道了什么事？”江蓼红又问。

“我不知道，他们很少在这里说话，但常去那边的竹楼。”空首布常被摆放在窗台上，抬眼便能看到包裹在层层果树中的竹楼。

“昨晚阿七几时出去的，他出去时都带了什么东西？”

“戌时四刻左右回来过一次，又匆匆地走了，拿走了他训鸽用的竹竿，之后便再没有回来。”

“戌时四刻……也就是八点，阿七应该是在晚宴结束后回来过。”江蓼红暗道：许老板推测得一点没错，阿七伪造脚印果然用到了那根训鸽子用的竹竿。

空首布年纪大了，记忆有些迟缓，呆了好久，又说道：“对了，他还拿了那个挎包，一直挂在椅背上的很老旧的小皮挎包。他有时会斜挎着那旧皮包翻到墙外捉虫子，那孩子身手灵巧得很，我几次见他从院墙翻出去。”分绿园在百果庄西北角，墙外便是山林，阿七要去外面捉喂红子的小虫，直接翻墙比走正门方便得多。

“挎包……皮的？不是布的？”江蓼红记得阿七指甲缝里挂着一丝灰色纤维，尸体上没有挎包。

“是皮包，又脏又旧，里面常揣着一副网纱面罩。”空首布非常确定，它多次看到阿七从那皮包里捧出一把一把的小肉虫子，放在它栖身的小竹盒里，那些讨厌的小虫常爬得它满身奇痒，令它记忆无比深刻，“说到爬墙，我想起来桑公子曾经吩咐那孩子，十月十日这天，抽空翻一次洗玉园的墙，从东南角爬，只需要爬上墙头即可，不必出去。那孩子不知道桑公子为什么要他这么做，桑公子却异常固执，硬着胆子说：‘你若不去爬墙，一分钱也别想拿到。’”

“爬墙……洗玉园……”江蓼红莫名其妙，“桑悦搞的什么名堂？”她又问道，“可还听到他们谈什么别的事？”

“还有……”空首布苦思良久，说道，“我依稀听到他们在院子里说话，那桑公子说：‘……等他昏迷之后，你全都挖出来带给我。’那孩子问：‘你要这些做什么？’桑公子说：‘你别问了，举手之劳而已，我再多加十块大洋。’”

“什么东西？他让阿七挖出来什么东西？”江蓼红忙问。

“我没有听到。”空首布道。

“唔……你还听到些别的什么？”江蓼红不甘心，问来问去，谜团越来越多了。

空首布沉默半晌，说道：“没有了。”

江蓼红无奈，只好点点头，肃然作揖道：“多谢。”

缢杀

许枚、宣成静静听江蓼红讲完，齐齐长呼一口气：案子看似有些眉目，却处处透着古怪。

“若光在仓库外的花坛里只发现两把小刀，至于上品黄梅的核……只找到零星几颗。”宣成道，“梅笙当时把剖出的三百枚果核全部埋在了花坛里，他在这件事上应该不会说谎，眼下这情况只有一种可能：有人在梅笙昏迷之后又把果核挖了出来。”

“但谁会做这么无聊的事？”许枚大惑不解，“当时在仓库附近的只有阿七，他……对了江老板，你刚才说阿七拿走了挎包对吧？他饭后返回分绿园，取了竹竿和挎包后应该是直接去找梅笙。两人剖果取核，伪造脚印，这时候阿七应该是背着挎包的，他背着这个东西毫无用处，除非……”

“除非他想要装些东西，比如果核。”江蓼红不解，“但是他要果核做什么？”

“桑悦说的‘你全都挖出来带给我’会不会就是指这些果核？阿七说‘你要这些做什么’，显然他知道桑悦要黄梅核没有用。”许枚道。

“确实，桑家是种桑葚、酿桑葚酒的，要黄梅种子没有任何用处。”江蓼红点头道，“桑悦知道梅笙和阿七的计划，当然也知道，梅笙的目的是毁掉种坏的上品黄梅。这些被虚构的‘绑匪’拿走的果核，梅笙会想办法丢掉或藏起来，所以桑悦认为，阿七在梅笙昏迷后挖出果核是‘举手之劳’。可他要这梅子核做什么？”

宣成道：“且先不想这个，阿七昨晚共接了桑悦、梅笙两人的‘私活’，帮助梅笙做的共有五件事：剖取黄梅果核、伪造闯入者的脚印、打晕梅笙、藏好竹竿和木偶腿、发现‘昏迷’的梅笙。前三件事阿七完成得很好，但他离开竹林后，并没有依照梅笙的计划，把竹竿和木偶的腿脚藏回分绿园，而是到洗玉楼附近见了什么人。发现梅笙的是若光，他是从洗玉楼一路追着一只虫子跑到仓库附近的，却没有遇到阿七，所以他和阿七分别走了两条岔路。

“阿七帮桑悦做的，目前所知道的有两件事：白天抽空爬洗玉园的东南墙角、晚上挖出来上品黄梅果核。完成这些事后，应该就可以从桑悦那里拿到一笔银圆了。阿七的尸体被发现时，既没有背着皮挎包，也没有揣着果核，更没有带着竹竿和木偶的腿。案发现场只有一些散落的银圆，说明阿七被杀之前是见过桑悦的，桑悦的杀人嫌疑最大。现在解释不通的两点是，桑悦让阿七挖出来什么东西，如果真是黄梅果核的话，他要这东西做有什么用？还有，他为什么让阿七爬墙？”

许枚思索片刻，说道：“嘿……我有个奇怪的想法，不甚成熟，只是猜测。”

“说说看。”宣成道。

“我们回洗玉园。”

“看，池塘边的这块石头。”许枚指着池塘边那块极突兀的石头道，“是不是很奇怪？”

“哪里奇怪了？”宣成莫名其妙，“怎么看都是一块很普通的石头。”

“确实很普通，也确实很奇怪，在池塘边安排这么一块石头，除了破坏景致别无他用。”江蓼红俯下身子拍拍石头道，“梅笙刚才也说过，池塘边原本没有这么一块石头。”

“我还在这棵树后面发现一条长长的绳索。”许枚走到院子东南角一棵两人合抱的大树后，从墙角下厚厚的草茵里拖出一条麻绳来。

“这……树后面为什么藏着一条绳子？”江蓼红惊道，“别卖关子，快说，怎么回事？”

许枚道：“阿七应该是被桑悦约到洗玉楼附近见面的，如果是阿七指定见面地点，约在分绿园岂不方便？”

“没错，分绿园应该是阿七的首选。”宣成沉吟半晌，说道，“但如果是桑悦指定见面地点，选择温苑附近岂不更方便？”

江蓼红道：“也许桑悦不敢在自己住处附近动手，也许是怕惊动别人，温苑还住着一个洪瓔呢。不对……就算要避开自己的住处，他完全可以选择温苑附近的忘机阁和阿七见面。”

许枚用绳子套住石头道：“还记得吧，桑悦强令阿七爬上洗玉园的东南墙头，所以这里……”他一指布满青苔的院墙，“留下了阿七爬墙的脚印。”

“有爬上的脚印，却没有下来的。”江蓼红抬头端详着脚印道，“阿七爬墙时应该借助了这棵紧挨着墙头的大树，下来时……”

“他是跳下来的，阿七身手灵活轻盈，小猴子似的，跳下墙头毫不费力。”许枚指着墙上的脚印道，“桑悦只吩咐阿七爬上墙头，却没有让他翻出墙外，所以院墙外也不会发现任何脚印，院墙内的地面是浓厚密实的草坪，阿七跳下时也不会留下脚印，至少不会留下清晰的脚印。”

“你到底想说什么？”宣成有些不耐。

“也许桑悦为阿七安排的结局不是遭人割喉，而是不慎缢死。”许枚指了横越院墙东南角的树枝道，“洗玉园大树虽多，可只有东南角有横跨墙头的大枝。”

“缢死？”宣成看看院墙，又看看地上的绳索，“是用这绳子……”

“不，是皮包的挎带。”许枚道，“桑悦吩咐阿七拿一些黄梅果核给他，应该有两个目的，其一便是诱使阿七背上挎包，阿七的短衣没有宽大的口袋，要带那么多果核过去，只有用那个挎包。至于第二个原因么，容我稍后再说。

“桑悦和阿七约好见面的地方，应该是在洗玉园内，而不是园外那个灌木丛。两人见面后，桑悦把装着银圆的灰色布包交给阿七，阿七则把装着果核的挎包交给桑悦。这挎包是皮质的，挎带自然也是韧劲十足的皮条，用作勒杀的凶器简直再合适不过。桑悦趁阿七拿到银圆兴奋得意时，用某种方法转移他的注意力，比如指着他的身后说：‘看，那是谁？’趁阿七回头时用挎包带勒住他的脖子，将他杀死。”

江蓼红不解：“那石头和绳子用来做什么？”

宣成“嘶”地吸了一口凉气：“吊起尸首？”

许枚竖起大拇指：“不愧是捕门缉凶堂高手。桑悦把绳索一端做成一个套环，从阿七尸体腋下穿过，另一端高高抛起越过那条横枝，垂至地面，牢牢系到事先备在池边的石块上，再把石块推进池塘——阿七的尸体便被这个以横枝为轴的小机关拽上半空。此时桑悦再爬上大树，用挎包挂在横枝上，包带兜住阿七的脖子，再爬下大树，割断绳索并收回。

如此一来，次日呈现在我们眼前的就是这么一幅图景——阿七被皮挎包吊死在洗玉园东南角的大树横枝上，脚下没有任何可以借力踩踏的东西，墙上却留着他的脚印。这么看来，活像是……”

“活像是脖子上挎着皮包的阿七在翻墙时不慎踩空，挎包挂在树枝上，包带吊住了他的脖子，阿七脚下无处借力，活活缢死在了树枝上。”江蓼红惊道，“而且挎包里满满的上品黄梅的果核。我们发现尸体时，会认为阿七才是剖走果核的‘绑匪’。”

许枚点头道：“对，这就是桑悦要阿七带果核来的另一个目的。”

宣成道：“可是脚印呢？留在现场的赤脚脚印不是阿七的。”

许枚笑道：“梅笙计划粗陋，那些脚印更是破绽重重，只要桑悦旁敲侧击点拨几句，总会有人发现脚印的异常，甚至查到金沁仓库中断了腿的哪吒木偶。

“同时，阿七没有按照梅笙的吩咐，把竹竿和木偶的腿藏到分绿园，而是直接去洗玉园见桑悦，他一定会先把竹竿和木腿藏到某个隐秘的地方，而从仓库到洗玉园的一条小路旁边恰好有一个水塘，把竹竿和木腿绑上石头沉进水里，应该是最稳妥的做法。阿七多半是这么做的，而桑悦也想到了这一点。”

“他会指引我们找到沉在池塘里的木腿和竹竿。”宣成轻轻一捶树干道，“我昨夜还曾路过那个池塘，没想到关键证据就藏在水底。”

许枚继续道：“这么一来，案件看似形成了一条完整明晰的线：阿七不知出于什么目的，绑架了梅笙的秘密恋人云伊，勒索黄梅果核。梅笙接到勒索信后，傻乎乎地把以次充好的计划告诉了阿七；阿七便趁梅笙来仓库时将他打昏，剖走了上品黄梅的果核，再用从金沁那里偷来的钥匙打开仓库，卸下哪吒木偶的腿脚制造了脚印，伪造出赤脚绑匪闯入百果庄的迹象；自己则带着满满一包上品黄梅的种子从洗玉园翻墙逃走，不料一时失足，吊死在树枝上。”

宣成道：“如果这真是桑悦的计划，此人心计不可谓不深，手段不可谓不毒，可是他并没有这样做，而是在洗玉园外一刀割断了阿七的脖子。”

许枚一摊手：“桑悦当然不敢按原计划执行，他们原本为季家父女安排的住处是庄子西南的紫藤馆，偏僻的洗玉园是没有人住的，桑悦可以随意施展手段，杀人吊尸。可季世元带了三位警察一起来到百果庄，还要求和警察们住在一起。桑悦只能安排你们住房间最多的洗玉园，如此一来，他的计划也必须修改。桑悦采取了简单粗暴的办法，候在洗玉园外等着阿七，在交付银圆后，干净利索一刀割断了阿七的脖子，还伪装成左撇子以嫁祸给梅笙，却在夺回银圆时不小心扯坏了钱袋，银圆散落一地。至于提前备在洗玉园中的石块和绳索，桑悦也没来得及收拾。”

宣成认同许枚的推测，但搜取证据却有些难办：“这些石块、绳索、银圆并不能直接指明凶手就是桑悦，也无法证明你刚才说的所谓‘原定计划’。我们所知道的桑悦和阿七之间的交易都是那个小铲一样的古钱说的，它可算不得人证。”

“是啊……”许枚无奈，“除非我们在桑悦的住处找到皮挎包和那些黄梅果核，可从昨晚到现在这么长时间，他应该已经把果核处理掉了。凶器没有找到，人证也不算数，警官总不能凭我的几句‘猜测’就把桑家公子带走审问，这事情可难办了……”

江蓼红道：“如果杀死阿七的凶手真是桑悦……这个年纪的孩子心智将熟未熟，说不定会自己露出破绽。我们可以试着诈他一下，我们从空首布那里得来的消息对桑悦来说是致命的，如果我们在谈论这些消息时‘不小心’被他听到，不知他会作何反应？”

“嗯……这办法好，我看不妨一试，警官你觉得呢？”许枚道。

宣成思索片刻，点了点头：“也好，左右我们现在没有线索指向别人，也没有任何证据钉死桑悦，且先透些消息出去，看看桑悦的反应，再做计较。”

浅绛之境

“杀死阿七的是我。”桑悦咬着随手摘下的枇杷，微笑着说。

梅笙吓得手脚发凉，踉踉跄跄退到墙角，颤声道：“桑哥……你……你跟我说这个……”

“你的小伎俩都被人一一拆穿了吧？”桑悦慢条斯理地咀嚼着甜腻

的枇杷，冷笑道，“种毁了果子且不说，设局欺骗李大帅，用谐神香毒害金沁，这两件事一旦被揭露，梅家处境堪忧。”

梅笙苦着脸道：“现在说这些还有什么用……”

“你敢不敢放手一搏？”桑悦白皙瘦削的脸上泛起一丝血色。

“放手……一搏？”梅笙心怦怦直跳，警惕道，“桑哥……你可别害我。”

“放手一搏，今后便再也没人知道你做的那些蠢事，梅家的声誉也能得以保全。”桑悦上前两步，一把攥住梅笙衣领，沉声道，“你的香匣子呢？”

梅笙从未见过如此可怕的桑悦，只吓得两腿发软，颤抖着道：“你……你要干什么？”

桑悦咬着牙道：“香匣子呢？你不止有谐神香，还有‘软筋风’，我见过的，那种让坐卧的人行动迟缓，手脚酥软，无法站立行动的南洋怪香‘软筋风’！”

梅笙见桑悦双眼赤红，形如恶鬼，终于忍不住“哇”的一声哭了出来：“软筋风有致命缺陷，会招来蜜蜂之类的东西，桑哥……你要干什么呀……唔……”

“别哭！”桑悦一把捂住梅笙的嘴，低喝道，“惊动了别人你也别想活！把软筋风给我！”

梅笙见桑悦满脸狠厉，如同恶鬼，心里恐惧至极，只好服软道：“香匣子……在酝馆，我的书桌下面。桑哥，你到底想干什么？”

桑悦松开梅笙衣领，轻笑道：“我除了养鸽子，还有什么本事？”

“养……养蜂？”梅笙心中一紧，“杀人蜂？你养在庄北树林里的杀人蜂！你在偷偷研究杀人蜂酿的‘妖蜜’，昨天你送给江老板的那罐蜜就是‘妖蜜’，会让人吃得欲罢不能。”

桑悦笑道：“看来阿七那小东西果然和你最亲近，连杀人蜂的事都告诉你。杀人蜂残忍暴虐，最好互相残杀，我让他抽空清理蜂尸，那小子竟然偷我的杀人蜂幼虫养他的红子，却用蜂尸喂我的鸽子，还偷取妖蜜自己吃，哼，这种贪得无厌的小子，注定不得好死……”

梅笙轻轻吞了口唾沫，小心翼翼道：“桑哥，你……你要用杀人蜂做什么？”

桑悦低声道：“姓许的发现石块和绳子了，银圆我也没拾掇干净，他们刚才去过分绿园了，阿七这个狡猾的东西一定在那里留了什么记录，把我的计划泄露了出去……我不能留他们了！”

“什么石块？什么绳子？什么银圆？”梅笙莫名其妙，突然反应过来，惊道，“你要杀人！你要……”

“闭嘴！”桑悦把吃了一半的枇杷狠狠塞进梅笙嘴里，“你最好老实点，否则……”说着他一指昏死在床脚下的云伊，“她就是你的榜样。”

梅笙望着嘴边白沫滚滚的云伊，艰难地咽了口唾沫，壮着胆子道：“你为什么要杀阿七？”

桑悦冷笑一声：“他知道了不该知道的事。”

“什么事……啊，我不问，不问！”梅笙猛然惊觉自己问了个傻得要命的问题，慌得险些咬掉自己的舌头。

桑悦轻轻一拍梅笙的头：“只要这些水果、果酒和果干顺利送进大帅府，一切都妥了。”说着他取出怀表，看了看时间道，“十点，离午饭还有些时候，我约这几个警察还有多管闲事的戏子和古董商见一面，他们一定会来的，嫌疑人主动送上门，这种事情估计他们也是头回遇到，哈哈……约在哪里见面呢？嗯……就在幽篁舍吧，那里在庄子正北，离蜂巢最近，房屋四面通透，杀人蜂更好施展。”

梅笙紧紧咬住“咯咯”作响的牙关：“你……你做这种事，一旦被人发现……”

“不会有人发现的，洪璎、金沁这时候还睡着呢。”桑悦笑道。

“你对他们做了什么？”梅笙瑟瑟发抖。

“没什么，只是蒙汗药而已，可比你的谐神香柔和得多。”桑悦轻轻一抚梅笙柔软下垂的短发，警告道，“我们现在可是一条绳上的蚂蚱，不过你放心，事成之后自然有替罪羔羊，除了你我二人，此间再没有人知道有关脚印的破绽，也不会有人知道你的计划，所以么……剖走黄梅核的还是那个根本不存在的光脚大个子，你我都是受害者，也都是目击者。”

桑悦几乎要哭出来：“目击……目击什么？”

“目击大个子操控蜂群，杀人灭口。”桑悦幽幽道。

“灭……灭口？”梅笙吓傻了。

“别怕，我们是‘同谋’。”桑悦道，“一会儿你最好别乱跑，等着我来找你。事情结束后，我自然会给你解药救这小丫头的命。”说着他用脚尖点了点昏倒在地、口喷白沫的云伊。

“快十一点半了。”许枚望着桌上的小座钟道，“桑悦约我们十一点整在幽篁舍见面，怎么到这时候还不来。”

宣成道：“也许他察觉到了什么。所谓‘试探’计划确实生效了，且看一会儿桑悦作何解释。”

“他不会不敢来了吧？”许枚轻轻打了个哈欠。

姬扬清毫不疲倦地捧着那枚“安臧”空首布左看右看：“姐姐，这东西值多少钱？”

江蓼红攥着一把刚摘下的樱桃，边吃边答道：“品相略差了些，能值二十块吧。”

许枚道：“能换小二百斤猪肉。”

江蓼红一颗樱桃核喷出三米多远，晃着手指点着许枚道：“许老板，你……你这个……”突然江蓼红脸色一变，惊呼一声：“什么声音！越来越近了……天！是蝗虫！不对……马蜂！”

杀人蜂来得又急又快，不等江蓼红反应过来，在屋外捉蟋蟀的卫若光疯也似一头扎进屋里，脚尖一挑带上房门，嘶声道：“快关窗户！你们……你们怎么还坐着不动啊！”

“不对劲……”宣成撑着椅子扶手，努力挣了挣，咬牙道，“我的腿好像不听使唤了。”

江蓼红手一松，红润润的樱桃滚了一地，脸色惨白：“这是怎么了？刚才还好好的……”

“这是中毒了，有人给我们下药。”姬扬清伸手去口袋里东摸西找，空首布滑落在地，当啷啷一声闷响，江蓼红心疼得连连皱眉。

卫若光小脸惨白，手忙脚乱关窗户，可这幽篁舍的正屋三面通透，少说有十六七扇窗，一时哪里关得过来？那拇指大小的杀人蜂团团簇簇如大浪决堤般涌进屋来，振翅声嗡嗡不绝，几乎要把房顶掀掉。

卫若光扯下珠帘罗帐，凌空舞成一白一灰两道大幕，蜂尸飞溅，翅瓣零落，房屋正中的杀人蜂顷刻被驱散到外围。

“小家伙，你把那个小屏风拿过来。”许枚浑身乏力，招呼着卫若光道，“中堂下条案上的那个花梨木框架的瓷板屏，一尺来高，画着山水图的那个，看到了吗？”

“你要干什么？”卫若光四处跳跃着驱赶杀人蜂，不一会儿已经气喘吁吁。

“救大家的命。”许枚艰难地弹开一个飞到自己肩上的老蜂，催促道，“快点，那东西能救命，相信我。”

“如果我停下……呼呼……你们……你们就惨了……”卫若光大口大口喘着气道。

“若光……从我口袋里拿一个纸包，里面有一颗绿色的小药丸，你把它放到那边的水杯里，泼在地上。”姬扬清急道。

卫若光答应一声，一把丢开哗哗乱响的珠帘，蜷腿伏在姬扬清身边，左手挥舞着帘帐，右手从她的格子马裤口袋里掏出一个纸包，依言取出一颗黄豆粒大小的绿色药丸，丢进桌上的茶碗里，淡褐色的茶水立时变得如翡翠般浓绿通透。卫若光怔了怔，伸手抄起茶碗，将水泼在地上，一股似有似无的青烟悠悠浮动，杀人蜂飞动盘旋的速度似乎稍稍缓了下来。

“好……”姬扬清吁了口气，“杀人蜂太多，我这药水挥发得快，抵挡不了多久的，最多两三分钟。”

“快，瓷板屏风！”许枚急道。

“这东西能有什么用？”卫若光扶着膝盖稍一喘息，两步跑到条案前，将瓷屏抱了下来，放到许枚身边。

许枚微微一笑，轻抚黄花梨木框架道：“这插屏实在算不得古物，寒峰山人金品卿仙去不过十数年而已，但此画毫端蕴秀，格调超然，灵韵独具，此境大非凡品可及，亦非俗人可鉴。小家伙，你把大家搀到我身边。”

“嗯……”卫若光不知许枚要做什么，只看他神色凝重超然，便不自禁乖乖点头，挥手拨打着已能腾空而起的壮硕杀人蜂，将江蓼红、姬扬清搀扶到许枚身边。宣成深吸一口气，晃悠悠站起身来，一手搭着卫若光的肩膀，缓缓走到许枚身前，靠住座椅扶手，望了那瓷板一眼道："瓷境？"

"警官聪明。"许枚点了点头。

"这么多人能行吗？"江蓼红有些担心。

"可以的。"许枚点点头，"现在，每人伸出一根手指头，凑到一起，对，就这样……小花？你怎么没事？你刚才跑哪去了？"

小花探出毛茸茸的脑袋，凑在许枚手边，许枚摸摸小花的头，端详那屏风瓷板片刻，伸出左手食指，轻轻点在瓷板画山水间的一处茅屋前——那画面竟如水面似的泛起一层涟漪，鸟语泉鸣，牧歌草香，竟透过那一层薄薄的水面，喷薄而出，画中松枝摆动，水流潺潺，一切景致竟都活了过来。

"呵……"姬扬清倒吸一口凉气，"许老板，你会变戏法？什么是瓷境？"

许枚一怔：许老板？这"许老板"三个字由她叫出来，味道怎么全然不一样了？像是个普通的敬称。

卫若光使劲揉了揉眼睛，吸吸鼻子："这不是戏法……这瓷板上的东西真的活了！"

"手指凑在一起，别动。"许枚伸出右手，将四人伸出的手指和小花的肉爪一并握住，低声说道，"闭上眼睛……好了，睁开吧。"

众人睁开眼睛，只见自己已置身于山水之间，极目望去，远处青山隐隐，雾气腾腾，零星可见苍杉翠柏挺立崖巅，点点如翠墨，一条河水蜿蜒曲折，自山间流出，又从眼前淡绿色的缓坡前绕过，淙淙远去。身后是几座小小的茅草屋，木架细瘦，草顶纤薄，搭建在山坡下的矮草丛中。天上一片纯白，不见半点蓝色，却不知哪位神仙浓墨重彩地凌空写下几行行书："霁天欲晓未明间，满目奇峰总可观。却有一峰忽然长，方知不动是真山。"乃是宋人杨万里《晓行望云山》，书法飘逸遒劲，颇具二王之风，一方朱印"金诰"钤于字尾，刚劲舒朗，古意盎然。一目所见，尽是淡赭、淡蓝、浅紫、水绿、草绿，竟无半点浓艳之色，浑如一片薄雾笼罩眼帘，又似一场浅浅淡淡的诗人梦境。

"呼……得救了。"江蓼红跌坐在地，轻轻拂过手边的松枝，只觉触手之处，苍翠的松枝竟如云烟淡墨般溶溶化开，手掌掠过，又聚凝成形。小花在草丛间来回跳跃，却一片草叶都扑不到，慌得喵喵直叫。

“这里的所有图景事物，都是一支妙笔描绘而出，看似确有其物，实则无迹可寻，人是断断抓不住的。”许枚微笑道。

试图拨开“遥看近却无”的绿草、翻找蟋蟀的卫若光扁了扁嘴。

许枚笑道：“小家伙，你的心还真大，常人见了眼前这般情境，应该是这副模样吧？”说着他指了指呆若木鸡的姬扬清，又道，“你竟然爬到地下捉蛐蛐！”

“嘁……”卫若光撇了撇嘴，一副见多识广的样子，腿脚却突突抖个不停。

“许老板……你学过仙术！”姬扬清好容易回过神，顿时兴奋起来，声音发抖，“姐姐，你是不是早就知道？”

江蓼红点点头，笑道：“说是仙术也不为过。”

许枚摇摇头：“人间哪有仙术，钟灵之物自有诸多玄妙，我不过点开其灵其境，使物在眼前罢了。这里就是方才那幅浅绛山水瓷屏所绘的图景，那些毒蜂是断然进不来的。”

宣成一眯眼：“我们在‘瓷境’里？”

许枚一愣，随即微笑点头：“没错，我们在瓷境里。历代瓷器，有的以青白黑黄釉色取胜，有的以剔刻划印纹饰称冠。除此之外，自六朝至唐代皆有彩绘，但多为零散纹饰，少成图景。宋元明清以来，釉下白地黑彩、青花、釉里红与釉上五彩、斗彩、粉彩、珐琅之绘画构图皆渐入化境，山水、庭院、草木、人物、神灵、鸟兽，构成一目所望之完整图景，其灵蕴便非一二瓷灵之体可具现。”

“你是说……人能进入画在瓷器上的图景里？就像《聊斋》里的《画壁》一样？”姬扬清瞠目结舌，“还说不是仙术！”

宣成暗暗心惊，这“瓷境”可比“瓷灵”更加匪夷所思，忙问道：“那季岚所见的蓝色山水，也是瓷境了？”

许枚点头微笑：“没错，铁拐张那帮家伙也一样，他们应该是被一位抚陶师带入了青花山水图的瓷境。自晚明嘉、万以来，青花山水图器极多，灵蕴绝佳者亦不在少数，尤以崇祯、顺治、康熙三朝频出佳器。”

姬扬清愣了半晌，小声道："听不懂，姐姐你懂吗？"

江寥红微笑点头："多少懂些吧。"

姬扬清道："你懂便好……"她压低了声音，"可是，一旦他将来用瓷器养只金丝雀，你都没处捉去。"

江寥红轻啐一声，伸手去拧姬扬清的嘴，姬扬清尖叫着躲到松树后，江寥红一对纤指径直穿透树干掐了过去……

宣成强挣扎着站起身道："这些毒蜂，是不是桑悦针对我们的试探做出的反应？"

许枚摇摇头道："不好说，不过这幽篁舍正屋里肯定是有蹊跷的。我们几个坐在屋里的，手脚发软动弹不得，在外面院子里抓蛐蛐的小家伙却一点事都没有，看来问题出在屋里。"

"无色无味无形无迹……"姬扬清纤眉一皱，思索片刻道，"也许是某种自然挥发的奇怪香料，或者是某种液体，被人洒在屋里。"

"是桑悦约我们到幽篁舍见面的，看来我们试探得狠了些，桑悦扛不住了。"许枚道，"还记得分绿阁中鸽子的食槽吗？那里面有不少这种毒蜂的尸体，桑悦应该在岛上某个地方偷偷养蜂，一些死去的毒蜂便用来喂养鸽子，这可是高档饲料。我当时便觉得阿七喂红子的白色小肉虫看着有些奇怪，现在想来，那东西十之八九是这毒蜂的幼虫。"

宣成道："如此说来，只要找到养蜂处，对应分绿阁的'饲料'，就能证明是桑悦驱动毒蜂……可是我们现在全无还手之力，外面还守着一群毒蜂，绝不能贸然出去和桑悦对峙。"

"毒蜂不会毫无缘由地袭击人，那间屋子里一定有吸引蜂群的药物。"姬扬清道，"操控毒蜂的人总要来看看情况，或者说，他会来看我们的尸体，到时他一定会想办法清除掉屋里的毒蜂。"

"我们身上的药劲儿也会慢慢散掉吧？"江蓼红心中惴惴。

"不知道……"姬扬清摇摇头，"我不知道我们中了什么毒……不过我这里有一瓶'雨蒸花'，可以祛除百毒，又于人体无害。"

"还有这种奇药？"许枚奇道，"这名字倒是取得好，'催花气暖先蒸雨，消雪岩空渐迸泉'，雪尽花开，生机重启，取意绝妙。不过姬法医出身验骨堂，怎么会有这种'医死人肉白骨'的救命药？"

“机缘巧合，异人所赠……”姬扬清露出一丝不豫之色，强行扯开话题，“我可不懂什么诗情字义，这‘雨蒸花’只有十颗，精贵得很。若光，我皮带上，腰眼右侧，有一个小插扣，里面有个小指大小的瓶子……”

许枚笑道：“藏得好生隐秘。”

卫若光依言取出药瓶，倒出几粒“雨蒸花”，这药丸只有红豆粒大小，呈淡紫色，晶莹透亮，里面隐隐裹着白絮，像小小的碧玺珠，在卫若光掌心滴溜溜乱滚，竟如活物一般。

“像水果糖豆。”卫若光道。

“倒多了，放回去两颗。”姬扬清心疼道。

许枚、宣成、江蓼红、姬扬清各自吞下一颗“雨蒸花”，按姬扬清的吩咐细细嚼碎，盘坐在草丛中，不过二十分钟工夫，体表便蒙了一层细细的汗珠，头顶白气蒸腾。

卫若光怔怔地望着四人，轻轻吸了口气：今天见到的怪事情太多了，古董贩子会“画壁”的功夫，姬扬清随身揣着能解百毒的灵药，卖水果的会养毒蜂，江老板会鉴赏古钱……

“好了……”又过了十几分钟，姬扬清缓缓吐出一口热气，轻轻抬起胳膊，活动着肩膀道，“骨头还有些酸，好歹不酥不软了。”

江蓼红轻抚胸口道：“阿清，我竟不知道你还有这样的宝贝……”

“姐姐……”姬扬清止住江蓼红话头，轻笑道，“我也不知道姐姐的许老板是个法师。”

“法师……”许枚直咧嘴，瞧了宣成一眼，“好吧，法师总比神棍好听。”

宣成站起身来，撑起双臂扭动腰身：“这药很灵，我的体力至少恢复了六七成。是时候出去了吗？”

许枚伸出左手，凌空一抹，眼前虚空中竟如开了一扇不规则的玻璃窗似的，那“玻璃窗”后便是画屏所在的幽篁舍正屋，屋中杀人蜂几乎散尽，零星有几只迟钝些的还在桌椅上慢慢爬动。

“毒蜂退了，人也该来了吧。”许枚道。

姬扬清目瞪口呆：“许老板，你真神了！”

许枚笑道：“身在瓷境中，总该有些手段看到外面的场景。”

宣成突然道：“现在不是子时。”

“是午时。”许枚道，“抚陶师子时可唤醒瓷灵，子午二时皆可进入瓷境。”

“你的手也没有变化。”宣成盯着许枚的手掌，依旧白皙漂亮，但没有之前所见的那种珠玉般的妖冶之感。

许枚轻轻揉了揉自己的手指：“抚陶师的手只有在子时才会变得更美。”

话音刚落，“玻璃窗”那边，两双脚相继踏进幽篁舍。

“桑……桑哥，这……没人啊……”

“闭嘴！他们一定被杀人蜂困住过，还拼命挣扎，这珠帘和罗帐都丢在地上，连这个插屏也……为什么端端正正摆在椅子上？”

“桑悦和……梅笙？”许枚惊道，“难怪，难怪，梅笙手里有谐神香，保不准还有别的奇香。”

“我们怎么出去？”宣成盯着“玻璃窗”后来来回回的两双鞋子，急问道。

“要出去么……好，大家把手指伸出来，还像刚才那样，对……”许枚笑着握住四人手指，“闭眼，好了，睁开吧。”

十三姨太

“啊！啊——”

四人刚刚睁开眼睛，便听一声撕心裂肺的惨叫。

梅笙脸色惨白，泪花滚滚，两腿一软瘫倒在地：“鬼……闹鬼了……”

桑悦肝胆俱裂，抽身退出五六步远，右臂一抖，一柄匕首从袖中滑出，稳稳落在掌心：“你们是人是鬼？”

“人。”许枚道，“货真价实的人。”

“你们耍的什么把戏？怎么会凭空出现？不可能，你们不是人！要来找小爷索命吗？来啊！”桑悦惊魂未定，飞快地挽了个刀花，颤巍巍指着五人道。

“这就是杀死阿七的凶器吗？”宣成上前一步道。

“你别过来！”桑悦恶狠狠道。

“那封要玉壶春瓶的勒索信是不是你写的？”宣成继续向前走着。

“你……你别过来。”桑悦凌空狠狠挥着匕首，试图逼退宣成。

“阿七知道了什么秘密，你不惜杀人灭口？”宣成缓步向前，盯着桑悦的眼睛，平静地问。

桑悦一步步退着，手中匕首飞转不停，脚下却在门槛上一绊，险些跌倒。

宣成慢慢走到门外，继续问道：“翻天的大事指的是什么？”

桑悦终于按捺不住，歇斯底里地大叫一声，挥刀直刺宣成心窝。

“出刀迅猛凌厉。”宣成轻轻侧身躲过，“难怪阿七颈上一刀抹得如此干脆，一个商贾之子，能练到如此身手，也算难得。”

桑悦骇然恨叱，反手一刀，划向宣成咽喉。宣成也不再与他纠缠，轻轻一抬手，稳稳托住桑悦手腕，用力一扭，桑悦“哇”地惨叫一声，匕首落地，手臂反拧在背后，被宣成牢牢按住，犹自嘶声低吼不止。

梅笙抱着头缩在桌角，呜呜哭着道：“别……别打我，我是被他逼着来的……解药，云伊的解药，他给云伊吃了有毒的点心，我不敢不给他软筋风……”

“软筋风？”姬扬清眼睛一亮，“对啊，无色无臭，令人在无形中失去行动能力……这种南洋药价格昂贵，比谐神香有过之无不及。”

“解药拿出来！”宣成手上加了三分力道，桑悦骨节“咯咯”作响，忍不住失声惨叫，险些昏死过去。

“带我去看你的云伊。”姬扬清一把扯住烂泥似的梅笙，不由分说拖出门去。

许枚望着蜷缩在地痛苦挣扎的桑悦，突然俯下身子，伸手卷起他的衣袖：“咦，这个手链还蛮别致……小臂上没有黑线啊……第一封勒索信是不是你写的？”

“不是……”桑悦抗不过宣成鬼神般的强大力道，终于精疲力竭，放弃挣扎，瘫卧在地，轻轻拧了拧肩膀，咬牙切齿道，“我不知道为什么会有那么一封信，我还以为梅笙改变了计划。”

“你知道梅笙的计划，所以借用他的计划来设计阿七的死局，可你为什么假装没有发现鸽子脚上的信？别告诉我你没摸出来羽毛里面裹了一只信筒。”许枚又问道。

“庄子上来了警察，我本来想放弃计划的。”桑悦恨恨道，“我还想着梅笙那蠢货不敢在警察面前玩花样，没想到他还是执行了假绑架的计划……嘿，我有什么办法？他的计划一定会露馅的，到时候阿七也跑不了，一旦阿七落到警察手里，把我的事情说出来……”

“什么事情？你打算做什么，还是已经做了什么？”许枚问道。

桑悦冷笑一声：“过些时候，你自然会知道。”说着他缩起身子扭过头去，像虾一样蜷在地上。

“嘿，这小东西……”许枚无奈。

“桑公子，你要对李大帅下手？”江蓼红突然问道。

桑悦一惊，猛地睁开眼睛：“你怎么知道！”随即一咬牙：糟了。

许枚也惊讶不已：“你怎么知道？”

他又难以置信地瞧着桑悦：“你要对付李矩？年纪不大胆子不小啊！”

江蓼红俯下身去，捉起桑悦的手腕：“这条手链眼熟吗？”

“唔……”许枚托着下巴，仔细打量着桑悦的手链，两条绛红色细绳打成的双龙盘柱络子，穿着两枚光润洁白的小贝壳，两颗茶色水晶八棱珠，两颗水蓝色琉璃珠，五色间杂，精致可爱。

“嗯……用料不甚名贵，制作却极尽精巧，也算个可人的小物件，不像市集上买的，倒像是谁家小姑娘自己编的。可是……我之前应该没见过这东西吧？”许枚道。

“你看过那个报纸吧，李大帅迎娶十三姨太的专版。”江蓼红道。

“对啊，好大的照片占了一整个版面。”许枚道，“我还看过十三姨太自杀事件的专版报道，可十三姨太和这手链有什么关系？”

江蓼红道：“你们男人啊，从来不晓得关注女人照片里的重点。”

“重点？什么重点？”许枚不解。

“首饰啊！女人的首饰，你们看照片的时候难道从来都不关注照片里的女人戴什么项链，配什么耳环，提什么包包，用什么镯子吗？”江蓼红道，“十三姨太的婚礼照片我记得很清楚，满头西洋首饰亮晃晃的俗不可耐，手腕上却戴了一条和这个一模一样的手链，一模一样！小贝壳、琉璃珠子和水晶珠子间隔着穿缀在双龙盘柱的细绳链上，那照片很大，手链的细节我看得一清二楚。”

“噢……”许枚望着天想了好久，才道，“有印象，有印象。既然是一模一样的手链，嗯……这十三姨太的年纪，倒是和桑公子很般配啊。”

桑悦脸色灰败，闭着眼睛“哧哧”喘气。

“你对李大帅下手，是为了十三姨太？”江蓼红摇头叹道，“难怪，难怪，夺爱之恨啊……”

“是明潇自己选择嫁进大帅府的，李矩没有用强。”桑悦眼圈泛红，“可她心里应该还念着我，否则不会一直戴着那条手链……那是她亲手编的，她一条，我一条……”

许枚暗道：原来十三姨太叫明潇，这名字也好听。

“如果李大帅没有用强，十三姨太为什么要投井？”江蓼红奇道，“坊间传说十三姨太不堪李大帅凌虐，趁其外出练兵时投井自杀。”

“明潇——是被——孙炎——推到井里去的！”桑悦猛地睁开眼睛，狠狠咬着牙道。

“孙炎？李大帅夫人？她怎么会做出这种事？”江蓼红大惊，“孙氏人虽强横了些，但还算守礼自制，从未听说她凌虐妾侍、苛待家仆。”

桑悦冷冷“哼”了一声道：“李矩家事，你这戏子倒是知道得清楚。”

江蓼红一噎，摇摇头道：“我与李大帅夫妇虽然相熟，但终归是外客，对李家一些私密家事无法详知。不过你家的桑葚酒孙氏素来喜欢，你……你莫不是在酒里做了什么手脚？那酒可不是专供孙氏一人喝的，李大帅和其他姨太太……”

桑悦满脸狠厉：“我不管！李矩那个老色鬼也该死！”

宣成倒吸一口凉气：他不否认桑葚酒有问题！

江蓼红沉默片刻，又问道：“那这个老色鬼怎么会认识明潇？”

桑悦眼神迷离，黯然道：“我带她参加过一次珍果宴……整个晚上，李大帅的眼睛就没离开过她。明潇也喜欢大帅府的气派，她……她曾说最爱戎马倥偬的盖世英雄……”

“盖世英雄，算了吧，一个有枪有炮的草莽而已。”江蓼红叹道，“这条危险的情路是她自己走的。”

“她还念着我，她还戴着我们的手链！”桑悦梗起脖子，红涨着脸道。

江蓼红连连皱眉：“傻小子，你有没有想过这么做的后果？珍果宴上的满座宾主喝下桑葚酒后毒发，桑家会落入何等处境？梅笙苦苦设计一场绑架案就为了保住梅家的招牌，你却为了一己私情将整个家族陷入死地……”

桑悦像落入陷阱的绝望小兽似的低吼一声，把脸埋在地上，眼中淌下泪来：“我不管，我不管，我要孙炎和李矩死，一定要他们死……”

“阿七就是知道了这件事吧？”宣成取出手铐。

“慢着，警官。”许枚伸手按下手铐，“你就这么把他抓回警局，如实上报？”

“怎么了？”宣成不解。

许枚道：“一旦这些破烂事被李矩夫妇知道，可不知有多少人要挨枪子。这位大帅可是胡子出身，杀起人来可不讲法律，还喜欢搞株连。”

宣成略一沉吟：“梅笙胡闹我可以瞒下来，可阿七的命谁来偿？”

许枚道：“你抓他回去可以，交给隐堂吧，这件事还没完，第一封莫名其妙的勒索信和这座百果庄脱不了干系。”

宣成踌躇半晌，点头道：“把桑悦交给隐堂确也可行，但他和那个……”他压低了声音道，“他和那个抚陶师有联系吗？”

许枚走到桑悦身前，俯身问道：“桑公子，你怎么知道杀死明潇的是大帅夫人？明潇和李大帅新婚宴尔，正是得宠的时候，孙氏趁李大帅外出时动手杀人，必然做得极为隐秘。当时几乎所有人都以为十三姨太是投井自杀，我甚至怀疑李大帅到现在也不知道明潇的死因。”

桑悦不知许枚和宣成所说的“隐堂”是什么所在，但听二人的口气，似乎没有把他交给李矩的意思，心中忽然庆幸起来，扬起脸道：“是一个黑衣蒙面，手腕上有疤的人告诉我的。”

许枚一摊手：“喏，联系。”

宣成忙问：“那黑衣人有没有和你提过关于瓷器的事？”

“没有……”桑悦不知这案子和瓷器有什么关系，“他来得莫名其妙，走得无声无息，鬼魂似的。”

许枚又问道：“你对他说过梅笙的计划？”索要玉壶春瓶的勒索信显

然是借了梅笙“绑架行动”的东风，如果这封信真的出自躲在幕后的抚陶师之手，此人应该对梅笙的计划非常了解。

桑悦莫名其妙：“没有，我为什么要对他说这些？”

“没有么……”许枚摇摇头，无奈道，“第一封勒索信来得不清不楚，真是头疼……对了，那些毒蜂是怎么回事？”

桑悦轻笑一声：“我养在百果庄北墙外的密林里的，是最毒最凶悍的杀人蜂。人活在世上，总要有个爱好。洪璎最好玩蛐蛐蝈蝈之类的东西；梅笙喜欢调弄香料，不惜豪掷千金；金沁玩木偶已经玩出了偌大的名头，天下驰名；我喜欢养鸽子，也喜欢养蜂。那些杀人蜂是今年秋天才安置在岛上的，我本以为没有人知道，可阿七已经把这件事告诉了梅笙。”

“养蜂……”许枚回想起阿七喂养红子的白色肉虫，“你的秘密蜂场也是阿七在操持？”

桑悦冷哼一声：“可这小子监守自盗。”

江蓼红心头一颤：“那你送我的蜜是……”

“杀人蜂酿的蜜，放心，这蜜没有毒，而且鲜美无比。”桑悦轻笑道，“只是吃久了多少会有些瘾头，过段时间就淡了。”

“那我还是不碰那东西的好。”江蓼红很庆幸还没吃那东西。

许枚道：“幽篁舍在百果庄正北，又是个四面通透的房舍，正可以施展杀人蜂。那种让人无法行动的软筋风你下在哪里？”

桑悦道：“涂抹在桌椅上。你们竟然有力气扯下珠帘扫打蜂群，这我实在没想到……你们是人是鬼，怎么会从幽篁舍消失，又突然出现？”

许枚道：“你只要回答我的问题就好，不该问的不要问……解药呢？”

桑悦冷哼一声：“你们没有中毒，要解药做什么？”

“云伊的解药。”许枚伸手道。

桑悦冷笑道：“一点江湖上常见的麻药而已，没什么解药，吃些大黄巴豆，拉几次便好了。洪璎和金沁喝了掺蒙汗药的茶，这时候应该还睡着，一盆凉水泼醒就好。”

“喔……原来是麻药。”许枚摇头道，“可怜梅笙被吓得不轻，被姬法医拖走的时候，裤子都湿了。”

“呵……”桑悦轻轻一笑，撑起身子，问道，“你们要把我送到哪去？

隐堂是什么地方？”

宣成正色道：“你所能去的最好的地方。”

桑悦咂咂嘴：“可以保我不死？”

宣成冷冷道：“依法裁决。”

桑悦摊开身子躺倒在地：“好啊，还是要死的，是枪毙还是砍头，或者是绞刑？”

宣成道：“祸不及亲友。”

桑悦双目微闭：“好，总比落在李胡子手里强。阿七的命我来偿，那谁来给明潇偿命？如果我手里有证据，你敢去抓孙炎吗？”

宣成沉默不语。

桑悦似笑非笑道：“放心，我不会给警官出难题的，证据……我哪儿来的证据，哈……”

桑悦又睁开眼睛，看向江蓼红：“梅家的果子毁了，桑家的果酒有毒，江老板，你这个提货人怎么和李大帅交代？”

江蓼红轻笑道：“放心，我会告诉他，有人劫走了桑葚酒和黄梅，劫匪是个黑衣蒙面、手腕上有疤的男人。”

“呵，江老板聪明。”桑悦惨然一笑。

“也许明潇的事我可以帮你。”江蓼红道，“我是个……用你的话说，是个戏子，最擅摹演人物，你把明潇的举止、做派、语气、眼神、穿衣风格和发型妆容详详细细地描述一遍，也许我能帮你治治孙炎。”

青花山水

日暮黄昏，漫天浓云滚滚，被夕阳层层晕染，一朵朵一簇簇的透出柔润的橘红色，湖面上细浪粼粼，江蓼红的提货小船兜着一帆软风驶离了春实岛，随着湖水的浮动轻轻地摇晃着。

船内舱里是上品的樱桃、枇杷和临时摘下的中品桑葚、黄梅，桑悦备下的十五箱剧毒的桑葚酒都被江蓼红倒进了百果庄北面的密林里，那里的杀人蜂对这种甜腻的果酒丝毫没有抵抗力。

船的外舱很大，此时却被十一个人和一具尸体挤得满满当当。

“我给洪瓔留了二十块钱，让他带给阿七的家人，权当是买下那个……买下这对红子。”江蓼红一手托着红子笼道——既然收下了“鸟粪铲”，便不在乎花二十块大洋买下这对价值三十个铜板的红子。

许枚轻轻搔着小花软绒绒的下巴，笑了笑说：“所有人都搭上了你的小船，单单把那小胖子一个人留在岛上，可怜他到现在都不知道到底发生了什么。”

江蓼红道：“我也奇怪，他为什么不和我们一起离开？他就不怕‘绑匪’去而复返？一个人守在那么大的庄子里，若是换了我，怕是吓得连房门都不敢出。”

许枚道：“所以你在他的房间里藏了一枚宣和通宝，你怀疑他？”

江蓼红摇摇头：“怀疑谈不上，只是觉得他胆气太壮了些。”

宣成有些奇怪：“江老板，你平时随身带着铜钱？”

江蓼红笑道：“带着玩的，几枚唐宋小品，精巧可爱，又不甚值钱，可做书签，也可把玩。”

桑悦没有戴着手铐，浑身上下却半点动弹不得——软筋风已经成了姬扬清的囊中之物，用在长途押送的犯人身上再方便不过。

梅笙抱着泻了半下午肚子的云伊坐在船舱角落里，满脸忐忑：听这警官的意思，似乎并不想发落我们，可他会不会把我的计划抖出去？

金沁满脸萎靡，半躺在靠近内舱的一个软垫上，不时地打着哈欠：上岸后要看医生啊，我最讨厌看医生了……

季岚抱着霁蓝釉胆瓶，紧紧依偎着季世元坐着，不时地望望抱作一团的梅笙和云伊，咬着嘴唇默默不语。

季世元心中疑云重重，眼看小船靠岸，终于按捺不住，携了季岚几步走到许枚身边，小声道：“许老板，小女梦中遇仙一事……可否请尊驾到舍下详说？”

临近码头，外面也喧闹起来，各种商货轮船来往不绝，白帆如织，马达轰鸣，许枚轻轻打开船舱的小窗，笑道：“季先生家里可有明清两代青花瓷器？”

季世元连连摇头：“我从不收藏瓷器……这和小女遇到‘仙人’有什

么关系？”

“没什么，这世上根本没有仙人，我想是某个心怀不轨的江湖怪客使了什么幻术，迷住了季小姐。”许枚道。

“有的……”季岚突然道。

“别胡说，有什么？”季世元轻嗔道。

“我书房里有一个青花山水图笔筒，应该是清代的古董。”季岚道。

“笔筒？是你最近买的吗？”季世元一怔：我极少去孩子们的书房，她什么时候买的笔筒？

季岚摇摇头：“是洪瓔送我的，大概十多天前吧。”

许枚轻吸一口凉气，宣成也提起了耳朵。

“洪瓔，你说洪瓔！”江蓼红惊道，“他为什么送你笔筒？他之前和你认识吗？”

季岚吓了一跳，轻轻退了一步道：“认识谈不上，见过几面而已，他说……说是梅笙托他送的……”

梅笙正有气无力地靠在墙角，突然被叫到名字，猛地吃了一惊：“啊？怎么了？我？我没有托洪哥送过东西。”

许枚笑笑：“许是梅公子记差了。”

“我没……”梅笙收到许枚一个警告的眼神，之后的话全都咽回了肚子里。

“季小姐，那笔筒上的画面是什么样子的？”许枚问道。

“嗯……”季岚思索片刻，说道，“山峦错落，陡峭处直入天际，险峻无比；平坦处与水面相接，宛如平台。四处怪岭迭出，小路隐现，一座矮草亭、几棵大叶树，山水树木浓淡得宜，白淡处清朗如水，浓艳处鲜蓝青翠，繁而不俗。我刚拿到时便爱不释手，把玩了好几天。”说着她脸一红，小声道，“谢谢你，梅笙，那个……很贵吧。”

梅笙正要出言否认，被许枚、宣成生生逼视得张不开口，只好强忍着肋下的阵阵剧痛龇牙咧嘴——云伊掐人的功夫实在令人消受不起。

许枚赞道：“季小姐出口不凡，难得，难得。那么，这笔筒所绘图景，与你梦中所见是否相似？”

季岚一惊，细细回想一阵，轻轻点头道：“是哦……我梦中所处，似乎正是笔筒中的一处山脚，许老板，这……”

许枚笑道：“俗话说‘日有所思，夜有所梦’，季小姐日日把玩这笔筒，中幻术入梦之后，便不自觉幻想自己身处蓝色图景中，这也是人之常情，对吧，姬法医？”

“啊？哦……对啊，许老板说的有道理。”姬扬清嘴上附和着，心中暗笑：我算是知道你的小秘密了，许老板。

“是这样吗？”季岚轻轻皱眉，小声道，“可我总觉得那个梦很真实，而且……他为什么要送我一对镯子？那镯子很值钱的。”

季世元狐疑地望着许枚：“这人对我女儿使江湖幻术……他想要什么？阿鸿的那个瓶子？”

“也许是……”许枚微笑道，“但我保证，他不会再找你们的麻烦了，他……多半会来找我吧。”

“找你？”季世元有些奇怪，正要继续问，忽听金沁叫了一声：“啊呀？”

众人都吃了一惊，齐齐望向金沁。金沁小脸一红，嗫嚅道：“我……我刚才好像看到六指如意了。”

“不会吧？”江蓼红吃了一惊：当年名动天下的木偶师六指如意销声匿迹已近十年，怎么会出现在这里。

金沁揉揉眼睛，指着窗外熙熙攘攘的码头：“我好像看见他提着几个大包从那个商铺出来，一眨眼就不见了。”

江蓼红探头看去，见岸边人群川流，商铺鳞次，挑担的货郎扯着嗓子吆喝，扛包的力巴弓着脊梁运气；渔人拖着满筐水产和酒楼牙子讨价还价；水手敞着胸膛和卖酒姑娘调笑浑说；趾高气扬的小军官挥着刀鞘在人群中拍打出一条小路，涎着脸直奔街角花枝招展的交际花，乱哄哄吵嚷嚷一派烟火气息。

“那个小店吗？”江蓼红顺着金沁手指看去，却是一座专卖供品冥币香烛的纸扎铺，不禁疑道，“六指如意……买纸扎？”

“也许是我看错了吧，码头上那么乱，人影一闪就没了。”金沁道。

“是吗……”江蓼红惋惜道，“六指如意一代传奇，我自幼倾慕，可惜……”

众人只当是金沁受谐神香所扰，一时看花了眼，也未把出现在纸扎铺的“六指如意”放在心上。

季世元推了推眼镜，继续道：“许老板，你说那人会去找你，为什么？会不会是那瓷瓶给你添了麻烦？”

许枚道：“嗳，季先生说的哪里话，这所谓神仙和瓷瓶的事，与贵府再无瓜葛，因为藏在您和您女儿房间里的一对小东西，被我悄悄拿到了我的房间。我说的话，它们应该都听到了。”

“什么东西，会听人说话？”季世元一头雾水。

“没什么，没什么，之后的事由我来应付。”许枚摆着手笑笑，“至于那个笔筒和这只胆瓶么……请季小姐好生待它们，这些精致古物都是有灵气的。”

“哦……”季岚似懂非懂，抚着怀中的霁蓝釉胆瓶，轻轻点了点头，“说来我也和它有缘呢，连名字都是一样的。”

许枚笑道：“你爸爸给你取了个好名字。”

“咯噔噔噔”几声闷响，小船靠了岸，大帅府的管事早候在岸上，一辆小货车停在不远处，等着运送水果。江蓼红当先下了船，笑吟吟和管事打着招呼。

许枚伸了个懒腰，走出船舱，喃喃道：“怎么不见隐堂的人来，神龙见首不见尾的，那天在耍子街，胡三好像被鬼招走了似的……”

“捕门的人已经到了。”宣成望着码头上熙熙攘攘的人群道，“可真正应该被送去隐堂的，不是桑悦。”

许枚道：“放心吧，江老板在洪瓔的房间里藏了小耳朵。”

夜幕初临，春实岛上凉风飒飒，百果庄里寂静无声，紫藤馆每一处灯烛都已点亮，不大不小的院子照得如白昼一般。洪瓔独自坐在窗前的书桌旁，脱下紧紧绷在身上的白色西装，解开衬衫的领扣，长长舒了口气，又颤巍巍地解开长过手腕的袖扣，轻轻挽起衣袖，望着直通臂弯的一道黑线，闷闷地叹了一声。

“不必看了，那条线就在你皮肉之中，看是看不掉的。”窗外传来似笑非笑的声音，洪瓔吓了一跳，浑身肥肉突地一颤，层层肉浪在衬衫下隐隐波动。

一个头戴软绒窄檐礼帽，脸上裹着围巾，身穿黑色长衫的男子出现在洪璎身前，这人不高不矮，不胖不瘦，似乎浑身上下弥漫着一股平凡气息，只那一对长眉，一双细眼，透着浓浓的书卷气，眼波清冷寒冽，令人不敢直视。

洪璎定了定神，咬牙道："我都按照你说的办了，季岚没有带来你要的瓶子，这可怨不得我，快给我解药！"

黑衣人摇摇头："我并不确定那只玉壶春瓶还在季家，我下线的下线出了严重的问题，而且……我低估了季家大小姐，那段时间她到处筹钱，那只瓶子也许已经被换成了钱。现在看来，那瓶子确实不在季家了。"他摇头一笑，"我说这些你也听不懂，我让你把那只小盒子藏在季家父女房间的隐蔽处，你可都照办了？"

"哼……"洪璎拉开桌前的抽屉，取出两只粉彩鼻烟壶。

"你打开了我的盒子。"黑衣人话中隐隐透出一丝不满。

"季世元和季岚他们没住在紫藤馆。"洪璎道，"这两天岛上发生了很多事，我没顾上这东西。等那些人离开庄子，我得空过来的时候，发现盒子就这么摆在桌上，我之前可是把它放在房梁上的。"

"除你之外还有人动过这盒子。"黑衣人声音冷了下来。

"你让我把这些东西藏在他们房间，到底在打什么主意？"洪璎一手捧着两只鼻烟壶，高高举起，威胁道，"你最好说实话，否则……哼，我手一松，你知道是什么后果，乾隆官窑的鼻烟壶，价值不菲啊！"

"呵……"黑衣人摇头笑笑，从口袋里取出一个小药瓶，随手抛在地上，玻璃碎渣四溅崩飞，乳白色的液体淌了一地。

洪璎吓了一跳，缩回手来将那两只鼻烟壶紧紧抱住，警惕道："你干什么！"那样子活像一只受惊的恶犬。

"解药，我原本打算给你的。"黑衣人拍拍手，露出腕上星星点点的伤疤，"这世上不该留多余的人，我也不该再办多余的事，上次来的时候无意中和那个养蜂的小子说了她女人的死因，平白惹出这许多事来……"

"解药……解药……你、你还有的，对不对？"洪璎冷汗滚滚，脸上肥肉乱颤。

黑衣人拍了拍平展展的长衫："没有了，我带两瓶解药作甚。"

洪瓔几乎要哭出来，抖了抖手里的鼻烟壶："我……我……我有'人质'！咦……啊！"洪瓔正抖着双腿咬牙发狠，忽见眼前人影一闪，吓得失声大叫，待他回过神来，手中的两只鼻烟壶已不翼而飞。

"噗……"黑衣人轻轻一笑，"我走了，在树林里苦苦藏了一晚，结果什么也没等到，反而有警察坐船过来，我还得躲着他们。这两天过得实在太熬人，我要回去休息了，你自己保重。"

"你……你不能不管我！"洪瓔狂叫着扑将过去，活像一只巨大的白熊。黑衣人轻轻一闪身，抬脚在洪瓔脚腕子上一点，近二百斤的巨大身躯山也似轰然扑倒，震得屋中桌椅晃了两晃。

"如果我是你，就趁着解药没干，过去舔个干净。"黑衣人小心地将鼻烟壶揣进怀里，"对了，你们庄上厨房里有存放冰鲜的冷窖吧？吃完解药后去那里边坐上半小时。"说完他掸掸衣袖，施施然离开了屋子。

洪瓔揉着摔得生疼的一身赘肉，艰难地挣起身来，望着淌了一地的乳白色药剂，狠狠吞了口唾沫，几步爬上前去，小心地挑拣起和在药水里的玻璃碴，撅起嘴唇，颤颤巍巍吮了上去。

明命通宝

大帅府的珍果宴总算顺利结束了，歌舞升平，宾主尽欢，几十名来自社会各界的宾客酒足饭饱，三三两两地告辞离开。只有没能品尝到上品黄梅、桑葚酒的李矩显得兴致不高，桑、洪、梅、金四家公子遭遇黑衣歹徒劫夺珍果，受惊卧病，更是令出身胡子的草莽大帅火冒三丈："连爷的货都敢劫，连给爷送货的人都敢动，简直是鲁班门前挥斧子！好在江老板聪明，把这事情压了下去，否则爷爷的脸往哪搁？对了，得准备一份礼物给江老板送去，这次全靠她打退匪徒，才保住樱桃和枇杷，准备个什么礼物呢？江老板是风雅人，送金条银圆显得俗了，嗯……对了，送画吧，我屋里挂的那幅苏东坡画的《乾隆皇帝南巡图》就不错……"

孙炎没喝到桑葚酒，心中格外扫兴，今年桑家的酒被人劫去，她这一年都没个解馋的，而且刚才那江老板穿着、举止、做派、说话的语气和饮食喜好，活像被她塞进井里的明潇，跟被明潇附身了一样，诡异至极，尤其临走前那一个眼神，看得她浑身不自在，背后冒了几层白毛汗。她见李矩喷着酒气吩咐仆人去书房取那幅假得蹩脚的画，也懒得多说什么，径自扭动着丰满的身体回房休息去了。

“什么东西，咯得头疼……”孙炎刚一躺下，便觉枕头里像是藏了什么东西，忙拆开枕套，一看之下，天灵盖几乎飞了起来，“这是明潇那小贱人的手链！”孙炎记得清清楚楚，尸体打捞出来时，这条手链就戴在明潇手腕上，草草下葬时也没有取下来。

“怎么回事？这是这么回事！这东西明明和她一起埋了，难道是……她回来了……不对，不对，不可能……这世上没有鬼……”孙炎头上冷汗滚滚，哆嗦着嘴唇安慰自己道，“有人作怪，一定是有人作怪，是谁，是谁……对了，我得先把这东西藏起来，一旦大帅回来看到……我……我怎么动不了了……”孙炎手脚发软，一头栽下床去，那条手链也掉在地上，发出“当啷啷”一声脆响，孙炎一个激灵，定睛看去，“这……这手链上怎么挂着一个铜钱？明命通宝……明……命！是她，是她！是明潇那小贱人来找我索命了！啊……救命啊！有鬼压着我，啊……”

当醉醺醺的李矩回到房间时，看到的是攥着明潇手链瘫成一团烂泥的孙炎，头发汗淋淋垂在脸上，面色白得吓人，嘴里还喃喃地说着胡话：“明……命……明……命……”那副模样格外诡异可怖，李矩吓得酒醒了一半：“你……你胡闹什么？起来！”

“鬼……有鬼压着我，我动不了。”孙炎忽地睁圆了眼睛，死死瞪着李矩道，“是她！是她回来了！”

“江老板、姬法医，你们这回玩得有些大呀……”许枚抱着小花，无奈地摇摇头，“你们怎么能确定桑悦说的就是事实？万一那小子别有用心胡说八道呢？”

江蓼红道：“如果孙炎没做过亏心事，自然不会被一个手链、一枚铜钱吓住，现在看来，桑悦说的不假。”

姬扬清也道："就是嘛，我们这个计划可是下了大本钱的，缴来的软筋风本就不多，这回足足用了三克！姐姐，你也舍得下本，生生搭进去一枚古钱。"

江蓼红失笑道："哎哟，那明命通宝可算不得什么，那是越南国阮朝明命年间铸的钱，大致相当于前清嘉庆到道光年间吧。这钱不仅在越南国内流通，也随商贾来往流入中国，存世极多，这么一枚'古钱'么，怕是两个铜板都不值呢。"

姬扬清一吐舌头："那你这本儿下得可不如我大，那软筋风的价格比黄金都不低。"

"以后不准做这么冒险的事。"许枚绷着脸道。

窗外，卫若光凑在宣成耳边，轻轻道："所有线索都整理过了，那天晚上在泛尽河下游的帐篷附近……就是帐篷上游大约五百米的地方，发现了几个不属于梅笙、云伊、阿七和哪吒木偶的脚印，我想……既然第一封勒索信要求收信人把玉壶春瓶放在小船里流向下游，那么这个'绑匪'应该也在下游候着。"

"嗯……"宣成点头，"什么样的脚印。"

卫若光拿出一张拓着脚印的纸道："是最常见的布鞋，长约五寸三分，足形修长，从脚印推断，此人身高一百六十五公分上下，体重一百斤左右。"

"嗯……还真是有些瘦小。"宣成端详着脚印，小声道，"这脚印你拓了几份？"

"两份，这份给隐堂，另一份自己留着。"卫若光道。

"嗯，好。"宣成道，"你先回去吧。"

"脚印不给许老板看吗？"卫若光问道。

"这个……容后再说吧。"宣成望着纱窗后满脸微笑的许枚，轻轻摇了摇头，"他有不少事瞒着我，我又何必事事与他交底呢？"

图书在版编目（CIP）数据

深夜古董店. 寻瓷之旅 / 吉羽著 .— 上海 : 上海社会科学院出版社, 2020

ISBN 978 - 7 - 5520 - 3169 - 0

Ⅰ.①深… Ⅱ.①吉… Ⅲ.①长篇小说—中国—当代 Ⅳ.① I247.5

中国版本图书馆 CIP 数据核字（2020）第 073826 号

深夜古董店 · 寻瓷之旅

著　　者：吉　羽
责任编辑：霍　覃
封面设计：猫小叶　郭　子
出版发行：上海社会科学院出版社
上海顺昌路 622 号　邮编 200025
电话总机 021-63315947　销售热线 021-53063735
http://www.sassp.cn　E-mail:sassp@sassp.cn
照　　排：上海紫焰文化传媒有限公司
印　　刷：上海景条印刷有限公司
开　　本：890 毫米 ×1240 毫米　1/32
印　　张：9
字　　数：285 千
版　　次：2020 年 6 月第 1 版　　2021 年 12 月第 2 次印刷

ISBN 978 - 7 - 5520 - 3169 - 0/I · 399　　定价：48.00 元